# 禁色

きんじき

三島由紀夫
Mishima Yukio

劉子倩——譯

# 目次

# 第一章　發端

康子來玩的次數多了之後逐漸熟絡，如今俊輔躺在院子的藤椅休息時，她甚至坦然坐在俊輔的大腿上。這讓俊輔很高興。

時值盛夏。上午俊輔閉門謝客。興致來時就利用這段時間工作。無心工作時就寫寫信，或者把藤椅搬到院子的樹蔭下，躺著看看書，或者把看到一半的書倒扣在膝上無所事事，或者搖鈴喚女傭送茶來，有時前一晚因故沒睡好，就把搭在膝上的毛毯拉高至胸部小睡片刻。他雖已過了六十五歲，卻沒有足以稱為嗜好的消遣。倒不是因為他奉行什麼特殊的主義。俊輔只是對自己及他人的客觀性關係欠缺認識，而那正是構成嗜好的條件。這種極端欠缺客觀性，對一切外界和內在都很笨拙的痙攣式關係，為他晚年的作品不斷帶來新鮮和清新感，同時也要求作品做出某種犧牲。換言之，那必須犧牲人物性格的衝突引發的戲劇化事件、諧謔的描寫、對於性格本身塑造上的追求、環境與人物的相剋等等真正的小說要素。因此有兩三個極為吝嗇的評論家，迄今仍對是否該直呼他文豪有所疑慮。

康子此刻坐的地方，是俊輔裹著毛毯在藤椅上伸長的雙腿。她很重。俊輔本想說點葷笑話。但他終究保持沉默。喧囂的蟬聲加深了這種沉默。

俊輔的右膝不時會神經痛發作。發作之前，膝蓋深處就有朦朧的疼痛預感。老朽脆弱的膝蓋骨，難以長時間承受少女溫熱肉體的重量。但俊輔忍受隱痛漸增的表情中，浮現一種狡猾的快感。

俊輔終於說，

「我膝蓋有點疼，小康。先讓我把腿挪開騰出位置妳再坐。」

康子瞬間露出認真的眼神，擔憂地望著俊輔的臉。俊輔笑了。康子白他一眼。

老作家懂得她這種輕蔑。他坐起上半身，從後方摟住康子的肩膀。把手放在女人下巴讓她仰起頭，親吻她的櫻唇。像盡義務般匆匆交差了事後，感到右膝劇痛的他，又像原先一樣躺下去。等他可以抬頭環視四周時，康子早已不見蹤影。

之後那一整個星期，康子毫無消息。俊輔趁著散步去康子家拜訪。得知她和兩三名同學一起去靠近伊豆半島南端的某海濱溫泉區旅行了。俊輔抄下旅館的名字，回到家後，立刻著手準備旅行。正巧有份稿子催得急。俊輔就用這個當藉口，臨時決定在盛夏隻身出門旅行。

雖然忌憚暑熱特地選了一大早出發的火車，他的白色亞麻西裝還是已汗流浹背。他喝著保溫瓶內的熱茶。枯瘦如竹的手伸進口袋，取出前來送行的大出版社員工交給他的全集內容樣書，無聊地隨手翻閱。

這次的《檜俊輔全集》，是他第三次出版作品全集了。第一套全集，是他年僅四十五歲時編纂的。

「想當年我也是這樣。」俊輔想。「雖然那些作品在世人看來已臻穩定和完美，就某種意味而言已經成熟得可以預見未來，我卻不顧那些作品累積的成果，沉溺於這樣的愚行。愚行毫無意義。愚行和我的作品無緣，愚行和我的精神、我的思想之間也無緣。我的作品絕非愚行（旁點往往是作者內心反諷的表白）。所以，我對自己的愚行也有不借助思想辯護的驕傲。為了讓思想更純粹，我從自己演出的愚行，排除了足以形成思想的精神作用。不過，肉慾並非唯一的動機。我的愚行和精神與肉體都無關，具有異常的抽象性，它威脅我的做法，只能說是非人性的。而且迄今依然。直到六十六歲的現在依然是……」

他露出苦笑，一邊仔細打量樣書封面印刷的那張個人肖像照。

那是只能用醜陋形容的一個老人的照片。不過要找出世人稱為內在美的可疑優點應該不難。寬闊的額頭，彷彿被刀斧切削的乾癟雙頰，流露貪婪的闊唇，充滿意志力的下顎，一切都有長期精神勞動的明顯痕跡。但與其說那是精神打造的臉孔，毋寧是被精神腐蝕的臉孔。這張臉上有精神性的某種過剩，精神性的某種過度暴露。一如露骨談論私處的臉孔很醜，俊輔的醜，就像精神衰退已無力隱藏私處的裸體，有種東西令人不敢直視。

受到現代注重知性享樂的荼毒，對人性的好奇轉為對個性的好奇，從美的觀念抹去普遍性，用這種強盜般的暴行斷絕倫理與美媾合的厲害傢伙，就算宣稱俊輔相貌俊美，那也是他們的自由。

總而言之，在這光鮮印刷老醜面孔的書封背面，有十幾位名人背書的宣傳文案，字字句句都和封面照片呈現異樣的對照。這些精神界的達人，這群只要有必要在哪都能現身按照命令高歌的禿頭鸚鵡，眾口一致謳歌俊輔作品那難以名狀的不安之美。比方說某位頗有名聲的評論家，也是知名的檜文學研究家，他就是如此概括這多達二十卷的作品全集：

「這些如驟雨澆注我們心魂的大量作品，是用真情去書寫，因不信而保留。檜氏曾自述，自己若無這種什麼都不信的才能，作品恐怕剛寫成就會被廢棄，不可能在眾人面前呈現這死屍累累的樣貌。

檜俊輔的作品中，描寫了不測、不安、不祥——不幸、不倫、不軌——這一切負數之美。當他以一個時代為背景時，必然會用那個時代的衰頹期為背景；以一場戀愛為題材時，必然會致力描寫其中的失望與倦怠。總是以健康旺盛的模樣被描寫的，唯有如同熱帶某都市猖獗的疫疾那般在人心猖獗的孤獨。舉凡人性的強烈憎惡、嫉妒、怨恨、熱情種種百態，似乎都與他無關。儘管如此，熱情的死屍保住的一絲熱氣，比起活著燃燒生命時，反而針對生的本質性價值談得更多。

無感中的敏銳感覺的戰慄，以及不倫中岌岌可危的倫理感，在無感之中出現猛烈的動搖。為了達成這種悖論式結果，他編織出何等巧妙的文體！堪稱新古今風格、洛可可風格的這種文體，就文字真正的意義而言是『人工化』的文體，不是思想的衣裳亦非主題的假面，只是為衣裳而衣裳的文體，在此出現的，是和赤裸文體成對比的東西，是看似希臘帕德嫩神廟人字形山牆上的命運女神像，以及帕奧紐斯[1]雕刻的勝利女神雕像上纏繞的美麗衣裳的皺褶。那些流動的皺褶，飛翔的皺褶，不只是對照肉體動作隨之產生的眾多流線，它本身就會流動，本身就是飛翔的皺褶。……」

看著看著，俊輔的嘴角浮現焦躁的微笑。他嘀咕：

「他根本不懂。完全搞錯了。這只不過是空洞的、唱高調的悼詞嘛。枉費我們認識了二十年，真是笨蛋。」

他轉而望向二等車廂寬闊的車窗外。可以看見海。漁船揚帆朝外海行去。或許是意識到眾人的注視，沒有被風漲滿的白色帆布，軟趴趴垂在帆柱上，展現慵懶的媚態。這時帆柱下方瞬間射出銳利光芒。火車頓時掠過被夏日上午的陽光照亮成排樹幹的赤松林，駛入了隧道。

「剛才那是……那瞬間的閃光，該不會是鏡子的反光吧？」俊輔思忖。「漁船上或許有女漁夫。或許她正在化妝。在她曬得比男人還黝黑的手掌中，小鏡子或許想出賣她的祕密，正對著湊巧行經的列車旅客拋媚眼暗示？」

這充滿詩意的幻想，轉移到女漁夫的容貌。頓時那張臉變成康子的臉。老藝術家冒汗的枯瘦身軀為之戰慄。

……那該不會正是康子？

＊＊＊

──「舉凡人性的強烈憎惡、嫉妒、怨恨、熱情種種百態，似乎都與他無關。」

鬼扯！鬼扯！鬼扯！

藝術家被迫偽裝真情的行為，和社會人被迫如此的過程堪稱成對比。藝術家為顯露而虛偽，社會人為隱瞞而虛偽。

檜俊輔沒有毅然做出素樸恬淡的告白，導致的另一個結果，是他也被謀求社會科學與藝術

1　帕奧紐斯（Paeonius），古希臘曼德的雕刻家，約活動於公元前五世紀前後。

達成一致的那一派譏為毫無思想，但是面對就像讓康康舞女郎掀裙擺露大腿那樣，藉著在作品結尾稍露「光明未來」，讓人以為作品有思想的這種造假的蠢蛋，也難怪他充耳不聞。不過，俊輔對生活與藝術的想法，本來就有某種成分必然招來思想的不孕。

我們稱為思想的，並非事前誕生，而是事後產生。首先，那是為偶然與衝動犯下的某種行為，以辯護人的身分登場。辯護人替那個行為賦予意義和理論，把偶然替換為必然，將衝動替換為意志。思想無法治癒盲人撞上電線桿的傷口，但至少能夠把受傷歸因於電線杆而非眼瞎。如果替行為逐一加上事後的理論，理論就成為體系，而他，行為的主體，只不過是一切行為的概然性。他擁有思想。他在街上扔紙屑。他是根據自己的思想主動在街上扔紙屑。這個思想的主人，將被困在思想的牢獄，深信靠自己的力量便可無限擴展思想。

俊輔嚴格區別愚行和思想。結果他的愚行成了無從彌補的罪行。不斷被作品排除在外的愚行亡魂，夜夜威脅他的睡眠。雖然他的三次婚姻都以失敗告終，卻無法從他的任何作品窺見一絲痕跡。青年時代的俊輔，生活就是一連串的挫折、誤算和失敗。

他與憎惡無關？鬼扯！與嫉妒無關？鬼扯！

俊輔的作品雖有晶瑩剔透的豁達觀，生活卻充斥不斷的憎惡，不斷的嫉妒。三次婚姻的失敗，還有十幾次戀愛的悲慘結局……這位老作家一直因為對女人難以斷絕的憎惡而苦惱，卻從未用這種憎惡來裝飾他的作品，這是何等的謙虛，何等的傲慢！

在他無數作品中出現的女人之聖潔，別說是男讀者，就連女讀者看了都嫌煩。某位好事的比較文學家，還拿他這些女主角和愛倫坡筆下超自然的女主角比較。換言之，是和麗姬亞、貝瑞妮絲、莫瑞拉、阿芙蘿狄塔侯爵夫人等等比較。她們毋寧擁有大理石的肉體。那容易厭倦的戀情，就像午後光線在雕像周身投下的浮光掠影。俊輔害怕給自己作品的女主角們賦予感性。

某位老好人評論家竟然說俊輔是永遠的女性主義者，簡直傻得可愛。

他的第一任妻子是小偷。包括他的一件冬季外套、三雙皮鞋、春秋兩季的西服布料二套、蔡司相機，這麼多東西全在兩年的婚姻生活中被她巧妙地偷走變賣。她最後離家時把珠寶也縫在衣服假領和腰帶中帶走了。俊輔家是豪門。

第二任妻子是瘋子。一心認定丈夫會趁著自己睡著時殺妻，因此夜夜失眠，歇斯底里的症狀越發嚴重。某天俊輔外出回來聞到異味。只見妻子擋在門口不讓他進門。

「讓我進去。屋裡怎麼有股怪味。」

「現在不行。我正在做一件很有趣的事。」

「妳在幹嘛？」

「你經常出門一定是有外遇吧。我把那個野女人的衣服剝下來了，現在正在燒那些衣服。真痛快。」

他推開妻子進屋一看，波斯地毯上散落燒得通紅的煤炭正在冒煙。妻子又去暖爐旁，態度溫婉從容，一手挽住袖子，用小鏟子鏟起燃燒的煤炭撒到地毯上。俊輔手忙腳亂阻止她。但妻子以驚人的力氣反抗。就像被捕的猛禽極力拍翅掙扎似地反抗。渾身肌肉都僵硬了。

第三任妻子至死都是他的妻子。這個蕩婦讓俊輔嘗盡做丈夫的一切苦惱。俊輔至今仍清晰記得那種苦惱初次出現的早晨。

俊輔在情事後最能夠文思泉湧。因此他通常在晚間九點左右和妻子上床。之後把妻子留在臥室，自己去二樓的書房寫作至清晨三、四點，之後就睡在書房的小床。他恪守這項日課，晚間至隔天早上十點左右這段期間，俊輔不會和妻子碰到面。

某個夏季深夜，他忽然情欲勃發，想給睡著的妻子一個驚喜。但，對工作的堅強意志力讓他按捺這種惡作劇心理。那天早上，他為了鞭策自己，直到快五點還在充實地工作。他的睡意全消。妻子肯定還在睡。他躡足下樓。打開臥室房門。妻子不見蹤影。

一瞬間，俊輔覺得這是理所當然。那八成是以下這種反省的結果——俊輔反省，自己之所以那麼偏執地堅持恪守日課，只不過是因為早就料到這種結果，一直害怕預測成真。

但他的驚慌立刻平息。妻子肯定只是一如往常在睡裙外罩著黑色天鵝絨睡袍上廁所。他耐心等候。但妻子並未回來。

陷入不安的俊輔，沿著走廊朝樓下廁所的方向邁步走去。他發現妻子在廚房的窗下，穿著黑色睡袍支肘靠在調理矮桌前動也不動。此刻天色尚未破曉。就連那模糊的黑影是坐在椅子上還是跪坐著都看不清。俊輔躲在遮擋走廊的厚重緞幕後偷窺。

這時和廚房門口隔了八、九米距離的後門吱呀作響。接著傳來低微的口哨聲。這正是送牛奶來的時刻。

孤獨的狗在各家院子紛紛吠叫。送牛奶的人穿著運動鞋，一路走過後門到廚房這段被昨夜那場雨淋濕的石板路，想必是藍色馬球衫露出的手臂碰觸到濕淋淋的八角金盤葉片，還有腳底滲入的石板涼氣，才使得他因勞動而發熱的身體走來如此輕快雀躍。他的口哨聲聽來清亮，大概是因為他年輕的嘴唇帶有早晨的清爽。
妻子站起來。把廚房的門敞開。昏暗的人影站在破曉前的黑暗中，笑時露出的白牙和藍色馬球衫隱約可見。晨風吹入，微微晃動簾幕下擺沉重的流蘇。
「辛苦了。」
妻子說。她接過兩瓶牛奶。瓶身互撞的聲音，以及瓶身和白金戒指相觸的聲音低微響起。
「太太，給我一點獎勵吧。」
年輕人厚著臉皮撒嬌說。
「今天不行。」妻子說。
「不是今天也行。那明天白天呢？」
「明天也不行。」
「搞什麼。十天才一次，妳是另有相好對象了吧？」
「我不是說過要小聲一點！」
「那後天呢？」
「後天的話……」——「後天」這句話，妻子就像要把易碎的瓷器輕輕放到架子上，是用吊胃口的語氣說出。「後天傍晚的話，我老公要出去參加座談會倒是可以。」
「那就五點？」
「五點可以。」
妻子將關上的門打開。年輕人卻還不肯走，手指漫不經心敲了兩三下柱子。

「現在不行？」

「你開什麼玩笑。我老公就在二樓。我討厭講話沒常識的人。」

「那好歹親個嘴。」

「這種地方不行啦。萬一被看見就完蛋了。」

「就親一下嘛。」

「你這小鬼真煩人。只能親一下喔。」

年輕人反手關上門，站在廚房門口。妻子穿著臥室用的兔毛拖鞋走下廚房口。

二人站著，如薔薇花樹和支架那樣相擁。妻子的黑色天鵝絨睡袍從背部至腰部如波浪屢屢起伏。男人的手解開睡袍的帶子。妻子搖頭拒絕。二人沉默地爭執。之前背對這邊的是妻子，現在卻是男人背對這邊。妻子被拉開的睡袍前襟面對這邊。她的睡袍底下不著寸縷。年輕人跪在狹窄的廚房口。

俊輔有生以來，從沒見過像妻子佇立在破曉前黑暗中的裸體這麼雪白的東西。那團雪白與其說是佇立，毋寧是漂蕩。她的手像盲人那樣，摸索著跪在地上的年輕人的頭髮。

這一刻，妻子時而發亮時而晦暗、時而睜大時而半閉的雙眼，究竟在看著什麼？架上陳列的琺瑯鍋、冰箱、餐具櫃、映在窗前快枯死的樹木、掛在柱子上的日曆……猶如一天的活動開始前仍在沉睡的兵營，廚房這帶著親密感的寂靜，在妻子的眼中肯定什麼也沒留下。她的眼睛的確看著什麼，儘管只是這帷幕的一部分，她明確地看到了。而且她彷彿已察覺那是什麼，始終沒有朝俊輔窺視的眼睛看過來。

「那是從小被教養出來絕對不看丈夫的眼睛。」

俊輔戰慄著想。於是本想突然現身抓姦的那股衝動抹消了。他是個除了沉默不知如何復仇的男人。

之後年輕人推門走了。庭院開始泛白。俊輔躡足走上二樓。

這位作風非常紳士的作家，排遣私生活鬱悶的唯一方法，就是逐日用法文記載長達數頁的日記（他不曾出國旅遊，卻精通法語。於斯曼[2]的《大教堂》、《在那兒》、《途中》三部曲，羅登巴克[3]的《死城布魯日》等等，都是經他之手才漂亮地翻譯成日文），這些日記如果在他死後公開，或許可以和他的作品本身一爭評價高下。他的作品欠缺的所有要素都在日記各頁之間躍動，但若要將那些直接搬到作品中，有違俊輔素來厭惡赤裸真實的態度。他確信無論天賦的任何部分，只要是主動流露的都是假的。儘管如此他的作品仍欠缺客觀性，原因就在於他這種創作態度中，過於頑強的主觀性固執。他的作品由於太厭惡赤裸裸的真實，成了過於極端的對比，就像是把活人的裸體直接翻模鑄成雕像。

俊輔一回到書房就埋頭寫日記。他專心寫下撞見破曉幽會的痛苦記述。字跡凌亂得甚至令人懷疑他是否正努力想讓自己以後重讀都看不懂。和書架上過去數十年累積的日記一樣，今年的日記也是每頁都充斥對女人的詛咒。詛咒這麼不管用，簡而言之大概是因為這個詛咒者不是

---

2 於斯曼（Joris-Karl Huysmans，1848-1907），法國頹廢派作家、藝評家。

3 羅登巴克（Georges Rodenbach，1855-1898），比利時象徵主義詩人、小說家。

女人是男人。

從這本與其稱為日記，其實零碎片段和箴言占據更大篇幅的手記中，可以輕易摘出下列這樣的片段。以下就是他青年時代某一天的日記。

「女人只會生小孩。男人除了小孩什麼都會生。創造、生殖與繁殖全是男性的能力，女人的受孕只不過是育兒的一部分。這是自古相傳的真理（附帶一提，俊輔沒有孩子。一半是基於那種主義）。

女人的嫉妒是對創造力的嫉妒。生下兒子的女人，藉由養育兒子，嘗到對男性創造力做出甜蜜復仇的喜悅。女人透過妨礙創造，體會到生存意義。奢侈與消費的慾望，就是破壞的慾望。女性本能在所到之處勝利。起初資本主義本是男性原理，生產原理。之後女性原理腐蝕了資本主義，資本主義感染奢侈消費的原理，最後拜這個海倫所賜，戰爭開始了。在遙遠的將來，共產主義想必也會被女性消滅。

處處皆有女人生存，如黑夜君臨。女人的習性之卑劣，幾乎堪稱崇高。女人把一切價值都拖下感性的泥沼。女人完全不解何謂主義。到『某某主義性的』為止她們還能理解，但是碰上『某某主義』就傻眼了。不只是主義。她們也沒有獨創性，因此甚至不理解氣氛。她們只懂氣味，像豬一樣嗅聞。香水是男性就教育的角度專為女人的嗅覺發明。男人因此免於被女人嗅聞。

女人擁有的性魅力、做出媚態的本能、性方面的一切勾引才能，都證明女人的無用。有用的東西毋需媚態。男人註定被女人吸引，這真是莫大的損失。這對男人的精神性又是何等的汙辱。女人沒有所謂的精神，只有感性。所謂崇高的感性，是令人噴飯的矛盾，等同出人頭地的條蟲。母性不時展現令人驚訝的崇高，其實和精神毫無關係。那只不過是生物學的現象，和動物展現母性的犧牲式親情在本質上毫無差異。因為能夠視為精神特徵的，只有把人類和其他哺乳動物區分的本質的差異。」

本質的差異……這種特徵或許該稱為人類固有的虛構能力……夾在日記中的俊輔二十五歲時的照片，蘊藏的也是那個。俊輔雖難看卻年輕的容貌那種醜陋，嚴格說來是人為的醜陋。那是每天努力想相信自己很醜的人的那種醜。

那年日記的某部分，到處可見無聊的塗鴉，枉費他還特地用法文寫日記。簡單的女陰圖畫上，畫了兩三個大叉叉。他是在詛咒女陰。

俊輔就算再怎樣也不至於因為討不到媳婦只好娶小偷和瘋子。世間還是有些「注重精神性」的女人對這個有為青年芳心暗許。但注重精神性的女人這種伎倆，那是女妖怪，不是女人。只有頑強不肯理解他的精神性這個唯一優點也是唯一美好的女人，才能夠讓俊輔失戀。那才是真正的女人，道地的女人。俊輔只愛美女，只愛對自己的美貌自滿，不認為有必要靠精神性補足的麥瑟琳娜[4]。

俊輔想起三年前死去的第三任妻子美麗的容顏。五十歲的妻子，和年紀只有她一半的小情人殉情自殺了。俊輔很清楚她自殺的理由。她害怕和俊輔共度醜陋的老年生活。

當時殉情的屍體被海浪打上犬吠岬。怒濤將二人的屍體推到高聳的巨岩上。要把屍體搬運

4 麥瑟琳娜（Valeria Messalina），羅馬皇帝克勞迪一世的皇后，第三任妻子。以淫蕩和濫交著稱。

下來的作業極度困難。漁夫們只能把繩子綁在腰上，沿著怒濤拍岸濺起白濛濛水霧的岩石爬上去。

要拆開二人的屍體又是一樁難事。二具肉體已溶解合一，二人的皮膚如潮濕的和紙，幾乎像是共有那層皮膚。妻子被勉強扯開的遺骸，按照俊輔的希望，火化之前先送回東京。喪禮極為盛大，儀式結束後到了出殯的時刻。年邁的丈夫摒退旁人，獨自向被抬進室內的靈柩道別。埋在百合花和石竹花中的遺容腫脹得可怕，變得半透明的髮際線之處，是根根發青可見的髮根。俊輔大無畏地盯著這極度醜惡的臉孔仔細審視。他感到那張臉孔的惡意。想必是如今已無法折磨丈夫，那張臉自然也沒必要再保持美麗，所以才變醜而已吧？

他將珍藏的名匠河內製少女能劇面具蓋在死人的臉上。像要壓扁那張臉般蓋得很用力，因此溺死者的臉孔如熟透的果實在面具底下被壓爛了。——俊輔這個行為無人發現，幾乎一小時後就被火焰吞噬了無痕跡。

俊輔在充滿哀傷與憎恨的種種追憶中度過喪期。想起造成最初痛苦的那個夏日破曉，這段記憶的痛苦之新鮮，令他不由相信妻子依然活著。十根手指都數不完的情敵，那些情敵厚顏無恥的青春，他們可恨的美貌……當時俊輔在妒火中燒下甚至曾拿手杖痛毆其中一名青年，被妻子要求離婚。後來他向妻子道歉，賠了一套西裝給青年。這個青年日後在華北戰死時，俊輔欣喜若狂寫下長篇日記表達喜悅，之後他中邪似地獨自上街。當時街頭正擠滿出征的軍人和送行的群眾。一名出征士兵有美麗的未婚妻送行，俊輔加入圍繞小倆口的那群人，跟著愉快揮舞紙製小國旗。湊巧經過的攝影師發現後，在報上刊出俊輔揮舞國旗的大幅照片。然而又有誰知道，這個古怪作家揮舞的旗幟，是對殺死那個可恨青年的土地送上祝福，是對今後將要去當地送死的士兵送上祝福？

＊＊＊

檜俊輔從I車站前往康子所在的海岸，一個半小時車程的公車上，仍在追憶這些陰暗混亂的記憶。

「戰爭就這樣結束了。」他想。「戰後第二年的初秋，妻子殉情自殺。各大報都保持禮節，報導為心臟病發。只有極少數友人知道這個祕密。

喪期結束後，我立刻愛上某位前伯爵夫人。這場人生中第十幾次的戀情乍看即將得手。沒想到緊要關頭時，對方的丈夫出現，向我勒索三萬圓。原來前伯爵的副業就是仙人跳。」

公車劇烈搖晃，逼他笑出來。仙人跳的插曲很滑稽。而且這段記憶的可笑，令他忽感不安。

「或許我已無法像年輕時那樣強烈憎恨女人了？」

他想到康子。今年五月在箱根邂逅以來，這個十九歲的女客人沒事就三天兩頭來拜訪俊輔。老作家枯瘦的胸膛為之起伏不定。

五月中旬，俊輔在中強羅的旅館寫作時，住在該旅館的少女透過女服務生向他索取簽名。俊輔湊巧在旅館庭院外圍遇見帶著他的著作前來致意的少女。那是個非常美麗的黃昏，他出門散步，走上石階回來，就遇到了康子。

「就是妳嗎？」俊輔問。

「是的。我姓瀨川。請多指教。」

康子當時穿著石竹花那種淡紅色的稚氣衣服。她的手腳修長，甚至有點過長。從短裙底下可以窺見，她的雙腿緊實如同溪魚肉質，有著底色微黃的白皙膚色。俊輔猜她大約十七、八歲。但她眉宇之間不時瀰漫老成的表情，又好似二十歲或二十一歲。她穿著木屐，因此可以清楚看見乾淨的腳跟。腳跟樸實小巧又堅硬，像小鳥的腳跟。

「妳的房間在哪？」

「在後方的偏屋。」

「難怪很少看到妳。就妳一個人嗎？」

「對，今天就我一人。」

她是因輕微肋膜炎來此地療養。對俊輔而言的好消息是，康子是個只能把小說當成「故事書」閱讀的少女。陪伴她的老女傭有事先回東京一兩天去了。

她就這樣跟著俊輔回房間，本該簽完名就把書還給她，俊輔卻收下書叫她明天再來拿，就這麼在庭院前的簡陋長椅坐下。兩人東拉西扯地聊了起來，沉默的老人和彬彬有禮的少女之間能說的話題可想而知。俊輔問她什麼時候來的，家人如何，生病已經好了嗎之類的問題，少女多半報以沉默的微笑。

因此，這天的暮色似乎特別快就籠罩庭院。正前方的明星岳和右方的盾山柔和的山影，也隨著天色漸暗，帶著步步逼近的力量迫近觀者的心。在這些山脈之間是小田原的海面。薄暮天空和那狹小海景之間的模糊分界上，恰好看似晚星閃爍的，是規律明滅的燈塔。女服務生來通知用餐，兩人遂就此作別。

翌日早上，康子和老女傭一起拿著東京送來的點心來俊輔房間，取回已經簽名的兩本書。老女傭一個人喋喋不休，俊輔和康子因此得以保持愉快的沉默。等康子走後，俊輔臨時起意，出門散步許久。他氣喘吁吁，煩躁地快步走上坡。他渴望這麼想——我哪都能去，我還不累，我還能走這麼多路。最後來到某片草地的樹蔭，他在那裡一頭栽倒躺平，湊巧旁邊的草叢飛起大雉雞。俊輔愕然，隨即感到過度疲勞產生的輕浮快活令心情雀躍。

俊輔想，很久沒這種心情了，不知已睽違多少年。

俊輔忘了，「這種心情」一半以上都是靠自己的力量製造的，就是為了捏造「這種心情」，才特地策畫這場不自然的痛苦散步。但就連這忘記，或許都是老年人某種刻意的舉動。

＊＊＊

前往康子所在城市的公路，屢次經過海邊。從斷崖上可以俯瞰夏日海洋放射的火焰。那透明的無形火焰燒灼海面，大海浮現沉靜的痛苦，類似貴金屬被精雕細鏤的痛苦。

距離正午還早。空蕩蕩的公車上只有兩三名乘客，都是本地人，他們打開竹皮便當分享小菜吃飯糰。俊輔幾乎感覺不到飢餓。邊思考邊吃飯的習慣，導致他經常忘記剛吃過飯，甚至為莫名的飽腹感而錯愕。他的內臟和他的精神一樣，對日常生活漠不關心。

「K鎮公所」這個終點站的前兩站是「K公園前」這一站。在那站無人下車。公路貫穿從山腹至海濱將近一千公頃的遼闊公園，明顯將公園分為以山脈為主的部分和以大海為主的部分。風吹過深邃樹叢之間，俊輔瞥見無人的冷清遊樂園內，遠方斷續出現一線藍色珐瑯的海景，還有幾架鞦韆在曬得發燙的沙地落下靜止的影子。炎夏上午寂靜的遼闊公園，不知何故魅惑了俊輔。

公車抵達錯綜複雜的小鎮一角。鎮公所不見人影，從打開的窗子只見空無一物的圓桌桌面散發白色光澤。幾名出來迎接的旅館員工向他鞠躬。俊輔寄放行李後，沿著神社旁的石階，在他們的帶路下緩緩拾級而上。海風吹來，幾乎不覺得熱。蟬聲如酷暑的毛織品垂落頭上只顯鬱悶。走到石階一半，俊輔脫帽小憩。腳下的小港灣內有綠色的小型蒸汽船棲息，偶爾想起來似地發出噴蒸氣的聲音。隨即驀然靜止。於是這個曲線過於單純的沉靜港灣，就像趕走後又飛回來的惱人蒼蠅，頓時充斥趕都趕不走的憂愁那無數的拍翅聲。

「真是好風景。」

俊輔像要驅散這種念頭似地說。其實壓根不是什麼好風景。

「從旅館看出去的風景更好喔，老師。」

「是嗎。」

這位老作家之所以看似性格敦厚，正是因為他懶得揶揄和諷刺的怠惰。展現輕快對他是個沉重負擔。

在旅館最好的房間安頓後，俊輔終於向女服務生問起他沿路屢次想若無其事開口卻又開不了口（因為他害怕會失去若無其事的態度）的問題。

「有位瀨川小姐住在這裡嗎？」

「有的。」

老作家的心亂了，拖延半天才問出下一個問題：

「她是和朋友一起來的？」

「是的，大約四、五天前住進菊之間。」

「她現在在房間嗎？我是她父親的朋友。」

「瀨川小姐現在去K公園了。」

「和朋友一起嗎？」

「是的，和朋友。」

女服務生沒有說「和朋友們」。這種情況下，俊輔不知該如何淡定地詢問朋友到底有幾人、是男朋友還是女朋友，他陷入懷疑。那個朋友該不會是男的？人數該不會只有一人？這種理所當然的懷疑，為何直到前一秒都沒有在他心頭落下陰影？難道是愚行保持一定的秩序發展，在愚行尚未結束之前，全盤壓制了他本該有的明智思考？

老作家被迫接受旅館與其說是推薦更近似命令的熱情接待，入浴和吃午餐的期間始終靜不下心。終於可以獨處時，俊輔亢奮得坐立不安。痛苦終於驅使他做出絕對稱不上紳士的行為。他偷偷潛入了菊之間。室內很整齊。打開旁邊臥房的西服衣櫃時，俊輔看到男用白長褲和白色府綢襯衫。那和康子的提洛爾風格[5]綴有嵌花刺繡的白色亞麻連衣裙掛在一起。再朝梳妝臺一

5 提洛爾（Tyrol）風格，奧地利西部至義大利東北部之間的山岳地帶居民的傳統民族服飾。

看，男用髮油和髮蠟並排放在粉底和口紅、面霜旁。俊輔走出房間。回到自己的房間後按鈴叫人。他命令現身的女服務生替他雇一輛車。在他換上西裝之際，車子來了。他命車子開往K公園。

吩咐司機稍待片刻，俊輔走進依舊冷清的公園大門。天然岩石搭成拱門的大門看起來很新。從這一帶看不見海。墨綠葉片層層覆蓋樹林，沉重的樹梢在風中猶如遠方潮聲沙沙作響。

老作家走向據說兩人每天都來游泳的沙灘。他走到遊樂園。來到小動物園的一角，只見狸貓任由鐵籠的影子清晰落在背部，蜷成一團打瞌睡。放養的柵欄中，兩棵蓊鬱楓樹依偎的樹幹分岔處，有一隻黑兔打盹避暑。走下雜草蔓生的石階，茂盛樹叢的後方是無垠大海。風掠過極目遠眺處的樹梢，一路來到俊輔的額前，就像沿著枝頭敏捷跳躍的隱形小動物。有時狂風吹過，又像是隱形的巨獸在嬉鬧。在這一切之上，有始終不衰的陽光普照，始終不衰的蟬聲高漲。

要去沙灘該從哪條路下去才對？

遙遠的下方可見大片松林，雜草蔓生的石階似乎迂迴通往該處。俊輔沐浴樹梢篩落的陽光，被雜草的強烈反光照射，終於感到全身冒汗。石階迂迴曲折。他來到斷崖下方如狹仄走廊的沙灘一端。

但那裡也不見人影。老作家精疲力盡，在其中一塊石頭坐下。

引領他一路來到此處的是憤怒。莫大的名聲、宗教性的尊崇、繁忙的雜務、三教九流的交際，雖然天天被這些毒素包圍，但他的生活並不需要逃避。最好的逃避方法，就是盡量接近對方。檜俊輔令人驚訝的廣泛交友圈，就像名演員的演技可以讓數千名觀眾都感到只有自己一人最貼近他，他擁有乍看像是無視於遠近法規則的巧妙技巧。任何讚賞或嘲諷都傷不了這個名演員。因為他什麼都不聽……只有像此刻為這個可能傷害自己的預測而戰慄，強烈渴望被傷害時，俊輔才需要他特有的逃避方式。換言之，他需要一個明確承受這傷害的結局。

可是現在，異樣逼近身邊蕩漾的遼闊大海，似乎撫慰了俊輔。大海如狡滑的念頭在岩石之間敏捷來去，浸濕他，流向他，用那片蔚藍倏然沁染他的內在……隨即又從他的內在退去。

這時蔚藍的海面中央出現一道水流，白色浪頭的細碎水花揚起。那條水流筆直朝這邊的海岸接近。抵達淺水處時，游泳的人從將要破碎的浪頭中站起。一瞬間，他的身體被水花掩蓋，又若無其事地重現。強韌的雙腿踢著海水一路走來。

那是個俊美得令人驚愕的青年。與其說是希臘古典期雕像，更像是伯羅奔尼撒派[6]青銅雕像藝術家創作的阿波羅，洋溢柔和美感的肉體，擁有高傲昂起的脖頸，滑順的肩膀，寬闊的胸膛，優雅圓潤的手臂，略顯瘦削的清潔充實的胴體，如長劍般雄壯結實的雙腿。站在水邊的青年，為了檢查似乎撞到岩角的左肘，稍微扭過身，右手和臉孔朝左肘垂落，這時青年腳邊退開的餘波反射陽光，令他低垂的側臉似乎頓時露出喜色，倏然一亮。俊敏的細眉，深邃憂鬱的眼睛，略顯厚重的清純雙唇，這些都是他絕世側臉的精心設計。還有那漂亮的鼻樑，緊繃的臉頰，給青年的容貌帶來一種純潔的野性印象，彷彿除了高傲和飢餓之外對這世間仍懵懂無知。進而

6 波羅奔尼撒派，古希臘雕刻的一派，公元前八世紀至前六世紀盛行於伯羅奔尼撒地區。以嚴謹厚重的表現手法為特徵，尤其擅長肌肉及骨架壯碩的男性雕像。

和晦暗冷漠的眼神，潔白的牙齒，強壯的手臂，躍動的身形相映成彰，更加突顯這年輕俊美的野狼習性。是的，那種容貌是狼的美貌。

但他肩膀的柔和圓潤，胸膛呈現的純真無瑕，嘴唇的豔紅……這些部分又有種難以言喻的奇妙甜美。華特．佩特[7]曾評論十三世紀的美麗故事《阿米和阿米勒》（*Amis and Amile*）是「文藝復興早期的甜美」，像那樣預示著日後將會發展得壯闊神祕又強韌地超乎想像的「早期的甜美」，似乎正從這個青年肉體的微妙曲線散發香氣。

……檜俊輔痛恨這世上所有的俊美青年。但美不容分說地令他沉默。一方面或許也是因為他有個壞毛病，總是立刻把美和幸福聯想到一塊，因此，令他的憎惡沉默的或許並非這青年完美的美貌，而是青年疑似擁有的完美幸福。

青年朝俊輔這邊瞄了一眼，不以為意地躲到岩石背後。再次出現時，已換上白襯衫和樸實的深藍色嗶嘰長褲。他吹著口哨走上俊輔剛剛走過的石階。俊輔也尾隨他走上石階。青年回頭又瞄了一眼這個老作家。多少也是因為夏日豔陽當頭照射給睫毛落下陰影，他的雙眸顯得異樣晦暗，俊輔很訝異剛才裸體時那麼耀眼的青年，此刻至少已失去了幸福的影子。

青年彎過小徑。小徑時隱時現。等疲憊的老作家終於走到小徑的入口時，已無力氣繼續走進去跟蹤青年。但似乎位於小徑深處的草地，傳來剛才那個青年開朗活潑的聲音。

「妳還在睡午覺？真受不了妳。妳睡著時，我都已經去外海游過一趟了。快起來。差不多該回去了。」

一名少女從林蔭之間起身，纖細修長的手高高舉起伸懶腰的模樣，意外地近在眼前。她稚氣的藍色洋裝背後的釦子有兩三顆解開，俊輔這才看見替她扣釦子的青年。少女因為這樣隨意躺在草上睡午覺，裙襬沾了花粉和泥土，她把手伸到背後想拍灰塵時露出側臉。那正是康子。

俊輔頓時渾身乏力，在石階坐下。他取出香菸抽。讚美和嫉妒和挫敗感異樣混合的滋味，對這個愛吃醋的老手而言並不稀奇，但這時俊輔的心已無暇顧及康子，反而更膠著在那個絕世美貌的青年身上。

完美的青年、完全具現外貌之美，這正是這個相貌醜陋的作家年輕時的唯一夢想，但他在人前徹底隱瞞這個夢想，不僅如此，甚至還遭到他痛罵貶低。精神的青春，精神性的青年時代，那種觀念彷彿是令青年轉眼喪失「青年氣質」的毒素。俊輔的青年時代就在「想做青年」這個熾熱的願望下度過。那是何等愚昧啊。因為青年時代用各種願望和絕望折磨我們，卻從未想過這種痛苦只是青年特有的苦惱。但俊輔的青年時代卻始終想著那個。他不容許自己的觀念、思想、所謂「文學上的青春」這一切之中有任何一丁點永續性、普遍性、一般性、不快且曖昧的浪漫主義式的永恆性。另一方面，他的愚行卻又是可笑的瞬間嘗試。當時他內心唯一指望的幸福，就是有能力把自己的痛苦視為青年應有的、完整無缺的正當痛苦。那也是把自己的喜悅視為正當喜悅的能力。換言之，是人生必須的能力。

「這次我終於可以安心認輸了。」俊輔想。「他才是擁有青年一切美感的人，是人生光明處的居民，絕對不會被藝術的毒素汙染，是生來就會愛女人也被女人所愛的男人。如果是他，我

---

7 華特・佩特（Walter Horatio Pater，1839-1894），英國作家。代表作是《文藝復興》。

就可以安心收手了。我甚至會主動退讓。我這輩子都在和美對抗，也差不多該和美握手做最後的和解了。或許老天爺就是為此才把這兩人送到我面前。」

小情侶打打鬧鬧一前一後走過兩人無法並肩通行的小徑，先發現俊輔的是康子。老作家和康子面對面。他的眼神雖痛苦，嘴巴卻在笑。康子面色蒼白地垂下眼。就這麼垂著眼簾問：

「您是來工作的？」

「對呀。從今天開始。」

青年訝異地望著俊輔。康子如此介紹：

「這是我的朋友，叫做阿悠。」

「敝姓南。名叫悠一。」

青年就算聽到俊輔的名字也沒怎麼驚訝。

「看來他早就聽康子提過我了。」俊輔暗想。「所以他才完全不驚訝啊。如果此人對我出版過三次的作品全集正眼也不瞧，因此壓根不知我名字的話，我會更輕鬆……」

但三人還是走上冷清的公園石階，針對這個觀光區嚴重沒落的情況不痛不癢地閒聊。俊輔十分寬容，雖然做不出那種滑稽的風流人物的舉動，但他還是心情很好。三人搭乘俊輔雇的汽車回旅館。

晚餐也是三人共進。是悠一的提議。餐後兩組人馬各自回房。過了一會，悠一獨自穿著浴衣長身玉立地來到俊輔房間。

「我可以進來嗎？您在寫作？」

他在門外出聲說。

「進來吧。」

「小康正在洗澡，她每次都要洗很久，我閒著無聊。」

他如此解釋。但那晦暗雙眸的憂色比白天更深重，俊輔憑著作家的直覺猜到他有話要說。

漫無邊際地聊了一會後，青年越發流露必須趁早吐露的焦慮。他終於說道：

「您會在這裡待上一段時間嗎？」

「預定是這樣。」

「可以的話，我想搭乘今晚十點的船或明早的公車回去。其實我恨不得今晚就出發。」

俊輔非常吃驚地問：

「那康子怎麼辦？」

「所以我才來找您商量。能否把康子託給您照顧？其實我更希望您能夠和康子結婚。」

「看來你是有所誤會才跟我客套啊。」

「不是的。我已經無法忍受今晚再住在這裡。」

「這又是為什麼？」

青年用率真、甚至是冷酷的語氣說：

「我以為若是您應該能理解，我根本無法愛女人。您懂嗎？我的肉體可以愛女人，但我的感情純屬精神性的。我出生到現在都沒渴望過女人。面對女人，我感覺不到慾望。可我卻欺騙自己，也騙了那些不知情的女孩。」

俊輔的眼中閃現複雜的神色。他的天生性向令他無法對這種問題產生感性上的共鳴。俊輔的性向大致正常。於是他問：

「那你愛什麼？」

「我嗎？」——青年羞紅了臉。「我只愛男孩。」

「這個問題，」俊輔說。「你對康子坦承過嗎？」

「沒有。」

「你千萬不能坦承。無論如何都不能坦承。有些事可以讓女人知道，也有些事不可以。我對你說的這種問題不太了解，但這顯然屬於不告訴女人較有利的問題。既然有康子這樣喜歡你的少女出現了，反正你遲早都得結婚，不如就結婚算了。你可以把婚姻生活想得更微不足道更隨便。正因為隨便，所以人們才會安心地說婚姻是神聖的。」

俊輔就像惡魔一樣變得很愉快。畢竟是出版過多達三次作品全集的藝術家，他深怕讓人聽見似地壓低嗓門，直視青年的臉孔說，

「所以你們在這裡待了三晚，什麼都沒發生？」

「對。」

「那最好。女人就是該這樣教育。」——俊輔爽朗大笑，但是從來沒有任何友人見過他笑得這麼大聲。「根據我長年的經驗可以告訴你，絕對不能教女人快樂。快樂是男人的悲劇性發明，光是那樣就夠了。」

俊輔的眼中浮現幾乎是恍惚的慈愛神色。

「你們一定會過著我想像中的理想的夫妻生活。」他如此補充，但他沒說那會是「幸福的」。不過對於這樁婚姻有可能帶給女人如此完美的不幸，俊輔光是想想都覺得妙不可言。只要借助悠一，他甚至可以把一百個純真的女人送進尼姑庵。這位老作家有生以來第一次發現自己本質上的熱情。

# 第二章 鏡子的契約

「我做不到。」悠一絕望地說，他渾圓的眼眸泛著淚光。若能甘於接受這種忠告，誰還會對俊輔這種不相干的外人做出如此羞恥的告白？俊輔勸他結婚的建議，對他而言太殘酷。

悠一和盤托出後就已開始後悔，但剛剛那股想告白的衝動之瘋狂毫無疑問，正是三晚什麼事都沒發生的痛苦令悠一爆發。康子始終沒有挑逗他。如果她挑逗了，或許還能向她坦承，但⋯⋯⋯⋯在充斥浪濤聲的黑暗中，在海風不時晃動的黃綠色蚊帳中，身旁少女只是默默凝視天花板、大氣也不敢出的睡姿，比任何事物更讓悠一肝腸寸斷。二人最後是在可怕的疲勞下陷入沉睡。如果繼續這種痛苦的清醒，有生之年恐怕再也無法入睡。

敞開的窗子，星空，蒸汽船響起的低微汽笛聲⋯⋯康子與悠一久久沒有翻身，就這麼保持清醒。不說話。不動。只要稍微交談一句，只要身體稍微動一下，彷彿就可能引發不測的事態。事實上，二人都在苦等同樣的行為，同樣的事態，簡而言之就是某件事，但悠一的羞恥想必比羞得發抖的康子還要強烈數百倍，他甚至很想死。身旁的少女微微冒汗，睜著黝黑的眼眸，手撫在胸口，動也不動地躺著，對悠一而言無異於死。只要她稍微湊過來，那才真是死定了。他痛恨傻呼呼答應康子邀約來到此地的自己。

現在還來得及死。他無數次這麼想。只要立刻起床衝下石階跑到海邊斷崖上就行了。想到死亡，剎那之間，他覺得一切皆有可能。他為那種可能而沉醉。那令他快活。他假裝打呵欠，大聲說「啊呀，好睏」。趁機背對康子，蜷起身子裝睡。過了一會，傳來康子可愛的低咳聲，讓他明白她還沒睡。現在他已有勇氣這樣問：

「妳睡不著？」

「沒有。」康子的聲音低沉如流水。二人就這樣互相裝睡，自以為可以徹底欺騙對方，同時不知不覺自己也受騙睡著了。他做了一個上帝允許天使殺了他的幸福美夢，為之痛哭。哭聲和眼淚都未在現實暴露。因此悠一感到自己還能保有充分的虛榮心，頓時安心了。

進入青春期已有七年，悠一擺明了痛恨肉慾。他保持純潔之身。熱中數學和運動、幾何學和微積分、跳高、游泳。這種希臘式的選擇，並非刻意為之，但數學讓他的頭腦在某種程度保持清明，運動讓他的精力在某種程度抽象化。不過，在田徑社的社團教室，當學弟脫下汗濕的內衣時，四周瀰漫年輕人的肉體芬芳令他很苦惱。悠一再次衝到戶外，趴倒在薄暮的操場草地，任由堅硬的夏草戳到臉上。他就這樣等待慾望平息。棒球隊的球員正在練習，乾燥的球棒擊球聲，在失去色彩的晚空回響，自操場那邊傳來。悠一感到有東西軟趴趴落在自己赤裸的肩膀。是浴巾。雪白的粗糙線頭火辣辣刺痛他的皮膚。

「怎麼躺在這裡？小心會感冒喔。」

悠一抬起頭。只見剛才的學弟已穿上制服，制服帽簷的陰影下，昏暗的笑臉低垂而立。

悠一硬梆梆說聲謝謝站起來。把浴巾搭在肩上就要回教室，但他感到學弟的目光還盯著自己的肩膀。可他沒有回頭。根據純潔的奇妙邏輯，悠一察覺這個少年愛著他後，就暗自決定絕對不能愛上這個少年。

如果說，絕對無法愛女人卻偏偏企盼只愛女人的自己真的愛上了少年，少年雖是男的是否也會變成女人，變成醜惡得難以形容、令人無感的對象？愛是否會讓對方變成他一點也不想愛的人？

——悠一的這些告白，訴說著他那至今未實現的清純慾望，正逐漸侵蝕現實本身。他有一天會遇到現實吧？在他應該會遇見現實的場所，他的慾望，已經搶先侵蝕了現實，因此現實永遠只能虛構地改頭換面，變成慾望命令的型態。他絕對不會見到他想要的，他所到之處恐怕都只能見到他自身的慾望。就連他傾訴這三晚無事發生的痛苦，這種告白在俊輔聽來都像是這青年的慾望齒輪徒然空轉。

但這或許正是藝術的典型，藝術創造的現實雛形？悠一為了讓他的慾望成為現實，首先他的慾望或現實必須先死一個。明知在這世上二者可以溫吞地並存，藝術還是必須刻意觸犯存在的規則。因為藝術本身必須存在。

檜俊輔的全部作品，說來可恥，打從第一步就放棄了對現實的復仇。因此他的作品不是現實。他的慾望輕易觸及現實，那種可怕令他咬著唇縮回作品世界中。而他不斷的愚行，在慾望和現實之間來來回回，扮演不誠實的信差。那華麗無比的裝飾風格文體，簡而言之不過是現實的精心創意，只是現實侵蝕他的慾望留下蟲蛀的奇特花紋。如果說得更放肆一點，他的藝術、他的三次作品全集並不存在。因為那從來沒有觸犯過存在的規則。

這位老作家已經喪失創作的力氣，也厭倦了縝密造型的作業，如今唯一的工作只剩替過去的作品添加美學上的註釋，悠一這樣的青年卻在這時現身他眼前，這是何等諷刺！

悠一擁有這位老作家缺少的一切身為青年的資格，同時，也擁有這位老作家總是以假設的型態下所期盼的至高幸福。換言之，他不愛女人。俊輔的人生如果具備這個矛盾的理想型態，或者說這種理想青年的資格，愛上女人想必也不會是那樣一連串的不幸了，如今俊輔只能感覺那是不幸，承續他這種觀念，集合他的青春、夢想、老年的悔恨於一體的人，就是悠一。如果俊輔是悠一這樣的年輕人，愛女人不知會是多大的幸福！又如果俊輔過去像悠一那樣不愛女人，或者該說，能夠不愛女人地活到現在，他的人生不知會有多麼幸福！——就這樣，悠一已化身為俊輔的觀念，俊輔的藝術作品。

據說任何文體都會從形容詞的部分開始老化。換言之，形容詞就是肉體，就是青春。俊輔甚至認為悠一就是形容詞本身。

這位老作家露出刑警偵訊時的那種淺笑，在桌前支肘，屈起浴衣下的一側膝蓋聽悠一告白。聽完之後無動於衷地再次說，

「不要緊。你就結婚吧。」

「可我怎能和根本激不起我慾望的人結婚。」

「開什麼玩笑，人類就算是跟木頭或冰箱也能結婚。婚姻這種東西本來就是人類的發明，那是人類力所能及的任務，所以根本不需要什麼慾望。至少這一個世紀以來，人類已忘了憑慾望行動。你就把對方當成一根木柴，當成坐墊，當成肉店簷下吊掛的一塊牛肉。你一定可以激發虛偽的慾望讓對方開心。不過正如我剛才所說，教女人發現快樂有百害而無一利。唯一重要的就是絕對不能在對方身上認同精神。你自己這邊也是連精神的渣滓都不能剩下。知道嗎，只

能把對方當成物質。這是我根據長年來的痛苦經驗給你的忠告，就像洗澡時必須先拿下手錶，面對女人時也得先卸除精神，否則馬上會生鏽不堪使用喔。我就是因為沒有那樣做，才會失去無數手錶，一生都被迫忙著製造手錶。我已經湊齊二十支生鏽的手錶，所以這次才會出版全集。你看了嗎？」

「還沒有。」——青年臉紅了。「不過您說的話我似乎能理解。我經常在想，為何我從來沒有渴望過女人。每次想到我對女人的精神之愛是欺瞞，我就更傾向把精神本身視為欺瞞的想法。至今我仍經常思考。為何我和大家不一樣，為何朋友們不會像我這樣靈肉分離。」

「大家都一樣。人都是一樣的。」老作家扯高嗓門。「不過，不這麼想是青年的特權。」

「可是只有我不同。」

「那樣有何不可。我還想依賴你這個信念恢復青春呢。」

這個狡猾的老人說。

另一方面，悠一也好不到哪去，對於他自身的祕密性向，他總是為其醜陋而苦惱的性向，俊輔不僅感興趣甚至心懷憧憬，這讓悠一很困惑。但是有生以來第一次得以吐露祕密，索性把一切祕密都對此人和盤托出之舉，也令他感到背叛自己的喜悅，就像被可恨的老闆壓榨勞力四處兜售花苗的小販，偶然遇到好客人，遂把花苗一股腦賤價出售的那種背叛的喜悅。

他簡短扼要說明康子和自己的關係。

他父親和康子的父親是多年好友。悠一的父親念大學時攻讀工科，這個技術員出身的高級主管，最後做到菊井財團旗下子公司的社長死於任上。時值昭和十九年夏天。康子的父親則是在經濟學系畢業後進入某百貨公司任職，目前是該公司常務董事。基於兩家父親多年前的約定，悠一在年滿二十二歲的今年新年和康子訂婚了。他的冷漠令康子絕望。康子三天兩頭來找俊輔的那段日子，正是她邀約悠一未果的時候。這個夏天，她終於成功說服悠一和她單獨去K鎮旅行。

康子猜測他另有意中人，像一般人一樣為此苦惱。這是未婚妻必然會有的懷疑，但怎麼看都只能說悠一是愛康子的。

他目前就讀某私立大學。和患有慢性腎臟炎的母親及一名女傭同住，算是健全的沒落家庭，而他內斂的孝心，成了母親的煩惱。單就母親所知的範圍內就有很多未婚妻以外的女人對這個俊美青年有意思，可他卻從未犯錯，母親認為這是兒子對她生病的體貼和經濟上的顧慮所致。

「我自認可沒把你養得這麼小氣喔。」這個爽朗的母親說。「你爸爸如果還活著不知會怎麼嘆氣。他可是打從大學時代就不分日夜在女人堆打滾。所以等到年紀大了之後，才能那麼穩重，讓我少操了不少心。像你這樣年紀輕輕就循規蹈矩的人，反而以後老房子失火會讓康子更受罪。尤其你又遺傳了你爸爸有張討女人喜歡的臉蛋。站在我的立場只想早日抱孫子，但你如果不喜歡康子就早點取消婚約，自己找個喜歡的對象帶回來也行。在選定結婚對象之前，只要不亂搞，就算交十幾二十個女朋友也沒關係喔。只是我抱病在身也不知幾時就突然走了，所以還是希望你能早點結婚。男人就該堂堂正正。如果是擔心零用錢，家裡就算再窮再不濟，好歹也不愁吃飯。這個月我會給你平時兩倍的零用錢，你可別全部拿去買學校的書喔。」

結果他拿那筆錢去學跳舞了。只有舞技變得特別好。但他這種堪稱藝術性的舞蹈，和這年頭的實用性舞蹈（純屬好色目的的準備運動）相比，帶有機械操作過於純熟的寂寥。他不自覺低頭的姿勢，令觀者感到他的美貌底下不斷被壓抑的行動能量。他參加舞蹈比賽得了第三名。

第三名的獎金有兩千圓，他想存進母親聲稱還有七十萬餘額的銀行帳戶，這才發現餘額離譜地算錯了。自從母親出現蛋白尿的症狀不時臥床不起後，就把存摺交給個性溫吞的老女傭阿清保管。每次母親問起帳戶餘額，這個規矩的女傭就特地拿算盤把存摺的上段和下段加起來報告。換言之，自從換了新存摺後，無論過了多久還是七十萬。等悠一一檢查才發現早已只剩三十五萬。證券收入每月有兩萬，但最近經濟不景氣不能抱太大指望。為了維持生活開銷、他的學費、母親的醫藥費，還有萬一住院所需的費用，他必須盡快賣掉這個不算小的房子。

不過這個發現令悠一喜出望外。如今動輒感到結婚義務的他認為，如果搬到三人勉強容身的小房子，就可以逃避結婚了。他主動接手管理家產。看到兒子辯稱這項俗氣的工作可以實際運用學校學來的經濟學，甚至欣然埋首於家計簿，他的母親很悲傷。事實上悠一這種舉動，隱約可看出他是針對前述的母親那種豪爽的煽動，刻意強調自己已經盡力做到無可挑剔，因此有一次當她隨口說，「還在念書就對家計簿有興趣，真的很變態。」悠一的臉明顯扭曲。這樣帶著惋惜的一句話就能引起令兒子奮發向上的反應，母親當然很滿意，但她並不知道自己的話到底有哪一點刺傷兒子。憤怒把悠一從平日過於壓抑的拘謹解放。他感到母親踐踏兒子浪漫幻想的時機來了。這是因為那種幻想對他而言本就是無望的幻想，而母親的希望彷彿是對他的絕望的一種侮辱。於是他說：

「我哪有能力結婚。這房子都得賣掉了。」——發現家中經濟窘迫後，基於做兒子的體貼，之前他一直瞞著沒說。

「開什麼玩笑。家裡明明還有七十萬存款。」

「已經少了三十五萬了。」

「是算錯了吧。還是你唬我？」

腎臟病漸漸讓她的理性也混雜蛋白質。悠一這種篤定的證詞，反而驅使她熱中於可愛的陰謀。她指望著康子那筆嫁妝和安排悠一畢業後去康子父親的百貨公司上班的約定，一邊催促他們結婚，一邊聲稱就算有點吃力也要保住這間房子。和兒子夫婦住在這個家是她多年來的心願，因此本就善解人意的悠一察覺之後，反而陷入不得不盡快結婚的窘境。結果這次是自負的念頭救了他。就算他和康子結婚（勉強提出這個假定時，他誇張地感到自己的不幸），用妻子的嫁妝挽救家計危機之舉也會立刻被拆穿吧。屆時對方恐怕會認為自己不是出於真情，而是抱著卑鄙的打算結婚。這個無法容忍絲毫卑鄙的純潔青年，期盼自己至少是基於孝順這個單純的動機結婚，但對愛情而言這恐怕反而是更不純粹的動機。

「該怎麼做才能最符合你的期待呢？」老作家說。「我們不妨想一下。關於婚姻生活的無意義，我可以保證。因此你可以不用受任何責任或良心的譴責去結婚。就算是為了生病的令堂，你也該早點結婚。不過說到錢……」

「啊，我告訴您並不是那個意思。」

「可是在我聽來就是這個意思。你害怕為了女方的嫁妝結婚，說穿了還是因為你沒有自信，無法在妻子身上投注足夠的愛情來推翻這種鄙俗的社會觀感吧？你在期待背叛你遲早會走入的婚姻生活吧？大體上，青年總是堅信可以靠著愛情來彌補算計。越會算計的男人越有點依恃自己的純粹。你的不安想必就是因為不確定那種依恃是否真的毫無雜念。那筆嫁妝不如先存起來，留著將來離婚時當作贍養費。不必為那種錢感恩戴德。根據你剛才的說法，只要有個四、五十萬圓，就能保住現在的房子，而且應該也夠你在那房子結婚娶妻了，恕我冒昧直言，若是這點小事不如交給我。反正只要瞞著令堂就行了。」

悠一的臉孔面對的，湊巧是漆黑的鏡臺。圓型鏡面或許是被誰經過時的衣擺掀動，變成有點仰角，正好清楚映現悠一的臉孔。悠一感到自己說話的同時，那張臉孔也在不時盯著自己。

俊輔性急地繼續說道：

「如你所知，我並不是那種無聊的大富翁，可以一時興起就隨手扔個四、五十萬給陌生人。我想為你這麼做的理由其實很簡單。理由有兩個。……」他有點靦腆地遲疑了。「一個是因為你是舉世罕見的美男子。我年輕時，很想成為你這種人。另一點是因為你不愛女人。我現在也想像你這樣。只可惜天生的性向無法改變。我從你身上看到了天啟。我想拜託你。讓我重來一次相反的青春。簡而言之，我希望你當我的兒子替我報仇。你是獨生子，不可能做我的養子。但我希望你成為我精神上（啊，「精神」是禁句！）的兒子。代替我弔唁昔日迷途犯下的種種愚行。為此要我花多少錢都行。那筆錢本來就不是我存來養老用的。交換條件是，我希望你為我保守你這個祕密。我希望你去見我叫你見的女人。如果有哪個女人見了你居然沒有立刻墜入情網，那我還真想見識一下。反正你對女人沒有慾望。我會逐一教你有慾望的男人是什麼言行舉止。我會教你男人的冷酷，是怎樣懷著慾望卻毫無理由地殺死女人。我希望你按照我的指示行動。你怕被人識破你沒有慾望？這點包在我身上。我會使出一切奇招讓你的祕密無法被人識破。為了預防你今後真的安於夫妻生活，我也希望你實際去嘗試同性戀。為此，我會盡棉薄之力替你找機會。不過這點請你千萬別在女人世界洩漏。不要把舞臺和後臺休息室混為一談。我會帶領你走進女人世界。我會帶領你去我一直扮演小丑的這個用香水與脂粉塗抹的舞臺布景前。你要扮演連女人一根手指都不碰的情聖唐璜。自古以來在舞臺上，就算是三流唐璜都不會當眾表演床戲。所以你不用擔心。關於舞臺後面的遊戲規則，我可是老手。」

老藝術家幾乎已說出真心話。他其實是在談論自己尚未寫出的作品內容。但他還是隱藏了真情的羞赧。這個瘋狂的五十萬善舉，算是獻給他想必是最後一場戀情的祭品——那是讓一個懶得出門的老人冒著炎夏溽暑大老遠跑到伊豆半島南端的戀情，同時也是悲慘的愚行導致以失意告終的可憐戀情，是這不知第十幾次的可笑又感性的戀情祭品。他意外愛上了康子。為了報復康子讓他犯下這種錯誤的恥辱，無論如何都得讓康子成為一個「落花有意，流水無情」的可悲妻子。她和悠一的婚事，已經俘虜俊輔的意志，是一種凶暴的行為規範。他們非結婚不可。不過，這個雖已過花甲之年，迄今仍無力控制自我意志的不幸作家，為了杜絕可能再次犯下的愚行而花費的這筆錢，除了視為為美捨棄的金錢，或許更帶有虛假的陶醉？如此說來，俊輔期待的，或許其實是他藉由這樁婚事間接對康子造成的罪行，以及那種罪行折磨他內心的爽快痛苦？因為他很不幸地從來沒有機會站在犯罪的那一方。

期間，悠一被那個從燈下鏡中凝視自己的美男子的面容吸引注意力。那深邃憂鬱的眼睛，從俊敏的雙眉下方直勾勾瞪著他。
南悠一從那種美感到神祕。如此充滿青春的蓬勃精力，如此帶有男性化雕琢的深奧韻味，如此具備青銅般不幸的美麗質量，這張青年的臉孔，就是他。過去悠一厭惡意識到自己的美，對彷彿不斷被心愛少年們拒絕的彼岸之美感到絕望。按照一般男性的習慣，悠一嚴禁自己覺得自己美。但此刻眼前的老人熱情的讚詞灌入他的耳中，這種藝術性毒素，這種言語的有效毒素，解除了長期橫亙的禁令。他現在允許自己感覺自己是美的。這時，悠一第一次看到如此美麗的自己。小小的圓鏡中，出現一個絕美青年的陌生臉孔，那男子氣概的嘴唇露出白牙不禁笑了。
悠一不解俊輔那種經過長年發酵與腐敗的復仇狂熱。但他不得不答覆這奇異的性急提議。
「你怎麼說？要和我簽訂契約嗎？要接受我的贊助嗎？」
「我還是沒搞懂。我現在有預感，將會發生自己也不大懂的事。」
美麗的青年如夢囈般說。
「你不用現在立刻答覆也沒關係。如果願意接受我的提議，只需用電報通知我即可。我會立刻實現剛才的承諾，也會在你的婚宴上致詞。但你必須按照我的指示行動。可以吧？我不僅不會給你帶來麻煩，還會讓你贏得風流丈夫的美名。」
「如果真要結婚的話……」
「屆時當然需要我。」
這個充滿自信的老人不假思索接話。
「阿悠在這裡嗎？」

康子在紙門外說。

「進來吧。」

俊輔說。康子拉開紙門，與緩緩轉頭的悠一對個正著。她看見年輕人充滿魅惑的微笑之美。意識改變了悠一的微笑。再沒有任何剎那堪與此刻青年閃閃發光的美麗相比。她無法直視那光芒，不禁頻頻眨眼。並且像一般受到感動的女人那樣，不由自主「感到幸福的預感」。

康子在浴室洗過頭，她猜悠一八成是去俊輔的房間說話了，不好意思頂著濕髮去找人。她憑窗吹乾頭髮。傍晚從O島出發，途經K鎮，預定明天黎明抵達東京月島碼頭的定期船進港了。她一邊梳頭，一邊望著在水面灑落燈光駛入港內的船。K鎮缺乏弦歌歡聲。每次有船進港時，甲板上的擴音器在夏日天空擴散的流行歌曲就會清晰傳來。碼頭擠滿旅館攬客的員工提著的燈籠。之後靠岸作業的尖銳笛聲貫穿夜晚空氣，猶如不安的鳥叫傳入她耳中。

康子感到洗過的頭髮急速乾燥的冰冷。貼在太陽穴的幾根碎髮，彷彿觸及不屬於自己的冰冷草葉。她忽然有點害怕伸手碰觸自己的頭髮。這逐漸乾燥的頭髮觸感中，有種清爽的死亡。

「我不明白阿悠到底在煩惱什麼。」康子想。「如果他吐露的煩惱嚴重得必須去死，就算讓我陪他一起死也沒什麼大不了。在我特地邀他來此地的動機中，本就抱著那種明確的決心了。」

好一陣子，她就這麼梳理頭髮，徘徊在種種思緒中。她突然萌生某種不祥的念頭，懷疑悠一此刻不在俊輔的房間，而是去了某個她不知道的場所。康子站起來。小跑步衝過走廊。之後當她出聲詢問拉開房門時，就撞見他那美麗的微笑。她當然會有幸福的預感。

「你們在談事情？」

康子問。老作家感到她那不自覺微微歪頭的媚態明顯不屬於自己，於是撇開臉。他想像康子七十歲的模樣。

房間瀰漫不自在的氛圍。就像這種時候人們常做的，悠一看手錶。九點了。

這時放在壁龕的桌上電話響起。三人像被匕首刺中似地朝電話扭頭。誰也沒伸手。

是俊輔接起電話。他立刻朝悠一使眼色。原來是東京的家裡打長途電話找悠一。他走出房間去旅館櫃檯接電話後，害怕和俊輔獨處的康子也跟著走了。

過了一會兩人回來了。悠一的眼神失去鎮定。還沒問他，他就性急地說，

「醫生懷疑我媽可能是腎萎縮。她的心臟也有點衰弱，而且據說動輒口渴。不管要不要讓她住院，總之我都得立刻回去。」——亢奮令他說出平日絕對不會說出口的報告。

「而且據說她整天都在說，一定要親眼看到悠一娶妻才能瞑目。病人簡直像小孩呢。」

他邊說邊感到自己正逐漸下定結婚的決心。俊輔也有這種直覺。俊輔的眼中泛出陰暗的喜悅。

「總之你得立刻回去。」

「現在出發的話還趕得上十點的船。我也跟你一起走。」

康子說著，已經跑回房間打包行李了。她的步伐帶著歡喜。

「母愛真了不起。」由於長得醜始終得不到親生母親關愛的俊輔暗想。「她這不是借助自己的腎臟拯救了兒子的危機嗎？悠一恨不得今晚就回去的心願這下子不就實現了嗎？」

當他這麼暗忖時，悠一正在他面前陷入沉思。看著那低垂的細眉，形成凜然一彎陰影的睫

毛，俊輔感到輕微的戰慄。老作家在心中自語，今晚真是個古怪的夜晚。還是別再提醒他了，以免刺激到這個孝順母親的青年反而讓他更擔心。沒問題，這個年輕人肯定會任我擺布。

他們驚險地趕上十點的出航。頭等艙已客滿，因此兩人被分配到八人一間的二等和室。俊輔聽了之後，拍拍悠一的肩膀，調侃他說，這下子今晚保證高枕無憂了。兩人上船不久，船梯就被抽起。碼頭有兩三個拎著油燈只穿白色內衣的男人對著甲板上的女人大開黃色笑話。女人尖聲回嘴反擊。康子和悠一被雙方你來我往的陣勢鎮住，只是含著微笑，任由船逐漸遠離俊輔。船與棧橋之間，就此徐徐拉開遍地閃光如油的沉默水面。而那肅然的水面，仍像有生命似地轉眼越變越大。

老作家的右膝因夜晚的海風有點痛。神經痛發作的痛苦有段時間曾是他唯一的熱情。他憎恨那段歲月。如今不再輕易憎恨。這右膝陰險的疼痛，不時成為他不為人知的熱情的祕密巢穴。他跟著旅館掌櫃提的燈籠返回旅館。

一週後，俊輔剛回到東京，便收到悠一允諾的電報。

# 第三章　孝子的結婚

婚禮定在九月下旬的黃道吉日。婚禮的兩三天前，悠一心想結了婚恐怕就沒機會再獨自用餐，平時明明很少獨自上館子，此時毋寧是抱著一償未了心願的決心上街，在小巷的某家西餐廳二樓吃晚餐。這個坐擁五十萬資產的小富豪有資格享受這點奢侈。

此刻才五點。就用餐時間而言有點早。店內還很冷清，服務生們昏昏欲睡。

他俯瞰日落前仍有暑氣殘留的街頭人潮。街道一半很明亮，對面洋貨店遮陽棚的陰影中，有陽光射入櫥窗深處。陽光就像想扒竊的手，逼近那枚似乎是腰帶扣的綠翡翠。那一抹沉靜且若無其事在櫥窗深處璀璨生光的綠芒，不時射入等待餐點送來的悠一眼中。這個孤獨的青年感到口渴，頻頻喝水。他在不安。

愛男人的人，據說大多數還是會結婚生子，但悠一沒見過任何實例。他不知道，多數人雖非出自本意，但他們的特異本能反而造福了婚姻生活。因為他們光是應付妻子一人，就已對女人這種不受歡迎的大餐反胃作嘔，可以說絕不可能再招惹別的女人。被世人稱為好丈夫的男人之中，這個族群不在少數。一旦有了孩子，他們與其說是父親更像是母親。飽受丈夫外遇所苦的女人，再婚時只要找這個族群就對了。他們的婚姻生活，是一種幸福、安穩、無刺激，並且在根本上很可怕的自我褻瀆。這個族群的丈夫最後依賴的，簡而言之不過是一種自負——自己正帶著冷笑，掌控日常生活這種「人性化的」人間生活的細節。女人作夢都無法想像丈夫竟然殘酷如斯。

要理解這些微妙心態，想必需要一定的年紀和經驗。要忍受這種生活想必也需要相應的調教。悠一才二十二歲。不僅如此，他那位瘋狂的庇護者，雖然年紀一大把卻只熱中於觀念。悠一至少已失去了當初令他看似凜然的那種悲劇性意志。他覺得怎樣都無所謂了。

餐點似乎不該這麼久還沒送來，因此他不經意朝牆壁那邊轉頭。頓時感到有道視線死死盯著他的側臉。那個彷彿直到剛才一直如飛蛾悄然停駐在悠一臉頰的視線，在他轉頭的瞬間倏然飛起。只見牆邊站著一個年約十九或二十歲、身材修長膚色白皙的服務生。

服務生胸前有二排瀟灑的金扣呈弓狀排列。背在身後的雙手手指還在輕敲牆壁，直立不動的姿勢之所以看似羞赧，證明他的工作年資還不久。頭髮散發烏黑的光澤。略顯倦怠的下半身柔韌的線條，和精緻小巧的臉蛋上，宛如男雛偶娃娃的嘴唇那種稚氣相互呼應。腰部線條顯現少年特有的腿部純潔流線。悠一深切感到情慾萌發。

後方有人出聲把服務生叫走了。

悠一抽菸。就像接到召集令的男人，苦心積慮策畫在入伍之前盡情享樂，結果卻什麼也沒做地虛度光陰，快樂打從一開始就需要無限期的前提和對倦怠的憂懼。一如過去錯失的幾十次機會，悠一預感此刻的情慾想必也會消失無蹤。他吹散落在擦得晶亮的餐刀上的煙灰。煙灰飄向桌上小花瓶插的薔薇。

湯送來了。將餐巾搭在左臂捧著銀製容器走來的正是剛才那個服務生。他將打開蓋子的容器放到悠一的盤子上時，被那大量的蒸騰熱氣鼓舞，悠一抬起頭正視服務生的臉。距離意外的近。悠一微笑。服務生也露出潔白的小虎牙，瞬間回應這個青年的微笑。服務生離去後，悠一默默把臉垂落裝滿熱湯的深盤上方。

——這段似乎飽含意味，又似乎無意義的小插曲，清晰留在他的腦海。因為這則插曲日後帶有明確的意義。

婚宴在東京會館的別館舉行。新郎新娘照例並肩坐在金屏風[1]前。單身的俊輔本就不適合擔任介紹人。他算是以知名貴賓的身分出席。老作家在休息室抽菸時，一對分別穿著西式禮服和日式禮服的男女走進休息室。穿著日式禮服的女人極為優雅的舉止和略顯冷艷清瘦的美貌，在這休息室的夫人之中無人能比。她用毫無笑意的清澈雙眸無動於衷地四下張望。

她就是曾和身為前伯爵的丈夫設局仙人跳，從俊輔手裡捲走三萬圓的女人。這麼想著再一看，她那佯裝無動於衷的一瞥，似乎也像在物色新獵物。中廣身材的丈夫也是，雙掌搓揉著沒戴在手上的羔羊皮白手套，依偎在妻子身邊，並未像好色之徒那樣充滿自信地頻送秋波，而是用不安分的飢渴眼神四處掃視。這對夫婦有點像是跳傘降落蠻荒之地的探險家。這種驕傲與恐懼的滑稽混合，在戰前的貴族身上絕對看不到。

鏑木前伯爵發現了俊輔，朝他伸出手。他收緊下巴，頗有惡棍作風地用白皙的手把玩上衣的鈕扣，同時微微歪頭，露出滿面笑容說「近來可好」。自從財產稅實施以來，刻意避免使用這句已經被一群假紳士濫用的問候語，是中產階級無聊的小小骨氣。幹壞事甚至可以保證他那貴族式的厚臉皮，因此聽到他這句「近來可好」時，任誰都會感覺很自然。簡而言之假紳士因著做善事差點不像個人，貴族靠著幹壞事勉強像個人。

不過鏑木的風貌，還是讓人感到難以名狀的厭惡。就像擦也擦不乾淨的衣物污漬，就像刻印，難以形容的不快的柔弱和厚顏無恥的混合，勉強擠出來似的威嚇聲音，以及分明是完全計畫好的自然態度。……

俊輔勃然大怒。因為他想起鏑木那種女性化且紳士作風的勒索手段。事到如今，他可沒道理被鏑木用這種親密的態度問候。

老作家僵硬地點頭致意。他立刻察覺這種打招呼方式的孩子氣，留心想修正。於是從長椅站起。鏑木在黑皮鞋上穿了緊身褲。一看到俊輔站起來，他在擦得晶亮的地板上用跳舞似的步伐輕快地後退二步。隨即已開始和他認識的其他夫人寒暄敘舊。站起來的俊輔頓時無處可去。這時鏑木夫人筆直走來把俊輔帶到窗邊。這個女人從來不囉哩囉嗦打招呼。她的和服下擺如波浪規律起伏，一路踩著小碎步。

當鏑木夫人在暮色中站在清晰映現室內燈光的玻璃窗前，俊輔驚訝地發現，她迄今仍擁有不見一絲皺紋的美麗肌膚，不過夫人的本領就是總能夠在瞬間選出最適合自己的光線角度和亮度。她也沒有重提舊事。這對夫婦充分利用了只要自己不露怯，對方反而會先膽怯的心理學。

「看您身體健康真是太好了。在這種場合，我家那口子看起來遠比您年長。」

「我也想早點變老。」六十六歲的作家說。「到現在還常犯血氣方剛的錯誤呢。」

1 金屏風，日本婚禮的主座後方會樹立金色屏風，象徵二人今後的人生如金色輝煌。

「真是討厭的老先生。到現在還色心不改？」

「那妳呢？」

「真沒禮貌，我還來日方長呢。今天的新郎也是，和那種乳臭未乾的小姑娘舉行這種扮家家酒的婚禮之前，真應該來找我討教兩三個月才對。」

「妳看小南的新郎裝扮如何？」

老藝術家被略微泛黃的血管弄得污濁的雙眼，不動聲色拋出問題，同時謹慎地觀察女人的表情。只要在她的臉上發現些許動搖，在她的眼眸發現一抹微光，他就有把握可以抓住機會加以利用，進而放大，推波助瀾，煽風點火，培養成難以抗拒的熱情。通常小說家都是這樣，對付他人的熱情時，手腕高明得離譜。

「我今天才第一次見到他。之前只聽過傳聞，沒想到他比傳聞中更俊美呢。那樣的青年二十二歲就和無趣又不解世事的小姑娘結婚，天底下還有比這更枯躁乏味的羅曼史嗎？我簡直越想越生氣。」

「其他客人是怎麼說他的？」

「到處都是新郎官的傳聞喔。康子的同學嫉妒她，拼命挑毛病，可是除了說『討厭那種類型的男人』之外根本挑不出缺點。而且新郎那種微笑之美該怎麼形容才好呢。那簡直是可以聞到青春香氣四溢的微笑。」

「妳何不直接用這段話致詞？說不定意外有效果喔。畢竟這樁婚事並非時下流行的戀愛結婚。」

「可是不是有這種傳聞嗎？」

「那是假的。說穿了是更崇高的結婚。這是孝子的結婚。」

俊輔以眼神示意她看休息室一隅的安樂椅。那裡坐著悠一的母親。略顯浮腫的臉上塗抹的厚重粉底，讓這個平日快活的半百婦人看不出實際年紀。雖然她拼命想笑，浮腫的臉頰卻給笑容扯後腿。僵硬沉重的笑容，在臉頰不斷沉澱。儘管如此，她還是處於人生最後的幸福瞬間。俊輔想，幸福是如此醜陋。這時母親戴古典鑽戒的手指在腰部比出摩擦的手勢。想必是在表達有尿意。陪同的紫衣中年女人把臉湊過去和她耳語。母親被那女人扶著從椅子起身後，一邊向來賓頻頻點頭行禮，一邊穿過人群想去有廁所的走廊。

近距離看著這張浮腫的臉孔時，俊輔想起第三任妻子的遺容，不禁戰慄。

「那可真是這年頭難得的佳話啊。」

鏑木夫人用嘲諷的冷漠語氣說。

「改天要不要讓妳和悠一見個面？」

「人家正值新婚恐怕很難抽空吧。」

「沒事，等他蜜月旅行回來就行了。」

「您能保證？我倒是真想好好和那個新郎聊一聊。」

「妳對結婚沒有偏見嗎？」

「反正是別人的婚姻。就連我的婚姻，對我而言也是別人的婚姻。不關我的事。」

這個冷漠的女人回答。

婚禮主辦人通知大家喜宴已備妥。近百名賓客緩緩盤旋著移往另一間大廳。俊輔坐在主桌的主賓席。從這個座位的角度，看不見悠一美麗的雙眸打從婚禮開始就不斷閃現的不安神色，令老作家深感遺憾。對某些人而言，這個新郎官晦暗的眼眸，想必是今晚最美的景物之一。

喜宴流暢地進行。進行到一半時，按照慣例，新郎新娘在掌聲中退席。介紹人夫婦忙著照顧這對宛如乖巧小朋友的新婚夫婦。悠一換旅行服裝時，老是打不好領帶，一再重打。

介紹人和悠一站在已等在門口的車前，等待尚未換好衣服的康子出來。身為介紹人的前內閣大臣取出雪茄，也請悠一抽一支。年輕的新郎點燃不熟悉的雪茄環視街道。

這個氣候還不適合待在迎接的汽車內等康子，而且有點微醺。於是兩人倚靠被經過的汽車車頭燈不斷在車身反映流光的光亮新車旁，有一搭沒一搭地說話。介紹人說，不用擔心你母親，你不在的期間我會負責照顧她。悠一欣然傾聽父親的老友這番替他著想的話。他的心似乎冷到骨子裡，卻又異常感傷。

這時對面大樓出現一個瘦骨嶙峋的外國人。他穿著蛋黃色西裝搭配華麗的蝴蝶領結。停在步道旁的新型福特似乎是他的車，只見他把鑰匙插進汽車鑰匙孔。這時一名日本少年快步從他後方出現，在石階中央駐足四下張望。少年穿著合身的雙排釦格子西裝。領帶是在夜晚也很醒目的鮮豔檸檬黃。在辦公大樓的門燈下，髮油像淋了水似地發亮。悠一見了大吃一驚。那正是上次那個服務生。

外國人催促少年。少年以輕快熟練的步伐走向副駕駛座。接著外國人在左側駕駛座前坐下，高聲關上車門。車子立刻平滑加速絕塵而去。

「怎麼了？你的臉色很難看。」介紹人說。
「嗯，因為不習慣抽雪茄，抽了有點噁心。」
「那可不行。快還給我。我要沒收。」
介紹人把點燃的雪茄放進鍍銀雪茄型容器，響亮地蓋緊蓋子。那聲音又讓悠一嚇一跳。就在這時，換上旅行用套裝的康子，戴著白色鑲邊手套，被送行的人們簇擁著現身門口。
兩人坐車去東京車站，搭乘七點半出發開往沼津的列車直奔熱海。康子幾乎近似恍神狀態的幸福模樣令悠一不安。他溫柔的心照理說隨時都有容納愛情的空間，但此刻這收縮的心，已不再適合容納那種感動的流體。他的心就像塞滿尖銳觀念的倉庫一樣陰暗。康子把看膩的娛樂雜誌遞給他。看到目錄那一行以粗體呈現嫉妒二字，他這才給自己陰暗的心理動搖找到一個像樣的名目。他的不快似乎是來自嫉妒。
嫉妒誰？
他首先想到的是剛才那個服務生少年。在蜜月旅行的火車上，當他察覺自己冷落了新娘，只顧著嫉妒一個驚鴻一瞥的少年，頓時毛骨悚然。因為他覺得自己似乎是一種不定形的、沒有人類外型的生物。
悠一將頭靠著椅背，隔著一點距離眺望康子低垂的臉孔。能不能把她當成男孩？這眉毛？眼睛？鼻子？嘴唇？他就像畫壞許多張素描的畫家那樣憤然啐了一聲。最後他閉上眼，努力把康子當成男孩。但這種想像力的不道德，把眼前的美少女變成比女人還難愛的東西，彷彿越發難以愛上的醜惡影像。

## 第四章　傍晚偶見遠方火災的功效

十月初的某個傍晚，悠一晚餐後窩在書房。他環視四周。這是很有學生氣息的簡樸書房。獨身者的思想，如無形的雕像純潔佇立。家中唯有這個房間還不像已婚者。唯有這裡，這個不幸的青年可以從容呼吸。

墨水瓶，剪刀，筆筒，小刀，字典，他深愛這些東西在檯燈下閃閃發亮的時刻。物象是孤獨的。置身在這些東西的團圓中，他朦朧察覺世間稱為家庭團圓的和平或許就是這樣。一如剪刀之於墨水瓶，彼此孤立的存在理由，配合尚未成形的行為，沉默地互相守護。那種團圓發出聽不見的透明笑聲。那種團圓連帶保證的唯一資格。……

想到資格這個字眼，他立刻心頭一痛。此刻南家表面上的和平，似乎是對他的責難。幸好沒有惡化成腎萎縮因此不用住院的母親每天的笑容，康子終日浮現的朦朧微笑，這種安息……眾人皆睡，惟他獨醒。他嘗到和一直沉睡的家人共同生活的詭異感。他很想拍拍大家的肩膀叫醒他們。但是如果那樣做……母親和康子還有阿清或許的確會清醒。但他們將會從清醒的瞬間開始憎恨悠一吧。唯有一人清醒未免太不講道義了。但夜晚就是靠著不講道義來守護。靠著背叛睡眠來守護睡眠。唉，為了把真實繼續放在沉睡的這方，人性是如此警戒！悠一感到守夜人的激怒。他對這種人性的職責感到激怒。

考季尚未來臨。只要先檢查一下筆記本即可。他的經濟學史、財政學、統計學等等筆記本上，寫滿整齊秀麗的小字。朋友們都被他的筆記之正確嚇到，但這種正確是機械性的。機械的動作，在早晨秋陽照射的教室中，在幾百支筆沙沙作響的揮舞中，格外突顯出悠一的那隻筆。那種沒感情的抄筆記方式幾乎近似速記，因為他想必只是把思考用於機械性的自制手段。

今天是他婚後第一次去學校。學校是個恰好的避難處。回到家之後，俊輔打電話來。老作家蒼老開朗的高亢嗓音在電話那頭說，

「嗨，好久不見。最近還好嗎？之前我一直不敢打電話打擾。明天要不要來我家吃晚飯？我本來很想邀請你們夫妻都來，但我也想問問你後來的情況，所以還是你一個人來吧。最好別告訴你太太是來找我。剛才你太太接電話，她說大後天是星期天，要和你一起來我家致謝，到時候你就裝做是婚後第一次來就行了。至於明天，我想想喔，你五點左右來吧。到時候我想引薦給你的人也會來。」

想起這通電話，此刻看著的筆記本紙面，就好像有一隻無恥的大飛蛾四處打滾。他合起筆記本。喃喃嘀咕。嘀咕了一句「又是女人」後，光是這樣好像就異常疲憊。

悠一像小孩一樣害怕黑夜。今晚想必是至少可以擺脫義務觀念的一晚。這一晚，他要一個人自由自在躺在床上，貪心地享受安息——這是到昨天為止還不斷重複盡義務的獎勵。就讓他在純潔、平整的床單上醒來吧。這才是最好的獎勵。但諷刺的是，不容今晚的他享受那種安息的情慾正虎視眈眈。情慾如潮水，舔拭他陰暗內心的周邊之後退去，退去之後又再次躡足逼近。

那無數詭奇、毫無情慾的行為。冷徹如冰的種種感官遊戲。悠一的初夜，是拼命模仿情慾。這像樣的模仿欺騙了沒經驗的買家。換言之，他的模仿成功了。

俊輔曾經詳細教導悠一避孕的步驟，但悠一害怕那些步驟會妨礙他心中築起的幻想，因此棄之不顧。理性明明命令他避免有小孩，但是和害怕眼下的行為失敗受到恥辱的恐懼相比，那種將來的事似乎不重要。第二晚，他又基於某種迷信，認為初夜的成功是因為沒有按照那種避孕步驟，他怕如果按照那個步驟或許會出差錯，因此又重複和初夜一樣的盲目行為。第二晚說穿了是忠於成功模仿的雙重模仿。

回想起靠著始終冰冷的心熬過的那些冒險夜晚，悠一不禁戰慄。在熱海的旅館，新郎新娘陷入同樣恐懼的奇異初夜。康子待在浴室時，他坐立不安地去陽臺。夜裡旅館的狗叫個不停。眼下車站前燈火繁華處有舞廳，可以清楚聽見那裡的音樂。凝神細看之下只見窗內的黑色人影隨著音樂晃動，音樂靜止時就跟著靜止。每次靜止時，悠一就感到心跳加快。他把俊輔說的話當成護身符暗自念誦。

「就把對方當成一根木柴，當成坐墊，當成肉店簷下吊掛的一塊牛肉。」

悠一粗魯地扯下領帶，拿那個當鞭子抽打陽臺的鐵欄杆。他需要某種用力的行為。

到了關燈時，他只能依賴想像力的放縱。模仿是最具獨創性的行為。在模仿的過程中，悠一感到自己沒有任何範本。本能令人沉醉於平庸的獨創，但違背本能令人痛苦的獨創意識又讓他醉不了。

「古往今來都沒有人做這種事。只有我一人。一切都必須靠我自己去思考創造。時間分分秒秒都在屏息等待我獨創的命令。看哪！看我的意志再次戰勝本能的冰冷景色。看女人的歡愉從這片荒涼的風景中央，猶如夾帶塵埃的旋風呼嘯。」

……不管怎樣，悠一的床上，必須有另一個美麗的雄性。他的鏡子，必須介於他和女人之間。如果不借助那個，就無望成功。他是閉著眼抱女人。那一刻，悠一在腦海想像的是自己的肉體。

暗室內的兩人就這樣徐徐變成四人。因為真實的悠一和少年版康子的交媾，以及想像中能夠愛女人的虛構版悠一和真實的康子的交媾，有必要同時進行。從這雙重的錯覺，有時迸發作夢般的歡喜。那頓時轉為無止境的倦怠。悠一屢屢看見放學後的母校空無一人的遼闊運動場的空白幻影。他縱身投入陶醉。拜這瞬間的自殺所賜，終於完事了。但從翌日起，自殺成了他的習慣。

不自然的疲勞和嘔吐，剝奪了翌日兩人的旅程。兩人走下朝海邊傾斜的險峻斜坡上的小鎮。悠一感到自己在所有人面前不斷扮演幸福。

兩人來到碼頭，嬉鬧著用三分鐘五圓的投幣式望遠鏡遠眺。海上晴朗。可以清楚看見，右方海岬頂端錦浦公園內的涼亭，在上午的陽光中發亮。兩人成對的影子掠過涼亭融入芒草叢的光芒中。又有另一對影子進入涼亭相依相偎。那兩人的影子融為一體。再把望遠鏡向左轉，只見幾組人沿著迂迴的石板路走上緩坡。可以清楚看見那雙雙對對的人影落在石板路上。悠一看到自己腳下也有同樣的影子，不免有幾分安心。

「大家都和我們一樣。」

康子說。她離開望遠鏡後就倚靠著堤防，任由輕微暈眩的額頭暴露在海風中。但這時，嫉妒妻子這種確信的悠一沉默不語。

……悠一從不快的沉思中醒來，望向窗口。位於高地的窗子，可以遠眺下方的電車道和組合屋的街區彼方工廠地帶煙囪林立的地平線。碰上晴朗的日子，那地平線由於煙霧瀰漫看似被抬高一兩寸。夜晚或許又因為夜間作業，或者寥寥無幾的霓虹燈反射，只見那一帶的天空下方，屢屢抹上淡淡的胭脂。

但今晚的紅色和那不同。天空下方顯然已醉意醺然。月亮尚未升起，因此稀疏的星光下，那種醉意格外顯眼。不僅如此，這遙遠的紅色還迎風招展。帶著杏黃色的不安混濁，看似迎風奮發的奇妙旗幟。

悠一猜到那是火災。

這麼一想才發現，火焰周遭也有白煙的陰影籠罩。

俊美青年的眼睛因情慾而濕潤。他的肉體倦怠地喧囂躁動。不知為何，他感到自己已無法再待在這裡不動。他從椅子站起。他必須奔跑。必須磨滅這股衝動。他走到玄關，在學生服外套上深藍色風衣綁緊腰帶。他對康子說，臨時想起需要用參考書，要去找一找。

他走下坡，在廉價組合屋透出零星燈火的電車道等電車。雖然漫無目標，但他打算去市中心。之後過於明亮的都營電車搖搖晃晃從街角的彎道出現。車上沒空位，被迫站著的十二、三名乘客，有的倚靠窗邊有的抓著吊環散布各處。簡而言之是恰到好處的擁擠程度。悠一憑窗將發燙的臉頰迎向夜風。從這裡看不見地平線遠處的火災。那真的是火災嗎？抑或是更凶險、更不祥的事件火光？

悠一隔壁的窗口沒有人。下一站上車的兩名男子靠向那邊。他們只能看見悠一的背影。悠一不動聲色地斜眼偷窺兩人。

其中一人穿著舊西裝改造的鼠灰色夾克，是個年近四十看似商人的男人。耳朵後方有小傷疤。只有頭髮噁心地抹得油光水滑細心梳理過。但他土黃色的長臉上，稀疏冒出的鬍鬚如雜草覆滿臉頰。另一人個子矮小，穿著咖啡色西裝看似上班族。臉孔令人聯想到老鼠。但是膚色非常白皙，甚至堪稱蒼白。紅褐色的仿玳瑁框眼鏡，更強調出這蒼白的臉色。此人倒是看不出年紀。二人低聲竊竊私語。聲音帶有難以形容的黏稠親密感，以及分享祕密為之垂涎的調調。對話毫不客氣傳入悠一的耳中。

「你接下來要去哪？」西裝男人問。

「最近很缺男人。我太想要男人，所以一到這個時間就四處閒逛。」

看似商人的男人回答。

「今天是去H公園嗎？」

「讓人聽見不太好。請稱為Park。」

「是是是，真是失敬。有好貨色嗎？」

「偶爾會有。現在這個時間剛剛好。再晚就都是老外了。」

「好久沒去了。不如也去看看吧。只可惜今天不行。」

「像你我這樣，就不會被做生意的白眼相向了。如果是更年輕貌美的人，只會被當成去搶生意的。」

車輪的傾軋聲打斷對話。悠一的心頭有好奇心激盪。但第一次發現的同類如此醜陋，傷害了他的自負。這些人的醜陋，恰好吻合他長年來離經叛道的苦惱。「如果與之相比，」悠一想。「檜先生的臉上有歲月痕跡。至少是男人味的醜陋。」

電車抵達前往市中心的轉乘站。穿夾克的男人和同伴道別，站在下車口。悠一也跟著下電車。除了好奇心，更有對自己的義務感促使他這麼做。

那個十字路口是還算繁華的街角。他盡量遠離夾克男等電車。他站的位置是水果店門口，過於明亮的電燈下，堆滿秋季豐饒的果實。有葡萄。粉撲撲的紫色外皮，和旁邊的富有柿宛如秋陽的光澤相互輝映。有梨子。有提早上市的青橘子。有蘋果。但成堆水果冰冷如屍體。

夾克男朝這邊轉頭。四目相接，悠一若無其事地轉開視線。對方執拗如蒼蠅的視線卻片刻不離悠一。「難道我命中注定要和這個男人睡覺嗎？我已經沒有選擇餘地了嗎？」他戰慄地暗想。這種戰慄帶有腐敗似的不潔甜味。

電車來了，悠一匆匆上車。剛才偷聽對話時應該沒有被對方看到臉。絕不能被當成同類。但夾克男的眼中燃燒情慾。擁擠的電車中，男人踮起腳尖搜尋悠一的側臉。完美的側臉，如年輕野狼的精悍側臉，理想的側臉……。但悠一深藍色風衣寬闊的背部對著他，仰望寫有「秋季旅遊就到N溫泉」還畫著紅葉的廣告海報。廣告都是如此。溫泉，飯店，輕鬆入住，歡迎休息，備有浪漫套房，最佳設備最低收費……。其中一則廣告，畫著牆上映現的裸女身影，以及菸灰缸裡徐徐冒煙的香菸，上面寫著「秋夜的美好回憶就在本飯店」。那些廣告帶給悠一痛苦。因為廣告不容分說地令他體會到，這個社會畢竟還是根據異性戀原則，以及無聊且永遠不變的多數決原則來運作。

之後電車來到市中心，行經已過下班時間的大樓窗口燈光之間。路上行人稀少，行道樹很暗。可以看見公園漆黑安靜的樹叢。這是公園前的電車站。悠一先下車。幸好這站下車的人很多。那個男人殿後。悠一和其他乘客一起經過電車道，走進公園反方向的角落某家小書店。他假裝瀏覽雜誌，朝公園那邊偷窺。男人正在面向步道的公園廁所前徘徊。顯然正在尋找悠一。眼看著男人過了一會走進廁所，悠一這才走出書店，穿越無數汽車的車流，快步走過電車道。廁所前有樹蔭，光線很暗。但那一帶，有點像躡手躡腳的人潮，又有點像隱密的熱鬧，彷彿在進行某種看不見的聚會。如果是一般的宴會，就算是門窗緊閉，還是可以根據悄悄流洩的音樂，或者餐具的碰撞聲，酒瓶的開瓶聲之類隱約傳來的聲響讓人窺知動靜。但那裡是瀰漫臭氣的廁所。而悠一的周遭並無人影。

他走入廁所潮濕陰暗的燈下。難怪圈內人稱之為「事務所」——這種事務所在東京有四、五處很出名——因為這幽黯沉默的事務所，有種事務性的默契，用眼色代替文件，用小動作代替打字，用交換暗號代替打電話，此刻這些日常風景映入悠一的眼中。不過，他其實沒看到什麼。就這個時間而言略顯過多的近十名男子，正在悄悄交換眼神。

他們一齊看著悠一的臉。剎那之間，許多雙眼睛炯炯發光，許多雙眼睛流露嫉妒。幾乎被那些眼光撕裂的恐懼，令這個俊美青年不由戰慄。他手足無措。但男人們的動作自有一種秩序。被互相牽制的力量拉扯，那種動作似乎減去了一定以上的速度。他們就像糾結的水藻在水中徐徐散開似地行動。

悠一從廁所旁的出口躲進公園茂盛的八角金盤叢中。頓時只見眼前的步道處處有香菸的火光。

白天和日落前手挽著手絡繹走過這種公園深處小徑的情侶，作夢也不知道就在幾小時後，同一條小徑被用於截然不同的用途。公園等於變了臉。白天蒙著的的半邊異樣臉孔在此刻顯現。就像那齣莎翁戲劇的最後一幕，人類的饗宴場所在夜半時分讓給妖魔鬼怪辦宴會。白天辦公室的情侶們隨意坐下聊天的展望臺，到了夜晚被稱為「大舞臺」，遠足的小學生們害怕遲到，用小短腿一路跳上去的陰暗石階，此刻換上「男人的走秀臺」這個名稱，公園深處漫長的林蔭道，被「一瞥大道」這個名稱取代。那些都是夜晚的稱呼。基於沒有法律可管因此袖手旁觀的轄區員警，很清楚這種稱呼。即便在倫敦或巴黎，公園也一樣充做這種用途，當然是為了實際上的方便，但這種象徵多數決原則的公共場所，能夠也照顧到少數者的利益，是一種諷刺又值得感恩的現象。H公園打從大正時期那一區還是練兵場時，就已是這種人聚集的知名場所。

悠一毫不知情地站在「一瞥大道」的一端。他反向走那條路。同類佇立在樹蔭下，或是用水族館的魚那種遲緩的步調走路。

這種被渴望、選擇、追求、衷心發願、嘆息、夢想、徬徨、習慣的麻藥越發激起愛恨情念，因美學的業障而面目醜陋的肉慾群，彼此依賴昏暗路燈的燈光，定定交會悲哀凝視的視線四處徘徊。黑夜中睜開無數飢渴的眼睛，在互相凝視的同時不斷流動。小徑折返處互相摩擦的手臂，相觸的肩膀，隔肩交會的眼神，吹過樹梢的夜風低語，徐緩往來又在同一個地方擦肩而過時犀利投來的審視目光……樹木之間灑落不知是月光還是燈火的斑剝光影落在草叢各處，只聞蟲鳴陣陣。蟲鳴和黑暗中各處明滅的香菸火光，加深這種情念令人窒息的沉默。不時駛過公園內外的汽車車頭燈，令樹影劇烈晃動。佇立在樹蔭中之前始終沒被發現的男人身影頓時大幅浮現。「這些都是我的同類。」悠一邊走邊想。「階級、職業、年齡、美醜各不相同，只憑著同樣的一種情念，說穿了是靠陰部結合的夥伴。這是什麼同儕關係！這些男人事到如今沒必要一起睡。因為我們生來就睡在一起。同時，為了互相憎恨，互相嫉妒，互相輕蔑，互相溫暖，我們也稍微相愛。瞧瞧走過那裡的男人那種走路方式！渾身散發性感，雙肩交互聳起，扭動大屁股，搖頭晃腦，那種步伐令人聯想到蛇行。那是比父母、兄弟、妻子更貼近我的同類！」——絕望是一種安息。俊美青年的憂鬱稍微減輕。因為在這麼多的同類中，他找不出更甚於自己的美貌。「不過剛才那個夾克男不知怎樣了。也不知當時是否還在廁所中。我倉皇逃走時或許看漏了。佇立在那邊樹蔭下的或許就是他？」

他感到迷信式的恐懼，見到那個男人就注定最後不得不和那男人睡覺的迷信式恐懼萌生。為了鼓舞自己，他點燃香菸。這時，一名青年接近他，把沒有點火的——想必是故意熄滅的香菸伸出來說，

「不好意思，借個火。」

這人年約二十四、五歲，是個穿著灰色高級訂做雙排扣西裝的青年。形狀極好的紳士帽，品味出眾的領帶……。悠一默默遞出香菸。青年端整的長臉向前伸。仔細打量那張臉孔時，悠一不禁戰慄。青年那靜脈浮現的手，和眼角深刻的皺紋，分明屬於遠超過四十歲的男人。眉毛用眉筆精心描摹過，舞臺妝用的粉底如輕薄的面具，遮掩那衰老的皮膚。過長的睫毛似乎也不是天生的。

老青年抬起渾圓的眼睛，似乎想對悠一發話。但悠一轉身就走。基於對對方的同情，他沒有落荒而逃，盡量慢吞吞邁步時，之前似乎一直跟著他的男人們也跟著轉身。人數遠遠不止四、五人。他們各自保持距離，若無其事地移動。悠一認出其中一人分明是那個夾克男。他不禁加快腳步。但是沉默的讚美者們跟前跟後地試圖窺探這個俊美青年的側臉。

又走到那個石階之處時，不熟悉地理環境，連石階的夜晚名稱都不知道的悠一，思忖如果走上石階或許能找到地方躲避。月光如水照亮石階的上方。他走上去時，湊巧有個人影吹著口哨走下來。是穿著白色合身毛衣的少年。悠一看著那張臉。是那個餐廳服務生。

「啊，小哥哥。」

少年不假思索朝悠一伸出手說。不規則排列的石頭令少年腳步踉蹌。悠一連忙扶住那柔韌結實的胴體。這種戲劇化的邂逅感動了他。

「你還記得我嗎？」少年說。

「記得啊。」悠一說。他嚥下婚宴當天看到那種痛苦情景的回憶。兩人十指交握。悠一的掌心感覺到少年小指戴著的戒指上有尖銳突起。那讓他無端想起學生時代朝他的裸肩丟來的毛巾那種粗糙線頭的刺痛感。兩人手牽手朝公園外走去。悠一的心情激盪。他拽著不知不覺變成挽著手臂的少年，跑過夜間不時有情侶悠閒漫步的冷清步道。

「為什麼要跑這麼快？」

少年氣喘吁吁問。悠一聞言臉紅地停下腳。

「沒什麼好怕的啦。看來你還不習慣吧。」少年再次說。

後來兩人在某間具有可疑默契的飯店闢室共度的三小時，對悠一而言宛如熾熱的瀑布。他擺脫一切人為的羈絆，沉醉於靈魂完全赤裸的這三個小時。肉體赤裸的快樂是多麼巨大啊。當靈魂脫下沉重的外衣，變得赤裸的這瞬間，悠一的感官歡愉，又加上了澄澈的激情，幾乎沒有肉體容身的餘地。

但是如果正確判斷這個場面，與其說悠一買了少年，毋寧是少年買了悠一。或者說是巧妙的賣家買了笨拙的買家。服務生的靈巧讓悠一做出激烈豪放的舉動。透過窗簾的霓虹燈反光宛如失火。在這火焰的反光中，浮現一對盾牌，那是悠一漂亮又有男子氣概的胸膛。湊巧這個時節不該有的夜晚冷空氣刺激他的過敏體質，於是胸膛有幾處出現蕁麻疹的紅斑。少年發出嘆息，一一親吻那些紅斑。

——服務生坐在床上穿褲子，一邊問道：

「下次什麼時候能見面？」

明天悠一和俊輔有約。

「後天可以。最好不要在公園。」

「那當然。我們已經沒那個必要去公園了。今晚終於見到我從小就夢寐以求的人物。我從沒見過像小哥這麼美的人。你簡直像天神一樣。求求你，千萬不要拋棄我哦。」

少年柔韌的脖頸朝悠一的肩膀貼近。悠一以指尖愛撫少年脖頸的同時閉上眼。這時他為自己日後終將拋棄這第一個對象的預感而竊喜。

「後天九點，餐廳一下班我就去找你。那附近有我們這種人專門聚集的咖啡店。就像祕密俱樂部，但一般人毫不知情也會進去喝咖啡喔。所以你去也沒問題。我現在畫地圖給你。」

他從長褲口袋取出記事本，舔著鉛筆頭畫出拙劣的地圖。悠一看見少年後頸有個小髮旋。

「拿去。應該一看就找得到。啊，還有我的名字，我叫做阿英。你呢？」

「我叫阿悠。」

「真是好名字。」

這種奉承令悠一聽了有點不舒服。他很驚訝少年竟然遠比自己鎮定。

——二人在街角道別。悠一正好趕上紅電車[1]回家。母親和康子都沒問他去哪了。睡在康子身旁的被窩，悠一頭一次感到安息。他已經逃脫了某種東西。被奇妙惡意的歡愉驅使，他將自己比喻成結束愉快的假期重回每日工作崗位的妓女。

但這個戲謔的比喻，具有比他等閒視之更深遠的意義。那道出康子這個拘謹無力的妻子，日後帶給丈夫的意外影響已初露擴散的跡象，或者該說，此刻還只是擴散的預感。

「和我躺在那個少年身旁時的肉體相比，」悠一暗想。「現在躺在康子身旁的肉體是何等廉價。不是康子委身於我，反而是我委身於康子，而且是免費。我是『無酬的妓女』。」

這種自甘墮落的想法，不再像以前那樣令他痛苦，嚴格說來，甚至取悅了他。疲憊令他安然陷入沉睡。就像懶惰的妓女。

1 紅電車，最後一班電車，因車上亮著紅燈而有此名。

# 第五章　渡化的第一步

翌日現身俊輔家的悠一，他那滿足的幸福笑臉，首先就令俊輔不安，其次也令俊輔特地請來和悠一見面的女客感到不安。因為他們原本對悠一各有預期，以為他身上會出現最適合這個青年的不幸條紋。這堪稱二人的誤解。因為這個青年的美貌是普遍性的美。根本就沒有不適合他的條紋。鏑木夫人憑著女人敏銳的鑑定眼光，當下看穿了這點。「這個青年甚至很適合幸福呢。」夫人想。能夠把幸福穿得很好看的青年，就和能夠把黑西裝穿得很好看的青年一樣，堪稱這年頭的稀有動物。

悠一感謝夫人之前出席他的婚宴。那種自然舉止之明快，讓面對任何年輕男人都自來熟的夫人立刻親暱地取笑他。夫人說他的笑容就像在額頭貼著寫有「新婚」的字條招搖，忠告他出門時得記得把那種字條先取下，否則視線不良恐怕會撞到電車或汽車。他沒有流露絲毫反感，笑容坦率地一口答應，老作家見了幾乎懷疑自己眼花。俊輔這種困惑的神情，流露出明知遇上詐騙卻還想維持體面的男人那種愚昧。悠一頭一次有點輕蔑這個地位崇高的老人。不僅如此，還幻想著騙了五十萬的詐欺犯那種喜悅，暗自為之陶醉。於是三人的餐桌因這小小的意外插曲，呈現意想不到的活力。

檜俊輔有一個多年崇拜者是手藝高明的廚師。此人憑藉出色的刀工，做出能與俊輔父親蒐集的陶器搭配得當的佳餚。俊輔自己天生不懂風雅，自然不可能對餐具或菜餚有挑剔的喜好，但是受此人懇求不好拒絕，因此每次宴客時就習慣找他來幫忙掌廚。這個拜入茶道家木津聿齋門下習得懷石料理的京都布料批發店次子，為今天的晚餐做出以下菜色。——懷石料理稱為「八寸」的前菜，有松葉松露和百合烤山椒醬，岐阜的友人提供的蜂屋柿和大德寺的濱納豆、五彩時蔬烤螃蟹，嫩雞肉丸子加芥末的紅味噌湯之後，端上來的是高雅的宋瓷紅綠彩繪牡丹花大盤盛裝仿河豚做法的牛尾魚生魚片。燒物是醬烤抱卵香魚，清口小菜是毛豆泥拌初茸和豆腐芝麻醬拌赤貝，煮物是鯛魚豆腐配醃漬蕨菜，壺物是燙茜草。餐後甜點是糕餅名店森八的小不倒翁，用輕薄的櫻紙包裹白色和桃紅色小巧的人偶形點心。但饒是這滿桌山珍海味，也沒有為悠一年輕的舌頭帶來任何感動。他只想吃歐姆蛋。

「這種菜色太為難悠一了。」

俊輔旁觀他沒胃口的模樣，如此說道。被問起愛吃什麼，悠一直言不諱，但他毫不做作回答歐姆蛋的態度，觸動鏑木夫人的心。

被自己的快活欺騙，悠一不知不覺忘記自己無法愛女人。既定觀念的實現，往往可以治癒那種既定觀念。被治癒的是觀念，絕非形成觀念的原因。但這種虛假的痊癒，讓他第一次獲准隨心所欲地沉醉於假說。

「如果我說的全是謊言……」美青年帶著有點得意的開朗思索。「……假定我其實愛著康子，但是苦於經濟拮据，於是在這個善良好騙的小說家面前胡扯一通，我現在的立場不知會有多麼痛快。我大概會洋洋得意，很驕傲自己如同舒適別墅的幸福是建立在惡意的墓地上。我將來大概會講餐廳地板下埋著陳年人骨的故事給我的孩子們聽。」

現在悠一為告白難以避免的過度誠實，感到羞愧。因為昨晚那三小時已改變他誠實的本質。

俊輔替夫人斟酒。

酒水溢出灑在她的黑色外褂上。

悠一迅速從上衣口袋掏出手帕替她擦拭。瞬間閃現手帕耀眼的潔白，當場帶來清潔的緊張感。

俊輔思索自己蒼老的手為何顫抖。因為那時他見夫人只顧著頻頻看悠一側臉，喚醒了他的嫉妒。可不能為如此愚昧的私情壞了大事，俊輔明知必須徹底排除自身的私情，但悠一意外的開朗，又讓這個老作家迷惘。他再次反省：之前我以為我發現並且感動的是這青年的美貌，難道那是假的，我其實只是愛上他的不幸嗎……？

夫人也是，悠一用心的周到態度令她感動。通常她都會當下把男人的親切判斷為對自己有意思，卻也不得不承認唯獨悠一的親切是純粹的。

至於悠一，他對自己情急之下掏出手帕的輕率舉動頗為尷尬。他認為自己太輕浮。再次從沉醉中逐漸清醒的他，關心的重點只在於自己的言行是否會被視為諂媚。反省癖讓他和向來不幸的自己和解。他的眼眸一如往常晦暗。俊輔見了，很高興終於見到熟悉的現象，這才安心。不僅如此，他甚至懷疑青年之前的開朗，都是體會到俊輔的意思做出的巧妙偽裝，他看著此刻的悠一，眼神帶有某種感謝與安慰。

歸根究柢，這種種誤差，都是因為鏑木夫人比受邀時間提早一小時抵達檜家。俊輔為了聽悠一報告，特地空出來的這個小時，被她用一如往常毫不客氣的做法，說聲「我閒著無聊乾脆提早過來」就若無其事地侵占了。

過了兩三天，夫人寫信給俊輔。以下這一行令收信人不由微笑。

「總之那個青年有所謂的優雅。」

這和上流階層出身的女人對「野性」的那種敬意似乎不大相同。難道悠一很柔弱？俊輔思索。絕對不是。如此說來，夫人用優雅這個字眼想表達的，似乎是在抗議悠一帶給女人的「殷勤卻漠不關心」的印象。

因為悠一離開女人身旁和俊輔獨處時，顯然變得非常放鬆。俊輔多年來見過太多緊張的年輕崇拜者，因此當然很高興。如果是俊輔，反而會說這才叫做優雅。

到了鏑木夫人和悠一該回家的時刻，俊輔叫悠一和他一起去書房找之前說好要借給他的書，悠一霎時一頭霧水，他連忙對悠一使眼色。這是不失禮地將青年從女客身邊引開的最佳方法。因為鏑木夫人從來不看書本這種東西。

窗外有洋玉蘭堅如盔甲的葉叢籠罩的七坪書庫，就在老作家昔日不斷撰寫充滿憎惡的日記和洋溢寬容的作品的二樓書房隔壁。他很少讓人進書庫。

俊美青年在他的帶領下渾然不覺地走入這充滿塵埃和金箔、鞣革、發霉的氣味之中。俊輔看到堪稱他唯一收藏品的這數萬本藏書在悠一面前羞紅了臉。面對生命，面對這耀眼的肉體藝術品，這無數書籍為自己空虛的外衣自慚形穢。他的作品全集精裝本並未失去三面燙金的璀璨光彩，那裁斷的高級紙張塗抹的金色，幾乎可以倒映人的臉形。他覺得當青年拿起全集的一冊時，那青春的臉龐在厚厚的書頁落下影子，讓收錄作品的屍臭彷彿也得到淨化。

「你知道日本的中世，有什麼相當於歐洲中世紀的聖母崇拜嗎？」俊輔對他說。他知道對方一定會回答不知道，因此逕自往下說，

「是稚兒[1]崇拜喔。在那個時代，稚兒高居宴會的上座，率先接受主君賜酒，我有一本當時的有趣祕本複寫本。」——俊輔從手邊的書架拿出一本單薄的和紙裝訂抄本給悠一看。「是我託人替我抄寫叡山文庫[2]中的一冊。」

悠一看不懂封面的「兒灌頂」這幾個字，遂問老作家。

「這讀做兒灌頂。這本書分成兒灌頂的部分和弘兒聖教祕傳的部分，弘兒聖教祕傳的標題下，寫著惠心[3]記述，這當然是胡說八道。時代也不對。我想給你看的，其實是弘兒聖教祕傳中，詳述不可思議的愛撫儀式那個部分（這是多麼精妙的術語！把被愛撫的少年的陽具稱為『法性之花』，愛撫少年的男人的陽具稱為『無明之火』），我想讓你理解的，是兒灌頂這種思想。」

他蒼老的手指不耐煩地翻頁，讀出那一行給悠一聽。

「……汝身為深位之薩埵，往古之如來。來到此界普渡一切眾生」。

「你看『汝』這個字，」俊輔解說。「這個稱呼的對象就是稚兒。在『汝應自今日起於本名

---

1 稚兒，在寺院或貴族武士家打雜跑腿的少年。也是僧侶及男主人的性交對象。「稚兒灌頂」是天台宗及真言宗的祕密儀式，經過灌頂後，少年被命名為某某丸，從此被視為觀世音菩薩的化身，受到崇拜。僧侶只能和灌頂過的少年性交。

2 叡山文庫，位於大津市坂本的佛教專用圖書館。

3 惠心僧都，即源信和尚，平安中期的天台宗高僧。

下方加上丸字，稱為某某丸』這個命名儀式後，按照規矩要念誦這種神祕的讚美和訓誡的固定說詞。不過……」——俊輔的笑容帶著嘲諷。「……不知你度化的第一步如何。應該會成功吧。」

悠一一時之間不懂他是指什麼。

「那女人只要看到中意的男人，據說一週之內就會弄到手。是真的喔。有過無數實例。不過有趣的是，就算是她不中意的男人，只要對方追求她，一週之內必然也會進展到幾乎搞上手的地步。但她在最後關頭會設下某種可怕的陷阱。當初我就是上了那個當。為了不破壞你對那女人的小小幻想，那個我就不說了。總之你先等待一週試試。過了一週之後，她的桃色危機就會找上你。你要巧妙地躲開（當然我也會助你一臂之力），然後再拖延一週。若即若離吊著女人的方法多得是。接著再拖延一週。之後你就會對那女人擁有可怕的權力了。換言之，你要代替我去度化那女人。」

「可她是別人的老婆吧？」悠一天真地問。

「她自己也這麼說。她到處宣揚是有夫之婦。雖然沒有和老公離婚，卻也沒有停止外遇。那個女人的壞毛病，究竟是亂搞外遇還是永遠離不開那種丈夫，我們這些第三者根本分不清。」

悠一聽他這麼諷刺不禁笑了，俊輔揶揄他今天好像笑得特別開心。疑心病很重的老人追問他，該不會是婚後一切如意，真的喜歡上女人了吧？悠一遂說出事情經過。俊輔聽了驚嘆不已。

兩人下樓去和室時，鏑木夫人正無所事事地抽菸。她把菸夾在指間沉思。一邊用另一隻手掌包住拿菸的那隻手，一邊想著剛剛見過的年輕的大手。他提到運動。提到游泳和跳高。二者都是孤獨的運動。如果用孤獨形容不恰當，那麼二者都是一個人能做的運動。這個青年為何選擇那種運動？那麼跳舞呢？……鏑木夫人突然感到嫉妒。因為她想到康子。於是勉強把關於悠一的幻想封閉在他的孤獨中。

「那個人有點像離群索居的野狼。但他並不像叛逆少年，肯定是他內在的能量不適合反抗或叛逆吧。那個人適合什麼呢？或許適合某種強烈的、深刻的、巨大又黑暗的徒勞吧。在他開朗透明的笑容底層，沉著鉛錘般憂鬱的金子。那樸素厚實、擁有農家椅子那種安定感的手掌（真想坐在那上面）……那如同細劍的眉毛。……雙排扣藏青色西裝很適合他。當他扭身時，就像野狼察覺危險豎起耳朵時，動作流暢又犀利。……他有種清純的酩酊。當他把手蓋在杯子上表示不能再喝，側著臉略低下頭裝醉時，他那烏亮的頭髮就在眼前。我感到某種凶暴的衝動，恨不得伸手一把揪住那頭髮。我渴望手上沾滿他的髮油。我的手差點就伸出去了……」

這樣的她，抬起已成習慣性的倦怠視線，望向下樓的二人。桌上只有裝葡萄的大盤子，和已經喝了一半的咖啡杯。她基於矜持並未說出「怎麼這麼久」或「麻煩送我回家」這類的話。她只是沉默地迎接兩人。

悠一看著這個被八卦緋聞侵蝕的女人異常孤獨的身影。不知怎地他感到夫人和他自己一模一樣。她動作迅速地將香菸在菸灰缸摁熄，稍微看一下手提包中的小鏡子，隨即站起來。悠一跟在她後頭。

夫人的做法令悠一瞠目。她始終沒有對悠一開口說話。任性地攔車，任性地命司機開往銀座，任性地把他帶進某家酒廊，讓他和女服務生們玩，任性地在某個時間站起來，驅車把他送到家附近。

在酒廊，當他被大群女子圍繞，她刻意離得遠遠地冷眼旁觀。悠一不習慣這種場所，而且還穿著不習慣的西裝，因此不時快活地拉扯幾乎縮進西裝袖口的襯衫潔白的袖口。看著那種情景，鏑木夫人非常開心。

夫人和悠一終於在椅子之間的狹窄空間翩翩起舞。四處遊走的樂手在酒廊角落的棕櫚樹後演奏。穿梭椅子之間的舞蹈，醉漢放肆的高聲大笑，以及穿梭在香菸煙霧之間的舞蹈……夫人伸指觸摸悠一的脖子。她的手指撫過他理髮後猶如夏草新鮮、堅硬的髮根。她抬起眼。悠一正看著別處。夫人感動了。除非女人跪下臣服否則對女人絕對不屑一顧的高傲雙眼，正是她長久以來苦苦尋覓的。

然而接下來那一星期，夫人毫無音信。兩三天後俊輔雖然收到那封「優雅的」謝函，但是從悠一口中得知自己的失算後還是很慌亂。然而就在第八天，悠一收到了夫人的長篇來信。

# 第六章　女人的不如意

鏑木夫人看著身旁的丈夫。

這是十年來一次也沒有同床共枕過的良人。誰也不知道他在做什麼。夫人也刻意不去打聽。

鏑木家的收入，是靠著丈夫的怠惰和幹壞事自然產生。丈夫是賽馬協會的理事，自然紀念物保護委員會的委員，是用海鰻製造皮包專用鞣革的東洋海產股份公司的社長，也是某洋裁學校名義上的校長。同時他還悄悄買美金炒作。缺零用錢時，就找俊輔這種無害的老好人，以紳士的做法幹壞事。不過這對他而言頂多算是一種運動遊戲。而且這位前伯爵還向和妻子有染的外國人勒索一定的精神補償費。就拿某位害怕醜聞的買家來說吧，此人不等前伯爵開口就一口氣掏出二十萬。

結合這對夫妻的愛情，是標準的夫妻之情，換言之，是共犯之情。對夫人而言，對丈夫的肉體厭惡早已成往事。如今肉慾褪色的透明厭惡感，只是綁住兩個共犯難分難解的紐帶。幹壞事不斷讓兩人孤獨，因此像空氣那樣可以長期維持的同居就有其必要。但兩人其實都打從心底希望分開，之所以迄今仍無法離婚，純粹是因為兩方都想離。通常離婚能夠成立，僅限於其中一方不想離的情況下。

鏑木前伯爵總是臉頰光潤滿面紅光。那打理得過分精緻的臉孔和小鬍子，反而給人一種人工化的不潔印象。惺忪的雙眼皮下，眼珠子不安分地四處轉。臉頰不時如風吹過水面般抽搐，因此養成用雪白的手去捏光滑頰肉的習慣。他對熟人會用冷漠黏稠的說話方式。面對不太熟的人，就端起架子令人難以接近。

鏑木夫人又看著丈夫。那是壞習慣。她絕對不是在看丈夫的臉。她每次想事情，每次感到無聊，心生厭惡時，就會像病人望著自己瘦削的手一樣驀然望向丈夫。但是某個二愣子目睹這一幕後，卻四處說她迄今還迷戀丈夫。

這是工業俱樂部大舞廳旁的休息室。每月例行的慈善舞會聚集了大約五百人。效法這虛假的奢華，鏑木夫人在黑色雪紡絲絨晚禮服的胸前掛的也是假珍珠項鍊。

夫人邀請了悠一夫妻出席這場舞會。寄上兩張舞會入場券的厚信封內，塞了十幾張空白信紙，悠一不知是以什麼表情看著那無字天書。他並不知道，夫人是把寫好的信燒了，再把和那熱情傾訴的長信同樣張數的白紙裝進信封。

鏑木夫人是個剛強的女人。她從來不相信所謂女人的不如意。

就像薩德侯爵的小說《茱麗葉》的女主角，被預言「悖德的懈怠將會立刻帶她走向不幸」，打從夫人和悠一平淡無事地共度一晚後，她就一直覺得自己懈怠了什麼。事後她甚至有點惱怒。她覺得和那麼無趣的青年共度數小時簡直是浪費時間。不僅如此，她還硬把自己的怠惰解釋成這個原因，認定這都是因為悠一欠缺魅力。這麼想好歹為她帶來自由，但是當她發現這世上任何男人從此都失去魅力，不由驚嘆。

一旦墜入情網，我們就會深刻體認到人是多麼毫無防備，對於過去在不知情中度過的日常生活將會不寒而慄。難怪經常有人因為戀愛變得循規蹈矩。

鏑木夫人按照社會一般標準已步入做母親的年齡，但她在悠一身上直覺到的，是阻礙母子之愛的某種禁忌。只要想到悠一，夫人就會用世間母親想起死去的兒子時大概會用的方式去想起他。這些徵兆，或許就是夫人從俊美青年桀驁不馴的眼中發現某種不可能，開始愛上那種不可能的徵兆？

悠一說話時唇形彷彿是要嘀咕滿腔不平的那種青澀感，甚至令曾經自豪從來沒夢過男人的夫人作了夢。這個夢兆令她預感自己的不幸。她頭一次感到有必要保護自己。

雖然傳說中她和任何男人都會在一週之內打得火熱，卻破例對悠一手下留情，其實並沒有特別的理由或陷阱。夫人只是想忘記他，刻意不見他。抱著不會寄出的打算，戲謔地寫出長信。她是笑著寫那封信的。半開玩笑地寫了成篇撩撥悠一的話。寫完重讀她不禁雙手顫抖。她害怕重讀，連忙點燃火柴燒掉。火勢意外凶猛，她慌忙開窗，扔進大雨滂沱的院子。

燃燒的信紙正巧落在簷下乾燥的泥土和排水管的積水之間。信又繼續燒了一會。她覺得那段時間異樣漫長。她不經意抬手摸頭髮。定睛一看，指間沾著白色物體，原來是火星的細小灰燼如悔意染白了頭。

……鏑木夫人抬眼懷疑外面是否在下雨。樂手換人時音樂暫停，因此眾人在地板上移動的腳步聲聽來如雨聲。通往露臺的出入口始終敞開著，只能看見星空和高層建築零星亮起燈光的窗口構成的平庸都市夜景。雖然夜晚的冷空氣從那裡流入，許多婦人裸露著因跳舞和醉意而發熱的白皙香肩，不以為意地照樣流暢穿梭。

「是小南吧。小南夫婦來了。」

鏑木說。夫人看到站在人潮擁擠的入口邊環視休息室的悠一和康子。

「是我邀請他們來的。」她說。康子率先撥開人潮走近鏑木夫人的桌子。迎接她的夫人心情安詳。上次單獨看到悠一時，夫人曾經嫉妒不在場的康子，但是此刻在康子身旁看到悠一，卻讓她得到心靈安寧，這究竟是怎麼回事？

她幾乎沒有看悠一。把康子帶到自己身旁的椅子，她誇獎康子那身鮮豔的裝扮。

在父親的百貨公司採購部低價弄到進口布料的康子，老早就訂做了秋季晚宴用的衣裳。這件晚禮服是象牙白的塔夫綢。寬闊的裙襬充分發揮塔夫綢硬挺冰冷的重量感，隨著光線變化看似不斷流動的裙面木紋，睜大那沉靜、無神的銀色細長眼睛。點綴色彩的是胸前佩戴的嘉德麗雅蘭。被淺紫色花瓣圍繞的淺黃、淡紅及紫色唇瓣，彷彿正對蘭科植物特有的那種媚態與嬌羞做出魅惑眾生的詭辯。用金鏈子綴著印度產小堅果的頸飾，鬆垮垮直到手肘的薰衣草色手套，乃至胸前的蘭花，都瀰漫雨後空氣般清新的香水味。

悠一很訝異夫人竟然始終沒看他。他向伯爵問好。伯爵有著日本人少見的眸色，像閱兵似地看著悠一點點頭。

音樂開始了。他們這張桌子的椅子不夠。因為空椅子被別桌的年輕人搬走了。必須有人站著。當然是悠一就這麼站著，喝鏑木推薦的威士忌蘇打。兩個女人互相替對方倒了白可可香甜酒。

音樂從昏暗的舞廳溢出，如輕霧瀰漫走廊和休息室，令人們聽不清彼此的對話。四人沉默片刻。鏑木夫人突然站起來。

「就一個人站著太可憐了。我們去跳舞吧。」

鏑木伯爵懶洋洋地搖頭。妻子會這麼說令他有點錯愕。因為他們來舞會從來沒有夫妻倆跳過舞。

夫人這個邀約明顯是針對丈夫，但悠一看到做丈夫的理所當然地拒絕後，察覺夫人不可能沒有料到丈夫的拒絕。為了禮貌起見，他是否該立刻向夫人邀舞呢？夫人顯然很想和他跳舞。

他困惑地看著康子。康子當場做出合乎禮貌的孩子氣判斷，說道：

「不好意思，那我們去跳吧。」

康子對鏑木夫人以眼神致意，把手提包放在椅子上就起身。這時悠一的雙手不經意抓著夫人起身後那張椅子的椅背。於是當夫人重新坐下時，微微壓到他的指尖。悠一的手指，有一瞬間就這麼夾在裸露的背部和椅背之間。

康子沒看到。二人撥開人潮去跳舞了。

「鏑木太太最近變了。她原本不是那麼安靜的人。」

康子說。悠一沉默。

他知道夫人就像上次在那個酒廊一樣，正面無表情地如同護衛遠遠旁觀他的舞姿。

康子怕弄壞胸前的蘭花，非常小心，因此兩人共舞時身體略微拉開距離。康子為此感到抱歉，悠一卻希望這種障礙物多多益善。但是想像用自己的胸脯壓扁這昂貴花卉的男性喜悅，這種想像上的熱情頓時令他心情黯然。沒有熱情的行為，就連一丁點浪費，也必須在外人眼中看似吝嗇與禮貌的保護色下不得不謹慎。毫無熱情地壓扁這朵花，以道德標準看來是多麼不正當啊。……這麼一想，想將兩人胸口之間怒放的大朵鮮花壓扁的殺風景企圖，變成了他的義務。

跳舞的人群中央非常擁擠。許多情侶恨不得身體能夠貼得更緊，為了給彼此一個好藉口，越發密集在這最擁擠的地帶。悠一在跳到追步（chasses）時，如泳者用胸膛破水而出般用胸膛劃過康子的花朵之上。康子的身體之所以神經質扭動，是因為愛惜蘭花。比起被丈夫用力抱著跳舞，她更重視蘭花的完好，這種理所當然的女人心，讓悠一格外輕鬆。對方既然是這種打算，那悠一也自有對策，只要扮演任性熱情的丈夫即可。正巧這時演奏的是快節奏的曲子，這個青年如今滿腦子只有不幸的瘋狂念頭，當下發病似地猛然用力抱緊妻子。康子甚至來不及抵抗。蘭花悽慘地破裂變形。

但就各方面而言，悠一的心血來潮之舉帶來了好結果。過了一會，康子開始感到幸福這自然不消說。她溫柔地瞪丈夫一眼。不僅如此，她還像是要炫耀勳章的士兵，用少女的輕快腳步興沖沖回到原先的桌子去炫耀這朵壓爛的花。她想被人揶揄「哎喲，才跳第一支舞，嘉德麗雅蘭就毀了啊」。

回到桌子，鏑木夫婦周遭圍了四、五個熟人在談笑。伯爵打著呵欠默默喝酒。讓康子失望的是，鏑木夫人即使眼尖地發現她胸前壓扁的蘭花也未置一詞。

她抽著女士抽的細長涼菸，深深看著康子胸前垂頭喪氣的這朵被壓扁的蘭花。

到了和夫人跳舞時，悠一立刻用率真的語氣憂心地問：

「謝謝您寄來的入場券。信中什麼也沒寫，我就帶內人一起來了。這樣沒關係吧？」

鏑木夫人答非所問。

「內人？哎喲，真沒想到。你這年紀還不適合這種字眼呢，為何不直接說『康子』？」

夫人沒有錯過這第一次當著悠一的面直呼康子名字的機會，這是什麼樣的偶然所致？

夫人又發現，悠一不只舞技高超，而且跳得非常輕快率真。他那種青年特有的傲慢，每一瞬間都讓她感到很美，這難道只是夫人的幻覺？抑或，這種率真和傲慢其實是同一種東西？

「世間一般男人都用文章本身吸引女人，」她暗想。「這個青年卻靠本文旁的空白來吸引。他是從哪學到這種祕技的？」

之後悠一問起來信為何只有白紙，但他那毫不懷疑的天真詢問態度，令夫人如今想起那封多少有點賣弄技巧吊人胃口的空白信不免羞愧。

「沒什麼。只是我自己文筆不佳……不過那時我想對你說的話的確有十二、三張信紙那麼多。」

悠一感到她這若無其事的回答迴避了重點。

悠一更在意的，其實是他在第八天才收到信。俊輔說的一星期這個期限，令他聯想到考試的及格與否。什麼事也沒發生地過完第七天後，他的自尊心大為受傷。因俊輔的煽動得到的自信似乎遭到推翻。這是他第一次明明確定不愛對方，卻如此期盼被對方所愛。那天他甚至懷疑自己是否愛上了鏑木夫人。

空白的來信令他訝異。鏑木夫人不知何故很怕在康子缺席的情況下見悠一（這也是在悠一深愛康子的這個假設下，害怕惹惱他的結果），特意隨信附上的兩張入場券，更讓他訝異。打電話給俊輔後，這個好奇心已經旺盛到不惜自我奉獻的男人，雖然不跳舞卻一口允諾要來參加舞會。

俊輔還沒來嗎？

兩人回到座位，已有服務生搬來幾張空椅子，近十名男女眾星拱月地把俊輔圍在中間。俊輔對悠一微笑。那是朋友的微笑。

鏑木夫人見到俊輔大吃一驚。了解俊輔的人們，不僅吃驚，也立刻出現種種議論。這是檜俊輔首次出席這種每月例行舞會。是誰有這麼大的力量讓老作家來到如此格格不入的場合？但那種臆測或許該說是外行人的想法。因為對格格不入敏感的才能其實是小說家必備的才能，俊輔只是一直忌諱把這種才能帶進生活中。

康子很少喝洋酒，因此已有點醉意，於是天真無邪地爆悠一的料。

「阿悠最近變得特別愛漂亮。還買了梳子，隨時隨地放在衣服暗袋。一天不知要梳多少次頭髮。我真擔心他會提早禿頭。」

眾人都奉承康子說這是受到她的感化，但是本來若無其事笑著的悠一卻驀然額頭發黑。就連買梳子，都是他無意識中開始養成的習性。即使在大學聽著無聊的講課，也經常不知不覺拿梳子整理頭髮。現在被康子當眾這麼一說，他才發覺自己如今內袋隨身**藏著**梳子的變化。就像狗從別人家叼回骨頭，他發覺這種隨身攜帶梳子的習性，正是他從那個圈子帶回家的第一樣東西。

不過康子把新婚丈夫的改變悉數聯想到自己身上也是理所當然。有一種遊戲，是將平凡無奇的畫面中數十個點連起來，就會忽然跳出另一幅畫面，彷彿畫的意涵都不同了，但是如果隨意連起最初幾點，形成的只不過是無意義的三角形或方形。不能因此就說康子太笨。

俊輔看不下去悠一的恍神，小聲說：

「你怎麼了？看起來倒像是為情所苦。」

悠一起身去走廊，俊輔也不動聲色地跟上。俊輔說，

「你注意到鏑木夫人水汪汪的眼神嗎？沒想到那女人居然也變得注重精神性。這恐怕是她有生以來第一次和精神扯上關係。這都是因為愛情不可思議的輔助作用，你完全不具備精神性的反作用出現了。我如今漸漸明白，你以為可以在精神上愛女人，但那是假的。人類變不出那麼靈巧的魔術。其實你在肉體和精神上都無法愛女人。就像自然之美征服人類的做法，你是靠著完全欠缺精神性來征服女人。」

——俊輔這時還沒發覺，他其實只把悠一視為自己的精神傀儡。不過那當然是在他個人特有的藝術性讚美下——「任誰都覺得自己得不到的東西最好。女人也是如此。今天的鏑木夫人因為墜入情網，似乎已經徹底忘記她自己的肉體魅力了。這玩意直到昨天為止，本來還是比任何男人更令她難忘的東西呢。」

「可是一星期早就過了。」

「那是她破例優待你。你是我看到的第一個例外。首先那女人就無法隱藏自己的愛意。她剛才本來把她那個佐賀錦綴孔雀刺繡的手拿包放在椅子上，等她和你回到位子後就改放到桌

上，你看到沒有？她是一邊細心地謹慎檢查桌面，這才放到桌子上的。可她竟然把那個手拿包坦然放在桌上灑的那攤啤酒中。如果你以為她是那種會因為參加舞會而亢奮的女人，那你就大錯特錯了。」

俊輔又請悠一抽菸，繼續說道：

「看樣子會跟她耗上很久呢。暫時你是安全的，如果她提出邀請，不管去哪你都是安全的。首先你已婚而且是新婚，有這個基本上的安全保障。但是讓你安全並非我的本意。你先等著。我再介紹一個人給你。」

俊輔四下張望。他是在找十幾年前，和康子同樣的狀況，拒絕俊輔另嫁他人的穗高恭子。

悠一忽然用外人的眼光旁觀俊輔。俊輔看起來，就像站在這青春和華美的世界中央的一個死人，正在物色什麼。

俊輔的臉頰上有生鏽的鉛色沉澱。他的眼睛已失去清澈，泛黑的嘴唇露出過於整齊的潔白假牙，猶如廢墟殘留的白牆異樣鮮明。但悠一的感想也正是俊輔的感想。俊輔有自知之明。因為早在見到悠一時，他就已下定決心，活在現實的同時也一腳踩進棺材。從事創作時，世界之所以那樣透明，人事之所以那般明晰，正是因為在那些瞬間，他已經死了。俊輔的種種愚行，只不過是死人每次笨拙地想在現實生活復活的業報。一如在作品中，既然讓他的精神定居在悠一的肉體了，他決心要從那陰鬱的嫉妒和怨恨中痊癒。他渴望十全十美的復活。簡而言之，只要以死人的身分在這世間復活即可。

用死人的眼光去看時，現世是何等澄明地展現那個結構！他人的戀情是如何清晰得足以透視！在這毫無偏見的自在中，世界會變成多麼渺小的玻璃機器！

……但這老醜的死人內心，有時也會因為對自己加諸自身的束縛感到不滿足而蠢蠢欲動。就像聽說悠一那七天什麼事也沒發生時，他在害怕計畫失敗和預測落空的狼狽背後，也感到一絲暢快。這和方才從鏑木夫人的表情發現明確的愛意時，俊輔心頭湧現的某種不快的痛楚，其實系出同源。

俊輔發現恭子了。湊巧某出版社的社長夫妻抓著俊輔鄭重寒暄，攔下了本想朝恭子走去的他。

在餘興節目的抽獎獎品堆積如山的桌旁，正與白髮的外國老紳士談笑風生聊得熱絡的旗袍美女就是恭子。每當她一笑，嘴唇就如漣漪在白牙周遭輕柔地忽縮忽放。

她的旗袍是白底浮現龍紋的緞面。領口的掛鉤和鈕扣是金色的，拖地的裙襬下若隱若現的舞鞋也是純金色。翡翠耳環搖曳一點綠意。

俊輔想走近，卻又被穿晚禮服的中年女人攔下。女人不斷提起藝術話題，被俊輔用雖不至於無禮卻有點草率的態度打發掉，目送她離去的背影，那宛如磨刀石呈現不健康膚色的平坦裸背上，抹了粉底的灰色肩胛骨並排突起。俊輔思忖，藝術這玩意為何這麼喜歡替醜陋找藉口？而且是世間公認理直氣壯的藉口。

悠一忐忑不安地走來。俊輔看恭子還在和外國人聊天，遂以眼神示意悠一看那邊，同時對悠一耳語：

「就是那女的。是個漂亮輕快又招搖的貞節烈女，但是聽說最近夫妻失和，我聽旁人說她是和另外一群人一起來的。我會把你介紹給她，就說你也是沒帶妻子獨自前來，你可要記住。你必須和她連跳五支舞。不能多也不能少。跳完分開時，你再一臉愧疚地告訴她，其實你妻子也來了，但你猜想如果老實這麼說，她就不會和你跳這麼多支舞，所以剛才對她撒謊了。說的時候最好盡量帶點情趣。她想必會原諒你，對你留下神祕的印象。然後你可以說幾句好話恭維她，但最有效的恭維還是說她的笑容很美。她剛從女校畢業時，一笑就會露出牙齦，看起來很可笑，但之後經過十幾年訓練，已經修練成無論怎麼大笑都不會露出牙齦了。你也可以讚美她的翡翠耳環。她最會用那個來襯托脖頸肌膚的白皙。還有，最好別說有顏色的奉承話。她喜歡乾淨的男人。不過這也是因為她乳房很小。那個雄偉的胸部是假的。八成是塞了海綿墊。欺騙別人的眼睛大概也是美的禮儀吧。」

那個外國人開始和另一群外國人交談，於是俊輔走過去把悠一介紹給恭子認識。

「這是小南。之前他托我居中介紹認識妳，可惜一直沒機會。他還在念書。不過已經結婚了，真可憐。」

「哎喲，真的啊？這麼年輕就結婚了？這年頭大家都早婚呢。」

俊輔說，悠一婚前就拜託他介紹，所以現在正被埋怨，據說他是在婚前一週，秋天這裡的第一場舞會上初次見到夫人。

「如此說來……」恭子沉吟之際，悠一偷窺俊輔的側臉。他明明今天才第一次來這個舞會。

「……如此說來，才新婚三週啊。那天的舞會很熱吧。」

「所以第一次見到妳，」俊輔用獨斷的口吻說。「他就產生孩子氣的野心。他說婚前無論如何都想和妳連跳五首曲子。是吧，小夥子？你用不著臉紅。你說這樣就可以了無遺憾地結婚了。結果最後還是沒實現心願就和未婚妻結婚了。但他仍舊不死心，還責怪我。因為我一時脫口而出說我認識妳。……所以今天妳知道嗎，他特地沒帶妻子獨自前來。妳能不能成全他這個心願？只要跟他連跳五支舞他就心滿意足了。」

「這是小事一樁嘛。」——恭子用不帶負面情緒的豁達語氣一口答應。「只要你沒認錯人就好。」

「快，悠一你去跳舞吧。」

俊輔一邊留意休息室那邊一邊催促。二人走入舞廳的昏暗中。

休息室一角的桌前，被熟人一家挽留的俊輔，挑了隔著三、四張桌子可以清楚望見鏑木夫妻那桌的位置坐下。正好鏑木夫人被外國人從舞廳護送回桌前，只見她對康子以眼神致意後在對面的椅子坐下，但這兩個不幸女人的畫像，遠遠看來帶有故事的氛圍。康子胸前已經沒有蘭花。黑衣女人和象牙白女人，無所事事地交會目光保持沉默。就像一對牌。

從窗外旁觀他人的不幸，遠比在窗中看到的更美。因為不幸很少會跳窗主動撲向我們。……音樂的專制支配了聚集的人們，操縱那個秩序。音樂用類似深沉疲勞的感情毫不放鬆地操縱人們。在這音樂的流動中，有一種音樂也無法侵犯的真空窗口，俊輔覺得自己正透過那窗口旁觀康子與鏑木夫人。

俊輔現在坐的這張桌子有十七、八歲的少年少女在聊電影。這家的長子以前待過特攻隊，穿著瀟灑的西裝，對未婚妻描述汽車引擎和飛機引擎有何不同。這家的母親正對朋友說起某位天才寡婦是如何接受訂單把舊毛毯重新染色做成時尚購物袋。她的朋友是在戰爭中失去獨生子後就專注心靈學的前財團夫人。一家之主則是不斷請俊輔喝啤酒，一再反覆強調：

「怎麼樣，我們一家人能不能寫成小說？只要鉅細靡遺地照實描寫就好了……如您所見，包括我內人在內一家子都是怪胎。」

俊輔微笑，望著這都有躁鬱症氣質的一家。很遺憾，一家之主的自豪並不正確。這樣的一家人其實很常見。——這種家庭因為彼此都從對方身上找不出任何怪異之處，只好全家沉迷偵探小說聊以慰藉健康的飢渴。

但老作家自有他的崗位。也差不多該回鏑木夫婦那一桌了。如果離席太久，恐怕會被懷疑是與您一串通好的。

他走近那張桌子，湊巧康子與鏑木夫人站起來接受其他男人的邀舞。俊輔在獨自剩下的鏑木身旁坐下。

鏑木沒問他剛才去哪了。他默默請俊輔喝威士忌蘇打，說道：

「小南上哪去了？」

「不知道，剛才好像還在走廊看到他。」

「這樣啊。」

鏑木在桌上交握雙手，定睛看著豎起的兩根食指指尖。

「喏，您瞧。沒有發抖吧？」

鏑木以眼神示意俊輔看自己的手，如此說道。

俊輔沒有回答，逕自看時鐘。他估計跳五首曲子大概要二十分鐘左右。加上剛才在走廊的時間大約三十分鐘，對於新婚期間和丈夫第一次出來跳舞的年輕女人而言，要忍耐這麼長的時間絕不容易。

一曲終了，鏑木夫人和康子回到桌子。兩人的臉色似乎都有點蒼白。兩人都被剛才看見的情景逼著做出不快的判斷，而且彼此都沒說出來，因此變得寡言少語。

康子在想剛才和丈夫親密地連跳兩支舞的旗袍女人。康子邊跳舞邊對丈夫笑，但悠一或許沒注意到，並未回以笑容。

訂婚時代就不斷折磨康子的「悠一或許有別的女人」這個懷疑，隨著結婚一度雲消霧散。或許該這樣說更正確——是她靠著新獲得的邏輯力量，讓這個懷疑自動消散。

……康子百無聊賴地脫下薰衣草色手套又戴上。戴手套時，人們總會不自覺流露沉思的目光。……

是的。她靠著新獲得的邏輯力量解開了疑問。康子曾經因為悠一在K鎮的憂鬱模樣，甚至產生不安與不祥的預感，但婚後回想起來，基於純真少女事事都喜歡歸咎於己的自負，讓她認定他之所以煩惱得輾轉難眠一定是因為她沒有主動獻身。這麼一想，對悠一而言無限痛苦的什麼事也沒發生的那三晚，成了他愛著康子的最初證明。當時悠一肯定是在和慾望戰鬥。

這個自尊心之強遠勝常人的青年，肯定是害怕被拒絕所以動也不敢動。面對渾身僵硬、始終沉默如石的清純少女，他三晚都不敢出手，讓康子清楚明白，沒有什麼比這更能證明悠一的純潔，想到過去自己還懷疑訂婚時期的悠一有別的女人，如今自己似乎已得到權利去嘲笑、輕蔑那種幼稚的懷疑並且為此自得。

回娘家更是幸福。悠一在康子的父母眼中越發成為保守的優秀青年，這個特別受到女客歡迎的有為美男子，前途已有父親的百貨公司強力保證。因為他孝順，純潔，而且更完美的是在他身上甚至能看到尊重社會名聲的傳統氣質。

婚禮結束後第一次上學的那天，悠一開始錯過晚餐時間遲歸，據他解釋是因為有狐群狗黨請客，用不著經驗豐富的婆婆教導，康子早已聽說新婚丈夫和友人的交往就是那麼回事。

……康子又把薰衣草色手套脫下。她忽感不安。她害怕看到就像攬鏡自照一樣在眼前同樣露出焦躁目光的鏑木夫人。康子的不安該不會是被夫人莫名的憂鬱傳染的？對這位夫人之所以抱著某種親密感，難道就是這個緣故？之後兩人各自接受別人的邀請離席跳舞。

康子看到悠一還在和那個旗袍女人繼續跳舞。這次她沒有對丈夫笑，只是移開目光。

鏑木夫人也看到同樣的景像。夫人不認識那個女人。從她佩戴假珍珠項鍊便可窺知，夫人熱愛嘲笑的精神，令她厭惡「慈善」這種冠冕堂皇的名目，過去從未參加這種舞會，因此自然也沒機會認識身為主辦幹事之一的恭子。

悠一跳完了說好的五首曲子。

恭子陪他去自己的那一桌介紹給大家。悠一下不了決心該在何時招認聲稱妻子沒來的謊言，忐忑不安的模樣簡直令人看不下去，湊巧有個同校的活潑青年剛才也去過鏑木夫婦那一桌，這時一過來看到悠一，就用下面這句話替他做出了結。

「唷，你這個冷落妻子的壞傢伙。康子小姐從剛才就孤零零待在那邊的桌子呢。」

悠一看著恭子。恭子也望向悠一，隨即撇開眼。

「快過去陪陪人家吧，真可憐。」恭子說。這句勸告不失理性也合乎禮節，悠一羞愧得面紅耳赤。廉恥心往往是熱情的替代品。這個美男子鼓起自己都驚訝的勇氣站起來湊近恭子。他聲稱有話要說，把她帶到牆角。恭子的眼神充滿冷漠的憤怒，但是悠一如果注意到自己的激烈動作表露出的熱情質量，想必就能理解這個美麗的女人為何看起來不像是憑自己的意願，倒像是中邪似地從椅子起身跟他走。悠一天生幽暗的眼眸越發加深真情的印象，帶著完美的憔悴風情如此說道：

「對不起騙了妳。可我沒辦法。如果說出真話，我想妳絕不可能和我連跳五支舞。」

這個青年內心真正的純潔令恭子瞠目。女性那種甚至願意犧牲自我的寬恕心，令她不由含淚，她立刻原諒了悠一，但是看著他的背影匆匆走向妻子等待的桌子，這個多情易感的女人，連他背影那件西裝上衣的細微皺摺都記得一清二楚。

悠一回到原先的桌子，看見異常活潑地和一群男人開玩笑的鏑木夫人，面帶悲傷勉強在旁附和的康子，以及正準備離開的俊輔。俊輔必須避免在這些人面前見到恭子。因此老作家一看到悠一回來，立刻急著離去。

悠一見場面尷尬，主動提議要送俊輔去樓梯口。

俊輔聽完恭子的反應後毫無顧忌地笑了。他拍拍悠一的肩膀說，

「今晚別和男孩子玩了。為了討好老婆，今晚你必須盡那個義務。這幾天之內我會安排你和恭子純屬偶然地碰面。到時我們再連絡。」

老作家青春洋溢地和他握手。獨自沿著鋪紅色地毯的樓梯走下中央玄關時，隨手插進口袋的手指受傷了。是被綴有蛋白石的古典領帶夾刺傷。剛才他去南家接悠一夫妻，才知夫妻倆早已出門，悠一的母親邀請這位知名的訪客去客廳，將亡夫的遺物送給他表達謝意。

俊輔欣然收下這個落伍老舊的禮物，因此他也想像得到事後做母親的可能會對悠一說的話：

「送了那麼貴重的禮物，這下子你也可以理直氣壯地和人家來往了。」

老作家看手指。一滴血如珠寶凝結在枯瘦的指尖。很久沒在自己的肉體上看到這種色彩了。即便是那種患有腎臟病的老太太，只要碰上女人，遲早總會在命運的精心安排下刺傷他，令他不由愕然。

# 第七章　登場

在那間店，無人追問南悠一的住處或身分，他被稱為「阿悠」。那是「阿英」畫出稚拙的地圖與他相約之處。

位於有樂町一角的這家平凡的咖啡店「魯東」於戰後開業，不知幾時成了此道中人的專用俱樂部，但不知情的客人也會連袂進來喝咖啡，然後又不知情地離開。

店主在祖父那一代混過外國血統，是個看起來年約四十的風流男子。大家都習慣喊這位生意高手「魯迪」。悠一也從來店的第三次起喊他魯迪。他是學阿英這麼喊的。

魯迪是混跡銀座這一帶超過二十年的老江湖。戰前在西銀座經營的「布魯斯」店內，除了女孩也有兩三個俊美的服務生少年，男同志從那時起就經常光顧魯迪的店。圈內人對於發現同類有種動物性的天賦，就像螞蟻盯上砂糖，絕對不會錯過可能有助於醞釀這種氛圍的場所。

說來難以置信，魯迪直到戰後才知道有這方面的祕密社會存在。他已有妻小，一直以為對他人的愛情只不過是他個人怪異的隱疾。他自認為只是根據個人喜好在店內雇用美少年，但戰後他隨即在有樂町開了魯東，由於店內的五、六名服務生基本上長相都很過得去，因此這間店在圈內頗有人氣，最後甚至演變成一種俱樂部。

魯迪得知後就精心擬訂商業策略。他已經看穿，這個圈子的人為了互相取暖，只要來過一次就再也離不開這間店。他把客人分成兩種。一種是年輕又有魅力，擁有磁力可以幫店內拉生意的客人，另一種則是優雅大方又富有，會在店內揮金如土被磁力吸引的客人。魯迪為了穿針引線介紹前者和後者認識忙得團團轉，但是某天，名義上是店內客人的某個青年，被店內一名大主顧誘去飯店卻在飯店門口臨陣脫逃跑回來，魯迪不顧這名青年也是店裡的老顧客，竟用以下的方式破口大罵，令目睹這一幕的悠一大為驚嘆。

「你真是丟盡我魯迪的臉。哼，很好，既然如此那我以後也不幫你介紹好對象了。」

據說魯迪每天早上都要花兩小時化妝。他也有男同志特有的「老是被人盯著看好討厭喔」這種愛吹牛的小毛病，總是認定看他的男人全都是對他有意思的男同志，但就連幼稚園小朋友在街上看到他恐怕也會驚愕地朝他行注目禮。這個四十歲的男人穿著馬戲團似的西裝，碰上匆忙修鬍子的日子，還會把他自豪的八字鬍修成兩邊粗細不一或角度不對稱。

這些人多半在日落後開始聚集。店內深處的擴音器不斷播放舞曲唱片。這是刻意避免祕密話題傳入一般客人的耳中。坐鎮店內最後方的魯迪，碰上出手大方的常客，就會立刻起身去櫃檯看帳單，以店主身分親自去那桌鞠躬行禮報告「帳單金額」。被他用這種宮廷作風對待時，最好有帳單數字暴增兩倍的心理準備。

每次有人開門進來，客人們就會一齊望去。走進來的男人霎時受到無數視線洗禮。誰能保證自己苦尋多年的理想對象，不會真的從那對著夜晚街道敞開的玻璃門驀然出現呢？不過，大多數情況下，射去的視線會頓時褪色，不滿地收起。鑑定在最初的一瞥就完成了。不知情走入的年輕客人，如果沒有那唱片音樂的干擾，聽到每一桌悄悄對自己品頭論足的議論，八成會嚇破膽。因為那些人是這麼說的。「搞什麼，不是什麼好貨色嘛」、「那種姿色，滿街都是」、「鼻子小，那話兒肯定也很小」、「我不喜歡他的屌斗」、「領帶的品味倒是還不錯」、「簡而言之毫無性魅力」。

每晚這個觀眾席，都對著遲早肯定會出現奇蹟的空虛夜街舞臺。這種等待奇蹟的虔誠氛圍（甚至堪稱宗教性），如今在男同志俱樂部遠比一般教堂更虔誠的香菸煙霧中，能夠以更素樸直接的形式體會到。玻璃門外放眼望去，是他們觀念上的社會，是按照他們的秩序能夠想像的大都市。一如通往羅馬的條條大道，無數看不見的道路，把每一個如繁星遍布夜空的美少年帶往這個俱樂部。

根據艾利斯[1]的說法，女人雖會被男性的力量迷惑，但對男性的美並無定見，反而遲鈍得近似盲目，這點和正常男人對於男性美的鑑賞眼光差不多。對於男性固有之美，唯有男同志特別敏感，必須等待男同志溫克爾曼[2]出現，希臘雕刻的男性美大系這才首度在美學上確立。起初正常的少年，一旦遇上男同志熱烈的讚美（女人無法對男人做出如此肉體性的讚美），就會變成愛作夢的自戀者。他會將自身受到讚美的美貌放大，樹立男性普遍美學上的理想，最終成為道地的男同性戀者。先天性的同性戀與之相反，從幼年就懷抱理想。他的理想，是肉慾與觀念未分化的那種真正的天使，說穿了類似經過亞歷山大式的教化，完成宗教式官能性的東方神學理想。

1 艾利斯（Henry Havelock Ellis，1859-1939），生於英國的醫生，性科學家，心理學家。
2 溫克爾曼（Johann Joachim Winckelmann，1717-1768），德國的考古學家，藝術史學家。

與「阿英」相約碰面的悠一，在晚間九點店內最熱鬧的時刻，打著紫紅色領帶豎起深藍色風衣領子走入店內的瞬間，是某種奇蹟的顯現。在他自己還不知情之際，這一瞬間他已確立霸權。悠一的出現直到日後仍是魯東的傳說。

當晚，阿英提早從餐廳下班，一衝進魯東就對那些年輕夥伴說，

「我前天晚上在Park遇到天菜。當晚雖只玩了一下，但我從未見過那麼俊美的人。他馬上就會來。他叫做阿悠。」

「他長什麼樣子？」

自以為對方不可能是自己這種美少年的「綠洲阿君」，用找碴的語氣說。他本來是綠洲舞廳的服務生。穿著外國人替他做的草綠色雙排扣西裝。

「什麼樣子？那當然是長相充滿男人味，輪廓深邃。他的眼神犀利，牙齒潔白，英氣凜然，側臉看起來非常精悍。而且身材也很棒。肯定是運動員。」

「阿英，你可別人財兩失整個人陷進去喔。你說只玩了一下是做了幾次？」

「三次。」

「嚇死人，一下子就三次很少聽說喔。小心很快就得去療養院報到。」

「可是他真的很強。床上功夫超棒！」

他雙手合掌，把臉貼向手背做出媚態。擴音器湊巧開始播放康加鼓音樂，他就挺起腰部跳了一下猥瑣的舞蹈動作。

「啊，阿英你被吃了？」豎起耳朵偷聽的魯迪說。「那孩子要來？是什麼樣的人？」

「討厭，色老頭真是性急。」

「如果是好孩子，我起碼可以請他喝杯琴費斯。」魯迪吹著口哨發下豪語。

「只用一杯琴費斯就想拐人家啊。老率真的很討厭。」

阿君說。

「老率」是這個圈子的隱語之一。本來的意思是為錢賣身，但有時也會這樣轉而指吝嗇之意。「率」是指或然率。

這時，店內正好也到了最熱鬧的時刻，擠滿彼此都認識的男同志。如果此時有普通客人進來，八成只會覺得店內沒有女客純屬偶然，不會發現任何異常徵兆。有老人。有伊朗買主。除此之外還有兩三個外國人。有中年男人。也有一對看起來很甜蜜的年齡相仿的青年。這二人點菸時，彼此各吸一口就交換抽。

其實也不是真的毫無徵兆。男同性戀的臉上據說都有一種難以抹去的寂寥。而且他們的視線中，往往有媚態和冷漠的審視並存。換言之，女人會把對異性拋去的媚眼和對同性拋去的冷眼分開使用，男同性戀卻會同時傾注在對方身上。

阿君和阿英被叫去伊朗人那桌。這是對方附耳交代魯迪的。

「快去包廂。」魯迪說著推兩人的背。阿君扭扭捏捏使性子，一邊嘀咕「怎麼又是死老外」一邊就座後，他用正常的音量問阿英，「這個人不知懂不懂日語？」

「看他的樣子好像不懂。」

「那可不一定喔。上次不就發生過這種糗事。」

上次兩人到外國人面前，要乾杯時，嘻嘻哈哈合唱「哈囉，達令，你這個死老外」、「哈囉，達令，你這個老色鬼」。結果外國人笑著說，「小色鬼和老色鬼應該很聊得來。」

阿英坐立不安。他的眼神頻頻射向隱約可見夜晚街道的玻璃門。那張用精悍與憂鬱的稀有合金雕刻成的側臉，讓少年覺得好像在以前收集的某種外國錢幣上見過。他懷疑自己活在故事中。

這時一股年輕的力量推開玻璃門。被截斷的夜氣清爽灌入。眾人一起抬起視線，朝店門望去。

# 第八章　感性的密林

……一般性的美贏了最初的賭局。

悠一在充滿肉慾的視線中悠游而過。就像女人行經男人之間時會感到的，那是霎時連身上最後一件衣服都被剝光的視線。見多識廣的鑑定眼光大致不會錯。昔日俊輔在海邊水花中見到的寬闊胸膛，寬肩窄腰清潔結實的胴體，修長堅韌的雙腿，無與倫比的純潔青年裸像的肩膀上，如果放上由纖細的凜然雙眉和沉鬱的眼睛以及少年特有的嘴唇、潔白整齊的牙齒構成的俊美青年的頭顱，肉眼可見的部分和看不見的部分應有的和諧之美，就會像黃金比例般難以動搖。完美的頭顱就該和完美的裸體連接，從美的片段可以預見美麗的復原圖。……就連向來挑剔愛批評的魯東評論家們此刻也沉默了。基於對同伴，或者對店內坐檯少年的顧忌，他們不好意思說出這難以名狀的讚美之情。但這些眼光，把過去曾經愛撫過許多少年中最俊美的幻影，都拉來眼前描繪出的悠一裸像旁。那裡瀰漫幻影少年們縹緲不定的裸體，以及他們的肉體溫暖，那些肉體散發的氣息，那些聲音，那些接吻。而他們的幻影，一放在悠一的裸像旁，頓時留下羞慚消失了。因為他們的美終究不脫個性之域，悠一的美卻蹂躪個性大放光彩。

他倚靠後方昏暗的牆壁，交抱雙臂默默坐著。感到無數視線的重量，他不禁垂下眼簾。於是又給他的美貌增添一抹宛如軍隊旗手的清新風情。

阿英心虛地離開外國人的桌子，來到悠一身旁，把身子貼向他的肩膀。悠一叫他坐下。二人相向而坐，不知眼睛該往哪放。糕點送來了。悠一毫不做作地大口吞嚥大塊草莓蛋糕。草莓和鮮奶油被他雪白的牙齒碾碎。看著這一幕的少年，體會到自己的身體被吸進去的快感。

「阿英，好歹也給老闆我介紹一下啊。」魯迪說。少年只好把悠一介紹給魯迪。

「請多指教。今後也要常來喔。大家都是好人。」老闆柔聲說。

過了一會，阿英起身去洗手間，湊巧這時有個裝扮花俏的中年客人去後方收銀台結帳。臉上有難以形容的孩子氣，是被幽禁的孩子氣。尤其是眼皮的浮腫，以及臉頰還帶有濃濃的乳臭。悠一覺得此人好像有點水腫。中年客人假裝喝醉。但他看著悠一的眼中那慾望之鮮明，出賣了他拙劣的演技。他假裝要扶牆，把手落在悠一的肩上。

「啊，不好意思。」

客人說著立刻鬆手。但這句話，和鬆手的動作之間，有瞬間的搖擺不定，說好聽點是一種摸索。這句話和動作之間些許不快的落差，如小小的疙瘩留在俊美青年的肩上。客人已經再次轉身，像逃跑的狐狸般回眸覷著悠一就此離去。

等少年從洗手間回來，悠一告訴他後，阿英吃驚地說，

「啊？已經有人出手了？這麼快啊。阿悠被那男的盯上了。」

悠一這廂也有想法，他很驚訝這家看似正經的店竟有和那個公園完全一樣的迅速手法。

這時，一名膚色淺黑有酒窩的矮小青年，和俊秀的外國人手挽著手走入店內。青年是最近嶄露頭角的芭蕾舞者，外國人是他的法國恩師。他們在戰爭剛結束時相識。青年如今的名聲多半歸功於這位老師。這個活潑的金髮法國人，數年來一直和這個比他小二十歲的朋友同居，但

是據說他只要一喝醉就會突然開始拿手好戲。也就是爬上屋頂表演生蛋。這隻金髮雞，命令他的學生在簷下拿著扁竹籃負責接蛋，然後把邀請的客人都帶去月光照亮的院子，架上梯子，模仿雞的動作爬上屋頂。接著撅起屁股，雙手拍翅，發出怪叫。於是一顆蛋落入竹籃。他再次拍翅，發出怪聲。第二顆蛋落下。最後總共掉下四顆蛋，客人們有的捧腹大笑，有的拍手讚嘆，等到宴會結束送客人去門口時，只見剛才忘記生出來的第五顆雞蛋，從這個當主人的長褲褲腳滾落石階摔碎。原來這隻雞的直腸一次可以藏五顆蛋。一般人沒有特殊經歷還真做不出這麼厲害的表演。

悠一聽了這個故事哈哈大笑。笑完後，他像被譴責似地陷入沉默。繼而問少年：

「你剛說那個外國人和芭蕾舞者在一起幾年了？」

「前後加起來據說有四年了。」

「四年。」

悠一試著在自己和隔桌相對的少年之間放上四年的歲月。他已明確預感，那四年之中絕不可能一再重現前晚那種歡喜，這種預感該怎麼說明呢？

男人的肉體就像開闊平野的起伏，一眼望去便可一覽無遺。不像女人的肉體彷彿每次散步都會發現小小湧泉令人驚異，也沒有越往深處走越能看到漂亮結晶的礦坑。男人的身體單只是外表，是純粹可視之美的體現。愛與慾都賭在起初的熱烈好奇心上，之後的愛情不是埋沒在精神中，就是輕易轉移到其他肉體上。雖然才有過一次經驗，但悠一已在自己內心感到如此類推的權利。

「如果只有共度的初夜能夠看到我完全的愛意表露，那麼之後重複的拙劣模仿，只是在背叛我和對方。不能用對方的誠實來測量我的誠實。應該反過來才對。想必我的誠實，會讓我無止境地不斷更換對象共度初夜，持續這種形式。說到我不變的愛，純粹只是無數次初夜歡愉中共通的一條縱向直線，類似對誰都一樣的強烈侮蔑，是僅此一次的愛吧。」

俊美青年將他對康子的人工化愛情和這種愛比較。兩種愛都無法讓他安息，都在催促他。他頓感孤獨。

阿英見悠一沉默，於是茫然眺望對面那桌年紀相仿的那對青年。他們相依相偎地坐著。他們似乎不斷感到彼此關係的脆弱不定，於是不時互相碰觸肩膀或手，勉強抵抗這種不安。彷彿戰友已預感到明天將要死去的這種友情，似乎就是維繫他們關係的紐帶。最後其中一方受不了，親吻對方的脖子。之後兩人匆匆離去。並肩露出後頸清爽的剃髮痕跡。

穿著格紋雙排扣西裝搭配檸檬黃領帶的阿英，微微張嘴目送這一幕。他的眉毛和眼皮以及宛如男雛偶娃娃的嘴唇，悠一一度仔細親吻過。他已看過了。「看」這個行為是何等殘酷。少年身體的每一處，甚至連背上的小黑痣，對悠一而言都不陌生。這單純美麗的房間構造，才進入過一次他就記住了。那裡有花瓶，有書架。直到那個房間腐朽為止，花瓶和書架確實都不可能換地方。

少年看著他冷漠的眼神。在桌下緊握他的手。悠一陷入殘酷的情緒，甩開那隻手。這種殘酷多少是有意識的。因為被迫對妻子心虛薄情令他苦無對策，老早就暗自憧憬著正大光明的冷酷，這是愛人者的權利。……這時少年的眼中泛淚。

「我知道阿悠現在是什麼心情。」他說。「你已經厭倦我了吧。」

悠一慌忙否認，但阿英像要發揮遠比他這個年長的朋友更豐富的經驗，用篤定的老成口吻繼續說，

「不，打從你進門時，我就已經明白了。但這也沒辦法。這個圈子的人，不知怎麼搞的，幾乎都只能踏出一步。我早已習慣所以也死心了。……但是唯有你，我本來希望你一輩子當我的哥哥，不過至少我一輩子都能自豪我是你的第一個對象，這樣就夠了。……但你可別忘記我喔。」

這撒嬌的哀求深深打動悠一。

他也眼眶含淚。在桌下再次摸索到少年的手，溫柔地握住。

這時店門開了，三個外國人走進來。其中一人悠一見過。是他婚宴那天從對面大樓走出來的那個瘦骨嶙峋的外國人。西裝雖然換了，但同樣打著小圓點領結。他用銳利如鷹的眼睛環視店內。似乎已有點微醺。他響亮地拍掌頻呼：

「阿英！阿英！」

充滿感情的愉快嗓音響徹壁面。

少年低下頭以免被發現。然後職業化地老氣橫秋啐了一聲。

「嘖！明明跟他說過我今晚不會來這裡。」

魯迪任由天藍色上衣的衣襬揚起，猛然撲向桌面，用威嚇的低沉嗓音對阿英說，

「阿英，快過去。那不是你老闆嗎？」

當場氣氛尷尬。

魯迪聲音中強硬的哀求更加突顯這種尷尬。悠一為自己剛剛的眼淚羞愧。少年瞄魯迪一眼，隨即自暴自棄地站起來。

所謂決定性的瞬間，有時會像醫藥一樣治療心靈創傷。悠一很驕傲自己現在已可毫不痛苦地看著阿英。少年與悠一的視線笨拙地撞上了。至少該巧妙地修正分手的瞬間，於是兩人的視線再次試著對焦，可惜終歸徒勞。少年走了。悠一將目光移向別處，發現一名青年美麗的眼睛正朝他拋媚眼。他的心毫無障礙，如蝴蝶翩然移向那雙眼睛。

青年倚靠對面的牆壁。穿著牛仔褲，深藍色燈心絨上衣。打著胭脂色粗網眼領帶。年紀約比悠一小一兩歲。流線型的眉毛和濃密捲曲的頭髮，替那張臉增添故事的風情。撲克牌老J似的憂鬱眼眸眨呀眨，朝悠一頻送秋波。

「那個人是誰？」

「噢，你是說阿滋吧。他是中野那邊乾貨店的少東家。這孩子姿色還不錯吧。要我叫他來嗎？」

魯迪說。

收到魯迪的信號，庶民王子輕快地從椅子起身。他眼尖地看見悠一正巧取出香菸，立刻用老練的動作點燃火柴，用掌心護著火焰走來，火影照亮的手掌明亮如瑪瑙。但那是樸實的大掌，令人聯想到父親的勞動基因。

＊　＊　＊

來這間店的客人，立場的轉換著實微妙。從第二天起，悠一就被稱為「阿悠」。魯迪對待他不像客人倒像是至交好友。因為從悠一出現的隔天起，魯東的客人就驟然增加，大家不約而同議論著這個新面孔。

第三天，又發生一起事件令悠一知名度大增。阿滋竟然剃光頭現身店內。據說是因為昨晚有幸和悠一同床共枕太開心，為了向悠一表態作為愛情誓言，不惜把他那濃密漂亮的頭髮都剪了。

這些引人注目的傳聞迅速在這個圈子傳開。基於祕密組織的特性，傳聞一步也不會散播到外界，可一旦進入這圈子內部，面對那堪稱驚人的散播力，根本不可能有所謂的閨房祕密。因為他們平日的話題多達九成都是自己和他人的房事露骨報告。

隨著見聞增廣，悠一很驚訝這個圈子意外的廣大。

這個圈子在白天的社會穿著隱身衣蟄伏。假借友情或同袍之情、博愛主義、師徒之情、生意夥伴、助手、經紀人、工讀男僕、老大和小弟、兄弟、表兄弟、舅甥、祕書、拎包跟班、司機……以及其他各式各樣職務和地位，例如社長、演員、歌手、作家、畫家、音樂家、道貌岸然的大學教授、公司職員、學生等等，在男性世界穿著應有盡有的隱身衣蟄伏。

他們期盼自己的至福世界到來，基於被詛咒的共同利害關係而結合，他們夢想著一個單純的公理。他們夢想著有一天男人愛男人這個公理，能夠顛覆男人就該愛女人這個舊公理。足以和他們的耐心之強媲美的，唯有猶太民族。在對於某種恥辱觀念的異常執著上，這個族群也和猶太人很像。這個族群的感情在戰時產生狂熱的英雄主義，戰後抱著頹廢代表的低調驕傲，趁著混亂，在那龜裂的土地上培育一叢叢黑暗渺小的紫羅蘭。

然而，在這個純男性的世界，有某個女人巨大的投影。人們畏懼這個看不見的女人影子，有人向這影子挑戰，有人死心，有人抵抗之後落敗，有人從一開始就拼命討好。悠一相信自己是例外。接著他祈求自己是例外。最後他努力讓自己是例外。他努力讓這怪誕影子的影響至少只限於微不足道的小事上。比方說頻繁看鏡子，即使是街角玻璃窗映現自己的身影也忍不住轉頭去看的小習慣，去劇場時會趁著中場休息假裝有事，趁機遊走於各條走廊的小癖好……這些當然是正常青年也會有的習性。

某天，悠一在劇場的走廊，發現在圈內頗為知名卻已有妻子的歌手。他擁有充滿男人味的風儀與容貌，繁忙的工作之餘，很喜歡在自家的場子打拳擊，加上他甜美的歌聲，擁有令女孩們瘋狂的一切條件。此刻他也正被四、五個看似千金小姐的女人嘰嘰喳喳包圍，湊巧一旁有個年齡相仿的紳士喊他，似乎是學校的朋友，歌手粗魯地拽起他的手握緊（簡直像要找人家打架），右手大幅揮動，用力拍打對方肩膀。那個看似嚴謹的瘦小紳士都有點站不穩了。小姐們面面相覷，優雅地忍住笑意。

這一幕刺痛旁觀的悠一。正因為那和之前在公園見到的用全身散發性感，雙肩交互聳起，扭著大屁股走路的同類成對比，正因為完全相反，反而烘托出隱性的相似形貌，也觸及悠一內心發現的某種不快。如果是唯心論者，大概會稱之為宿命。歌手對女人的那種空虛的人工化調情，賭上全部生活，渾身緊張到末稍神經都無懈可擊的努力，那種拼命得簡直令人落淚的「男性化」演技，有種令人不忍卒睹的悲哀。

……之後「阿悠」不斷被盯上。也就是被人大獻殷勤。

短短幾天他的名聲就已傳開，其中也有慕名之下遠道從青森來東京的浪漫中年商人。某個外國人透過魯迪，說要送他全套三件頭西裝和大衣、皮鞋、手錶。只為了一夜情，開出的價碼簡直好得過分。但悠一還是沒答應。某個男人見悠一旁邊的椅子正巧空著，假裝喝醉坐下來，把帽簷拉低到眉睫。手肘大剌剌架在扶手上。那隻手肘屢次別有意味地去戳悠一的側腰。

悠一回家時經常得迂迴繞路。因為總有人偷偷跟蹤。

大家只知道他還在念書，他的身分和經歷，乃至已結婚娶妻，家世來歷和詳細住址，全都沒有任何人知道。因此這個俊美青年的存在，不久便瀰漫神祕的氣息。

某日，經常出入魯東專替男同志看手相的算命師——這是個穿著寒酸寬袖外褂的老頭——對著他的手掌左看右看，一邊說道：

「你這是腳踏兩條船啊。是宮本武藏的二刀流。你在別處讓女人哭泣，卻若無其事跑來這裡玩吧。」

悠一感到輕微的戰慄。他親眼看到自己神祕的某種輕浮，某種廉價。他的神祕只不過是欠缺生活的框架。

……這也是難免的。因為以魯東為中心的世界裡，只有熱帶地區的生活，是等同被流放的殖民地官吏那種生活。簡而言之，這個世界只有感性的有一天過一天，只有感性的暴力式秩序。（而且如果那正是這個族群的政治性命運，又有誰能抵抗！）

那是具有異樣黏著力的植物叢生的感性密林。

在那密林中迷途的男人，被瘴氣侵蝕，最後變成一個醜惡的感性妖怪。誰也無法笑他。儘管有程度上的差異，但在男同性戀的世界，沒有哪個男人能夠徹底抵抗這不容分說把人拖進感性泥沼的奇妙力量。就算真有辦法抵抗，試圖借助繁忙的事業、知性的探究、藝術、男性世界種種精神層面上部構造的力量，卻也無人能夠抵抗已淹沒房間地板的感性氾濫，沒有人能夠忘記自己和這積水在某處有所關聯。基於同類的潮濕親近感，無人能夠決定性地徹底斷絕關係。雖也曾一再試圖脫離。但到頭來，還是只能回到這潮濕的握手，黏稠的目光交流。這些本質上無能擁有家庭的男人，要找出些許家庭燈火，唯有在訴說「你也是同類」的晦暗目光中。

某日，悠一結束一大早的課程後，在下午課程開始前的空檔，漫步大學校園的噴水池旁。幾何圖形的散步道在草皮之間縱橫交錯。噴水池後方是可以感到秋天落寞氣息的樹林，隨著風向轉變，水柱掃向下風處，淋濕了草皮。這飄在空中的水扇，不時如扇骨末端的釘子鬆脫般張開。陰霾天空下，成排講堂的馬賽克壁面，不時有行經門外的老舊都內電車的聲音回響。

彷彿有某種嚴格的親疏之別，要給這青年不斷感到的孤獨至少添加一點公眾意義，他在大學除了少數幾個會互借筆記的書呆子同學以外，並未結交什麼朋友。在這種死腦筋的書呆朋友之間，悠一的嬌妻令人稱羨，他們認真議論已婚的他是否能就此不再花心。這種議論多少有點命中要害，總之悠一被視為花花公子。

因此當俊美青年突然聽到有人喊他「阿悠」時，他就像被叫破本名的通緝犯一樣心跳加快。

喊他的，是坐在正巧有稀疏陽光照下的步道旁，爬滿常春藤的石椅上的學生。這個本來在膝上攤開厚重的電子工學原文書低頭閱讀的學生，在他開口喊悠一之前，根本沒被悠一看在眼裡。

悠一駐足後心生後悔。他應該假裝喊的不是自己才對。「阿悠！」學生再次喊著站起來。雙手仔細拍去長褲的灰塵。這是個圓臉看似快活生動的年輕人。似乎每晚都把長褲慎重壓在墊被底下，褲子的中線就像刀切過般筆直。當他拉起長褲重新繫緊腰帶時，上衣之間露出白得耀眼的襯衫明顯的皺褶。

「叫我嗎？」悠一只好問。

「對。我叫鈴木，在魯東見過你。」

悠一再次望向那張臉。但他想不起來。

「你大概忘了。因為太多人對你拋媚眼了。就連和金主一起來的男孩都偷偷對你擠眼。但我還沒有對你拋過媚眼喔。」

「有什麼事嗎？」

「你還問我什麼事，這可不像你喔。太不解風情了。待會要不要玩一玩？」

「玩什麼？」

「你真的不懂嗎？」

兩個青年的身體徐徐接近。

「可是現在還是大白天。」

「就算白天也有很多地方照樣可以玩喔。」

「那是對一男一女而言。」

「才不是。我可以帶路。」

「……可是，我現在沒帶錢。」

「我有。你肯陪我玩就已是我的榮幸了。」

——悠一翹了那天下午的課。不知從哪賺來的錢，這個比他還小的學生大方請他坐計程車。車子開往青山高樹町一帶，火災後倖存的荒涼住宅區。鈴木在草香這戶人家的門前命司機停車，僅剩石牆沒燒毀的門內，可以看見新的木造臨時建築的屋頂。大門附帶小門的舊木材做的門扉緊閉。按下門鈴後，鈴木不知為何解開領口的扣子，轉頭對悠一微笑。

過了一會，踩著小碎步的木屐聲逐漸接近大門。分不出是男是女的聲音詢問是誰。學生說，我是鈴木，請開門。小門開啟，穿著大紅色夾克的中年男人迎接兩人。

庭院的景觀很奇妙。以迴廊和主屋隔開的偏屋，可以沿著踏腳石一路走去，院中樹木大半都沒了，泉水也已乾涸，宛如荒野的部分圖，到處長滿茂密秋草。草叢中露出燒剩下的柱石。兩名學生走上散發木頭香氣的嶄新四帖半偏屋。

「要燒洗澡水嗎？」

「不，不用。」學生若無其事說。

「要喝酒嗎？」

「不，不用。」

「那麼，」男人飽含意味地嫣然一笑說。「那我幫兩位鋪床吧。年輕人總是急著上床。」

兩人在隔壁的二帖房間等候被子鋪好。兩人都沒說話。學生請悠一抽菸。悠一答應了。於是鈴木叼著兩根菸點火，把其中一根交給悠一，露出微笑。悠一感到，在這個學生邪惡的冷靜之中反而可以窺見天真的孩子氣。

傳來遠雷似的聲響。大白天的，隔壁的遮雨板卻關閉著。

兩人被請入臥室，枕畔已點亮小夜燈，紙門外，男人說著「兩位請慢慢休息」逐漸遠去的腳步聲從迴廊傳來。稀疏日光照射的迴廊木板吱呀作響，是白天會有的聲音。

學生本來解開胸前鈕扣，支肘側躺在被子上抽菸。腳步聲遠去後，他立刻像年輕的獵犬彈起。他比悠一矮一點。他撲上去摟住茫然佇立的悠一脖子親吻。兩個學生就這麼站著吻了五、六分鐘。悠一把手伸進鈴木解開扣子的胸前。心跳明顯極快。兩人分開，彼此背對著背粗魯地脫下衣服。

……赤裸的年輕人相擁，彷彿在深夜中似地聆聽都營電車一路衝下坡的聲響，以及不合時宜的雞鳴。

但遮雨板的縫隙透進一線夕陽，塵埃在暮光中舞動，木紋中心凝固的樹脂，讓日光透出血色。一絲光線照入壁龕花器盛滿的骯髒水面。悠一把臉埋進學生的頭髮。沒抹油的頭髮有宜人的護髮水香氣。學生把臉埋在悠一胸前。從他緊閉的眼角，隱約有淚痕發光。

悠一在半夢半醒中聽見消防車的警笛。遠去的警笛聲又接著響起。接連有三輛開往某處。

「又是火災。」他追逐腦中模糊的思緒。

「就像第一次去公園那天。……大都市隨時隨地有火災。而且隨時隨地有罪惡。上帝發現用火消滅罪惡太困難因此灰心，於是想必把罪惡與火平均分配了。因此罪惡絕對不會被火燒除，無辜卻肩負著被火焚燒的可能性。所以保險公司生意興隆。但我的罪惡，為了讓它純粹得絕對不會被火燒除，或許我的無辜首先必須穿過火海？我對康子的完全無辜……。過去我不是曾為了康子，渴望重新做人嗎？現在呢？」

下午四點，兩個學生在澀谷車站握手道別。彼此都沒有任何征服對方之感。

回到家，康子說，

「難得你這麼早回家。今晚會一直待在家裡吧。」

悠一說會。但那晚，他陪妻子出門看電影了。電影院的座位很窄。靠在他肩頭的康子，驀然把臉移開，像豎起耳朵的狗一樣目光敏銳。

「好香。你抹了護髮水吧。」

悠一本想否定，但他隨即醒悟，連忙承認。然而康子似乎已察覺那並非丈夫的味道。……儘管如此，那也不是女人的味道。

# 第九章　嫉妒

「挖到寶了。」俊輔在日記上寫。「沒想到能發現這麼合乎心意的活人偶！悠一太美了。若只是那樣，沒什麼了不起。重點是他對倫理的冷感。他沒有那種讓所有青年散發佛教氣息的「內省」這種常備藥，不會時時刻刻要對自己的行動負責。他的行為規範簡而言之就是『什麼也不做』。如果他做了什麼，他也不再需要行為規範了。這個青年會像放射性物質一樣磨滅。我多年來苦尋不得的就是這個。悠一根本不相信所謂現代化的苦惱。」

俊輔在慈善舞會的數日後，開始安排讓恭子與悠一純屬偶然地巧遇。他聽悠一說了魯東咖啡廳的事。提議傍晚在那裡碰面的反而是俊輔。

檜俊輔那天下午不甘不願地登臺演講。他是拗不過替他出版全集的出版社慫恿。那是個可以感到秋日第一波寒意的午後，老作家那身背部鋪棉的陰鬱西服模樣，令安排演講的主辦人員感到害怕。俊輔沒脫下喀什米爾手套就這麼站上講臺。其實並沒有什麼太大的理由。純粹只是因為不知天高地厚的年輕主辦人，出言提醒忘記脫手套就要上臺的俊輔，因此俊輔故意和他唱反調，就這麼戴著手套上臺。

講堂內的聽眾約有兩千人。俊輔向來瞧不起聽眾。因為講堂的聽眾具有和現代攝影技術的迷濛同樣的迷濛。那種迷濛只相信用專找漏洞的做法、伺機而動的做法、對「自然」的尊重、對天然材質的信仰、對日常性的過度評價，對八卦軼聞的偏好等等無用材料構成的人。攝影師會要求「放輕鬆」或「隨便講句話」、「笑一下」。聽眾也有同樣的要求，執著於演講者的真面目和真心話。俊輔看不起近代心理學聲稱「在日常匆忙生活的不經意言行中，會流露出比再三推敲的文章更多真心話」的偵探嗜好。

他面對無數充滿好奇心的視線，露出眾人熟悉的那張臉。在這些堅信個性比美更高級的知性大眾面前，俊輔毫無自卑感。他用漫不經心的態度抹平講稿的摺痕，用雕花玻璃瓶代替鎮紙壓著講稿。水滲出暈開，講稿的墨水流淌美麗的藍色。他聯想到海。這時不知何故，眼前黑壓壓的兩千聽眾之中，似乎悄悄躲著悠一和康子、恭子、鏑木夫人。不過俊輔之所以愛他們，就是因為他們是絕對不會來聽演講的那種人。「真正的美可以令人沉默。」老作家用有氣無力的口吻說出開場白。「在那種信仰還沒有消滅的時代，批評也自有領域。批評只不過是模仿美（俊輔用喀什米爾手套做出描摹的動作劃過空中），換言之，批評和美一樣，以令人沉默為最後目的。這與其說是目的，毋寧是無目的。與美無關地招來沉默，就成了批評的方法。其中倚仗的是邏輯的力量。作為批評方法的邏輯，必須以美那種不容分說的力量逼使對方沉默。而那沉默的效果，作為批評的結果，必須讓人錯覺美的確存在。也就是必須構成美的代位空間。這時批評才終於對創造派上用場。」

老作家環視場內，發現三個打呵欠的懶散青年。他暗想，那年輕人打呵欠的嘴，或許更能吞噬我說的話加以消化。

「不過，『美令人沉默』的這種信仰，曾幾何時已成為過去。如今美不再令人沉默，就算美穿過宴會中央，人們也不會停止說話。去過京都的人，想必一定參觀過龍安寺的石庭，那個庭院絕非艱深難題，純粹只是美。是令人沉默的庭園。可是滑稽的是，去參觀庭園的現代人光是沉默還不滿足。非得說一句感言，因此一本正經地吟詠俳句。如今美要求饒舌。來到美的面前，會開始感到必須立刻說出感想。會感到必須立刻替美估價。如果不估價會很危險。美變得像炸彈一樣難以擁有。或者該說，用沉默擁有美的能力，這種要求捨身忘我的崇高能力已經喪失了。

由此開始了批評時代。批評不再是美的模仿，變成把估價當成職責。批評開始往創造的反方向施力。以前批評本來是美的隨從，現在成了美的股票經紀人。成了美的執行官。換言之，隨著美會令人沉默的這種信仰衰退，批評不得不取代美揮舞可悲的代位權。就連美都不能令人沉默，遑論批評。於是今天的饒舌加上饒舌，開始了只會令人耳聾的惡劣時代。美在各處令人們喋喋不休。最後，由於這饒舌，美甚至被人工化（這麼形容或許很怪）繁殖。美的大量生產由此開始。而批評，面對和自己在本質上出自同源的這些數不清的仿冒之美，開始破口大罵……」

……然而演講結束後，俊輔在傍晚來到魯東與悠一會合時，客人們看見這個倉皇的孤獨老人走進來，投以一瞥就別開眼。雖然和悠一出現時一樣舉座沉默，但不只是美會令人沉默，漠不關心同樣會令人沉默。不過這當然不是被強迫的沉默。

但老人向正在後方椅子與一群年輕人交談的悠一親密點頭，把他叫過來，在略遠的桌子相向坐下後，眾人眼中頓時流露非比尋常的關注。

交談三言兩語後，悠一暫時離席，之後又回到俊輔面前說，

「大家都以為我是老師的男寵呢。被這麼問起，我說我的確是。這樣的話，老師以後也比

較方便來這裡吧？而且我想小說家對這種店應該會很感興趣。」

俊輔非常錯愕，但他還是順水推舟，沒有責怪悠一的輕率。

「你如果是我的男寵，我該採取什麼態度才好？」

「這個嘛，默默做出幸福的樣子應該就行了吧。」

「叫我做出幸福的樣子啊。」

那很奇怪。居然叫俊輔這個死人扮演幸福！老作家對於身為導演卻反過來被意外強迫做出這種格格不入的演技頗感為難。他反而想做出苦瓜臉。但是很難。俊輔感到滑稽，立刻放棄這種表演。這時他沒發現，自己不知不覺已經浮現看似幸福的表情。

這種心情之輕快，找不出適當說明，因此俊輔想，這大概又是作家的職業性好奇心所致。早已喪失創作力的老作家，對自己這種虛偽的熱情感到羞恥。十年來，雖然這種衝動也曾多次如潮水湧現，但真到了提筆時，卻一行也寫不出來，因此他詛咒這種空頭支票似的靈感。年輕時，他的一舉一動都有那種病態的藝術衝動糾纏，如今徒留無果的好奇心依然飢渴。

「悠一是多麼美啊！」老作家遠眺再次離席的悠一，一邊暗想。「即便在那四、五個美少年之中，他也一枝獨秀。美就像伸手碰觸便會燙傷的東西。因他而燙傷的男同性戀者想必不在少數。……但他憑著一股衝動就進入這異樣的世界。那個動機和美麗的事物很相稱。至於我，我依然只為了觀看而待在這裡。我能理解間諜的不自在。因為間諜不能憑慾望行事。就因為這個理由，他的任何愛國行為都會變得在本質上很卑劣。」

圍繞悠一的三個少年，就像要好的雛妓互相展現假領，從西裝扯出新領帶爭相炫耀。留聲機依舊在播放喧鬧舞曲。男人們比其他世界稍微親密、稍微頻繁地互相碰觸手或肩膀，除此之外並無特別值得一提的景象。

什麼都不懂的老作家想，

「原來如此，男同性戀似乎將基調放在純潔的快樂。男性春畫那種炫目的怪誕扭曲，想必是在表現純潔的苦惱。一定是因為男性之間無法真槍實彈地互相玷汙肉體，陷入無法互相玷汙的絕望，所以才演出那種可悲的愛的姿態。」

這時，略帶緊張的情景在他眼前展開。

悠一被請去兩個外國人那桌。那桌和俊輔這桌用飼養淡水魚的水槽充當屏風隔開。水槽裡裝設了綠色電燈令水藻叢看似透明。水波在光影變幻下映在禿頭外國人的側臉上。另一人年輕許多，是個看似祕書的外國人。年長的外國人完全不通日語，因此祕書逐一翻譯給悠一聽。

年長外國人格調正統的波士頓英語，以及祕書流暢的日語，乃至悠一寡言少語的應答，全都傳入俊輔的耳中。

先是老外國人請悠一喝啤酒，頻頻讚美他的年輕和美貌。這種美麗辭藻的翻譯很稀奇。俊輔不禁豎起耳朵。於是漸漸聽懂了對方的意思。

老外國人是貿易商。他想和日本的俊美青年交朋友。替他物色對象成了祕書的任務。祕書向老闆推薦了幾個年輕人，但老闆都不中意。之前其實也來過這間店好幾次。今晚終於發現理想的青年。對方說，如果悠一不願意，暫時只有精神上的交流亦可，不知悠一是否同意交往。

俊輔察覺原文和翻譯之間有種奇妙的落差。主格和受格被故意模糊，雖然絕非不忠於原文，但他察覺翻譯有點拐彎抹角地討好悠一。年輕的祕書有著德國血統的精悍側臉。薄唇發出如尖銳口哨般清亮乾扁的日語。俊輔看著腳下吃了一驚。年輕祕書的雙腳竟然一直夾著悠一的左腳腳踝。老外國人似乎沒有察覺這若無其事的調情。

老作家終於理解事情的來龍去脈。翻譯的內容雖然沒騙人，但祕書顯然極力試圖搶在老闆之前贏得悠一的歡心。

這時俊輔感到的凝重情緒該如何命名？俊輔低頭瞥見悠一睫毛的影子。令人感到睡顏肯定極美的長睫毛不停顫動，這時青年朝俊輔投來含笑的一瞥。俊輔為之戰慄。頓時又有莫名的憂鬱加倍襲上他的心頭。

「難道這是嫉妒嗎？」他自問自答。「這種窒息感，以及如餘燼悶燒的感情是什麼？」

他清晰想起很久很久以前，目睹淫蕩的妻子在破曉前的昏暗廚房門口出軌時折磨他的情感。那是同樣的窒息感，同樣沒有出口的感情。在這種感情中，唯有自己的醜陋，成為甚至足以和全世界思想交換的唯一指望，唯一心愛之物。

那是嫉妒。羞憤交加令這個死人臉泛紅潮。他厲聲喊「買單」。隨即站起。

「哎喲，那個老頭子妒火中燒呢。」阿君對阿滋囁嚅。「阿悠也是重口味。不知陪那種糟老頭幾年了。」

「那人甚至不惜追著阿悠來這店裡呢。」阿滋帶著某種敵意附和。「真是厚臉皮的老頭。下次來時我是不是該拿掃帚趕他走。」

「不過這老頭應該是不錯的金主。」

「不知是做什麼生意的，看起來有點小錢。」

「八成是本地自治會的大人物。」

俊輔在門口感到悠一起身默默跟來的動靜。來到馬路上，俊輔伸個懶腰。雙手輪流敲打肩膀。

「肩膀痠痛嗎？」

悠一不為所動地朗聲說，老人感到被他看穿內心。

「你很快也會變成這樣。羞恥心會漸漸深入內在。年輕人的害羞，會讓皮膚通紅。但我們是在肉裡，進而在骨子裡害羞。我的骨子裡正害羞呢。因為被視為那個圈子的人。」

兩人並肩在人潮中走了一會。

「老師討厭年輕嗎？」

悠一突然說。這是俊輔意想不到的發言。

「怎麼會？」俊輔訝異地反問。「如果討厭，我幹嘛鞭策這身老骨頭專程來這種地方。」

「可老師就是討厭年輕。」

悠一更加篤定地說。

「我討厭的是不美的年輕。『年輕就是美』是一種無聊的文字遊戲。我年輕時就很醜。那是你無法想像的。我的青年時代一直恨不得重新投胎做人呢。」

「我也是。」

悠一低著頭驀然說。

「你不能講這種話。如果你這麼講，等於觸犯禁忌。因為你已經選擇了絕對不能這麼講的宿命。……撇開那個不談，我們突然離開，會不會對剛才的外國人不好意思？」

「不會。」

俊美青年極為淡定地回答。

快要七點了。戰後商店打烊得早，街上的人潮在這個時刻到達巔峰。這是個霧靄深濃的傍晚，因此略遠處的店家看似銅版畫。傍晚街頭的氣息敏感地刺激鼻孔。這是一年之中氣息似乎最精緻的季節。水果和棉絨布、新書、晚報、廚房、咖啡、鞋油、汽油、醬菜的氣息混在一起，勾勒出街頭各行各業的半透明朦朧構圖。高架鐵軌的噪音蓋過兩人的對話。

「那邊不是有家鞋店嗎。」老作家指著明亮的櫥窗說。「那是高級鞋店。叫做桐屋。恭子在那間店訂製的舞鞋今天傍晚就會做好。恭子七點會來拿。你就在那個時間出入鞋店，假裝挑選男鞋。恭子算是很守時的女人。等她來了，你就故作驚訝地對她打招呼。然後邀請那女人去喝咖啡。之後就要靠你自己好好表現了。」

「那老師您呢？」

「我會在對面的小店喝茶。」

老作家說。這個老人對青春抱持的奇妙又小家子氣的偏見令悠一困惑。可以想見他的青春時代有多麼貧乏。但是對於俊輔四處調查女人何時會來之際，臉頰想必一度重現的那種卑微青春的醜陋，悠一已無法再當成不關己事。那是他被迫接受的另一面。而且由於受到鏡子的異常感化，悠一早已養成任何場合都不忘將自己的美列入考量的習性。

# 第十章　假的偶然和真的偶然

那天一整天，穗高恭子滿腦子只有那雙鮮豔的青綠色舞鞋。對她而言這世間再沒有任何重要的東西。任誰看到恭子，都會感到堪稱輕浮的宿命。就像跳入鹹水湖的人不自覺浮上水面獲救，恭子身上的開朗，不管怎麼看都有種類似無法落到自己感情底層的焦躁感。也因此，那種快活雖出自本心，卻總有種強顏歡笑的味道。

恭子有時看似被熱情沖昏頭，但人們似乎總在那背後，看到她的丈夫刻意煽動這種虛偽熱情的冷靜手段。她只是訓練有素的狗，是某種慣性力量的智慧累積——這樣的印象，使得她天生的美貌也看似某種被精心栽培出來的植物之美。

恭子的丈夫早已厭倦她的毫無真心。為了挑起妻子的熱情，他使盡一切愛撫技巧，為了讓妻子認真，他明明不想外遇也故意出軌。恭子經常哭泣。但她的眼淚是驟雨。每次一跟她談正事，她就像被搔癢似地吃吃笑。可她身上並沒有取代女人味的那種過度機智與幽默。

恭子早上在被窩裡如果想到十幾個絕妙主意，到了傍晚還能記得一兩個就算很好了。她想著要更換客廳牆上掛的書畫，卻就此拖延了十天。因為偶然殘留記憶的念頭，除了靜待想法明確形成一種懸念別無他法。

她的一邊雙眼皮，不知怎地變成三層。丈夫看了很害怕。因為那瞬間清楚證明了妻子什麼也沒想。

……這天恭子領著從娘家帶來的多年女傭去附近購物，下午丈夫的二個堂姊妹來了，她負責招待。堂姊妹彈鋼琴，恭子壓根沒注意聽，彈完就鼓掌拼命拍馬屁。她們後來聊起銀座哪家西式糕點便宜又好吃，用美金買的這隻手錶在銀座某家店要賣三倍的價錢云云。接著又聊起做冬衣的布料，還有流行小說。還議論小說之所以比布料便宜，是因為那玩意不能穿著四處走，便宜是理所當然。期間，恭子一直想著舞鞋，但表姊妹察覺她這種心不在焉的狀態，誤以為她肯定是戀愛了。不過恭子能否付出超過她對舞鞋的愛意去戀愛還是個疑問。

因此，俊輔的期待落空，恭子早就把之前在舞會上對她展現異樣風情的俊美青年忘得一乾二淨。

一走進鞋店就和悠一打照面的恭子，因為心裡急著趕緊看鞋，對這場巧遇並未太吃驚，只是視若尋常地打招呼。悠一對自己貪婪卑鄙的立場感到悚然。他很想離開，但，這次是憤怒令他難以當場走人。他恨這個女人。這時俊輔的熱情已附身在他身上，證據就是悠一忘了憎恨俊輔。他從店內望著櫥窗，虛張聲勢地吹口哨。口哨嘹亮地發出不祥的聲響。他望向女人正在試穿鞋子的背影，頓時萌生陰暗的鬥志。「好！我一定要讓這個女人不幸！」

做好的青綠色舞鞋，幸好令恭子十分滿意。她命店員將鞋子包起。她打擺子似的狂熱總算平息了。

她轉頭微笑。這才發現一名俊美青年的身影。

今晚恭子的幸福就像看到無懈可擊的菜單。於是她做出大膽的舉動。主動邀請不熟的男人去喝咖啡並非恭子向來的作風。但她這時卻走到悠一身旁，輕鬆自如地說，

「要不要去喝杯茶？」

悠一老實點頭同意。七點過後很多商家已經打烊。俊輔待的店依然燈火通明。眼看恭子走到那家店前準備進去，悠一慌忙攔住她。兩人後來又失望地經過兩家已經打烊的店前，這才找到一家似乎開到很晚的咖啡店。

在角落的桌子坐下後，恭子大剌剌脫下蕾絲手套一扔。她的眼角發紅。她直勾勾看著悠一說，

「你太太還好嗎？」

「是。」

「今天你又是一個人？」

「對。」

「我懂了。你和太太約在這間店碰面吧。所以這段空檔找我陪你打發時間是吧。」

「我真的是一個人。我有點事才出門去學長的事務所。」

「噢。」——恭子的語調解除了戒心。「自從上次就沒再碰面了呢。」

恭子徐徐想起。當時這個青年的身體，像野獸一樣渾身威嚴地把女人的身體壓向陰暗的牆邊。他乞求她寬恕時的熱烈眼神，反而看似野心勃勃。略長的鬢角，肉感的臉頰，像要嘀咕不滿卻又作罷的年輕人特有的清純嘴唇。……應該還有更多關於他的明確記憶才對。於是她想出一個小詭計。她把菸灰缸拉到自己面前。青年想扔菸蒂時，腦袋就會像年輕公牛的頭在她眼前移動。恭子聞到他頭上的髮蠟味。那是青春令人心疼的氣味。就是這種氣味！這種氣味自從舞

會那天起，甚至屢屢在夢中聞到。

夢中的那個氣味，某天早上在她醒來後依然執拗地纏繞不去。因為要到市中心購物，丈夫出門去外務省上班一小時後，她搭乘仍擠滿遲到的上班族的公車。她在車上聞到強烈的髮蠟味。令她心頭一陣騷動。但是窺見那個青年的側臉時，雖然飄來和夢中髮蠟同樣的香氣，截然不同的側臉卻令她大失所望。她不知道那種髮蠟的牌子。但擁擠的電車或店內不知從哪一再飄來同樣的氣味，讓她嘗到莫名的惆悵。

……是的。就是這個氣味。恭子用另一種眼神仔細打量悠一。她在這個青年身上發現了企圖支配她的危險權力，那是如王杖般耀眼的權力。

但是這個異常輕挑浮躁的女人，對所有男人理所當然具備的這種權力感到滑稽。不管多麼醜陋或俊美的男人都有一個共通點，就是慾望這個冠冕堂皇的藉口之愚蠢。比方說沒有一個男人不看廉價的黃色小說，也沒有一個男人不是從少年期結束後就對這種小說主題抱有固定觀念。換言之，是「在男人眼中發現慾望時，就是女人最沉醉於自我幸福時」這個墨守成規的老套主題。

「這個青年的年輕，是多麼平凡的年輕啊。」對自己的年輕仍抱著充分自負的恭子想。「那是隨處可見的年輕。是自知這個年齡最適合將慾望與誠實混淆的那種年輕。」

悠一的眼中泛著略顯疲憊的熱情水光，恰好吻合恭子這種誤解。但他的眼睛並未忘記與生俱來的晦暗，因此看著那雙眼睛，就像聽見如箭矢般飛快流過暗渠的激烈水聲。

「後來你還去哪跳過舞嗎？」

「沒有，我沒跳舞。」

「你太太討厭跳舞？」

「她算是比較喜歡。」

這雜音真煩人！這間店其實非常安靜。可是低沉的唱片聲、腳步聲、盤子碰撞聲、客人不時發出的笑聲及電話鈴聲混在一起，聽起來令人煩躁地被放大了。雜音彷彿帶著惡意，狠狠插入兩人凝滯不前的對話。恭子覺得似乎正與悠一在水中交談。

對於她渴望接近的心而言，對方的心似乎太遙遠。向來爽朗的恭子，開始意識到看似如此渴求她的青年與自己之間橫亙的距離。她想，他是否聽見我說的話了呢？或許是桌子太大了。恭子不自覺將感情誇大。

「看你的表情，好像只要跳過一次舞就不再需要我了。」

悠一做出痛苦的神情。這種臨機應變，幾乎完全感覺不到匠氣的演技，成了他的第二天性，這點多半應該感謝鏡子這個沉默的老師。鏡子針對他美貌的各種角度及陰影呈現的多樣化情感表現陶冶了他。終於讓美透過意識從悠一自身獨立出來，得以隨心所欲地驅使。

也不知是否因此，面對女人，悠一已經不再有婚前對康子的那種不自在。最近在女人面前，他反而更能夠陶醉於自由那種幾近肉慾的滋味。那是透明抽象的肉慾，是跳高和游泳曾經魅惑他的肉慾。抱著這種沒有被慾望這個頭號敵人束縛的自由，他感到自己的存在猶如萬能的精巧機器。

恭子想拿自己交友圈的八卦話題敷衍場面，舉出其中數人的名字。但悠一一個都不認識。

這對恭子而言幾乎是奇蹟。在恭子的觀念中，只有和她來往的人們之間，才有可能發生羅曼史，而那些組合，也都是事先便能預料的。換言之，她只相信事先套好招的羅曼史。不過，終於出現悠一認識的名字。

「清浦家的小玲你知道嗎？她三、四年前過世了。」

「知道，那是我表姊。」

「真的？那你在親戚之間該不會被稱為阿悠？」

悠一愣了一下。但他泰然自若地微笑。

「是的。」

「原來你就是阿悠啊。」

恭子過於大膽的凝視，令他有點尷尬。恭子的解釋是這樣的。玲子是恭子的同學，也是最要好的閨蜜。玲子死前把日記託付給恭子。那是她直到死前數日還在病床上寫的日記。這個長年患病的可憐女人，把能夠看見偶爾來探病的年輕表弟當成唯一的生存意義。

她愛上這個心血來潮偶爾出現的訪客。她夢想與他接吻，但是想到他會被傳染又慄然放棄。玲子的丈夫把自己的宿疾傳染給妻子後已經死了。她雖試圖向表弟告白卻始終未果。有時是因為咳嗽發作，有時是自制力奪走告白的機會。她在十八歲的年輕表弟身上，看到從病房遠眺庭院陽光下的小樹那種一切生命的光輝，看到死亡和疾病的所有對照物。她看到健康，開朗的笑容，美麗的白牙，無憂無慮，天真無邪，以及青春的耀眼光芒。她害怕自己的示愛，恐怕會令他的眉宇出現同情，如果他也對自己產生愛意，她怕那會在他臉頰刻畫悲哀與苦惱。她寧願表弟剛健的側臉上只能看到近似漠不關心的年輕隨興，她寧可讓自己就這麼默默死去。她每天日記的開頭都是以「阿悠」這個稱呼開始。她把他某日帶來的小蘋果刻上他的名字縮寫藏在枕下。玲子也曾向悠一討過照片。但他羞澀地拒絕了。……

對恭子而言，也難怪「阿悠」這個稱呼比起「悠一」這個名字更親近。不僅如此，她老早就愛上在玲子死後讓恭子孕育幻想的這個名字。

洗耳恭聽的悠一一邊把玩鍍銀湯匙，同時內心暗自驚愕。他到今天才知道比他大了十幾歲的表姊曾在病榻暗戀自己。不僅如此，表姊對他的描繪之謬誤更令他驚訝。當時，他正被無處發洩的沉重肉慾壓得喘不過氣。對於表姊不久後的死亡，他幾乎是羨慕的。

「那時的我應該無意欺騙玲子。」悠一想。「我只是不願暴露自己的內心想法才那樣做而已。但是玲子誤以為我是單純開朗的少年，我也沒察覺玲子的愛意。人人都是把對他人的誤解當成唯一的生存意義而活。……」——換言之，這個青年染上少許傲慢的美德，他想把自己對恭子做出的虛假諂媚，當成外表本身的誠實。

恭子就像上了年紀的女人常做的，稍微仰身看悠一。她早已墜入情網。恭子淺薄的心理動態，歸根究柢，或許源於對自己感情的某種謙虛的不信任，因此親眼見到已故的玲子那股熱情的證人後，她好像也能夠確信自己的感情了。

不僅如此，恭子還打錯算盤。她以為悠一從之前就已對她傾心。因此她認為自己只要再踏出半步就夠了。

「改天找個地方慢慢聊吧。我可以打電話給你嗎？」

但悠一一天之中並沒有哪個時間固定在家。他說還是由他來打電話。但恭子也經常不在家。她暗喜這下子必須現在就說定下次的約會了。

恭子翻開記事本。拿起用絲線綁在記事本上削得尖細的鉛筆。她有很多預定行程。為悠一空出其中最難空出的時段，令恭子暗自滿足。她在必須和丈夫聯袂出席外相官邸招待某外國名人的宴會日期上用鉛筆尖輕敲。為了下次與悠一見面，必須添加某種祕密和冒險的要素。

悠一答應了。女人越發撒嬌，要求他今晚送她回家。見青年遲疑，她說只是想看他為難的樣子才故意這麼說罷了。可是她又用看著遠山山脊的那種眼神，直勾勾望著他的肩頭。因為太想讓對方主動開口，她沉默了一會，又開始自己滔滔不絕，於是她感到孤獨。最後恭子已不再畏懼卑微的說話態度。

「你太太真幸福。你肯定對太太很體貼吧。」

她說完，彷彿精疲力盡似地癱在椅子上。那令人想起獵人打到的死雉雞。

恭子忽感心情激盪。她決定不見今晚想必正在家中等她的客人。她起身打電話回家拒絕。電話立刻通了。聲音很遠。聽不清女傭說什麼。干擾對話的，似乎是電話中的雨聲。她望向整片大玻璃窗。外面在下雨。不巧她沒帶雨具。她毅然下定決心。

當恭子要回原位時看到的，是把椅子拖到悠一身旁正在和他說話的中年女人。恭子把椅子拉到離兩人稍遠處坐下。悠一介紹中年女人。

「這位是鏑木女士。」

兩個女人一眼就看穿彼此的敵意。這個巧遇完全在俊輔的計算之外，但鏑木夫人打從剛才就在略遠處的一隅一直看著這對男女。

「我比約定的時間早到了一會。我想等你們先談完，因此之前不敢打擾。不好意思。」

鏑木夫人說。這瞬間，就像過度年輕的化妝反而更顯老，夫人撒這種小女孩的謊話，反而凸顯了自己的年齡。恭子見她露出這種年齡的醜態當下安心了。心有餘裕讓她識破夫人的謊言。她朝悠一擠擠眼拋去笑意。

鏑木夫人這樣的人物，居然未能發覺一個比她小十歲的女人輕蔑地使眼色，是因為當下的嫉妒令她喪失自傲。恭子說，

「一不留神就聊久了，真不好意思。我也該告辭了。阿悠能否替我攔一輛計程車？外面在下雨呢。」

「下雨了？」

恭子第一次用第二人稱喊他「阿悠」令他愣了一下。他把下雨當成大事似地面露驚愕。走出門口，立刻有計程車討好地靠近，因此他朝店內比手勢。恭子對夫人點頭致意站起來。悠一送她上車，在雨中揮手。她沒有留下任何話就走了。

悠一來到鏑木夫人面前默默坐下。濕髮如海草貼在他額頭上。這時青年在旁邊的椅子上發現恭子遺落的物品，抄起東西就想衝出去，在一瞬間展現激動的架勢。他忘記恭子早已搭車走了。這反射性的熱情令鏑木夫人絕望。

「忘了拿東西？」

她強笑著說。

「對，是鞋子。」

兩人都只把恭子遺落的東西視為一雙鞋。但是恭子忘了帶走的，其實是她見到悠一之前，今天一整天生活中唯一關心的東西。

「那你應該追上去。現在還來得及喔。」

鏑木夫人這次擺明了要讓他難堪，故意苦笑著這麼說。

悠一沉默。女人也沉默，但她的沉默明顯有挫敗的陰影逐漸擴散。因為她這麼說話時聲音異常激動，幾乎快哭出來了。

「你生氣了？對不起。講那種話，是我生性惡劣。」

夫人嘴上雖這麼說，內心卻緊抓著自己的愛情描繪出的無數不祥預感之一。換言之，她預感悠一明天肯定會把這忘記帶走的東西給恭子送去，並且向恭子解釋鏑木夫人撒的謊。

「不，我並沒有生什麼氣。」

悠一露出晴天般溫暖宜人的笑容。悠一絕對無法想像，他這種笑容帶給鏑木夫人多大的力量。被這個年輕人向日葵般的笑容誘惑，夫人頓時登上幸福的絕頂。

「為了賠罪，我想送你一點東西。要不要先離開這裡？」

「不用賠什麼罪啦，況且現在還在下雨……」

那是一場陣雨。雖然因為是夜晚，遠眺看不出雨已停了，但一群略帶醉意的男人湊巧在這時出去，在店門口叫嚷著「噢，雨停了，雨停了」。進來躲雨的客人再次匆匆離去，投身晴朗的夜晚空氣。在夫人催促下，悠一拎著恭子遺落的袋子跟上。雨後的風很冷。他豎起深藍色風衣的領子。

如今，夫人把今天能與悠一相遇誇張地視為偶然的幸福。打從那天起她就一直和嫉妒抗爭。夫人的心本就比男人還硬，在今天之前，那讓她下定決心絕對不再邀約悠一。她開始獨自出門。獨自去看電影，獨自用餐，獨自喝咖啡。她覺得一個人獨處時反而能掙脫自己的感情得到自由。

然而，鏑木夫人在所到之處都感到悠一高傲輕蔑的視線緊追而來。他的視線在這麼說：「跪下！快在我面前跪下臣服！」……某日，她獨自去劇場。中場休息時，洗手間的鏡子前呈現慘狀。因為女人們的臉孔爭相擠在鏡前。她們拼命伸出臉頰，噘起嘴唇，露出額頭，把眉頭向前擠。——為了塗抹胭紅、口紅、畫眉，為了整理毛躁的碎髮，為了確認今早精心捲燙的捲髮有沒有塌掉。有的女人毫不害羞地露出牙齒。有的女人被粉底嗆到臉孔扭曲。……如果拿那鏡面作畫，必定可以從畫面聽見被虐殺的女人們瀕死的吶喊。……鏑木夫人看到在那些同性慘不忍睹的競爭之間，唯有自己這張臉孔蒼白冰冷又僵硬。「跪下！給我跪下！」……她的驕傲汩汩流血。

然而現在，夫人沉醉於屈服的甜美——可笑的是她甚至感覺這甜美是自己的狡詐所賜——她穿越被雨淋濕的車流之間過馬路。行道樹泛黃的寬闊落葉，被雨打濕貼在樹幹上，如飛蛾拍翅。這是因為起風了。夫人就像第一次在檜家見到悠一那晚一樣保持沉默，就這麼走進某家裁縫店。店員們對夫人畢恭畢敬。她命店員取出冬季布料，親手比在悠一的肩頭。因為當她這麼做時，就可以正大光明地看他了。

「真不可思議，你穿什麼花色都好看。」

她逐一將不同的布料比在他胸前，如此說道。悠一想像自己在店員們眼中想必很蠢，不禁憂鬱。夫人選定一塊布料後要求量身。老練的店主為這青年完美的身材嘖嘖稱奇。

悠一想到俊輔就忐忑不安。老人肯定還在那間店耐心等候。可是今晚讓鏑木夫人見到俊輔是下下策。而且夫人接下來還不知道會提議去哪裡。……悠一就像被強迫用功卻逐漸對課業產生興趣的小學生，甚至不再感覺需要俊輔的助力，他開始沉溺於和這些女人玩非人遊戲的樂趣。換言之，俊輔把這個青年關進木馬，這個說穿了只是模倣「自然天性」這種暴力的可怕機器，居然真的動了起來。看到兩個女人內心燃起的火焰，今後火勢會增強還是減弱，成了和他的自負相關的問題。悠一開始冷漠的熱衷。他有自信絕對不會感情用事。女人藉著替他做西服沉醉在有點普通的「付出的喜悅」，可他看著女人那種神情只覺得像猴子。老實說，無論有多麼美貌，只要是女人，在這個青年看來通通是猴子。

鏑木夫人笑也失敗，沉默也失敗，說話也失敗，送禮也失敗，不時偷窺他的側臉也失敗，故作開朗也失敗，強調憂鬱也失敗。這個絕不哭泣的女人，肯定很快也會因流淚而失敗。……悠一粗魯地穿上上衣時，梳子從內袋掉落。夫人搶在悠一和裁縫之前迅速弓身撿起。撿起後，她被自己這種卑微的態度嚇到了。

「謝謝。」

「好大的梳子。應該很好用吧。」

鏑木夫人把梳子歸還原主之前，粗魯地先拿來梳了兩三下自己的頭髮。被梳子拉扯的頭髮，令女人的眼睛有點抽搐，眼角的濕意泛出水光。

悠一和夫人去了酒廊，道別後連忙趕去俊輔等候的店。但是那間店已經打烊了。有樂町的「魯東」營業到最後一班電車的時間。他又趕往魯東，俊輔果然在那等著。悠一一五一十說明。俊輔哄笑。

「那你把鞋子帶回家，對方沒有主動開口前，你就假裝不知道好了。恭子八成明天就會打電話給你。你和恭子的約會，定在十月二十九日是吧。那還有一星期。在那之前最好找個地方再見一次，把鞋子還給她，順便為今晚的事情解釋和道歉。恭子是個聰明的女人，鏑木夫人的謊言她肯定早就看穿了。還有，到時候……」

俊輔忽然打住。他從名片夾取出名片，寫上簡單的介紹。他的筆跡微微顫抖。悠一從這衰老的手，聯想到母親蒼白略顯浮腫的手。正是這兩隻手，讓青年內心對於違背本心的結婚、惡德、虛偽、詐欺覺醒了熱情，鞭策他走上那條路。正是這兩隻手，讓死亡近在身邊，和死亡簽訂了默契。悠一懷疑降臨在自己身上的力量或許是地獄幽冥府的力量。

「京橋N大樓的三樓，」作家把名片交給他，一邊說道。「有賣進口的女用時髦小手帕。只要拿這張名片去，也會賣給日本人。你去那裡買半打同樣花色的手帕。記住了嗎。把其中兩條手帕送給恭子當作賠禮。剩下四條，下次見到鏑木夫人時送給夫人。下次想必不會再有這麼恰好的偶遇，所以我會製造機會讓恭子和夫人和你三人在哪碰上面。屆時手帕一定會發揮功用。

另外，我家還有我太太生前留下的瑪瑙耳環。下次我拿給你。到時候我再教你怎麼使用那個耳環——你就等著瞧吧。那兩個女人一定會開始相信對方和你有染，只有她自己沒有。你太太也要扮演一角。遲早你太太也會相信你的外遇對象就是這兩個女人。到時候你就可以偷笑了。你的真實生活想必也會更加自由。」

這個時間的魯東，呈現出這個圈子藏在暗處的熱鬧此刻達到巔峰的樣貌。靠裡面的椅子上，年輕人們正在沒完沒了大開黃色笑話，但是如果出現女人的話題，所有的聽眾都會蹙眉不屑一顧。魯迪等不及他的小情人每隔一天都會在晚間十一點來赴約的時間，忍著呵欠頻頻望向門口。俊輔也被傳染跟著打呵欠。這個呵欠明顯和魯迪的呵欠不同。毋寧是該稱為痼疾的呵欠。閉嘴時，假牙就會互相撞擊。他很害怕自己肉體內部陰暗響起的這種物質性聲音。他覺得似乎會聽見物質從內部侵犯肉體的不祥聲響。肉體本就是物質，假牙相撞的聲音，正是肉體本質的明顯天啟。

「我的肉體和我早已分家。」俊輔想。「更何況我的精神。」

他偷窺悠一美麗的側臉。

「但我的精神型態是如此美麗。」

＊　＊　＊

悠一晚歸的日子太頻繁，康子已經懶得再在丈夫身上不斷描繪各種懷疑。她決定簡單地信任丈夫，如此決定後，終於可以放心地痛苦。

康子眼中的悠一，性格充滿難以言喻的謎團，那個毋寧往往和他開朗的一面有關的謎團，並不容易解開。某天早上，他看著報紙上的漫畫放聲大笑，可是康子探頭過去一看，並不是多好笑的漫畫，悠一開始解釋他為何覺得那麼好笑，但他才剛開口說「前天……」就又立刻噤口不語。他差點把魯東的話題拿到家庭餐桌上。

年輕的丈夫動輒看似異常鬱悶異常痛苦。康子很想分享他的痛苦，但下一瞬間，悠一往往已主動招認他只是零食吃太多有點胃痛。

丈夫的眼中似乎隨時都在憧憬什麼，康子甚至差點誤信他的詩人本能。他對世間一般八卦話題和醜聞有嚴重的潔癖。雖然娘家父母對他的印象不錯，還是覺得他似乎有奇妙的社會偏見。有思想的男人，在女人眼中本就看似神祕。因為女人天生就是死也說不出「我超愛吃錦蛇」這種話。

有一次發生了這樣的事。

當時悠一去學校不在家。婆婆在午睡，阿清出門買東西。下午兩點左右，康子在簷廊打毛線。她正在替悠一織一件冬天穿的外套。

門鈴響了。康子站起來，走下脫鞋口開門。訪客是一個拎著波士頓旅行袋的學生。康子從未見過此人。學生親切地笑著鞠躬，反手關上打開的門。說道：

「我和妳先生同校，在外面打工。我們有不錯的肥皂，要不要試試看？」

「肥皂家裡還有。」

「別這麼說嘛，妳先看看。只要看了一定會想買。」

學生轉身，也沒問一聲就逕自在脫鞋口的臺階坐下。黑色嗶嘰服的背部和腰部已舊得發亮。他打開旅行袋取出樣品。是包裝非常花俏的肥皂。

康子再次重申不需要。她說，必須等丈夫回家才能決定。學生露出無意義的輕浮笑容。他把一個樣品伸向前讓康子聞味道。康子接過來準備聞。這時學生突然握住她的手。康子叫嚷之前先直起身子瞪視對方的眼睛。對方依然笑著毫不退縮。康子想叫喊卻被摀住嘴。她拼命反抗。

湊巧悠一回來了。因為學校臨時停課。他正想按門鈴時，察覺不尋常的動靜。習慣戶外光線的眼睛，一時之間看不清昏暗中扭動交錯的情景。有一點白光。那是一邊抵抗，試圖以全身的力量逃脫，一邊歡喜迎接悠一歸來的康子瞪大的眼睛。康子頓時力量大增展開反擊。學生也立刻抽身站起來。他看著悠一。想擦過悠一身旁逃走，但他的手臂被拽住。悠一拽著那隻手把他拖到前院。隨即朝他的下巴揮拳。學生仰倒在杜鵑花叢中。悠一又繼續上前對著他雙頰一陣亂揍。……

這次事件對康子是值得紀念的事件。那晚悠一留在家中，用全副身心呵護康子。康子就算因此徹底相信了他的愛也不足為奇。悠一保護康子，是因為他愛妻子。悠一維護安寧秩序，是因為他愛家庭。

這個臂力強壯的可靠丈夫，甚至沒有在母親面前誇耀功勞。又有誰知道，他對於自己動粗的祕密理由其實有點羞於告人。理由有兩個。一個是因為那個學生很俊美。二是——對悠一而言這是最難啟齒的理由——因為悠一被迫痛苦地正視那個學生想要女人的事實。

……話說，到了十月，康子的月經沒來。

# 第十一章　家常便飯

十一月十日，悠一從大學出來後就在郊外電車的某車站與妻子相約會合。因為要去的地方特別，這天他是穿西裝上學。

兩人在悠一母親的主治醫生介紹下，要去某知名婦產科醫生的家中拜訪。這位年近半百的婦產科主任，一週有四天在大學醫院上班，週三週五在家。因此家裡也有設備齊全的診療室。

悠一其實對於陪同妻子前往的任務曾經一再躊躇。陪同者應該是岳母才對。康子卻撒嬌要求他陪同。他沒有理由堅持拒絕。

汽車在博士優雅的洋房前停下。悠一與康子在有暖爐的昏暗大廳等待輪到他們。

那天早上下過霜，天氣特別冷。暖爐早已生火，地上鋪的白熊皮，靠近爐火的地方微微散發氣味。桌上的琺瑯瓷大花瓶中，插滿幾乎溢出的黃菊。室內很暗，暗綠色的琺瑯瓷表面細膩映現暖爐的火焰。

大廳的椅子上已有四名訪客。分別是帶著隨從的中年婦人，以及有母親同行的年輕婦女。中年婦人似乎剛去美容院做過頭髮，頭髮下方是濃妝僵硬的臉孔。這張被粉底封鎖的臉孔，似乎一旦發笑就會讓肌膚龜裂。小眼睛躲在粉底城牆後面窺視。無論是點綴青貝圖案的黑色和服、腰帶、外褂、昂貴的鑽石戒指、四周瀰漫的香水味，都帶有些許根據奢華這個一般概念捏造出來的偽裝。女人在膝上攤開《LIFE》雜誌。格外將眼睛貼近細小的鉛字解說處，蠕動著嘴唇閱讀。不時還用彷彿要揮除蜘蛛網的動作，揮開根本沒掉落的碎髮。陪同的女傭坐在後方的小椅子上，每當女主人發話，就用異常認真的眼神稱是。

至於另一對母女，不時用帶點輕蔑的視線斜覷這兩人。女兒穿著紫色大塊箭羽圖案的和服，母親穿直條紋縐綢和服。不知是否已婚的女兒，一再露出潔白柔軟的手肘，舉起小狐狸似的拳頭，看著朝外側戴的金色小手錶。

康子什麼也不看什麼也不聽。眼睛盯著暖爐的瓦斯火焰，但她並不是在看那個。除了打從幾天前開始突然出現的頭痛、作嘔、低燒、暈眩和心悸之外，似乎沒什麼是她關心的。她沉潛在大量症狀中的那個神情，就像把鼻子埋進飼料箱的兔子，非常嚴肅，而且看似天真無邪。

兩組客人看完，終於輪到康子時，她要求悠一陪她一起去診療室。兩人穿過瀰漫消毒水氣味的走廊。從門縫鑽入後在走廊迷失方向的冷風令康子戰慄。

「請進。」一個頗有教授風範的鎮定聲音從室內呼喚。

博士像肖像畫一樣面朝他們端坐在椅子上。天天浸泡消毒水的手蒼白乾燥，感覺很抽象，他就用那瘦骨嶙峋的手，指示兩人該坐的位置。悠一報上介紹者的姓名寒暄致意。

桌上排放著如同牙醫器具般閃閃發亮的，是墮胎用的鉗子之類的東西。但是走進房間首先映入眼簾的，是那個具有獨特的殘酷形狀的內診檯。那個形狀非常畸形不自然。比一般床鋪高的檯子下半部翹起，朝左右兩邊斜著翹起的兩端有皮拖鞋。

悠一想到先來的那個故作高尚的中年婦人和年輕女人，剛剛就在這機器上擺過雜耍似的姿勢。那怪異的床，或許就是「宿命」的形狀。因為在這種型態面前，鑽戒和香水和綴有青貝的黑色和服乃至紫色箭羽和服全數盡歸徒勞，不具備任何抵抗力。悠一試著將那張鐵床帶有的冰冷猥褻感，套用在待會想必也會躺在那上頭的康子身上，不禁毛骨悚然。他感到自己很像那張床。康子坐著刻意不看內診檯。

康子報告症狀時，悠一有時也會插嘴。博士朝他使眼色。於是他留下康子，獨自走出診療室回到大廳。大廳空無人影。他在安樂椅坐下。但他坐立難安。他在扶手椅坐下。還是坐不住。他無法不去想像康子仰臥在內診檯上的姿態。

悠一支肘撐在壁爐架上。他從內袋取出今早收到後已在學校看過的兩封信重讀。一封是恭子的來信。另一封是鏑木夫人的來信。內容也大致相同的兩封信，湊巧在同一個早晨送到。

後來悠一又見過恭子三次，見過鏑木夫人兩次。雙方最近一次見面是同樣的時間地點。因為在俊輔的安排下，再次製造了悠一夾在中間和恭子與夫人同時見面的機會。

悠一先重讀恭子的信。字裡行間洋溢憤怒。使得字體有種男人的強硬。

「你在耍我。」恭子寫道。「與其認為你欺騙我，這樣想至少好過一點。你把鞋子還給我時，送給我兩條罕見的手帕。我很高興，把那兩條手帕輪流清洗，天天放在手提包使用。可是日前再次見到鏑木女士時，她也使用同樣的手帕。我們彼此立刻發現這點，卻都保持沉默。女人對同性的隨身物品眼睛特別尖。況且手帕通常一次就會買一打或半打。你給她四條給我兩條，或者給她也是兩條，然後又送了兩條給別人吧。

但手帕的事情我並沒有那麼在意。我接下來要說的才是最難啟齒的，自從上次偶然和鏑木女士及你三人碰面以來（遇見鏑木女士，是從買鞋子那天算來第二次了。真是奇妙的巧合），這件事讓我痛苦得食不下嚥。

上次我丟下外務省的宴會和你見面，在河豚料理店的包廂，你從口袋取出打火機替我點菸時，在榻榻米掉落一隻瑪瑙耳環。我當下說，『哎喲，這是你太太的耳環？』你輕輕在口中說『對』，一邊收起耳環。我很後悔立刻說出那種發現的輕率和失態。因為我當時的語氣中，連我自己都很清楚，明顯帶有嫉妒。

也因此，第二次見到鏑木女士時，當我看到她戴著那副瑪瑙耳環，不知有多麼震驚。從那一刻起，我不顧眾人目光硬是不再開口，讓你很困擾。此刻下定決心寫這封信之前，我非常痛苦。如果是手套或粉餅盒也就算了，問題是單隻耳環在你的口袋，顯然非比尋常。我的個性通常不計較一般瑣碎小事，甚至因此受人稱讚，可是唯獨這次，我也不明白為何心裡會如此飽受折磨。請你趕緊治好我幼稚的疑心病。我不要求愛情，但至少你若對我有些許友情，想必不會眼睜睜看著我瞎疑心飽受折磨，因此我寫了這封信。收到信後能否立刻打電話給我？在接到電話之前，我會天天用頭痛當藉口待在家裡。」

鏑木夫人的信則是這樣的，

「上次那種手帕的惡作劇很低級喔。我立刻心算了一下。你給我四條，給恭子四條，如此說來一打應該還有四條。我很希望你是送給了太太，但以你的個性恐怕不見得。

不過手帕似乎讓恭子黯然神傷，令我非常同情。恭子是個好人。她以為全世界只有她一人被你所愛的美夢破碎了呢。

謝謝你之前贈送的昂貴禮物。雖然款式有點老，但那瑪瑙的品質很好。不僅耳環備受大家稱讚，連我的耳朵形狀也跟著受到讚美。如果是作為西裝的回禮，那你的作風也相當老派呢。像你這樣的人，還是只收禮不回禮更讓女人歡喜喔。

西裝應該再過兩三天就會做好。穿上新衣的那天請給我看。領帶也要由我來選喔。

又及，自從那天起，我毫無理由地對恭子產生了自信。這是為什麼呢？或許會對你造成困擾，但我有預感，這盤棋我應該會贏。」

「如果比對這兩封信就會立刻發現。」悠一在心裡自言自語。「看似沒自信的恭子其實有自信，看似有自信的夫人其實沒自信。可以清楚看出，恭子不掩藏懷疑，夫人卻在掩藏懷疑。檜先生說的沒錯。恭子開始確信夫人和我之間有肉體關係，夫人也開始確信恭子和我有肉體關係。她們以為只有自己的身體不受青睞所以很痛苦。」

這宛如大理石般的青年所碰觸過的唯一女體，這時正被中年男人乾燥充滿消毒水氣味的兩根冷靜手指，像園丁移植花草時插進土中的手指般刺入。乾燥的另一隻手掌，從外側測量內部的質量。他在溫暖的土壤內部，觸摸到鵝蛋大小的生命根源。博士順便像要拿起花圃用的小鏟子似地，從護士小姐手裡接過鴨嘴器。……診察結束了。博士一邊洗手，只有臉扭向病人，洋溢著天職的人性化微笑說，

「恭喜。」

見康子訝異地沉默，婦產科主任命護士小姐去喊悠一。悠一進來了。博士再次道喜，

「恭喜。尊夫人懷孕兩個月了。應該是新婚就立刻受孕。母體很健康，一切正常。請放心。另外，就算沒胃口也要勉強吃點東西。不吃容易便祕，一旦便祕就會累積毒素對身體不好。還

有，每天需要打針。是葡萄糖加維他命Ｂ１。不用擔心害喜的種種症狀。盡量靜養。……」——之後微微對悠一使眼色，特別補充說那方面也完全不用忌諱。

「總之恭喜了。」——博士來回審視兩人說。「賢伉儷簡直是優生學的範本啊。優生學是為人類未來帶來希望的唯一一門學問。我很期待看到兩位的寶寶。」

康子很鎮定。是某種神祕的鎮定。悠一就像一般新手丈夫的反應，狐疑地望著妻子的肚子。這時異樣的幻覺令他顫抖。他覺得妻子正把鏡子抱在腹部，而悠一的臉從鏡中定定仰望悠一。

那並非鏡子。是窗口的夕陽湊巧照到她珍珠色裙子，讓那塊地方發亮而已。悠一的這種恐懼，類似把疾病傳染給妻子的丈夫感到的恐懼。

「恭喜。」——回程他不斷產生幻聽，那句賀詞反反覆覆響起。過去曾無數次重複，今後想必也將無數次重複的這句賀詞空虛的聲響中，他彷彿聽到連禱時不斷重複的晦暗詞句。甚至可以說，他的耳朵聽見的不是賀詞，是無數詛咒的呢喃。

明明沒有慾望卻能生出孩子。只憑慾望誕生的奸生子，呈現某種反抗之美，但不帶慾望生出來的孩子，又會擁有什麼樣不祥的五官呢？就連人工受精，精子都是來自渴求女性的男人。優生學，那是漠視慾望的社會改良思想，是如同鋪設磁磚的浴室般光明的思想，悠一憎恨婦產科主任擁有長年歷練的美麗白髮。因為悠一對社會抱持的誠實健全的觀念，就是把「他的特殊慾望在社會上不具備現實感」當成唯一的倚仗。

幸福的小夫妻躲開夕陽下吹來的風，豎起外套領子依偎前行。康子把手插進悠一的臂彎，挽著的手隔著層層布料仍能感到彼此的體溫。此刻阻隔兩人心靈的是什麼呢？心沒有肉體，因此無法手挽手。康子和悠一都害怕彼此的心靈會在剎那間發出難以名狀的吶喊。康子以女人常有的輕率，先犯下這個彼此之間的禁忌。

「你說，我可以開心嗎？」

悠一無法正視這麼說的妻子。他應該不看康子，大聲快活地嚷嚷「妳說什麼傻話，恭喜！」才對。但這時湊巧走近的人影令他沉默。

郊外住宅區的行人寥落。滿是碎石的白色路面，屋頂凹凸起伏的影子，一路綿延至遠方歪斜升起的黑白平交道。走過來的是牽著狐狸狗的毛衣少年。少年白皙的臉孔一半被夕陽照亮，染上帶有光澤的緋紅，但走近了才發現那半邊臉原來是布滿紫紅色燒傷疤痕。少年垂眼錯身而過，悠一聯想到屢屢在他慾望勃發時出現的遠方火災的火色，以及消防車的警笛聲。繼而又想起優生學這個字眼的不祥。最後他終於說，

「妳當然該開心。恭喜。」

年輕丈夫的祝賀中蘊含的明顯違心之意令康子絕望。

＊＊＊

……悠一的行為被埋沒。像莊嚴的慈善家的行為被埋沒。但是這個俊美青年的嘴角，並未泛起積陰德的慈善家那種自我滿足的淺笑。

他的年輕苦於在表面社會的毫無作為。想必沒有比不須努力就已成為善良風俗的化身更無趣的事吧。不需努力就已符合道德，這種惆悵令他像憎恨道德一樣學會憎恨女人。以前他用率

真的羨慕眼神旁觀相愛的年輕男女，如今卻用陰暗犀利的嫉妒眼神看待。有時他甚至驚訝自己被迫保守的沉默之多。關於夜晚社會的行為，他像美麗靜止的雕像一樣堅守大理石的沉默，但那是「美」被強加的義務作用影響了悠一。換言之，就像完美的雕像，他被樣式束縛了。

康子的懷孕，頓時因娘家瀨川家喜氣洋洋的來訪和聚餐，令南家的生活變得熱鬧。當晚悠一坐立不安又想出門的樣子令母親很擔心。「你到底還有什麼不滿。」她說。「有這麼賢慧漂亮的妻子，又是在慶祝第一個孩子降臨的筵席。」——悠一開朗地回答自己毫無不滿，因此善良的母親以為兒子是在反諷。「這到底是怎麼了。婚前從不出去玩甚至因此令我們操心的孩子，婚後反而開始四處玩樂。不，這不是妳的錯。一定是壞朋友變多了。因為那孩子的朋友從來就沒有來我們家露過面。」——母親對康子的娘家感到愧疚，總是在康子面前半帶指責半是辯護地替愛子說話。

無庸贅言，兒子的幸福，占據這個爽朗的母親大半關心。想到他人的幸福時，我們往往不自覺地夢想著把自己的幸福成就以另一種型態寄託在別人身上，因此比起思考自己的幸福，反而可能對人更加自私。悠一新婚就變得放蕩的生活，原本令她懷疑康子是否也有錯，但是懷孕的喜訊基本上抹消了她的疑心。「今後悠一肯定會安分下來。」她對康子說。「因為那孩子馬上也要當父親了。」

她的腎臟本已狀況穩定，最近各種操心又開始讓她想死。但這種時候偏偏病魔絕對不肯來。折磨她的與其說是康子的不幸，不如說是身為母親理所當然的自私導致兒子的不幸，這樁明顯出於孝順動機的婚姻，或許悠一本人並不情願，這個懷疑尤其成了母親煩惱與悔恨的原因。

母親認為在家中尚未爆發問題前，自己必須先出面平息事態，因此她溫柔地暗示兒媳婦別把悠一的放蕩告訴娘家人，在悠一面前則是不動聲色地溫柔探詢。

「如果有什麼不可告人的心事或桃色糾紛，至少可以告訴我。你放心，我連康子都不會說。否則這樣下去我總有種預感，好像會發生什麼可怕的壞事。」

母親早在康子懷孕前說出的這番話，令悠一覺得母親宛如女巫。家庭總是必然會在哪孕育某種不幸。把帆船推向航路的順風，和使其走向毀滅的暴風在本質上是同樣的風。家庭和家人等於是被順風那樣中和過的不幸推動，描繪家庭的無數名畫，早已周到地在角落寫下潛藏的不幸（如同畫家的落款）。就此意味而言，自己的家庭或許也可列入健全的家庭之屬——悠一心情樂觀時往往會這麼想。

南家的財產依然由悠一負責管理。母親作夢也想不到俊輔會捐贈五十萬，她始終為了嫁妝的問題在瀨川家面前抬不起頭，不知是否因此，她對那三十萬嫁妝一毛錢也沒碰過。不可思議的是，悠一竟然頗有理財天分。高等學校有個學長後來在銀行上班，悠一就把俊輔給的其中二十萬交給那男人放貸，每月可領一萬二的利息。現在這種投資並不算是危險投資。

湊巧康子的同學去年當了媽媽，孩子卻不幸因小兒麻痺夭折。聽到這個噩耗時，悠一欣喜的樣子，令正要去弔唁的康子步履沉重。丈夫雖然美麗卻藏著黑暗揶揄的眼睛，彷彿在說「妳看吧」。

他人的不幸多少是我們的幸福。在熱戀的分分秒秒中，這個公式採取最純粹的形式，即便如此，康子感情豐富的腦子，還是懷疑或許只有不幸能夠帶給丈夫心靈慰藉。悠一對幸福的想法帶有自暴自棄的調子。他壓根不相信永續性的幸福，甚至似乎暗自害怕。看到可能長久的東西他就感到恐懼。

某天，夫妻倆去康子父親的百貨公司購物，康子在四樓的嬰兒車賣場前駐足許久。悠一意興闌珊地催促妻子。當他握住妻子手肘催促時，感到妻子有點執拗地用力。那一刻，他假裝沒看見妻子倏然仰望他的眼中浮現的怒色。回程的公車上，康子頻頻逗弄鄰座那個歪向她的小嬰兒。這個圍著骯髒圍兜的窮酸嬰兒，神情完全不可愛。

「小孩子真可愛呢。」

那個媽媽下車後，康子幾近諂媚地歪頭對悠一這麼說。

「妳也太心急了。醫生明明說夏天才會生。」

康子再次沉默，但這次眼中滲出的是淚水。看到這種提早流露的母愛，就算不是悠一這樣的丈夫，想必也會理所當然地想調侃兩句。更何況康子這種感情流露欠缺自然，甚至還有輕微的誇張。嚴格說來，她這種誇張帶有指責的味道。

某晚，康子抱怨頭痛，躺在床上起不來。悠一也只好取消外出。她還作嘔反胃，出現心悸，因此在醫生趕來前，阿清用浸過冷水的濕毛巾敷在病人的胸口解熱。負責安慰兒子的母親說，

「不用擔心。我生你時，害喜才嚴重呢。而且我好像專吃一般人不吃的東西。忽然很想打開葡萄酒瓶吃那個像乾香菇一樣的軟木塞，真是傷腦筋呢。」——等醫生診療完畢離去，已經快十點了，康子的臥室只剩她和悠一兩人。蠟黃的臉頰重現血色，讓她看起來比平時更鮮嫩，慵懶伸出被子的雪白手臂，在遮光的燈影下格外鮮明。

「好難受。不過想到這是為了孩子，受這種苦也不算什麼了。」

妻子說著，把手伸向悠一的額頭，撥弄他垂落的頭髮。悠一任她擺布。這時他意外萌生殘酷的溫柔，將嘴唇押向康子還留有熱度的嘴唇。用任何女人聽了都會情不自禁告白的惆悵口吻問：

「妳真的想要孩子？妳說說看，母愛對妳而言還太早了。有什麼話想說妳不妨說說看。」

康子酸痛疲憊的眼睛，迫不及待地流下眼淚。要做出某種暗藏詭計的感性告白時，沒有什麼能比女人放肆陶醉的眼淚更打動人心。

「如果有了孩子……」康子斷斷續續說。「只要有了孩子，我想你也就不會拋棄我了。」

悠一就是在這時萌生墮胎的念頭。

＊＊＊

社會大眾為檜俊輔的重返青春和一反往常的花俏服裝瞠目結舌。本來俊輔老年的作品很清新。那與其說是優秀藝術家晚年流露的清新，不如說是直到晚年還未徹底成熟的部分像宿疾那樣腐敗的清新。他不可能真的出現嚴格定義下的重返青春，如果有，那毋寧是他的死亡，但這個關於生活毫無造型力的人，或許是因為缺乏這種造型力的結晶——某種美的品味，近來他的服裝明顯受到年輕走向的流行影響。把作品創作上的美學與生活上的品味視為一致是我國的通例。俊輔這種徹底的矛盾，社會大眾並不知道是受到魯東的風俗影響，因此甚至有點懷疑這位老藝術家精神失常。

不僅如此，俊輔的生活添加了難以形容的神出鬼沒的色彩，昔日與輕妙灑脫相距甚遠的言行舉止，如今卻可以窺見虛假的輕妙，甚至近似浮燥。人們喜歡從那種浮躁中解讀他重返青春的人工化痛苦。他的作品全集賣得很好，關於他精神狀態的奇妙傳說促進了全集的銷路。

無論多麼聰敏的評論家，洞察力多麼敏銳的友人，都沒有看穿俊輔這種變化的真正原因。原因其實很單純。俊輔開始抱有「思想」。

打從那個夏天目睹從海邊浪花中出現的青年後，有生以來，這個老作家第一次產生某種「思想」。

對於折磨他自身的青春這種駁雜的力量、完全不可能集中或有秩序的最怠惰的活力、無助於創作只會助長消耗與自我破壞的龐大無力感、這種鮮活的軟弱、這種過剩的病症……他想給這些東西賦予自己無法具備的力量與強大。他要治癒此生的疾病，賦予鋼鐵般死亡的健康。這就是俊輔在藝術作品上不斷夢想的理想的體現。

藝術作品具有存在的雙重性。這就是他的意見。一如考古學家挖出古代的荷花種子還能夠開花，號稱具備永續性生命的作品，可以在任何時代任何國家的心靈重現。接觸古代作品時，不管是空間藝術還是時間藝術，當我們被囚禁在那作品的空間與時間中的期間，我們的生命至少會停止乃至放棄其他部分的現在生命。我們活在另一個生命。但是為了活這另一個生命耗費的內在時間，早已被計量、被解決了。那就是我們所謂的樣式。不管一個作品造成的驚異有多大，是否足以改變今後對人生的看法，我們在無意識中也已透過樣式為之驚訝，爾後的變化只不過是通過樣式的影響。但人生經驗和人生的影響往往欠缺樣式。自然派認為藝術作品就是要給它套上樣式，也就是要提供人生的成衣一樣，但俊輔不接受這種想法。樣式是藝術與生俱來的宿命。來自作品的內在經驗與人生經驗，必須視為因樣式的有無而分屬不同次元。但人生經驗之中，最接近作品帶來的內在經驗的只有一個。那是什麼呢？就是死亡帶來的感動。我們無法體驗死亡。但那種感動可以經常體驗。在死的意念、家人的死、愛人的死得到體驗。換言之，死就是生的唯一樣式。

藝術作品的感動讓我們那麼強烈意識到生，不正是因為那是死的感動嗎？俊輔的東方式夢想動輒傾向死亡。在東方，死遠比生要生動數倍。俊輔所想的藝術作品，是一種精煉的死，是讓生接觸先驗性事物的唯一力量。

> 內在性存在是生，客觀性存在是死或虛無——這種存在的雙重性，讓藝術作品無限接近自然之美。根據他的確信，藝術作品和大自然一樣絕對不具備「精神」。遑論思想！精神的欠缺證明了精神，思想的欠缺證明了思想，生的欠缺證明了生。這才是藝術作品的反論式使命。進而是美的使命，美的個性。

那麼創作的作用是否只是模仿自然的創造力呢？對於這個疑問，俊輔準備了辛辣的解答。

> 自然是生成的，不是人為製造的。創造是讓自然懷疑自我出生的作用。換言之，創造是自然的**方法**。這就是他的解答。

是的，俊輔化身為方法。他在悠一身上期盼的，就是把這個俊美青年自然生成的青春當成藝術作品重新精煉，把青春的所有弱點變成像死亡一樣強大，把他波及周遭的種種力量變成自然力那樣的破壞力，變成某種不含人性的無機質力量。

悠一的存在，宛如正在創作的作品，不分日夜縈繞老作家心頭。漸漸甚至演變成哪怕只是透過電話，只要一天沒聽見他那開朗青春的聲音，那一天就好像烏雲罩頂特別不愉快。悠一充滿黃金的重量與光芒的聲音，就像雲間射下的一線光明，照耀這蒼老靈魂的荒蕪之地，讓那只有雜草和石頭的荒涼氛圍變得明媚，好歹成為適合居住的場所。

在經常用來與悠一碰面的魯東，俊輔依舊偽裝成「圈內人」。他了解暗語，也深諳微妙眼色的意味。某段意外的小小羅曼史令他很高興。一個長相陰沉的年輕人居然對這醜陋的老人表白。年輕人這種異常中的異常傾向，只能對六十歲以上的男人產生愛意。

俊輔開始帶著這個圈子的少年們現身各家咖啡店和西餐廳。

俊輔察覺，從少年至成人的這段微妙的年齡變化，就像暮空色彩時時刻刻的變化。長大成人，就是美的日落。從十八歲至二十五歲，被愛者的美微妙地變化樣貌。日暮的最初徵兆——所有雲朵猶如果實清新染上色彩的時刻，象徵著十八歲至二十歲少年的臉頰色澤，以及修長柔韌的脖子，後頸剛剃過的新鮮青色，少女般的嘴唇。之後暮色到達顛峰，雲彩繽紛燃燒，天空浮現狂喜表情的時刻，意味著二十歲至二十三歲的青春花樣年華。這時眼神略顯剛猛，臉頰緊繃，嘴巴終於流露男人的意志，但是臉頰還有燃燒的羞色，以及眉毛流線型的溫柔，仍可看出少年脆弱的瞬間之美。最後，燃盡的雲彩帶著莊嚴相貌，落日甩動殘餘的火髮沉沒之時，那雙眼睛雖然依舊蘊藏無垢的光芒，臉頰卻已呈現二十四、五歲的青年散發男性悲劇意志的嚴峻之美。

老實說，俊輔雖然認同這些少年各有各的美，卻無法對任何一人激發肉慾之愛。老作家想，悠一被一群他不愛的女人圍繞，大概就是這種感受吧。但是雖非肉慾，唯獨想到悠一時，這個老人還是會怦然心動。他不禁脫口喊出不在場的悠一名字。頓時，少年們的眼中浮現某種回憶的歡喜與悲傷。俊輔一問之下，才知每個少年都和悠一睡過，但頂多兩三次之後就被拋棄了。

悠一打電話來了。他是來電詢問明日可否拜訪俊輔。俊輔正巧為今年冬天初次發作的神經痛所苦，這通電話立刻讓他不藥而癒。

翌日是個溫暖如春的好天氣，俊輔坐在起居室簷廊的日光下，看了一會《恰爾德．哈羅爾德遊記》[1]。拜倫總是令俊輔發笑。之後有四、五人來訪。女傭來稟告悠一抵達。他露出律師接下棘手案件時的苦瓜臉對先來的訪客解釋。在場沒有任何人想像得到，被帶到二樓書房的新來的「重要」訪客，居然只是個還在念書毫無才華的青年。

書房有飄窗兼作長椅，上面並排放了五個連環圖案的琉球染抱枕。圍繞窗子三邊的裝飾架上，俊輔收集的古陶雜然紛陳，某一區有極為美麗的古拙陶俑。這些收藏品看不出任何秩序或系統，因為他們全是別人給的。

悠一穿著鏑木夫人贈送的新衣坐在窗邊，透過窗子，初冬白開水似的日光，照亮他漆黑頭髮的髮旋。他發現這個房間沒有當季花卉。完全找不出活物的跡象。只有黑色大理石座鐘沉鬱地計時。俊美青年伸手拿起手邊桌上的老舊皮革封面原文書。是麥克米倫出版的華特．佩特全集中，《*Miscellaneous Studies*》的其中一篇〈Apollo in Picardy〉，處處有俊輔劃線做的記號。

1《恰爾德．哈羅爾德遊記》（*Childe Harold's Pilgrimage*），拜倫的長篇敘事詩，也是他的代表作。

一旁堆疊著老舊的上下卷《往生要集》[2]和大開本的奧伯利．比亞茲萊[3]畫冊。

看清悠一在窗前起身迎接俊輔的身影時，老藝術家幾乎為之戰慄。他感到自己此刻的確愛著這個俊美青年。難道是俊輔在魯東的演技，不知不覺欺騙了他自己（就像悠一被自己的演技欺騙，屢屢感到自己愛女人），讓他產生不該有的錯覺？

他有點暈眩地眨眼。在悠一旁邊坐下立刻說出的話，因此讓人感到有點突兀。他說直到昨天還飽受神經痛折磨，但是因為天氣的關係，今天不痛了，這下子就像右膝掛了氣壓計似的，下雪的日子八成一大早就知道。

青年不知如何接話，老作家已轉而讚美他的西裝。聽了贈送者的名字後，他說，

「哼，那個女人以前還向我勒索了三萬圓。既然是拿來給你做西裝，那我的舊帳就一筆勾銷吧。下次你好歹吻她一下算是獎勵。」

他這種從來不忘唾棄人生的一貫說話方式，對於悠一長年對人生抱持的恐懼，向來是最佳良藥。

「對了，你今天來有什麼事？」

「是為了康子。」

「我聽說她懷孕了……」

「對，所以……」青年欲言又止。「我想找您商量。」

「你想墮胎？」——這個明確的質問令悠一瞪大眼。「這又是為什麼？我問過精神科醫生，據說像你這種性向目前還不確定是否有遺傳性。你沒必要那麼害怕。」

悠一沉默不語。關於考慮墮胎的真正理由，連他自己都尚未完全釐清。妻子如果是真心期盼小孩，他想必不會萌生這種念頭。就是因為知道妻子期盼的另有其他，那種恐懼肯定才是當下的動機。悠一想讓自己從這種恐懼解放。為此，必須先解放妻子。懷胎，生產，都是束縛。是放棄解放。……青年半帶憤怒地說，

「不是的。不是因為那個。」

「不然是為什麼？」俊輔的冷靜質問就像醫生。

「是為了康子的幸福，我認為那樣做會比較好。」

「你在說什麼傻話。」——老作家仰臉笑了出來。「康子的幸福？女人的幸福？你根本不愛女人，有資格考慮女人的幸福嗎？」

「正因如此，所以才得墮胎。那樣的話，我倆之間就會失去羈絆。康子如果想離婚隨時都可以離婚。那樣到頭來才是她的幸福。」

「你這種感情，是體貼？是慈悲？抑或是自私自利？是軟弱？真令人傻眼。我沒想到會從你口中聽到這麼庸俗的藉口。」

老人醜陋地激動起來。手比平時抖得更厲害，雙掌不安地互相搓揉。幾乎毫無脂肪的手掌，在互相搓揉時，發出塵埃摩擦的聲音。他忍不住胡亂翻開手邊的《往生要集》又合起。

---

2《往生要集》，平安中期的佛教書，天台宗的源信和尚（惠心僧都）著。從大量佛教經典論述中，蒐集了與往生極樂有關的文章。

3 奧伯利・比亞茲萊（Aubrey Beardsley，1872-1898），英國插畫藝術家。受日本藝術影響，唯美主義運動的先驅。

「我說過的話你都已經忘了。我曾對你說過，一定要把女人當物質，絕對不能在女人身上認同精神。我就是敗在這一點。我沒想到你也會跟我在同樣的地方跌跤。你明明不愛女人！你應該是抱著那個覺悟結婚的。談什麼女人的幸福不是開玩笑嘛！移情？別鬧了。對著一塊木頭要怎麼移情。你不就是因為把對方當成木頭才能結婚嗎？你聽著，阿悠，」——這個精神上的父親，認真凝視俊美的兒子。衰老的眼眸已半是褪色，想用力注視時，眼角就會擠出難以形容的可悲皺紋。「你不能害怕人生。你必須確信絕對不會有痛苦和不幸降臨。不負任何責任和義務，才是美好事物應有的道德。美根本無暇對自己莫測之力的影響一一負責。美無暇去思考什麼幸福。更何況是他人的幸福。……但正因如此，美的力量甚至能讓因此受苦死掉的人得到幸福。」

「我明白老師您反對墮胎的理由了。您認為那種解決方式還不夠令康子痛苦吧。您認為若要把她逼入想離婚也離不了的絕境，最好生個孩子。可我認為現在的康子就已足夠痛苦了。康子是我的妻子。我會把五十萬還給您。」

「你又矛盾了。你說康子是你的妻子，卻又費盡苦心想讓她可以輕易離婚，這算是怎麼回事？你害怕未來。你想逃避。你害怕一輩子在旁邊看著康子的痛苦。」

「但我的痛苦又該怎麼辦？我現在就很痛苦。我一點也不幸福。」

「你認為有罪的，為此讓你痛苦後悔受到良心苛責的事情，其實根本不算什麼。阿悠，睜開你的眼睛看看。你絕對是無辜的。你並非憑慾望去行動。罪惡是慾望的調味料喔。你只嘗了調味料，就做出那樣酸溜溜的表情。和康子離婚你到底想怎樣？」

「我想自由。坦白講，我自己也不明白為何會照著您說的話去做。想到我是個沒有自我意志的人就很失落。」

這種平凡天真的自言自語，脫口而出，終於變成切實的吶喊。青年是這麼說的。

「我想成為現實存在的人！」

俊輔豎起耳朵。彷彿是在聽他的藝術作品第一次發出的嘆息聲。悠一陰鬱地又補了一句，

「我已厭倦祕密。」

……俊輔的作品這時第一次開口說話了。從這個激動的俊美青年的聲音，俊輔覺得似乎聽見刻滿製鐘人以充滿疲勞的呢喃打造的名鐘旋律。接著悠一孩子氣的牢騷令俊輔微笑。那已經不是他的作品的聲音。

「我就算被人誇獎美貌也毫不開心。被大家稱為有趣討喜的阿悠我會更開心。」

「可是，」——俊輔的口吻變得稍微溫和。「你這個族群似乎命中注定無法在現實存在喔。相對的，關於藝術，你的族群會成為足以對抗現實的勇敢對手。這個圈子的人似乎活生生肩負著『表現』的天職。我總覺得是這樣。『表現』這種行為，是跨越現實，給它致命一擊，令它徹底斷氣的行為。那樣做之後，表現永遠成為現實的遺產繼承人。現實這玩意，透過被它推動的東西反而被推動，透過被它支配的東西反而受到支配。比方說推動現實支配現實的現實執行者是『民眾』。可是成為表現後，這就難以推動了。簡直是文風不動。那個執行者是『藝術家』。只有表現可以帶給現實某種現實感，寫實也不存在現實中，只存在表現之中。現實和表現比起

來更加抽象。現實的世界裡，只有人、男、女、情侶、家庭等等雜居。表現的世界正好相反，代表著人性、男性化、女性化、適合成為情侶的情侶、讓家像個家的東西等等。表現抓出現實的核心，卻不會被現實拖累。表現如蜻蜓在水面映出倒影，貼著水面飛過，不知幾時還會在水上產卵。幼蟲為了飛向天空的那一天，在水中成長，精通水中的祕密，而且輕視水中的世界。這才是你們這個族群的使命。我記得你曾對我傾訴社會多數決原則的苦惱。我現在不相信你的苦惱了。相愛的男女哪有什麼獨創性。在近代社會，戀愛的動機中本能占據的部分越來越稀薄。習慣和模仿甚至滲入最初的衝動。你猜那是什麼樣的模仿？是淺薄的藝術模仿。許多年輕男女愚蠢地確信，藝術描繪的愛情中才有真正的愛情，自己的愛情只不過是那拙劣的模仿。上次我看到據說是你們那個圈子成員之一的男舞者表演的浪漫芭蕾舞。沒有人比他飾演的戀人角色更能夠纖細表現出戀愛中的男人的情緒。但他愛的並非眼前美麗的芭蕾舞伶。而是飾演不起眼的小配角，只在舞臺出現一下子的少年學生。他的演技之所以能夠那樣令觀眾沉醉，正是因為那完全是人工化的。因為他對舞臺上的美麗女主角毫無慾望。可是對於毫不知情的年輕男女觀眾而言，他表演的愛情，堪稱這世上的戀愛範本。」

俊輔這長篇大論沒完沒了，導致年輕的悠一總是在重要的人生問題苦等不到解答，問題被四兩撥千斤地迴避，當他出門時覺得重要的，回家時卻只覺得不值一提。

總之康子正盼望孩子。母親熱切地想抱孫子。康子的娘家更不用說。而且俊輔也如此期盼！悠一認為墮胎是對康子的幸福至關重要的問題，但是首先要說服她同意恐怕就很困難。即使害喜再怎麼嚴重，大概也只會讓她更堅強更執拗。

悠一看著敵人和戰友全都歡欣雀躍地奔向不幸，此起彼落的熱鬧步伐令他暈眩。他誇張地將自己比擬為已預見未來的不幸預言者，為之憂鬱。當晚他去了魯東獨自酗酒。誇大自己的孤獨後，他的心情變得殘忍，找了一個毫無魅力的少年一起過夜。他假裝酒醉，把威士忌從尚未脫掉上衣的少年脖子往背上倒，但少年當這是開玩笑，可憐地勉強笑著，卑微地窺探悠一臉色，少年那種神情令他更加憂鬱。少年的襪子破了大洞，又讓他平添一抹憂鬱。

他爛醉如泥，沒碰少年就睡著了。半夜被自己的叫聲驚醒。他在夢中殺了俊輔。悠一在黑暗中，透過恐懼看著自己捏著冷汗的手心。

## 第十二章　Gay Party

悠一雖深感苦惱，但他的優柔寡斷讓他一拖就拖到聖誕節，已經錯過墮胎的時機。某個又被同樣憂鬱折磨的日子，他頭一次吻了鏑木夫人，這個吻令她頓時年輕十歲。夫人問他要在哪裡過聖誕節。「至少聖誕節晚上還是得陪老婆吧。」——「咦，我老公可從不跟我一起過聖誕節喔。今年想必也是我們夫妻各玩各的。」——一旦接吻後，悠一反而深感夫人的謹守分寸。若是一般女人，從那瞬間起就會以情人自居，但夫人的愛情從這一刻起反而變得認真守分，脫離了平時的放蕩態度。想到自己正被她不為人知的樸實另一面所愛，悠一覺得那更可怕。

悠一的聖誕節另有安排。他受邀參加大磯的高地住宅區某家舉辦的Gay Party。Gay在美國俚語中就是指男同性戀。

大磯那裡，是傑奇透過昔日人脈租下的，這棟房子雖因財產稅的關係沒有賣掉，卻連維修費都難以為繼。身為一家之主的造紙公司社長死後，屋主的家人遷居東京租了狹小的房子過著簡樸生活，但是有時回到這棟比自家租屋大三倍、庭院大十倍以上的老房子，看到屋內總是高朋滿座不免深感不可思議。晚間從大磯車站搭車即將發車時，可以瞥見大宅客廳的燈光，從外地來東京的訪客有時會說，看到您的舊家燈火通明真是令人懷念。屋主的遺孀訝異地說，那種浮華生活我始終不明白，某次順道回去探望，那裡正巧也忙亂著準備宴客呢。簡而言之她完全不知道那個可以從遼闊的草皮庭園眺望大磯海面的大宅內在搞什麼。

傑奇的青年時代非常風光，論及之後能夠與他名聲匹敵的年輕人，頂多也只有悠一算是接班人。但是時代不同了。傑奇（說到這裡，他其實是道地的日本人）當年憑著過人的美貌，體驗到當時三井、三菱的高級職員都無法企及的周遊歐洲豪華之旅。那個英國金主也在數年後分手了。回到日本後，傑奇在關西待了一陣子。當時的金主是印度富豪，但還有三個蘆屋社交界的貴婦圍繞這個討厭女人的青年。輕快逍遙的俊美青年，對這三個庇護者輪番履行了悠一對康子履行的那種義務。印度人患有肺疾。傑奇卻對這個多愁善感的大男人毫無同情。當小情人今天也在樓下聚集大批同類狂歡嬉鬧之際，印度人就躺在二樓玻璃暖房的藤椅上，把毛毯拉到胸口，看著聖經掉眼淚。

戰時傑奇是法國大使館參事官的祕書。他被誤認為間諜。因為私生活的神出鬼沒被誤解為官方行動。

戰後傑奇迅速弄到大磯的房子後，他讓熟識的外國人住在那裡，發揮經營才華。他迄今仍然很美。就像女人臉上沒有鬍子，他身上也看不出年齡。再加上同性戀社會的陽具崇拜——那是他們唯一的宗教——圈內人對傑奇源源不絕的活力從不吝於讚嘆和敬意。

那個傍晚，悠一待在魯東。他有點疲憊。似乎比平日更蒼白的臉頰，反而替輪廓端正的臉孔平添一抹憂鬱不安的風情。阿英說，阿悠今天眼睛水汪汪的很美喔。他覺得那像是大副終日看海早已疲憊的眼睛。

悠一一直隱瞞已婚身分。這個祕密也成了眾人爭風吃醋的原因，但他望著窗外歲末街頭的喧囂，思忖這陣子不安的日常生活。一如新婚當時，悠一又開始害怕夜晚了。懷孕後的康子開始煩人地纏著他索求不間斷的愛情，要求看護般細心呵護的愛情。結果，一如以前也有過的想法，悠一不得不認為自己簡直像個免費的娼妓。

「我很廉價。我是獻身的玩具。」他喜歡把自己這樣貶得一文不值。「既然康子用那麼低廉的代價買男人的意志，那她忍受少許不幸也是理所當然。不過話說回來，我或許像狡猾的女傭，對自己並不忠實吧。」

事實上，如果和悠一躺在心愛少年旁的肉體相比，躺在妻子身旁的肉體的確更廉價，但這種價值的倒錯，讓旁人眼中天作之合的這對美麗小夫妻，實質上不知幾時已導向某種冷卻的賣笑關係、免費的賣淫關係。那安靜避人耳目的緩慢病毒既已不斷侵蝕悠一，到頭來又有誰能保證，當他在這個辦家家酒的小圈子外，這種宛如人偶的夫妻關係圈外時沒有受到侵蝕？

比方說過去他在同性戀的圈子忠於自己的理想。他只和年紀比他小、符合他喜好的少年發生關係。這種忠實，想必是他與康子閨房關係不忠的反彈。悠一本就是為了忠於自己才會認識這個圈子。但另一方面，他的軟弱與俊輔不可思議的意志，又強迫悠一對自己不忠。俊輔將之稱為美，進而稱為藝術的宿命。

看到悠一長相的外國人，十之八九都會被迷惑。討厭外國人的他悉數拒絕了。某個外國人甚至一氣之下打破魯東二樓的某扇玻璃窗，也有一人陷入憂鬱症，無緣無故弄傷同居少年的手腕。習慣專找外國人賣身賺錢的傢伙，因此格外尊敬悠一。他們對於不搶自己的生活糧食反而冷酷踐踏的人，抱有一種受虐式的敬意和親愛之情。這是因為我們沒有一天不夢想對自己的生活糧食做出無害的復仇。

不過，悠一基於天生的溫柔，拒絕時也極力避免傷害對方。看到這些他不想要、對方卻渴求他的可憐人時，悠一自己都覺得是用看待可憐妻子的眼光在看對方。憐憫與同情的動機，容許人帶著輕蔑的獻身，在這種獻身中，反而會萌生某種從容且無憂無慮的賣弄風情。就像在老婦人造訪孤兒院的母性溫柔中，可以窺見年邁且徹底安心的賣弄風情。

……一輛高級轎車穿過街頭人潮在魯東門前停車。另一輛緊接著停下。綠洲阿君表演了一下拿手的芭蕾舞轉圈動作，以他最擅長的可愛媚眼迎接走進來的三個外國人。要去參加傑奇派對的人，包括外國人在內，連同悠一共有十人。

三個外國人看悠一的眼神，帶有微微的期待和焦慮。今晚在傑奇家，誰能與他共枕？

十人分乘兩輛車。魯迪在車窗外托他把禮物帶去給傑奇。那是一瓶用柊樹葉裝飾的香檳。

＊＊＊

到大磯車程不到二小時。車子一前一後奔馳京濱第二國道，接著轉道往大船的舊東海道公路。少年們嘰嘰喳喳。其中一名精明的少年，把空的波士頓包抱在膝上，準備回程時用來裝應該會收到的錢。悠一沒坐在外國人旁邊。坐在副駕駛座的金髮年輕男人飢渴地盯著後視鏡。因為在鏡中可以看清悠一的臉。

星空晴朗。青瓷色的冬季夜空中，只見彷彿雪片尚未飄落就凍結的繁星閃爍。車內因為開了暖氣很溫暖。悠一從身旁有過一次關係的饒舌少年口中得知，副駕駛座的金髮男人剛來日本時，也不知是從哪學來的，每當高潮時就會用日語嚷著「天堂！天堂！」令對方失笑。這個聽來很真實的小故事逗得悠一哈哈大笑，湊巧鏡中的眼睛和他的眼睛對上，那雙藍眼睛朝他擠擠眼，將薄唇湊近鏡面親吻。悠一嚇了一跳。因為鏡面印著唇形的那塊略顯模糊，帶著胭脂色。

抵達時已九點。門前下車處已停了三輛高級轎車。匆忙的人影在洩出音樂的窗內動來動去。風很冷，因此站在下風口的少年們剛理過髮的青色後頸縮進衣領。

傑奇來玄關迎接新到的客人。將悠一遞上的那束冬薔薇貼在臉頰摩挲，帶著巨大貓眼石戒指的右手與外國人熱情握手。他顯然已經醉了。所有的人，包括白天在自家店面賣醬菜的少年，都在互道「Merry Christmas」。那一瞬間少年們彷彿身在外國，也有很多圈內少年早已在愛人陪伴下出過國。報紙上以「超越國界的俠義心腸，收容留學生以工代賑」之類的標題報導的佳話，多半都是這回事。

連接玄關的十坪大廳，除了放在中央的聖誕樹綴滿蠟燭燈泡之外，沒有其他像樣的照明燈光。唱片播放的舞曲不斷從聖誕樹中架設的擴音器傳來。大廳已有二十人左右在跳舞。

其實這晚，是純真的嬰兒在伯利恆從沒有原罪的母胎誕生的日子。在此跳舞的男人們，就像「義人」約瑟一樣慶祝誕辰日。換言是在慶祝自己這些人不必對今晚誕生的嬰兒負責。

男人和男人共舞，這非比尋常的玩笑，令跳舞者臉上浮現反抗的微笑，彷彿要強調自己並非被迫這麼做，純粹只是玩笑之舉。他們邊跳邊笑。那是抹殺靈魂的笑。在街頭舞場親密共舞的男女身上，可以看到流露衝動的自由，可是男人與男人相擁起舞的情景，卻讓人感到被衝動逼迫的陰暗束縛。為何男人與男人非得違心地做出相愛的樣子？因為這種愛，如果不給衝動倉促地添加宿命的陰暗味道，恐怕無法成立。……舞曲變成輕快的倫巴。他們的舞步變得激情，變得淫蕩。為了表現純粹是被音樂刺激，其中一對甚至親吻著不停旋轉直到倒下。

先到的阿英，在肥胖矮小的外國人懷中對悠一使眼色。少年半笑半蹙眉。因為這個肥胖的舞伴邊跳邊頻頻咬少年的耳朵，用眉筆畫的小鬍子不斷弄髒少年的臉頰。

這時悠一看到他起初描繪的觀念的結局。或者該說，看到那個觀念鉅細靡遺的實現、具體化。阿英的嘴唇和牙齒依然美麗，弄髒的臉頰可愛得難以形容，但那種美已看不出任何抽象性。他的細腰在外國人毛茸茸的手下扭動。悠一無動於衷地移開視線。

圍繞後方壁爐放置的長椅和沙發上，酒醉和愛撫的肉體橫陳，發出慵懶的低語和竊笑。乍看之下，好似黑暗的大塊珊瑚。但並不是。至少有七、八個男人的身體某處交纏在一起。有兩人勾肩搭臂，背部正被另一個男人愛撫，身邊那個人把自己的腿架在旁人的大腿上，左手放在左側男人的胸口。那裡就像傍晚的霧靄，瀰漫低沉甜美的愛撫與囁語。坐在腳邊地毯的一名嚴謹紳士，從袖口露出純金袖扣，把臉埋在眼前少年脫掉襪子的一隻腳上親吻，而少年正在沙發上任由三個男人撫摸。少年的腳底板被親吻，突然發出嬌嗔嫌癢，當他後仰時身體晃動，頓時波及眾人。但其他人並沒有晃動的跡象，只是像住在海底的生物默默靜止沉澱。

傑奇走過來請悠一喝雞尾酒，

「派對這麼熱鬧，我簡直超開心。」這個連講話都刻意裝年輕的忙碌主人說。阿悠，今晚有人很想見你喔。那是我的多年老友，你可別對人家太冷漠。他的綽號叫波普。」——這麼說時，他看著玄關口兩眼發亮。「你瞧，他來了。」

一個派頭十足的紳士，現身昏暗的門口。唯獨把玩外套鈕扣的那隻手看起來特別白。他踩著彷彿上緊發條才開始動的人工化步伐走向傑奇和悠一。一對跳舞的人經過旁邊，他皺著眉頭別開臉。

「這位暱稱波普，這位是阿悠。」

傑奇介紹後，波普朝悠一伸出雪白的手。

「近來可好。」

悠一認真打量那籠罩著不快光澤的臉孔。那是鏑木伯爵。

# 第十三章　殷勤

鏑木信孝這個波普的暱稱，是他以前因為喜愛亞歷山大・波普[1]的詩，自己戲謔命名的，後來連不知由來的人們也開始這麼喊他。信孝和傑奇是多年老友。兩人十幾年前在神戶的東方飯店邂逅，曾經睡過兩三次。

對於通常會在這種派對遇見意外人物的這種庸俗的戲劇化結局，悠一已經修煉出處變不驚的本領。這個圈子將外界的秩序解體，把外界的字母拆得七零八落，重新做出奇妙的排列組合（例如CXMQA），這種重新排列組合的魔術師能力，是他們的拿手好戲。

但唯獨鏑木前伯爵的變身，令悠一非常意外，因此瞪著波普伸出的手半晌都沒去握，但信孝比他更驚愕。他用醉漢看東西時兩眼發直的視線直勾勾看著俊美青年說，

「是你！竟然是你！」

接著又轉頭對傑奇說，

「我多年來的直覺，居然第一次在這個人身上失靈。先不說別的，他這麼年輕就已結婚了，我初次見到他就是在他的婚宴上。沒想到那個悠一就是大名鼎鼎的阿悠！」

「你說阿悠有老婆？」傑奇做出像外國人一樣誇張的驚訝方式。「哇喔，這我頭一次聽說。」

1 亞歷山大・波普（Alexander Pope，1688-1744），十八世紀英國最偉大的詩人。

悠一的祕密之一就這樣輕易洩漏了。

不到十天，他已婚的消息想必就會傳遍這個圈子吧。他對自己居住的兩個世界，不知幾時會讓雙方的祕密一一互相侵犯的速度深懷戒懼。

悠一為了擺脫這種恐懼，此刻努力試著重新把鏑木前伯爵當成波普去打量。

信孝那種不安分的飢渴視線，已被隨時隨地尋求美麗同類的探究慾附身。他的外表瀰漫某種令人厭惡的東西，就像衣物擦也擦不掉的汙點，他那難以形容的噁心柔弱和厚顏無恥的混合、似乎是勉強擠出的低沉聲音、看似徹底精心計畫過的自然態度，這一切，都是同類的印記和那面具的努力成果。悠一記憶中對他殘留的所有片段印象，就這樣忽然得到一定的脈絡，形成一個明確的典型。這個圈子有兩種獨特的作用——解體和收斂，後者顯然運作得更充分。鏑木信孝就像通緝犯想透過手術變臉，總是在表面的臉孔之下，巧妙隱藏著不願被人發現的肖像。尤其是貴族更擅長掩飾。掩飾惡德的嗜好先於執行惡德的嗜好，就這點而言信孝堪稱發現了身為貴族的幸福。

信孝推著悠一的背。傑奇帶兩人去空著的長椅。

五個穿著白色服務生制服的少年穿梭人群分送洋酒和下酒小菜。那五人都是傑奇的愛寵。真不可思議。五人都和傑奇在某部分有點相似，因此五人看似兄弟。其中一人繼承傑奇的眼睛，一人繼承鼻子，一人繼承嘴唇，一人繼承背影，一人繼承額頭。通通組合起來，就構成傑奇年輕時無人能及的美麗肖像。

那幅肖像就在暖爐架子上方，被別人送的鮮花、柊樹葉片、一對彩繪蠟燭圍繞，鑲嵌在漂亮的金色畫框中，由於顏料已有點被燻黑，呈現橄欖色的裸像更顯性感。傑奇十九歲那年春天，溺愛他的英國人以他為模特兒，親手畫下這幅年輕的酒神巴卡斯畫像，畫中人淘氣地笑著，右手高舉香檳酒杯。額頭戴著常春藤花環，赤裸的頸部隨意掛著綠色領帶，左臂撐在他坐的桌上，就像船槳用力壓住白浪（那是腰部覆蓋的一小塊桌布），為了支撐微醺的身體如黃金船身的重量而彎曲。

這時唱片換成森巴，跳舞的人紛紛退到牆邊，樓梯口覆蓋的酒紅色天鵝絨帷幕被聚光燈照亮。

帷幕劇烈搖晃，一名打扮成西班牙舞女的半裸少年現身。這是個年約十八、九歲的少年，擁有冶豔的細腰窄身。緋紅的頭巾裹頭，金線鑲邊的緋紅胸罩遮胸。少年翩翩起舞。那種清冽的肉感，有別於女性肉體陰柔的搖擺不定，是用簡潔的線條與光芒四射的柔韌構成，緊抓住觀眾的心。少年邊跳邊撇開臉，把臉轉回來時順帶朝悠一清楚地拋了個媚眼。悠一擠擠眼回應。默契就此達成。

信孝沒有錯過兩人的眉目傳情。打從剛才得知悠一也是圈內人，他的內心世界就已被悠一占據。波普顧慮社會名聲，從未在銀座一帶的店內出現，因此他之前根據最近不管去哪都聽到的「阿悠」這個名字想像的，只不過是隨處可見的圈內美少年中，稍微出色一點的人物。他多少是基於好奇心才請傑奇介紹。沒想到那會是悠一。

鏑木信孝是誘惑的天才。直到四十三歲的今天為止，和他有過關係的少年不下千人。說到真正吸引他的，其實美無法吸引他讓他貪逐美色。反倒是恐懼、戰慄俘虜了信孝。男色的快樂中，始終縈繞某種甘美的違和感，就像西鶴[2]意味深長寫的，頗有「男子相戲落花間，猶如野狼臥眈眈」的風情。信孝總是在尋求新的戰慄。或者該說，只有新鮮的事物能夠令他戰慄。他從來不曾精密地去比較、品鑑美。他絕對不會把目前愛的人的容貌，和昔日愛過的人的容貌比較。愛恨情念猶如一線光明，照亮某個時間，某個空間。那一刻，信孝感到，在我們既定生命的延續外，有某種新鮮的裂縫，就像誘惑自殺者的斷崖，難以抗拒地誘惑他。

「這傢伙危險。」他在心中自言自語。「過去我只把悠一當成溺愛妻子的年輕丈夫，就像看待一匹年輕的駿馬目不斜視跑過破曉時的世間正常街道，因此就算看到他的美，我也能泰然處之，從不曾莽撞地企圖把那匹駿馬引入自己的小徑，可是剛才突然在這條小徑發現悠一時，我內心大受震撼。那是危險的閃電。這種感覺似曾相識。以前第一次見到走入這條路的年輕人時，也曾有同樣的閃電照亮我心。我是真心愛上他了。即將墜入情網時，自己會有預感。這二十年來，今天是第一次出現同樣強烈的閃電。相較之下，我可以斷言，以前在其他一千人身上感到的閃電只不過是仙女棒的小火花。最初的心動，最初的戰慄，就已注定結局。總之我必須盡快和這個青年睡覺。」

不過，擅長一邊愛人一邊觀察的他，視線具有透視力，他的話語之中潛藏讀心術。打從見到悠一的瞬間，信孝就已看出是什麼精神毒素侵害這個美貌無雙的年輕人。

「啊，這個青年，早已受不了自己的美。他的弱點就是美貌。意識到美的力量，令他的背部留下樹葉的痕跡[3]。我要利用這一點。——」

信孝起身離席，去找正在陽臺吹風醒酒的傑奇。趁此空檔，剛才同車的金髮外國人和另一個年近半百的外國人爭相邀請悠一跳舞。

信孝一招手，傑奇立刻進來。寒冷的戶外空氣侵襲信孝的領口。

「找我有事？」

「嗯。」

傑奇和老友相偕去可以看海的挑高夾層的酒吧。卸下窗子的牆邊設置吧檯區，傑奇從銀座某酒廊撿回來的老實服務生，正捲起袖子扮演酒保。可以望見左邊遠處的海岬有燈塔閃爍。院子的枯樹梢擁抱星空與海景。窗子遇上冷空氣和暖氣的夾擊，剛擦過又立刻起霧。兩人戲謔地點了女人喝的雞尾酒天使之吻。

「怎麼樣？很棒吧？」

「真是漂亮孩子。那種姿色難得一見。」

「老外都很驚豔。但是還沒有人能夠攻陷他。他似乎特別討厭老外。那孩子應該也睡過十幾二十人了，不過對象好像都是比他小的孩子。」

「越難追求才越有魅力。這年頭的孩子往往為了錢來者不拒。」

「好吧，那你試試看。總之圈內的獵豔高手全都束手無策喊投降了。正好展現一下你波普

---

2 井原西鶴（1642-1693），江戶時代的通俗話本、人形淨琉璃劇作家。代表作《好色一代男》為知名情色文學，描寫數十年間遍歷的女色和男色。

3 樹葉的痕跡，這個典故出自德國史詩《尼伯龍根之歌》。屠龍英雄齊格菲沐浴龍血後刀槍不入，唯獨肩上正巧有一片樹葉飄落，該處沒沾到龍血，成了他唯一的致命要害。

的本領。」

「我想先問一下，」前伯爵把右手拿的雞尾酒杯放到左手掌仔細打量著說。他在看什麼東西時，會擺出正被人注視的姿態。換言之，他總是一人分飾演員和觀眾二角。

「……該怎麼說呢，問題在於他是否曾委身於自己不想要的對象。我的意思是……該怎麼說，我是說他是否曾完全委身於自己的美。只要對對方有那麼一丁點愛情或慾望，就不可能純粹委身於自己的美。……照你所說，他雖擁有那麼美的容貌，卻還沒那種經驗吧？」

「據我聽到的是這樣。不過他既然已婚，應該也是基於義務和妻子睡覺吧。」

信孝垂落眼簾，摸索老友這句話給的暗示。他在思考時也裝模作樣，彷彿正被人盯著自己的精巧構思仔細打量。快活的傑奇慫恿他不管怎樣先去試試再說，還跟他打賭明早十點之前能否攻陷悠一，趁著醉意宣稱如果波普成功了就把自己戴在小指的豪華戒指送給他，波普則以鏑木家收藏的室町時代初期泥金硯盒為賭注。這個厚雕泥金硯盒之華麗，傑奇早自昔日造訪鏑木家後就垂涎三尺。

兩人從夾層下樓走向大廳。不知幾時悠一已和之前扮舞女的少年相擁起舞。少年已換上西裝，喉頭繫著小巧可愛的領結。信孝自知已年華老去。男同性戀者的地獄和女人的地獄是同一處。那就是「老」。信孝知道，死都不可能發生俊美青年愛上自己的奇蹟。這麼一想，他的熱情無限近似理想主義者打從開始就明知徒勞的熱情。正因為有人愛理想，才會期待被理想所愛吧。

悠一與少年不等一曲結束就忽然不跳了。二人躲進酒紅色帷幕後。波普嘆息著說，

「唉！去二樓了。」

樓上有三、四間隨時可以使用的小房間，每間都看似隨意地放著床鋪或躺椅。

「一兩個人你就別計較了，波普。以他那種年輕絕對不要緊。」

傑奇如此安慰他。他瞥向角落的裝飾架。思忖屆時從信孝手裡贏得的硯盒該擺在哪裡才好。信孝在等。過了一小時悠一再次出現後，他還是沒找到適當機會。夜深了。人人都已跳舞跳累了。但就像輪流燃燒的餘燼，還是有幾組人馬交替起身繼續跳。牆邊的小椅子上，傑奇的男寵之一露出純真無辜的睡顏打瞌睡。一名外國人對傑奇使眼色。寬容的主人笑著點頭。外國人輕輕抱起睡著的少年，走向夾層的門內深處布幔後的躺椅上。裝睡的少年雙唇微微開啟，長睫毛的陰影下藏著的雙眸，因好奇心而戰慄，同時悄悄偷窺這強壯搬運者的胸膛。從襯衫縫隙窺見金色胸毛後，少年覺得彷彿正被巨蜂抱著。

信孝在等待機會。大部分與會者都是老相識，因此不愁沒有話題共度一夜。但信孝只想要悠一。一切甜美的，或者淫蕩的想像折磨他。但波普有把握自己臉上絲毫未流露那混亂的感情。

悠一的目光湊巧停駐在新來的客人身上。那個少年過了凌晨二點才和四、五個外國人從橫濱抵達。他的大衣領口露出紅黑直條紋的圍巾。笑起來時，牙齒潔白又整齊。頭髮剃得很短，很適合他那輪廓深邃的五官。用生疏姿勢抽菸的手指上，戴著綴有巨大姓名縮寫的純金戒指。

這個野性的少年身上，似乎有某種東西與悠一散發肉慾略顯慵懶的優雅相互呼應。如果說悠一是雕刻的精品，這個少年就有點像雕壞的作品。而且和悠一頗為相似——就像仿造品相似的程度。自戀者因為那超乎常人的驕傲，有時反而更愛有瑕疵的鏡子。有瑕疵的鏡子至少不會嫉妒。

新來的這群人與原先的客人杯觥交錯。悠一和少年並肩坐著。兩人年輕的眼睛互相偷窺。立刻達成默契。

但兩人手牽手正想離席時，一個外國人邀請悠一跳舞。悠一沒有拒絕。鏑木信孝沒錯過這機會，立刻走到少年身旁，邀他共舞。他邊跳邊說，

「你忘記我了嗎，阿亮？」

「怎麼可能會忘，波普哥。」

「那你現在還記得聽我的話從沒吃過虧嗎？」

「對您的慷慨我甘拜下風。大家都是愛上您的大方風采呢。」

「用不著拍馬屁。今天可以嗎？」

「如果是您，我當然不會拒絕。」

「但是必須現在立刻喔。」

「現在立刻啊……」

少年的眉頭一沉。

「可是……那樣的話……」

「照上次的價錢加倍也行喔。」

「嗯，可是，就算不急著現在，距離早上還有一段時間呢。」

「如果不現在去，我就不要你陪了。」

「可我畢竟已先和別人有約了。」
「那個約會一毛錢也賺不到吧？」
「我好歹也有願意為心上人奉獻全副身家的誠意啊。」
「全副身家？好大的口氣啊。好吧，那我給你三倍再外加一千湊成一萬圓。事後你再把那筆錢拿去奉獻給心上人不就行了。」
「一萬圓？」——少年的眼睛有點游移。
「我給您的回憶真有那麼好？」
「是很好。」
少年虛張聲勢地提高嗓門：
「您喝醉了吧，波普哥，這條件未免也太好了。」
「是你把自己的身價看得太低了吧，真可憐，你應該更自傲才對。拿去，先付你四千，剩下的六千事後再給。」
少年一邊為鬥牛舞曲急躁的節奏心煩，同時暗自盤算。四千塊的話，就算出了差錯拿不到事後那六千塊，也絕非不划算的交易。可若要把悠一排到後面，又該如何從那個場面脫身？
悠一就在牆邊抽菸等待少年跳完舞。一手正用手指頻頻敲牆。信孝斜眼覷見，這個清新青年的美貌令他瞠目，有股衝動恨不得立刻撲過去。
一曲終了。亮介走近悠一，盤算著如何找藉口，但悠一沒有察覺，把香菸一扔轉身就先邁步。亮介跟上，信孝則跟在亮介後頭。上樓梯時悠一溫柔地搭著少年的肩，這下子少年更難開口了。來到二樓的小房間前，悠一開門時，信孝迅速拉住少年的手臂。悠一詫異轉身。見信孝和少年都沉默不語，他的眉目之間籠罩年輕的憤怒。

「你要幹什麼？」

「我和這孩子有約。」

「明明是我先約的。」

「這孩子有義務來我這邊。」

悠一歪頭，勉強試圖微笑。

「別開玩笑了好嗎。」

「如果你認為我在開玩笑，不妨自己問問這孩子。看他想先去陪誰？」

悠一把手放在少年的肩上。那肩膀在顫抖。為了掩飾尷尬，少年的眼睛帶著敵意睨視悠一，唯有言詞帶著不自在的甜膩。

「可以吧？人家晚一點再陪你嘛。」

悠一想打少年。信孝攔住他。

「別動粗。先聽我慢慢跟你說。」

信孝摟著悠一肩膀走進小房間。阿亮也想跟著進去，信孝卻當著他的面響亮地關上門。少年的罵聲傳來。信孝反手迅速鎖門。讓悠一在窗邊的沙發椅坐下，請他抽菸後，自己也拿出一根菸點燃。少年依舊不死心地敲門。最後響起踹門聲，就此安靜下來。少年想必已醒悟事態。

小房間忠於氣氛。牆上掛著在牧草與鮮花圍繞下沐浴月光沉睡的恩底彌翁[4]的鉛版印刷畫。一直開著的電暖爐，桌上的干邑白蘭地，雕花玻璃水瓶，電子留聲機，平時使用這房間的外國人只有在派對的晚上開放給來賓使用。

信孝打開依序播放十張唱片的留聲機。他從容不迫地在兩個杯子倒入白蘭地。悠一猛然站起就想走出房間。波普用深沉溫柔的眼神凝視青年攔住他。他的眼神異常有力。悠一受制於莫名的好奇心，乖乖坐下。

「你放心。其實我並不想睡那孩子。我給他錢，只是為了找理由阻止你。否則我沒機會和你好好說話。用錢就能任意擺佈的孩子，你用不著心急。」

老實說，悠一的慾望打從剛才想動手打少年時就已迅速衰退了。但在信孝面前他不願承認這點。他就像被捕的年輕間諜保持沉默。

「至於我要跟你說的，」波普接著又說，

「其實也不是什麼大事。只是想和你好好聊一聊。你願意聽嗎？我啊，想起在你婚禮上第一次見到你的時候。」

鏑木信孝接下來的冗長獨白如果照實記錄下來，恐怕只會讓讀者嗤之以鼻。而且還伴隨著正反十二面的唱片舞曲伴奏。信孝知道自己說話的明確效果。言語的愛撫先於雙手的愛撫。他把自己空虛地化身為映照悠一的一面鏡子。鏡面背後徹底隱藏著信孝自身的衰老、慾望、機巧和智謀。

4 恩底彌翁，希臘神話中受到月神愛慕的美少年，被眾神賜予永恆的青春，但代價是永世長眠。

悠一聽著信孝幾乎連悠一同意與否都不問只是沒完沒了的獨白，期間信孝還頻頻用溫柔撫摸般的口吻，插入「已經聽膩了？」或「如果覺得無聊，就告訴我喔。那我就不說了。」或「你討厭聽這種話？」之類的話。起初像是脆弱地懇求，第二次是絕望又霸道，第三次已經充滿自信，彷彿還沒問就已確信悠一會含笑做出否定的表情。

悠一聽得並不無聊。絕對不無聊。因為信孝的獨白從頭到尾都只在說悠一。

「你的眉毛是多麼英氣凜然又颯爽的眉毛啊。照我說來，你的眉毛就像……該怎麼說呢，呈現出就像是年輕乾淨的決心（他想不出如何比喻時，就凝視悠一的眉毛沉默半晌。那是催眠師的技巧）……不過話說回來，這眉毛和深邃憂鬱的眼睛簡直是絕配。眼睛呈現你的命運。眉毛呈現你的決心。介於這兩者之間的是戰鬥。是所有青年都必須一一去戰鬥的戰鬥。換言之，你的眉毛和眼睛，是青春這個戰場上最俊美年輕的士官的眉毛和眼睛。最適合這眉毛眼睛的帽子，想必只有希臘的頭盔。我不知夢見過多少次你的美。不知有多少次想對你說話。可是當我見到你，就會像少年一樣如鯁在喉說不出話。我可以肯定地說，你是我過去三十年來見過的俊美青年之中最美的。沒有任何青年能與你相比。這樣的你，怎麼會想要去愛阿亮！你仔細照照鏡子。你在他人身上發現的美全都來自你的誤解與無知。你自以為在他人身上發現的美其實你身上早就齊備，已經不可能再發現更多了。可你居然會『愛』他人，簡直太不了解自己。你不了解自己生來已臻完美的極限。」

信孝的臉緩緩逼近悠一的眼前。他誇大的言詞就像巧妙的讒言一樣悅耳。換言之，一般阿諛討好耳朵的那種諂媚方式根本無法比擬。

「你不需要什麼名字。」前伯爵斷言。「擁有名字的美根本不算數。依賴悠一或太郎、次郎這種名字才能喚起的幻影已經騙不了我。你在人生扮演的角色不需要名字。因為你就是典型。當你走上舞臺，你的角色名稱就是『年輕人』。沒有任何演員扛得起這個角色名稱。大家都是靠個性、性格、名字。他們頂多能扮演的，是年輕人一郎，年輕人尚恩，年輕人約翰尼斯。可你的存在是鮮活的年輕人風貌的統稱。你是所有國家的神話、歷史、社會及時代精神中出現的可見的『年輕人』代表。你是體現者。如果沒有你，所有年輕人的青春都無法被看見，只能被埋沒。你的眉毛描摹著數千萬年輕人的眉毛。你的嘴唇是數千萬年輕人的嘴唇素描的結晶。你的胸部也是，你的手臂也是……」——信孝隔著冬裝的袖子輕輕搓揉青年的兩隻手臂。「……你的腿也是，你的手掌也是」——他繼而把肩膀壓向悠一的肩膀，定睛凝視青年的側臉。他伸出一隻手關掉桌上的燈。

「別動。算我求你，請你暫時就這樣別動。真是太美了！黎明已經來臨。天空逐漸泛白。你那一邊的臉頰應該感受到黎明朦朧光線的徵兆吧。可你這一邊的臉頰依然是黑夜。你完美的側臉正浮現在黎明與黑夜的分界。拜託你，就這樣別動。」

信孝感到，俊美青年的側臉，被黑夜與白天那條分界線上的純潔時間完美地浮雕出來。這瞬間的雕刻已成永恆。那張側臉為時間帶來永恆的型態，藉由固定某個時間的完全美感，令它自身不朽。

窗簾一直是拉開的。玻璃窗映現逐漸泛白的風景。從這個小房間的位置可以將大海一覽無遺。燈塔睡眼惺忪地眨眼。海上有白濁光芒支撐黎明前天空的層層烏雲。院子的冬樹就像被夜晚潮水棄置的漂流物，失魂落魄的枝椏交錯林立。

悠一感到深沉的困倦。分不清是醉意還是睡意。信孝的話語描繪出的畫像鑽出鏡子，在悠一的身上徐徐重疊。倚靠長椅椅背的悠一，頭髮和那畫像的頭髮疊合。感官與感官重疊，感官只激起更多感官刺激。這種如夢似幻的合體感難以輕易說明。精神在精神之上打盹，無需借助任何感官的力量，悠一的精神與一半已經重疊在另一個悠一的精神交合。悠一的額頭觸及悠一的額頭，美麗的眉毛觸及美麗的眉毛。青年那夢遊般半啟的嘴唇，被他想像中那個自己的美麗嘴唇堵住。……

破曉第一線光芒自雲間透出。信孝鬆開夾住悠一臉頰的雙手。外套早已扔在一旁的椅子上。空著的雙手匆匆從肩頭脫下吊褲帶，接著那雙手再次包住悠一的臉頰，那故作正經的嘴唇再次壓向悠一的唇。

——上午十點，傑奇不甘不願地把珍藏的貓眼石戒指送給信孝。

# 第十四章　自立獨行

新的一年來臨。悠一虛歲二十三歲。康子二十歲。

南家的新年只有自家人慶祝。這本來是值得慶賀的新年。一則是因為康子懷孕。二則悠一的母親意外健康地迎來了新的一年。但這個新年隱約有點沉鬱的疏離感。原因顯然是悠一造成的。

他的頻頻外宿，以及更糟的是，他對應盡義務的懈怠，雖然康子有時也會反省是自己太黏人，但她還是痛苦得要死。聽親朋好友說起家庭八卦，這年頭似乎有很多做妻子的只要丈夫膽敢外宿一次就會立刻回娘家。悠一把他看似與生俱來的溫柔體貼不知忘在何處，屢屢擅自外宿不歸，對母親的忠告和康子的哀求充耳不聞。人也變得越來越沉默，難得再露出那口白牙。

但悠一這種倨傲，無法令人想像拜倫式的孤獨。他的孤獨不是思想所致，倨傲說穿了只是出於生活的必要。就像無力的船長只能堅守沉默板著臉，冷眼旁觀自己的船遇難沉沒。只不過這種破滅的速度太明確太有秩序了，就連悠一這個加害人，有時都只能認為一切責任不在自己，純屬自毀作用。

過了正月新年，悠一突然宣稱要去某家來歷不明的公司當會長祕書時，母親和康子都沒認真當一回事，直到他說會長夫妻要聯袂來訪，母親這才慌了手腳。悠一基於惡作劇心態故意不提會長的名字，當天去玄關迎接的母親，看見來客竟是鏑木夫妻又吃了一驚。

那天上午下了小雪，午後也天氣陰霾非常寒冷。前伯爵坐在客廳的瓦斯暖爐前，就像要和暖爐展開談判，盤腿坐在正對面伸出手取暖。伯爵夫人這天特別活潑。從未看過這對夫妻如此恩愛。兩人每次說到好笑的事，就會相視而笑。

康子要去客廳打招呼時，才走到走廊一半就聽見這位夫人略顯尖銳的笑聲。康子早就憑著理所當然的直覺，發現夫人也是悠一的愛慕者之一，但這種只有在孕婦身上才顯得自然，敏銳得甚至令人悚然的洞察力，讓康子一眼看穿，令悠一如此疲於奔命的女人，既非鏑木夫人亦非恭子。肯定還有肉眼看不見的第三個女人。想像悠一暗藏的那個女人的臉孔，康子總在嫉妒之前先嘗到神祕的恐懼。結果康子即使聽見夫人尖銳高亢的笑聲，也絲毫不覺嫉妒，對於自己這種平靜，也不覺得有多麼不可思議。

康子疲於痛苦後，不知不覺習慣了痛苦，就像一直豎起耳朵警惕的聰敏小動物。她顧慮今後可能還得靠娘家父親照顧悠一的前途，即使這麼痛苦也始終沒對娘家洩漏半句，她這種不像現代人的忍功令悠一的母親頗為佩服。那種佩服，是把小小年紀就如此堅強的兒媳視為傳統貞節烈女的楷模，但康子其實是不知不覺愛上悠一的倨傲背後隱藏的不為人知的憂鬱。想必很多人都有疑問，雙十年華的小妻子真的能夠如此寬宏大量嗎？但隨著時間過去，她開始確信丈夫的不幸，因此她不僅打從心底愧疚自己無能治癒丈夫的不幸，甚至覺得自己對他犯了罪。丈夫的放蕩不是享樂，那只是他不明原因的痛苦表現——這種母性的想法，帶有故作成熟的感傷導致的誤解。悠一的痛苦，近似快樂無法得到正名的道德上的苛責，是孩子氣的幻想，他有時忍不住想，如果自己像一般青年那樣是和女人搞外遇，想必會愉快地立刻對妻子一五一十交代吧。

「某種不明原因正在折磨他。」她想。「他總不可能是企圖發動革命吧。如果他是愛上什麼才背叛了我，臉上不可能總是瀰漫那麼坦然的憂鬱。阿悠絕對不可能愛任何東西。這點我身為妻子，憑本能就知道。」

康子的想法一半是正確的。的確不能說悠一愛那些少年。

一家人在客廳熱鬧談笑，鏑木夫妻超乎必要的恩愛，不知不覺也影響了悠一夫妻，悠一和康子就像生活中毫無陰影的夫妻，開朗地談笑風生。

悠一不小心誤拿康子沒喝完的綠茶喝。大家都在專心聊天，似乎沒發現這個失誤。事實上悠一自己也沒發現就喝了。只有康子察覺，輕推他的大腿。她默默指著桌上他的茶杯，微微一笑。悠一也難為情地像一般青年那樣抓抓頭。

這樣的默劇，眼尖的鏑木夫人自然不可能錯過。夫人今日如此開朗，是因為對悠一即將成為丈夫祕書充滿愉悅的期待，進而對近日來這個於己有利的計畫終於在丈夫配合下得以實現，也因感激丈夫而滿心溫柔。悠一如果成了祕書，夫人不知能夠多麼頻繁地見到他！丈夫接受夫人的這種提議肯定是另有什麼盤算，但那就不關她的事了。

但是此刻夫人看著眼前悠一與康子這種溫馨的小默契，正因為這是外人難以見到的家庭瑣事，反而讓她恍悟自己這段戀情的絕望性質。小倆口都年輕貌美，就連悠一和恭子的問題，看了這對恩愛小夫妻的相處狀況後，也會開始覺得那只是悠一小小的戶外運動。如此一來，比恭子更欠缺被愛資格的自己又被放在哪個位置，她實在沒有勇氣正視。

夫人之所以和丈夫表現超乎必要的親密，是因為還有另一種期待作祟。夫人想讓悠一嫉妒。這個念頭帶有很大的幻想成分，但若是為了報復悠一讓自己和恭子當場撞上所造成的痛苦，故意帶哪個年輕男人給悠一看，夫人又怕會傷害悠一的自尊。

夫人在丈夫肩頭發現白色線頭，伸手替他拿掉。信孝轉頭，問她「怎麼了」。得知原委，信孝暗自驚訝。妻子本來不是會做這種事的女人。

信孝在東洋海產這家用海鰻做皮包的公司，雇用以前的管家當祕書。這個被他器重的老人，迄今仍喊他老爺而非會長，但是兩個月前老人因腦溢血過世了。信孝一直在找繼任者。有一次妻子不經意提起悠一的名字後，信孝含糊回答說，祕書的工作很清閒，工讀生都能勝任，所以雇用悠一亦無不可。妻子向丈夫確認時，那種不動聲色的眼神，令信孝識破她的關心。

沒想到這個布局在一個月後會被用來巧妙地掩飾信孝的詭計。新年一過完，他就假裝自己起意雇用悠一當祕書，要把妻子拉進這個計畫時，雖然始終一派遷就她的口吻，卻不忘誇獎悠一的理財本領。

「據說那個青年其實相當精明喔。」信孝說。「之前經人介紹大友銀行的桑原，好像是他的學長。東洋海產的貸款就是桑原私下放貸，他也極力誇獎悠一呢。他說悠一年紀輕輕就一手包辦複雜的財產管理，相當不簡單。」

「那他當祕書絕對沒問題嘛。」夫人說。「如果他不願意，我也很久沒和他母親聯絡了，不如我倆一起登門勸說。」

信孝徹底忘記長年來花蝴蝶般四處拈花惹草的習性，打從傑奇的派對那晚起，已變成沒有悠一就活不下去。悠一後來也回應過兩次他的求歡，但是完全沒有愛上信孝的跡象。信孝的愛意日漸強烈。悠一不願外宿，兩人就避人耳目利用郊外的飯店。信孝注重社會形象的態度幾乎嚇到悠一。他為了迎接悠一，自己一個人訂了一兩晚房間，等『湊巧有事商談』的悠一來訪，深夜離去後，他明明沒事卻硬是獨自留在飯店過夜。悠一走後，這個中年貴族反而萌生難以名狀的熱情。他穿著睡袍在狹小的室內走來走去，最後甚至倒在地毯上。他瘋狂地小聲呼喚悠一的名字上百遍。他喝悠一喝剩的葡萄酒，點燃悠一抽過的菸蒂。為此，他甚至會懇求悠一吃掉一半蛋糕，把殘留牙印的另一半留在盤子上給他。

聽到鏑木信孝建議就算是為了讓悠一增加社會歷練也該來當祕書後，悠一的母親渴望相信此舉能夠正經挽救兒子最近的放蕩生活。問題是悠一還是個學生。畢業後的工作也已確定。

「畢竟還得顧及你岳父的百貨公司那邊。」母親盯著悠一，用刻意說給信孝聽的語氣說。「因為你岳父希望你好好用功讀書。若要答應這件事，必須先和你岳父商量。」

他回視母親一年比一年衰老的眼眸。這個老人竟然對未來確信不疑！這個說不定明天就會死掉的老人。……悠一想，對未來不抱任何確信的，反而是青年，但這說穿了只是老人通常基於惰性相信未來，青年卻欠缺年齡的惰性罷了。

悠一挑起美麗的眉毛，做出有力卻很孩子氣的抗議。

「不用。我又不是贅婿。」

康子聽了這句話，瞥向悠一的側臉。康子懷疑，悠一對她的冷淡，是否就是他受傷的自尊刻意所為。輪到她必須開口了。

「爸那邊我會解釋的。你就照你自己想做的去做。」

於是悠一說出他早就和信孝套好的說詞，表示如果不影響上學只是去幫忙的話他想試試看，母親拜託信孝好好教育悠一。這個拜託有點太囉嗦，甚至令旁人聽來覺得好笑。她大概認為以信孝的為人，肯定會給這放蕩的寶貝兒子出色的教育。

大致談妥後，鏑木信孝邀請大家一起吃飯。母親婉拒了，卻被對方保證飯後會開車送回家的懇求打動，終於起身更衣準備外出。到了傍晚又開始零星飄雪，因此她在法蘭絨肚圍中悄悄放了小懷爐保護腎臟。

五人搭乘信孝的車去銀座，前往銀座西八丁目的料理店。吃完飯信孝提議去跳舞，連悠一的母親都因為想找刺激開開眼界，沒有拒絕去舞廳。她想看脫衣舞，但今晚那家舞廳的餘興節目並沒有這種表演。

悠一的母親含蓄地誇獎舞者裸露肌膚的服裝。「好漂亮。真的很適合舞者。那種斜著添加的藍色真好看。」

悠一的五感很久沒有這樣感受到自己也難以說明的平庸自由。他察覺自己忘了俊輔的存在。他決定關於這次做祕書的事，乃至他與信孝的關係，一概不告訴俊輔。這個小小的決心令悠一心情開朗，湊巧正和他共舞的鏑木夫人甚至忍不住問，「什麼事讓你這麼開心？」年輕人語帶媚態，認真看著女人的眼睛說，

「妳難道不知道？」

那瞬間令鏑木夫人幸福得幾乎喘不過氣

## 第十五章　無事可做的星期天

春日尚遠的某個星期天，悠一和前晚一起過夜的鏑木信孝上午十一點在神田車站的剪票口道別。

前一晚，悠一和信孝起了小爭執。因為信孝沒徵詢悠一的意見就訂了飯店房間，被悠一一氣之下取消了。信孝賠罪討好了半天，結果和青年去了神田車站附近的陌生小賓館臨時投宿。因為他不敢去常去的旅館。

那個晚上很悲慘。由於沒有空房間，他們被帶去偶爾宴會時使用的煞風景的五坪大包廂。室內沒有暖氣，像寺廟的正殿一樣冷。是水泥建築內荒涼寒冷的和室。兩人把餘燼微弱如螢火且插滿菸屁股的火盆放在中央，肩上披著外套，不看彼此鬱悶的臉孔，只是茫然望著毫不客氣的女服務生踢起塵埃鋪床時那雙肥腿的動作。

「哎喲，壞死了。別盯著人家瞧。」

頭髮有點發紅，似乎沒什麼腦子的女服務生如是說。

賓館名稱是「觀光飯店」。房客如果打開窗子，就能看見背對這邊的隔壁舞廳後臺休息室和廁所的窗子。霓虹燈終夜將那窗子染上紅色與藍色，夜風不斷從窗縫鑽入將房間凍得像冰庫，壁紙也破了。隔壁房間喝醉的二女一男的淫聲浪語直到凌晨三點都聽得清清楚楚，晨光從沒有遮雨板的窗玻璃迅速降臨。室內甚至沒有垃圾桶。衛生紙只能扔到門楣上方的凹槽。大家似乎都有同樣的想法，凹槽中堆滿紙屑。

這是個下雪的陰霾早晨。早上十點，舞廳就開始斷續傳來撥弄吉他練習的單調音色。天氣太冷，悠一出了賓館就快步疾行。追上來的信孝氣喘吁吁。

「會長。」——當青年這麼稱呼信孝時，通常輕慢更甚於親密。「我今天要回家。不回去不太好。」

「之前不是說好了今天要陪我一整天嗎？」

悠一用美麗醉人的眼神冷然說，

「如果太任性，彼此都無法長久喔。」

波普和悠一共度一夜時，通常不厭其煩地看著心愛寶貝的睡姿徹夜未眠。這天早上他的臉色也很差。甚至有點浮腫。他不情願地頂著發黑的臉孔點頭同意。

載著信孝的計程車駛離後，悠一獨自留在灰撲撲的人潮中。若要回家，走進車站剪票口即可。但青年撕破已經買好的車票。他轉身朝車站後方餐飲店櫛比鱗次的那一區邁步。酒館都掛著「今日公休」的牌子悄然無聲。悠一去其中一家不起眼的酒館敲門。屋內傳來聲音。悠一說，「是我。」

「啊，阿悠嗎？」某人的聲音響起，毛玻璃拉門被打開了。

狹小的店內，四、五個男人圍著暖爐弓著背，這時一起轉頭迎接悠一。但他們眼中看不到新鮮的驚訝。悠一早已是熟面孔了。

店主是個四十幾歲瘦得像鐵絲的男人。脖子圍著黑白格紋圍巾，外套底下露出睡褲。店內雇來坐檯的是三個饒舌的年輕人。各自穿著花俏的滑雪用毛衣。客人是穿著寬袖外褂的老人。

「哇，好冷。今天怎麼這麼冷啊。明明有太陽照著。」

眾人一邊說著，望向終於有微弱日光斜射進來的毛玻璃拉門。

「阿悠，你去滑雪了嗎？」一個年輕人問。

「不，我不去。」

悠一打從走進店內的瞬間，立刻感到這四、五人今天這個星期天是無處可去才聚在這裡。男同性戀的星期天很可悲。他們覺得一整天都不屬於他們的白天世界完全掌握了主權。

無論去劇場，去咖啡店，去動物園，去遊樂園，走在街上，甚至去郊外，所到之處都有多數決原則驕傲地昂首闊步。老夫婦，中年夫婦，年輕夫婦，情侶，全家出動，小孩，小孩，小孩，小孩，小孩，還有嬰兒車這種該詛咒的玩意排成的隊伍。那是歡呼前進的遊行。悠一如果也想效法眾人，和康子一起漫步街頭，輕易就能做到。然而頭上的蒼天有眼，冒牌貨必然會被識破。

悠一想，

「如果我真的想保持自我本色，這種晴朗的星期天，只能這樣把自己關在毛玻璃的監獄中。」

在此聚集的六個同類，早已厭倦彼此。他們一邊留心不讓死氣沉沉的眼神交會，同時只能緊抓著十年如一日的老話題。諸如美國電影男演員的八卦、某達官顯貴也是同類的傳聞、炫耀個人情史、大白天就講更猥褻的黃色笑話等等，這就是他們的話題。

悠一並不想待在這裡。但他哪都不想去。我們的人生往往恣意將船舵轉向稍微好一點的方向，但那瞬間的滿足中，也摻雜某種喜悅——能夠用「稍微好一點」這種程度來侮辱自己內心某種不可能實現的熾烈希望。正因如此，也可說剛才悠一就是為了特地來這種地方才甩開信孝。

回到家後，康子肯定又會用羔羊的眼神凝視他。那種眼神只有「我愛你，我愛你」這唯一的念頭。她的害喜在一月底停止了。只有乳房敏銳的疼痛依然未消。康子令人聯想到昆蟲，用這種容易疼痛的敏感紫色觸角和外界保持連絡。對於乳房這種或許連方圓五里發生的事都能察覺的敏銳痛楚，悠一抱著神祕的恐懼。

最近康子如果快步下樓梯，那微微的震動頓時會波及乳房，讓她感到有種鈍痛沉澱。就連碰觸到睡裙都會痛。某晚悠一想抱她，她卻喊痛推開他。這意外的拒絕，其實康子自己也很意外，只能說是本能慫恿她做出微妙的復仇。

悠一對康子的忌憚，漸漸變得複雜，造成某種反作用。如果把妻子當成一個女人看待，康子顯然遠比鏑木夫人和恭子年輕，無疑也更具備吸引人的魅力。客觀看來，悠一的出軌簡直不合理。看到康子充滿自信令他太過不安時，他就會故意用拙劣的方式一再暗示自己和其他女人的交往，康子聽到時，嘴邊露出彷彿覺得他很可笑的成熟微笑，她那種從容不迫，嚴重刺傷悠一的自尊心。因為對於「康子或許比任何人都清楚悠一不愛女人」的恐懼與心虛，在這種情況下必然會威脅到悠一。於是他用不可思議的殘酷建立一套任性的理論：如果康子直面丈夫不愛女人這個事實，就表示她從一開始就被騙了，無可挽救；可是社會上有很多丈夫只是不愛妻子而已，在這種情況，現在不被愛的事實，對妻子而言，想必也等於以前曾經被愛過的反證。讓康子知道丈夫只是不愛她才是重點。甚至可以說是對康子的愛。為此，悠一現在必須稍微放蕩，必須更加理直氣壯、無所畏懼地不與妻子同床。……

儘管如此，悠一無疑是愛康子的。年輕的妻子在他身旁睡著時，多半是丈夫睡著後，不過偶爾某天康子特別累，先發出鼾聲時，悠一便可安心打量那張美麗的睡顏。這種時候，自己擁有這美好事物的喜悅就會滲入心扉，他覺得很不可思議的是，這種完全不想傷害對方的理想擁有方式，為何在這世間竟不被允許。

「……你在想什麼，阿悠？」

男妓之一說。這裡的三個男妓都和悠一發生過關係。

「八成在回味昨晚的情事啦。」

老人從旁說。接著又把目光轉向拉門，

「我的老相好怎麼還沒來。明明彼此都早已過了吊胃口的年齡。」

大家都笑了，悠一卻為之悚然。這個六十幾歲的老人，是在等待同樣六十幾歲的戀人。

悠一不想待在這裡。如果回家，康子應該會歡喜迎接他。如果打電話給恭子，不管任何地方她想必都會立刻飛奔而至。如果去鏑木家，夫人的臉上想必會洋溢甚至顯得痛苦的喜色。如果剛才留住信孝，今天這一整天為了博取悠一的歡心，就算叫他在銀座中央倒立八成也肯。如果打電話給俊輔──對了，悠一已有好一陣子沒見過這個老人──他蒼老的聲音想必會在電話那頭激動得破音。……而且悠一對於自己被隔絕在一切之外待在此處，不得不感到一種道德上的義務。

「做自己」原來就這麼簡單嗎？那美好的應有作為，就只是這樣？嘴上說要對自己誠實無偽，虛偽的自己難道就不是自己？誠實的根據在哪裡？在悠一為了自己的外在美，為了扮演他人眼中的自己，捨棄自身一切的那瞬間嗎？抑或，是對一切孤立，對一切都無法全心託付的此刻這種瞬間？他愛少年們的瞬間近似後者。是的，自己就像大海。大海的正確深度是指什麼時候的深度？在他的自我到達退潮極致的那場同性戀派對的破曉時分？抑或是現在這種倦怠的漲潮時，什麼也不求，什麼都嫌多餘的時刻？

他又想見俊輔了。光是把他與信孝的事瞞著那個老好人還不滿足，他想現在就去，對俊輔大言不慚地撒謊。

* * *

這天，俊輔上午在看書。他看了《草根集》。看了《徹書記物語》。這些書的作者正徹，是中世時代的僧侶，傳說是定家[1]投胎轉世。

俊輔根據自己的任性評價，在眾多中世文學、世間知名的著作中，精心挑出兩三歌人、兩三作品特別執著。例如永福門院[2]那意境宛如幽深庭園，歌詠空寂無人的抒景和歌，以及描寫少主替家僕中太頂罪遭到父親斬首的奇特悟道故事——《硯破》這個民間話本，皆曾滋養這位老作家的詩心。

《徹書記物語》第二十三條寫著，若有人問吉野山屬於哪一國[3]，只須回答：單純只想到「賞櫻花當數吉野，觀紅葉首推立田」這句和歌，隨口吟詠出來，並不知那是在伊勢或日向。記誦它屬於哪一國毫無意義，不用刻意背誦自然也會浮現腦中，知道吉野屬於大和國。

「用文字記錄的青春，就像這樣子。」老作家想。「賞櫻花當數吉野，觀紅葉首推立田，除此之外還有什麼青春的定義？青春期過後的藝術家半生，都耗費在探究青春的意義上。他勘查青春的故鄉。但那有何用？認知早已打破櫻花與吉野之間的肉慾和諧，令吉野失去普遍性的意義，只成為地圖上的一點（而且是在往昔的某一時期），只是大和國的吉野。……」

沉溺於這種無用浮想之際，俊輔顯然又不知不覺想到悠一，此點無庸置疑。看到正徹某首被單純化的優美和歌「大河遼闊舟往來，人聚岸邊同此心」時，老作家抱著奇妙的心動，想像眾人在河岸等船時，心思單純集結在駛近的那艘船上化為結晶的瞬間。

這個星期天預定來訪的客人有四、五人。老作家是為了確認自己一把年紀還如此親切其實帶有很大程度的輕蔑，所以才這樣接納訪客，不過多少也是想確認在這種感情的形式下倖存的青春。作品全集已再版。負責校訂的崇拜者們經常來家中討論。那有何用？作品全部都是錯誤，小小的誤植就算訂正了又有何用。

俊輔想出門旅行。他難以忍受一再重複這樣的星期天。悠一許久沒有音信，令老作家非常悲哀。他打算獨自去京都旅行。

這種異常抒情性的悲傷，因悠一的失聯導致作品中斷受挫的悲傷，這種堪稱未完成的呻

---

1 藤原定家（1162-1241），鎌倉時代初期的歌人。

2 永福門院（1271-1342），鎌倉後期的歌人，伏見天皇的宮女。京極派代表歌人之一。

3 此處的「國」是指「令制國」，日本古代根據律令制設置的六十八個地方行政區。伊勢是現在的三重縣，日向在宮崎縣和部分鹿兒島縣，大和是奈良縣。

吟，早在四十幾年前的習作時代，就已被俊輔徹底遺忘。這種呻吟重現青春最笨拙的部分，最不快且無趣的部分。和戛然而止完全不同，那是某種宿命性的未完成，是充滿屈辱的可笑的未完成，是只要伸出手，結實累累的低矮樹枝就會被風吹起，讓坦塔洛斯[4]的嘴巴永遠吃不到枝頭果子，飢渴得不到滿足的未完成，在那樣的時代，某日——就連那個都已是超過三十年的往昔——俊輔的內在誕生了藝術家。未完成的病就此從他身上離去。取而代之的，是完美開始威脅他。完美成了他的痼疾。那是沒有傷痕的病。是毫無患處的病。是沒有病菌也不會發燒、脈搏急促、頭痛、痙攣的病。是和死亡最相似的病。

他早就知道能治癒這種病的只有死。只有先於他肉體之死的創作之死。創造力的自然死亡降臨，他變得脾氣古怪，也變得同樣程度的開朗。不再創作後，他的額頭頓時刻上藝術的皺紋，神經痛讓膝蓋產生浪漫的疼痛，胃臟偶爾嘗到藝術的胃痛。頭髮也終於變成藝術家的白髮。

自從見到悠一，他夢想中的作品，本該已擁有治癒完美這個痼疾後的完美，湧現治癒生之疾病後的死的健康。那應是擺脫一切的痊癒。包括青春，老邁，藝術，生活，年齡，世故，還有瘋狂。以頹廢克服頹廢，以創作上的死克服死，以完美克服完美——這些東西，老作家全都在悠一身上看到夢想。

……但這時，某種青春的怪病突然重現，那種未完成，醜陋的挫折，又在創作到一半時襲向俊輔。

這是什麼？老作家遲疑著不敢命名。是就此定名的恐懼令他遲疑。其實，這不正是愛情的特質嗎？

悠一的身影日夜縈繞俊輔的心頭。他煩惱，憎恨，用盡一切汙言穢語在心中痛罵這個不誠實的青年，只有在那段期間，可以為自己明確輕蔑那種毛頭小子而安心。他嘴上對悠一的毫無精神性讚不絕口，同時卻也輕蔑悠一的毫無精神性。悠一的青澀，以風流俊男自居的心態，任性，令人不敢領教的自戀，突發性的誠實，隨興的純情可愛，以及眼淚，這些性格上的種種缺陷通通被俊輔找出來嘲笑，但當俊輔想到自己的青春從來不曾擁有其中任何之一，他又陷入黯淡的嫉妒。

他一度掌握了悠一這個青年的性格，現在卻落到完全摸不著頭緒的下場。關於這個俊美青年，他發現自己迄今一無所知。是的，一無所知！基本上有什麼證據可以證明悠一不愛女人？又有何證據足以證明悠一只愛少年？俊輔不是一次也沒親眼目睹過嗎？但事到如今那又怎樣？悠一不可能不是現實存在的人吧？既然是現實，那種無意義的變化想必也可能欺騙我們的眼睛。否則又怎麼可能欺騙藝術家。

不過話說回來，悠一已慢條斯理地（尤其是這麼久沒消息）——至少對俊輔而言，悠一已慢條斯理地逐漸變成他自己曾經那麼想成為的「現實存在的人」。他如今在俊輔的眼前，呈現不確定、不誠實，而且具有現實肉體的美麗形貌。每當夜半時分，一想到悠一此刻在這大都會某處擁抱的，不知是康子還是恭子或鏑木夫人抑或不知名的少年，俊輔就再也睡不著。這種時候，他會在翌日前往魯東。但悠一沒出現。俊輔並不期盼在魯東偶遇悠一。因為他害怕，屆時

4 坦塔洛斯，希臘神話中宙斯之子，因傲慢侮辱眾神，被懲罰泡在水中受永世飢渴之苦。

這個已經脫離俊輔羈絆的青年，會對他生疏客套地打招呼。

今天這個星期天格外難耐。他從書房窗口眺望雪中庭園的乾枯草皮。那枯草的顏色微微帶著溫暖的明亮，因此甚至有種微弱陽光照耀的錯覺。他凝目細看。果然不是陽光。俊輔合起《徹書記物語》放下。他在期待什麼？陽光嗎？下雪嗎？皺巴巴的雙手畏寒地互相搓揉。他再次俯瞰草皮。頓時，在那寂寥的庭園表面，真正的微弱陽光緩緩滲入。

他走下庭園。一隻倖存的小灰蝶在枯草上蹣跚。他用木屐踩扁蝴蝶。在院子一角的矮榻坐下時，他脫下一隻木屐看鞋底。鱗粉混雜冰霜閃閃發亮。俊輔頓時感到神清氣爽。

昏暗的簷廊出現人影。

「老爺，圍巾，圍巾！」

老女傭不客氣地大喊，揮舞掛在手臂上的灰色圍巾。她穿上木屐準備走下院子。這時昏暗的屋內響起電話鈴聲，女傭轉身跑去接電話。俊輔覺得那斷斷續續的低沉鈴聲好似幻聽。他的心跳加快。雖然不知已被幻覺背叛過多少次，但這次總該是悠一打來的電話了吧？

＊　＊　＊

他們相約在魯東碰面。從神田車站前往有樂町，下了電車的悠一輕快穿梭週日的熙攘人潮。所到之處皆有男女連袂步行。男方沒有一個是悠一這樣的美男子。女方悉數在偷看悠一。大膽的女人甚至還回頭看。那瞬間，女人們早已忘記身旁戀人的存在。悠一直覺到這點的瞬間，沉醉在厭女者的抽象幸福。

白天的魯東，客層和一般咖啡店沒什麼不同。青年在店內深處的老位子坐下，摘下圍巾脫掉外套。把手伸向瓦斯暖爐取暖。

「阿悠，你好久沒來了。今天和誰有約？」魯迪問。

「和祖父大人。」悠一回答。俊輔還沒來，遠處的椅子上，有張狐狸臉的女人戴著略髒鹿皮手套的十指交叉，和男人親密交談。

悠一是真的有點迫不及待。就像在講臺設下陷阱惡作劇的中學生，興奮地期待老師走進教室上課。

過了十分鐘左右，俊輔來了。他穿著黑色天鵝絨領的切斯特大衣，手裡拎著豬皮行李箱。他默默來到悠一面前坐下。老人的眼睛包容地凝視著美男子炯炯發亮。悠一看到那張臉孔浮現難以形容的愚蠢。這也難怪。俊輔老是記不住教訓的那顆心，又在策劃愚行了。

咖啡的冉冉熱氣容許兩人的沉默。笨拙打破沉默的兩人同時開口又卡住了。這種情況下，俊輔反而更像內向的青年。

悠一說，

「好久不見。快要期末考了所以很忙。家中也一堆雜事，而且……」

「沒關係，沒關係。」

俊輔當下原諒了一切。

一陣子沒見，悠一已變了。他的話語，字字蘊藏成年人的祕密。以前在俊輔面前毫不忌憚暴露的各種傷口，如今已用消毒過的繃帶緊緊包紮。悠一看似沒有任何煩惱的青年。

「儘管說謊沒關係。這個青年似乎已脫離告白的年紀。但他的額頭還是浮現這個年紀應有的誠實。那是這個相信『只要用謊言取代告白便可貫徹主張』的年紀應有的誠實。」

俊輔暗想，接著問道：

「鏑木夫人最近怎樣？」

「我就在她身邊伺候喔。」悠一心想反正俊輔肯定已聽說他去當祕書，於是說。「如果不把我留在身邊，她就活不下去。最後終於攏絡她老公，安排我去當她老公的祕書。這樣的話不用三天就能見到面。」

「那女人也變得很有耐心了。她以前可不是會用這種迂迴攻勢的女人。」

悠一神經質地大聲反駁：

「可是，現在的她就是這樣。」

「你還替她辯護啊。你該不會也愛上她了吧？」

這種誤解令悠一差點失笑。

不過，除此之外兩人就沒有話題了。很像那種本來一直想著如果見到面就要說什麼，卻在見面的瞬間忘個精光的情侶。俊輔不禁說出性急的提議。

「今晚我要去京都。」

「是喔。」——悠一興致缺缺地望著他的行李箱。

「怎麼樣，要不要跟我一起去？」

「今晚嗎？」

俊美青年瞠目。

「打從你打電話給我時，我就忽然決定今晚出發了。你看，包括你的份，我買了兩張今晚二等車廂的臥鋪。」

「可是，我……」

「打電話回家說一聲就行了。我可以出面幫你解釋。我訂的旅館是車站前的洛陽飯店。也可以知會鏑木夫人一聲，請她替你擺平伯爵。只要用我當藉口，那女人就會相信。今晚出發前我希望你把時間留給我。我帶你去你喜歡的地方。」

「可是工作……」

「工作偶爾丟下也沒關係啦。」

「可是考試……」

「考試用的書我來買。兩三天旅行能看完一本就算好的了。可以吧，阿悠？你的臉色看起來有點疲憊。旅行是最佳良藥。去京都好好放鬆一下吧？」

悠一面對這不可思議的強迫再次變得無力抗拒。他想了一會，終於同意了。其實，倉促出發旅行正是他心裡不知不覺渴求的。本就無事可做的星期天，想必早已悄悄逼他走向某種出發。

俊輔乾脆俐落地替悠一打了兩通電話請假。熱情令他發揮遠勝平日的能力。距離夜行列車發車還有八小時。俊輔一邊想像在家苦等他回來的訪客，一邊滿足悠一的要求，帶他去電影院、舞廳和高級日本料理店消磨時間。悠一無視這年老的庇護者，俊輔這廂卻已足夠幸福。

兩人享盡平庸的都市樂趣後，踩著微醺的腳步輕快走過街頭。悠一拿著俊輔的行李箱，俊輔氣喘吁吁如年輕人般邁開大步。兩人各有盤算，沉醉在今晚無處可歸的自由。

「我今天實在不想回家。」悠一冷不防說。

「年輕時就是會有這種日子。在這種日子，任何人都看似像老鼠一樣生活。而且自己無論如何不想做一隻老鼠。」

「碰上這種日子該怎麼辦呢？」

「只能像老鼠一樣拼命啃咬時間。然後就會啃出一個小洞，縱使逃不了，至少能把鼻子從小洞伸出去。」

兩人選了一輛新車攔下，命司機開往車站。

# 第十六章　旅行前後

抵達京都的當天下午，俊輔雇車帶悠一去醍醐寺參觀，車子經過山科盆地冬日的農田間，附近監獄的囚犯在道路施工的情景，就像拉開中世紀黑暗故事的畫卷，在窗外歷歷可見，還有兩三個囚犯好奇地伸長脖子朝車內張望。他們的工作服是令人聯想到北方海水顏色的藏青色。

「真可憐。」

滿心只想著人生享樂的年輕人說。

「我倒毫無感覺。」喜歡嘲諷的老人說。「到了我這個年齡，已經不會被那種『自己或許也會變成那樣』的想像力嚇唬了。這正是老年的幸福。不僅如此，名聲也會產生奇怪的作用。很多人我連見都沒見過，卻擺出一副我欠他們錢的嘴臉找上門。換言之，我陷入被人期待無數種感情的困境。如果我不具備其中一種感情，就會被痛罵不是人。他們要求我對不幸給予同情，對貧困給予慈善，對幸運給予祝福，對戀愛給予理解，換言之，我這個感情銀行，必須備妥黃金，用來兌換市面流通的無數紙幣。否則銀行就會失去信用。不過我早已徹底失去信用，所以現在安心了。」

車子穿過醍醐寺的山門，在三寶院門前停下。有知名垂枝櫻的方形前庭，被整理成方形、精心打理過的冬天占領。這種感覺，在他們走上寫有「鸞鳳」這兩個大字的屏風所在的玄關，被帶往院子盡頭日照充足的泉殿椅子時，感受更加深刻。庭院幾乎沒有真正的冬天介入的餘地，早已充斥經過統整、抽象化、建構、精密計算的人工化冬天。就連每一顆石子的樣貌，都能感到冬天端麗的型態。

中央島有姿態優雅的松樹裝飾，庭院東南方的小瀑布已結冰。覆蓋南邊的人造深山多半是常綠樹，因此即便在這個季節，也沒有減弱庭院景觀那種一望無垠的叢林印象。

等待寺中管長[1]出現之際，悠一有幸再次聆聽久違的俊輔開講，根據他的說法，京都各寺院的庭園，是日本人對藝術的想法最明顯的宣言。因為，無論是這個庭園的結構也好，或者桂離宮的賞月臺景觀這個更具代表性的例子也好，還有賞花亭後山對深山幽谷的模仿也好，極度的人工化在巧妙摹寫大自然之中，也企圖背叛大自然。大自然與藝術作品之間，具有世間最親密的祕密謀反之心。藝術作品對大自然的謀反，類似獻身的女人在精神上的不貞。柔弱深沉的虛偽，多半採取諂媚的形式，表面上假裝致力於靠近大自然、忠實呈現大自然。但是想必沒有比追求大自然近似值的精神更人工化的精神。精神藏身於自然的物質、石頭及林泉之中。那時，無論是多麼堅固的物質，都會從內側被精神腐蝕。物質就這樣被精神徹底凌辱，石頭和林泉被閹割掉本來的物質角色，在塑造庭園的某種缺乏柔軟目的的精神之下，成為永恆的奴隸。這是被幽禁的大自然。這些古老知名的庭園，說穿了就是被肉慾（對於藝術作品這個肉眼看不見的虛偽女體的肉慾）羈絆，忘記原本的殺伐使命的男人們，在我們的眼前，可以看到無止境的憂鬱連結，以及充滿那種倦怠的婚姻生活。

這時管長出現，俊輔與管長敘舊，兩人被帶去別室後，在俊輔懇求下，管長取出這座密宗寺院珍藏的一本冊子給他們看。老作家就是想讓悠一看這個。

書末有元亨元年（一三二一年）的日期，在冬日陽光照耀的榻榻米上攤開的紙冊，是後醍醐帝時代的祕藏珍本。書名為《稚兒乃草子》[2]，悠一看不懂前言概要在寫什麼，俊輔戴上眼鏡就流利地朗讀出來。

「仁和寺開山後駐有舉世公認之高僧。修行三密[3]多年展現無上靈驗功效，猶堅持此道始終不懈。侍童之中，有一人格外親密近身伺候。僧侶無分貴賤，一旦人過盛年，床笫也漸感力不從心，雖心情激昂，卻如月光滲地一瀉千里，又似飛箭越山後繼無力。此童期待落空，夜夜等候，遂喚來中太這名乳母之子，與之暗通款曲……」

接在這段素樸露骨的前言概要之後出現的男性春宮圖，瀰漫令人莞爾的稚拙肉慾，撇開拿好奇的眼光盯著那每一幅春宮圖的悠一，俊輔的心，已從中太這個男侍從的名字，轉移至《硯破》中的同名家臣的名字。從天性純真的少主甘願主動替一介家臣頂罪，至死緘口不言的決心看來，雖然文章一筆帶過，但透過那單純敘述亦不難想像某種約定。如此說來，「中太」該不會是這種角色的既定通稱，光是聽到這名字就會令那個時代的人們浮現會心微笑？

這個學究式的疑問，即便在回程的車上也始終縈繞俊輔的腦海，但是在飯店大廳意外遇見鏑木夫婦，他這看似悠閒的念頭頓時消失。

「嚇了一跳嗎？」

---

1 管長，日本神道教或佛教中，管理一宗一派之長。
2《稚兒乃草子》，「乃」為「之」，「草子」即草紙，大眾通俗話本。
3 三密，密宗教義，身密、口密、意密這三者的總稱。是密宗修行的要素之一。

穿著貂皮短外套的夫人伸出手說。信孝從後面的椅子異樣鎮定地站起來。一瞬間，幾個成年人露出不自在的舉動。唯有悠一一人感到自由，因為這時俊美青年又再次從容確信了自己異常的力量。

至於俊輔，一時之間摸不準夫妻倆的盤算。他發呆時通常會露出極為嚴肅冷淡的神情。但是小說家的職業洞察力，令他從這對夫妻給他的第一印象，驀然產生這種感想：

「第一次看到這對夫妻這麼恩愛。感覺好像在親密合謀什麼重大詭計。」

事實上，鏑木夫妻最近的確關係良好。或許是因為關於悠一，彼此都以為在利用對方，不免有點愧疚，也或許是基於感謝，因此夫人對丈夫，丈夫對夫人，都比以前更溫柔。夫妻倆變得異常契合，這對泰然自若的夫妻，面對面坐在暖桌前無所事事地翻閱報章雜誌的深夜，一旦天花板響起什麼動靜，就會同時敏銳地抬起臉，湊巧面面相覷，於是相視一笑。

「妳最近好像有點神經過敏喔。」

「你才是呢。」

說著，兩人依然久久難以壓抑莫名的心旌動搖。

還有一個難以置信的變化，就是夫人變成了居家型女人。為了在悠一因公務來訪鏑木家時，請他吃親手做的點心或送給他親手編織的襪子，夫人必須待在家裡。

對信孝而言，夫人開始打毛線簡直令人噴飯，因此他基於好玩，故意買了一大堆進口毛線回來，明知夫人八成只會用那些毛線替悠一織外套，還是故意裝成老好人丈夫，在妻子捲毛線團時伸出雙手幫忙。這種時候，信孝感到的滿足，冷酷得無與倫比。

鏑木夫人察覺自己的愛意雖如此明顯，卻未從這段愛情得到任何東西後，感到很新鮮。以他們這種夫妻關係而言，那樣本來應該很不自然，但就戀情遲遲無果這一點，並不會傷及她在丈夫面前的顏面。

起初夫人堅定的安心，令信孝覺得很詭異。他懷疑悠一和夫人或許真的發生關係了。之後他發現這種擔憂只不過是迷信，夫人這次破例對丈夫隱瞞愛意的做法——只因為那是純粹的愛情，所以夫人才出於本能地隱瞞而已——就像信孝雖然抱著同樣的愛情卻因可悲的性向不得不隱瞞到底，堪稱是信孝在心靈上的姊妹。結果，他雖然屢屢面臨很想與夫人一起聊悠一的危險誘惑，但夫人如果對悠一的美貌誇獎得太過火，反而會激起他對悠一日常生活的種種不安，因此在那種時候，信孝甚至會像世間一般嫉妒妻子外遇對象的丈夫那樣故意說悠一壞話。

聽聞悠一突然出發去旅行，這對恩愛夫妻當下團結一致。

「要不要一起追去京都瞧瞧？」信孝說。

不可思議的是，夫人早就知道信孝八成會這麼說。兩人在隔天早上立刻啟程。

於是，信孝夫妻就這樣在洛陽飯店的大廳見到俊輔與悠一。

悠一在信孝眼中看到某種卑微的神色。這個第一印象，令信孝對他的斥責變得毫無氣勢。

「你到底把祕書工作當成什麼？天底下有哪家公司的祕書失蹤了，會長還得帶著老婆一起出來找人。你給我小心點！」——信孝說著，驀然視線一轉望向俊輔，露出不痛不癢的社交微笑又補了一句：「可見檜老師一定很擅長誘惑人。」

鏑木夫人和俊輔輪番開口替悠一說情，但悠一並未老實道歉，只是冷眼看著信孝，憤怒與不安令信孝沒有再繼續開口。

早已到了晚餐時間。信孝想外出用餐，但大家都累了，不想再去寒風刺骨的夜晚街頭，因此就在飯店六樓的餐廳共餐。

鏑木夫人那身男裝式花格子套裝非常適合她，再加上旅途疲憊，讓她看起來美得無懈可擊。她的臉色有點差。肌膚帶著山梔花的蒼白。幸福感如輕微的醉意，又似輕微的疾病。信孝知道妻子看似抒情的神色就是因為那個原因。

悠一不由感到，只要碰上跟自己有關的事情，這三個成年人就有可能脫離基本常識，在這點甚至有點無視悠一。比方說，擅自把一個好歹任職公司的青年拐出來旅行的俊輔固然誇張，大老遠追來京都還視為理所當然的鏑木夫妻也很離譜。大家都把自己的行為歸咎於對方，比方說，信孝準備了「都是因為妻子吵著要來所以才來」這個逃避的藉口，但是各人來到此地的藉口，如果冷靜下來檢視，想必不難看出那種難以形容的不自然。即便在這餐桌前，似乎也是靠四人合力撐起一張隨時可能破裂的蜘蛛網。

四人喝了君度香橙酒有點醉意。悠一見信孝刻意標榜寬宏大度不禁厭煩。在俊輔面前，信孝不僅一再自吹自擂對妻子的體貼，還宣稱雇用悠一當祕書都是因為妻子，這次出門旅行也是因為妻子，他這種幼稚的虛榮心令悠一漸感厭惡。

但在俊輔看來，這種可笑的告白的確有可能發生。原本關係冷淡的夫妻，因妻子外遇而關係回春是大有可能之事。

悠一昨天打電話給鏑木夫人令她非常愉悅。她相信悠一心血來潮跑來京都的原因，八成是想逃避信孝，絕非是為了逃避她。

「這個青年的心我就是抓不住。因此對這段關係永遠感覺很新鮮。不管什麼時候看都覺得他的眼睛是多麼美啊，他的微笑是多麼青春洋溢啊。」

夫人感到在異地他鄉見到的悠一別有新鮮的魅力，她的詩意靈魂被這種細微的靈感深深打動。不可思議的是，和丈夫一起看著悠一竟成為她的心靈支柱。最近與悠一單獨當面說話已無法令她感到喜悅。這種時候她就很不安，心情越來越煩躁。

直到不久前還是外國採購員專用的這家飯店暖氣很充足，眾人在可以俯瞰京都車站前繁華喧囂的窗邊閒聊，看到悠一的菸盒是空的，夫人從手提包取出一包菸默默放進青年口袋，俊輔費了很大的力氣假裝沒看見她的小動作。但信孝急於表現自己雖然察覺妻子一舉一動卻公然默許的寬容，說道：

「太座大人，妳偷偷塞東西賄賂祕書也沒用喔。」

信孝這種死要面子，簡直可笑得令俊輔看不下去。

「毫無目的的旅行真好。」夫人說。「明天大家一起上哪走走吧？」

俊輔定睛望著這樣的夫人。美則美矣，卻可怕地欠缺魅力。

昔日迷戀她因此遭到信孝勒索的俊輔，當時愛的是這女人的毫無精神性，可是現在的夫人已不復當日，徹底忘了自己的美。老作家凝視夫人抽菸。她點燃一根菸。抽了兩三口就放在菸灰缸。之後就忘了沒抽完的菸，又拿出一根菸點燃。兩次都是悠一取出打火機替她點火。

「這女人就像醜陋的老小姐一樣出醜。」

俊輔暗想。對她的復仇已經夠了。

當晚旅途勞頓的眾人，本該早點就寢，但偶然發生的小事件，令眾人睡意全消。事情起因是懷疑俊輔與悠一關係的信孝，提議今晚分配房間時，不如由俊輔和信孝睡一間，夫人與悠一睡一間。

信孝做出這種荒唐提議時的厚臉皮，令俊輔想起他昔日的作風。那是借助貴族惡棍與生俱來的率真，以及對他人冷漠得可怕的漠不關心，是不講道義時的宮廷作風。鏑木家是朝廷貴族的後裔。

「好久沒跟您聊天了，很高興這次有這機會。」信孝說。「今晚就這麼睡覺好像太可惜。您也習慣熬夜吧。酒吧似乎很早打烊，我看這樣吧，不如讓人送酒來房間，我們再聊一會？」——然後他朝夫人轉頭，「妳和小南都困了吧。不用顧忌我們，先去睡吧。小南睡我的房間沒關係喔。我要在老師的房間多聊一會。說不定待會就直接睡在老師的房間，所以你安心去睡吧。」

悠一當然推辭，俊輔也非常訝異。青年使眼色央求俊輔伸出援手。信孝眼尖地看到，當下深感嫉妒。

至於鏑木夫人，她早已習慣被丈夫這麼對待。但這次的情況另當別論。對方可是她眷戀的悠一。她差點就要氣憤地大罵丈夫的無禮，可她戰勝不了這個可以一償宿願的誘惑，終究還是無法開口指責。不想被悠一輕視的心情折磨她。過去引導她的力量是這股崇高的感情，但如今終於有機會拋開它，如果不拋開，恐怕永遠不可能再靠自己一人的力量製造這種機會。這種內心的天人交戰就實際時間而言僅有短短數秒，但是違心又開心地下定決心時，彷彿是歷時年餘的漫長戰爭終於結束。她感到自己朝著心愛的青年，像妓女一樣溫柔笑著。

可是在悠一看來，鏑木夫人從未像此刻看起來這麼慈祥、充滿母愛。他聽見夫人這麼說，

「這樣也好。老先生們就自己愉快地玩耍吧。我怕我如果沒睡好，隔天眼睛底下又要長皺紋。至於皺紋已經不可能變得更多的人要熬夜還是幹嘛請自便。」

她轉頭對悠一說：

「阿悠，你也該去睡了吧？」

「好。」

悠一只好臨時假裝睏得不得了。那種令他臉紅的演技之拙劣，鏑木夫人看得心醉神迷。這些對話進行得非常自然甚至到了詭異的地步，因此俊輔都來不及插話挽回。但俊輔不懂信孝的用意。他剛才的語調像是已經斷定夫人與悠一的關係，俊輔無法理解信孝明知如此為何還刻意縱容。

俊輔也不理解悠一的心情，因此一時之間無法隨機應變。他依舊坐在酒吧的安樂椅，搜尋能夠與信孝聊的安全話題。最後他說：

「鏑木先生不知道中太這個名字的意義吧？」

這麼開口後，才想到那祕藏本的特性，俊輔當下噤口。這種話題會拖累悠一。

「中太是什麼？」信孝心不在焉說。「是人名嗎？」——早已超過平時酒量的信孝醉了。「中太？中太？啊，那是我的雅號喔。」

這個隨口說出的回答造成的巧合，效果令俊輔瞠目。

四人終於起身搭電梯到三樓。電梯靜靜下降至飯店的夜色中。兩邊的客房之間隔著三個房間。悠一和夫人一起走進靠後方的三一五室。兩人都沒說話。夫人起身鎖門。

悠一脫掉外套後更加無所事事。他像在牢籠中走動的動物一樣在房間走來走去。把空抽屜一一拉開看。夫人問他要不要去洗澡。悠一說，您先請。

夫人去洗澡之際，敲門聲響起，悠一愕然起身，只見俊輔進來了。

「我是來借浴室洗澡的。那邊房間的浴室故障了。」

「請便。」

俊輔拉著悠一的手臂低聲問：

「你到底有沒有那個意思？」

「我都快煩死了。」

夫人嫵媚的聲音從浴室回響至天花板，聽來清亮又空洞。

「阿悠，你要不要一起洗？」

「啊？」

「我沒鎖門喔。」

俊輔推開悠一，轉動浴室的門把。穿過脫衣間，微微打開裡面那扇門。鏑木夫人的臉孔在蒸氣中慘白。

「這可不是您這年紀該有的舉動喔。」

夫人輕拍水面說。

「以前你老公就是這樣闖進我們的臥室。」

俊輔說。

# 第十七章　隨心所欲

鏑木夫人是個冷靜沉著的女人。她從浴缸的泡泡中倏然起身。她眼也不眨地盯著俊輔說，

「想進來的話就進來也行喔。」

她那絲毫不見害羞的裸體，對眼前老人的關注甚至比不上路旁石頭。濕淋淋的乳房無動於衷地發亮。隨著年紀增長益發豐滿的肉體之美，在一瞬間奪走俊輔的目光，但是隨即形勢逆轉，想到自己此刻遭受的無言羞辱，他再也沒有勇氣直視。光著身子的女人反倒泰然自若，觀看的老人卻因羞辱面紅耳赤。一瞬間，老作家感到好像理解了悠一的痛苦性質。

「看來我甚至沒有復仇之力。我已經連復仇之力都沒有了。」

俊輔在這目眩的對峙後，默默又關上浴室的門。悠一本來就沒有進來。關燈後的狹小脫衣間只剩俊輔一人。他閉上眼看見明亮的幻影。響亮的熱水聲妝點那個幻影。他快站不住了，可他也無顏回去面對悠一，於是喃喃嘀咕著莫名其妙的牢騷蹲下來。夫人始終沒有走出浴室。

最後終於響起夫人出浴缸的水聲。那個聲音回響。門被粗魯地打開，濕淋淋的手打開脫衣間的燈。看到像狗一樣趴在地上的俊輔突然起身，夫人毫不驚訝地說，

「您還在這裡？」

鏑木夫人穿上睡裙，俊輔像男僕一樣幫忙。

兩人回到房間，青年正老實地抽著菸，同時面對窗戶眺望街頭夜景。他轉頭說，

「老師已經洗完澡了嗎？」

「對呀。」夫人替俊輔回答。

「動作好快。」

「你去洗吧。」——夫人不客氣地說。「我們先去那邊房間了。」

悠一進浴室後，夫人催促俊輔去信孝還在等候的俊輔房間。俊輔在走廊說，

「沒必要連對悠一都那麼冷漠吧？」

「反正你們是一丘之貉。」

這種孩子氣的猜疑，令俊輔心情由陰轉晴。夫人作夢都不會想到俊輔救了悠一。

伯爵在等候俊輔的期間獨自翻牌算命。看到夫人進來，他無動於衷地說，

「啊，來了啊。」

之後三人一起玩撲克牌。玩得意興闌珊。悠一洗完澡回來了。剛泡過澡的年輕人肌膚極美，臉頰通紅如少年。他對夫人微微一笑，那種純真的微笑，誘使夫人的嘴角也不自覺露出笑意。但她催促丈夫起身。

「該你去洗澡了。我們還是睡那邊的房間吧。檜老師和阿悠睡這間。」

或許是因為這個宣言可以窺見斷然的決心，信孝並未反對。兩組人馬互道晚安。夫人走了兩三步又回來，彷彿很後悔剛才的冷淡，溫柔地與悠一握手。因為她認為今晚將這個青年拒於門外已是足夠的懲罰。——結果只有俊輔一人最倒霉。因為唯獨他沒洗澡。

俊輔與悠一各自上床關燈。

「剛才謝謝您啦。」

悠一在黑暗中用有點搞笑的語氣說。俊輔滿足地翻個身。頓時這把老骨頭又想起青年時代的友情，高等學校的宿舍生活。當時俊輔還寫過抒情詩！除了寫抒情詩之外，當時的他並沒有犯下什麼過失。

因此黑暗中傳來的蒼老聲音帶著詠嘆是理所當然。

「阿悠，我已經沒有復仇的力量啦。能夠對那女人復仇的只有你。」

年輕清亮的聲音在黑暗中回答：

「可是她忽然變得很冷淡呢。」

「不要緊，她看你的眼神早已公然出賣了表面上那種冷淡。這反而是好機會。只要你慌亂做出孩子氣的解釋對她撒撒嬌，她應該會比之前更迷戀你。你就這麼告訴她：『起初也是那個老頭子介紹我們認識，可是等我們真的親近了，他又大吃飛醋。浴室事件也是那個老頭子吃醋罷了。』你就這麼說好了。這樣應該聽來很合理。」

「我知道了。」

聲音聽來非常順從，俊輔感到昨天久別重逢時態度傲慢的悠一，又變回以前的悠一在說話。俊輔趁勢說：

「最近恭子過得怎樣你知道嗎？」

「不知道。」

「小懶蟲。你可真讓人操心。恭子立刻又交了新男友。聽說她不管見到誰，都說她早已忘記阿悠了。甚至有傳言說她為了和那男的在一起，已經對現在的老公提出離婚。」

俊輔為了試探效果，暫時打住。效果很明顯。俊美青年的自尊心深深挨了一箭。而且還流血了。

但是沒過多久悠一嘀咕的，是出於年輕人特有的賭氣才會說的違心之論。

「那很好啊，只要她幸福就好。」

同時這個忠於自己的青年，也不由想起當初在鞋店門口見到恭子時，對自己立下的勇敢誓言。

「好！我一定要讓這個女人不幸！」

這個反向思考的騎士，後悔自己本該為女人的不幸獻身卻怠忽了任務。另一個憂慮則有點迷信——被女人冷落後，悠一立刻就忍不住開始擔心自己的厭女症是否被識破了。

俊輔從悠一的語氣聽出某種冰冷的激情，於是安心了。他若無其事說，

「不過在我看來，那只不過是她忘不了你才表現出來的焦躁。我這麼相信的理由有很多。總之你回東京後不妨給恭子打個電話。我保證絕對不會出現讓你不快的結果。」

悠一沒回答，但俊輔知道，等他回到東京肯定會立刻打電話給恭子。

兩人沉默。悠一裝睡。俊輔不知該如何表達此刻滿足的心情，因此再次翻身。老骨頭喀喀響，床鋪彈簧也吱呀響。暖氣溫度適中，世間圓滿無缺。俊輔忽然感到某次心情欠佳時考慮「不如對悠一表明愛意」的念頭是多麼瘋狂。兩人之間或許其實已不需要更多？

有人敲門。對方敲了兩三下後，俊輔大聲問：

「誰？」

「我是鏑木。」

「請進。」

俊輔和悠一都打開床頭燈。穿著白襯衫和深褐色長褲的信孝進來了。信孝帶著多少有點刻意的快活說：

「打擾你們睡覺很抱歉。我忘了拿菸盒。」

俊輔坐起上半身，告訴他房間的電燈開關在哪裡，信孝開了燈。頓時照亮這毫無裝飾的飯店房間，兩張床、床頭櫃、鏡臺、兩三把椅子、書桌、茶几和衣櫃，這是說來很抽象的房間構造。信孝踩著魔術師般充滿炫耀的誇張步伐橫越房間。拿起桌上的玳瑁菸盒，打開蓋子檢查盒內，接著走到鏡前，拉開下眼瞼，檢查眼睛是否充血。

「啊，真不好意思，晚安。」

他說著關燈離去。

「那個菸盒剛才就在桌上嗎？」

俊輔問。

「不知道，我沒注意。」

悠一說。

＊　＊　＊

從京都歸來後，悠一每次想到恭子，心裡都會起不快的疙瘩。按照俊輔設想的步驟，這個自信十足的青年打了電話。恭子起先還為幾時有空見面使了半天性子，但悠一真要掛電話時，她又慌忙說出碰面地點和時間。

由於快要考試，悠一正在猛啃經濟學，但和去年考試時相比，如今精神散漫得自己都驚訝。他已經失去以前熱中微積分時那種頭腦明晰地陶醉其中的愉悅。這個半已親身接觸現實，半已學會如何蔑視現實的年輕人，在俊輔的影響下，已經變得只想在各種思想中找藉口，只想在生活中找出一切侵蝕生命的習慣具有的魔力。自從認識俊輔以來，悠一看到的成人世界之悲慘只能用意外來形容。把男性世界檯面上的招牌——地位、名譽和金錢——這三位一體納入掌中的男人，當然不想失去那些，但有時，他們對那些東西的輕蔑簡直超乎想像。俊輔就像異教徒踐踏踏繪[1]那樣，輕鬆踐踏自己的名聲，甚至被喜悅與快樂的殘忍笑聲嗆得咳嗽，那種情景起初令悠一非常驚訝。成年人為了獲得的東西而煩惱。因為事實上世間多達九成的成功都是以青春為代價才獲得的。青春與成功的古典和諧只有少許倖存於奧運競賽的世界，但那是在異常巧妙的禁慾原理，也就是生理性禁慾和社會性禁慾的原理上勉強殘存。

約定碰面的當天，悠一晚了十五分鐘去恭子等待的店，只見恭子焦急地站在店前的人行道上等候。她劈頭就抓住悠一的手臂，嗔罵他壞心眼。這種平凡的媚態對悠一而言不得不說實在

1 踏繪，江戶幕府時代禁止基督教，為了找出教徒，命人們踩踏耶穌或聖母瑪莉亞的畫像，若有不從者就會被當成教徒遭到懲罰。

太掃興。

這天是個早春寒意凜然的好天氣，街頭的喧囂也有透明感，空氣的觸膚感宛如水晶。悠一在深藍色外套底下穿著學生服，高高的制服立領和襯衫領子露在圍巾外。恭子與他並肩同行時，可以看見那立領，還有清爽的剃髮痕跡連接襯衫領子白色的一線，令人感到早春氣息。她的濃綠色外套束緊腰身，豎起的領子內側是鮭紅色圍巾起伏，觸及頸部的部分沾到一點膚色粉底。畏寒的櫻桃小嘴楚楚可憐。

這個輕佻的女人，對於悠一的失聯沒有半句責怪。就像是本該責罵他的母親竟保持沉默，令他感到若有所失。雖然隔了一段時間，和上次約會之間卻毫無中斷感，似乎證明了恭子的熱情打從開始就走在一定的安全軌道上，這讓悠一很不高興。但恭子這種女人的輕佻外表，才是真正有助於掩飾和自制，因此被外表的輕挑欺騙的，其實總是她自己。

來到某個街角，停著一輛新型雷諾，在駕駛座抽菸的男人，懶洋洋地從車內打開車門。悠一猶在遲疑，恭子已催他上車，自己在悠一身旁坐下。她語速極快地介紹：

「這是我表弟阿啟，這位是並木先生。」

並木這個年約三十的男人，從駕駛座轉頭打招呼。悠一忽然被冠上表弟的角色，而且還被擅自改名，但恭子的臨機應變並非始自今日。悠一憑直覺猜到，並木就是恭子傳聞中的新對象，不過這種立場反而讓他很輕鬆，差點就忘記嫉妒。

悠一沒問要去何處，因此恭子移動手臂，用戴手套的手輕握悠一戴皮手套的手指。她湊近悠一的耳邊說，

「你在生什麼氣？今天去橫濱買我的衣服布料，買完吃了飯再回去。你用不著生氣。我沒有坐副駕駛座已經讓並木先生生氣了，這你應該知道吧。我已打算和並木先生分手。和你一起去就是我對他的示威運動喔。」

「也是對我的示威運動吧。」

「討厭。想煩惱猜疑的應該是我。你的祕書工作想必很忙吧。」

這種種欲拒還迎的挑逗言詞無須詳述。走京濱國道抵達橫濱之前的這三十分鐘，恭子不斷與悠一耳語，並木一句話也沒和後座的兩人說。換言之，悠一扮演了得意的情敵角色。

恭子今天那種輕佻再次礙事，讓她看似無法墜入情網的女人。只顧著講廢話，重點卻沒說。這種輕薄的好處之一，就是不會讓悠一發現她今天感受到的幸福有多麼巨大。世間都把純真女子這種無意識的隱瞞誤稱為手段。對恭子而言輕浮毛躁就像是熱病，唯有在那譫語之中能夠聽得真實。都市的蕩婦之中有很多都是害羞過度才變成蕩婦，恭子歸根究柢也是這種人。見不到悠一的那段時間，恭子又恢復原先的浮華輕佻。那種輕佻沒有底線，那種生活毫無規矩。雖然友人總是抱著好玩的心態拿恭子的日常生活看熱鬧，卻沒有任何人發現，她這次的輕浮態度，就像腳底踩著燒熱的鐵板燙得亂跳的人那種輕佻。恭子從來不思考。任何小說都無法看完，看到三分之一就立刻翻到最後一頁看結局。說話方式也有點草率散漫，一坐下就立刻蹺腳，小腿總是無聊地晃來晃去。偶爾寫信，墨水不是沾到手指就是沾到衣服。

恭子從來不懂求而不得的苦戀心情，因此誤以為那是無聊。見不到悠一的日子，她只是訝異自己最近為何如此無聊。就像墨水沾染衣服或手指，無聊也不分時間地點沾染而來。

車子過了鶴見，可以從冷藏公司的黃色倉庫之間看到大海時，恭子發出孩童般的歡聲說，是海耶。臨港線的老舊蒸氣車頭拖著貨運列車橫越倉庫之間，遮住了海景。就像兩個男人都不吭聲的黑暗沉默，冒出黑煙冉冉行過她的歡聲之前。早春的港口天空被朦朧的煤煙和林立的船桅弄髒。

恭子確信不疑，此刻正被同乘一輛雷諾的兩個男人所愛。但那或許只是她的幻想？

悠一把女人的熱情當成石頭冷眼旁觀，這種立場本身就不具任何能量，因此既然無法讓愛上自己的女人幸福，讓對方不幸好歹也算是一點體貼，是精神性贈禮——他熱衷於這種反向思考，於是把這股也不知是針對什麼的復仇熱情，姑且針對眼前的恭子，絲毫沒感到道德的苛責。道德是什麼？比方說只因為對方是有錢人，貧民朝有錢人的房子窗戶扔石頭的舉動就能稱為不道德嗎？道德其實是藉著賦予理由的普遍化來消滅理由，是某種創造作用吧？比方說在今天孝順依然被視為道德，但是因為那個理由正在消滅才更有道德性。

三人在橫濱南京街一角販售女裝布料的小店前下車。這間店可以低價買到舶來品，因此恭子是為了春裝的布料而來。她把看中的布料逐一披在肩上，走到鏡子前。接著又保持那姿勢走回並木和悠一面前，問他們：「怎麼樣？好看嗎？」兩個青年隨口說出意見，當她把紅色布料披在肩上時，他們還調侃她肯定很受牛歡迎。

恭子試了二十匹布料，沒有一匹滿意，最後沒買就離開了，三人去附近的萬華樓這家北京菜館二樓，提早吃晚餐。說話途中恭子想拿悠一面前的盤子，不假思索脫口而出：

「阿悠，不好意思，幫我拿那個。」

悠一當下反射性地偷窺並木的神情。

這個裝扮瀟灑的青年，嘴角微微一彎，淺黑色臉孔露出成熟的嘲諷微笑，但他來回審視恭子與悠一後，就此巧妙轉移話題，說起大學時代與悠一的大學進行足球校際賽時的種種。他顯然從一開始就察覺恭子的謊言，而且輕易原諒了兩人。恭子緊張的表情，因此變得很可笑。不僅如此，她失言說出「阿悠不好意思幫我拿那個」時的語氣，已經帶有意識性的緊張，說明那是她故意的失言，也因此，她這種彷彿被撇在一旁的認真表情，幾乎顯得悲慘。

「恭子完全不被愛。」悠一暗想。這個不愛女人的青年冷漠的心，引用她不被愛的事實，把自己不僅不愛她還期盼她不幸的心態視為理所當然，而且對於自己沒出手這個女人也依舊不幸的事實，不由感到有點遺憾。

在可以鳥瞰港口的 Cliff Side 舞廳跳舞後，三人和來時一樣坐著相同的位置走京濱國道回東京，恭子再次說出很無聊的臺詞：

「今天的事你別生氣喔。並木先生只是普通朋友。」

見悠一沉默，恭子以為自己還是不被相信，不由傷心。

# 第十八章　觀者的不幸

悠一考完了。如今已是春天。早春突來的風掀起沙塵，街頭看似被黃色霧靄籠罩的某一天，悠一按照信孝前一天的命令，在下午放學後去鏑木家。

要去鏑木家必須在悠一大學附近車站的下一站下車。因此對悠一而言正好順路。今天鏑木夫人會去「有交情的」某外國人的辦公室，領取丈夫公司的新事業需要的許可證，等她回家後，再交給在家中等候的悠一，讓他送去丈夫的公司。那份許可證是夫人用心「使出渾身解數」才迅速到手的，但是悠一不確定幾時該去拿，因此必須在鏑木家等候夫人歸來。

他去了一看，夫人還在家。夫人和對方會面的時間訂在下午三點。現在才一點。

鏑木家是火災後倖存的前伯爵府管家的房子。昔日的朝廷貴族多半在東京沒有傳統風格的宅邸。鏑木的父親在明治時代做電力事業賺了很多錢，因此買下某藩主的宅邸居住，成了一個例外。戰後信孝為了支付財產稅賣掉這房子。然後從相鄰的管家住處趕走屋主，讓管家去外頭另租房子，在這房子和轉讓他人的主屋之間樹立青翠的樹籬隔開，在通往馬路的曲折小徑末端又開了一扇門。

主屋被人用來經營旅館。不時必須忍受弦歌騷擾。信孝以前被家庭教師牽著手，讓家教替他拿著沉重書包，放學回來輕快走過的大門，現在是旅館負責接送的司機載送出遠門的藝妓經過，繞過馬車迴車道後，在有莊嚴臺階的玄關口放她們下來。信孝在他房間柱子上刻的塗鴉已被刨除。三十年前他藏在前院某顆石頭下就此遺忘的藏寶圖，是用彩色鉛筆畫在薄木板上，如今肯定已經腐朽。

管家這棟房子有七個房間，只有西式玄關的樓上是四坪大的西式房間。那是信孝的書房兼會客室。從那個窗口可以看見主屋後排二樓的配膳間，但不久便被當成客房使用，面對信孝書房的窗子被貼上圍欄遮住。

某日他聽見為了把那裡改造成客房正在拆除配膳架的聲音。二樓的大廳舉辦宴會時，那個發出烏光的配膳架可熱鬧了。泥金彩繪的漆碗一字排開，衣擺拖地的女傭們匆忙進出。那個架子拆毀的聲音，是在散發烏光的木板留下影子的昔日無數宴會繁華剝落的聲音。是沉澱的部分記憶，如同拔除牙根深植的牙齒，流血剝離的聲音。

毫無感傷的信孝，歪著椅子把腳架在桌上，在心中聲援：用力拆！狠狠拆！那棟宅邸的一切都折磨青年時代的他。在他愛男人的祕密之上，壓著那座充滿道德的宅邸總是令人難以忍受的大石頭。他不知有多少次期盼父母死去、房子失火，但比起被空襲燒毀，昔日父親肅容端坐的客廳，如今換成醉醺醺的藝妓大唱流行歌，這種褻瀆的變化更令信孝愉悅。

……搬到管家的房子後，夫妻把家中改成西式風格。壁龕放上書架，拆下隔間拉門掛上厚重的緞幕。主屋的西式家具悉數搬來，在榻榻米鋪上地毯，放上洛可可式桌椅。於是鏑木家看似江戶時代的領事館，也看似外國人包養女人的臨時金屋。

悠一來時，只見夫人穿著休閒長褲，檸檬黃毛衣外罩黑色開襟外套，坐在樓下起居室的壁爐旁。用艷紅的指甲尖拿著維也納製的撲克牌洗牌。皇后是D。傑克是B。

女傭稟報悠一來訪。她頓時手指發麻，撲克牌彷彿沾了漿糊難以洗牌。這種時候她無法起身迎接悠一。悠一來時，她背對著他。青年繞了一圈來到她眼前，她終於有勇氣抬眼。於是悠一不得不面對似乎很不情願、昏昏欲睡地抬起眼的她那種彷彿遭到襲擊的視線。每次青年都很想劈頭問她是否不舒服又連忙作罷。

「約好三點會面。時間還早。你吃過了嗎？」

夫人問道，悠一回答已經吃過了。一陣沉默。簷廊的玻璃拉門發出刺耳的聲音隨風響動。從內側可以看見每條木稜堆積的塵埃。就連照射廊邊的陽光，似乎都顯得灰撲撲。

「真討厭在這種日子出門。回來又得洗頭。」

夫人忽然把手指插入悠一的頭髮。

「天啊，這麼多灰塵！都是因為你抹太多髮蠟。」

這種語帶責難的口吻，令悠一不知如何反應。她每次見到悠一都想逃離他，幾乎完全沒嘗到見面當下的喜悅。究竟是什麼隔絕了悠一與她，妨礙悠一與她結合，她實在無法想像。是貞節？別笑死人了。是夫人的純潔？開玩笑也該有個分寸。抑或，是悠一的純潔？可他明明早有妻子。……鏑木夫人一逕左思右想，在複雜的女人心理幫助下，差點就要抓住事態的殘酷真相了。她之所以如此深愛悠一不倦，未必是因為悠一的美貌，其實正是因為他不愛夫人。

鏑木夫人交往一週就拋棄的男人們，至少在精神或肉體的某方面，或者靈肉雙方都愛過她。雖然對象形形色色各不相同，至少都有這兩種線索可供夫人掌握。但面對悠一這麼抽象的戀人，她完全找不出任何熟悉的線索，只能在黑暗中摸索。有時覺得抓住他了，他卻在遠方；

有時覺得他遙遠，他卻近在身邊。夫人彷彿在不斷向回聲發問，試圖伸手撈取水中月影。

某些時刻當然也曾感覺被悠一所愛，但她充滿幸福感難以形容的內心，往往也在這種時候發現，自己追求的絕非幸福這種東西。

就拿洛陽飯店那晚的事情來說吧，比起事後聽了悠一的解釋，得知俊輔嫉妒的小動作時，還不如認定那是俊輔唆使，悠一合謀的可笑鬧劇，夫人好歹還比較可以忍受。這種畏懼幸福的心態，讓她變得只能愛凶兆。每次見到悠一，她都在祈禱他的眼中浮現憎惡或侮蔑或猥瑣，但那雙眼睛總是清澈透明不見混濁，令她很絕望。

……夾帶塵埃的風，吹過只有岩石、蘇鐵和松樹的奇妙小院子，再次令玻璃門微微顫動。

夫人眼神熱切地直勾勾盯著響動的玻璃門。

「整個天空都發黃呢。」悠一說。

「早春的風真的很討厭。什麼東西都看不清楚。」

夫人用略為高亢的聲音說。

女傭端來夫人特地替悠一做的點心。悠一轉眼就把這摻有黑李的熱布丁一掃而光的孩子氣，讓她感到彷彿得救了。在自己手心吃飼料的這隻年輕小鳥態度親暱，堅硬純潔的鳥喙輕啄手心的疼痛格外爽快，如果他此刻吃的是她大腿上的肉該有多好！

「很好吃。」

悠一說。他知道露骨的天真無邪有助於展現媚態。他撒嬌似地拉起夫人的雙手。想要給她一個只能說是感謝她招待點心的吻。

夫人的眼角擠出皺紋，神情變得很可怕。她的身體不自在地戰慄，說道：

「不要，不要，我會很痛苦，我不要。」

之前的夫人，要是看到自己此刻那類似兒戲的舉動，八成會發出她慣有的冷漠高亢的大笑。她作夢都想不到，只不過是個吻就有如此充沛的感情養分，或者該說是可怕的毒素，令她幾乎出於本能地想逃避。而且這個放蕩的女人拚命拒絕這毫無誠意的隨興之吻時，神情異樣認真。而她的冷靜情人，卻像隔著玻璃觀看水槽中快溺死的女人那般，只是冷眼旁觀她滑稽的苦悶表情。

不過，悠一並不排斥看到眼前如此清晰證明自己力量的確證。反而嫉妒女人為之陶醉的恐懼。這個納西瑟斯很不滿，因為鏑木夫人沒有像她那老練世故的丈夫一樣讓他沉醉於自身之美。「為什麼？」悠一很焦慮。「為什麼不讓我盡情沉醉？我究竟要被扔在這種難堪的孤獨到幾時？」

……夫人在略遠處的椅子重新坐正閉上眼。檸檬黃的毛衣胸前波濤起伏。玻璃門不斷顫動的聲音，在她那微微有細紋刻畫的太陽穴作響。悠一覺得她忽然老了三、四歲。

鏑木夫人就這樣假裝恍惚在夢中，不知如何熬過這僅有一小時的幽會。應該發生些什麼才對。比方說大地震或大爆炸，應該有什麼災難當下發生，令兩人粉身碎骨才對。否則夫人在如此痛苦的幽會期間，為了這令自己動彈不得的痛苦，會恨不得化成石頭算了。

悠一忽然豎起耳朵。表情就像集中注意力聆聽遠方動靜的年輕野獸。

「怎麼了？」夫人問。悠一沒回答。

「你聽到什麼了？」

「沒什麼。只是以為好像聽到。」

「討厭，覺得無聊了就用這招。」

「不是的。啊，我聽到了。是消防車的警報。這種天氣肯定特別容易起火吧。」

「真的……好像是朝我家門前的馬路過來。不知是哪裡失火。」

兩人空虛地望著天空，小院子的樹籬彼方，只有老舊的主屋旅館後排雙層樓房聳立。警報響亮地接近，在風中胡亂敲響的警鐘聲，像被風扭攪般纏繞成團，倏而遠去。之後又只剩下玻璃門的顫動聲。

夫人起身去換衣服，悠一無所事事，拿起撥火棍伸進只能感到微微熱氣的壁爐攪動。響起攪動骨頭似的聲音。煤炭燒盡，只剩堅硬的灰燼。

悠一打開玻璃門，把臉伸向風中。

「這傢伙果然好。」他暗想。

「這風不會給人任何思考的餘暇。」

夫人把休閒褲換成裙子再次現身。走廊的昏暗令她只有口紅看來特別鮮豔。即便看到悠一把臉伸出去吹風也沒說話。她把周遭收拾一下，一手拿著風衣，簡單比個手勢就走的樣子，彷彿是和這個青年已經同居一年的女人。這種虛有其表的妻子心態，令悠一覺得很諷刺。他送夫人到門口，從對著外面馬路的大門通往玄關的小徑之間，還有另一扇小柵門。左右是幾乎與身高齊平的樹籬。樹籬沾滿灰塵，那片綠色顯得很無力。

鏑木夫人沿著石板走遠的高跟鞋聲，在小柵門外靜止。悠一穿著玄關拖鞋追上去，但關閉的小柵門擋住他。他以為夫人在開玩笑，於是用力推門。夫人毫不顧惜地把那檸檬黃毛衣的胸脯，直接壓在小柵門的竹編柵欄上，用全身頂住。從那股力道可以感到惡意的認真，因此青年後退。問道：

「怎麼了？」

「夠了。送到這裡就好。如果你繼續送我，我就走不了了。」

走到旁邊的她，站在樹籬那頭。眼睛以下都被樹籬遮住。沒戴帽子的頭髮隨風飄揚，纏上樹籬修剪過的葉梢。戴著金色小蛇般纖細手錶的雪白玉手，抬起來解開纏住的頭髮。

悠一也隔著樹籬站在鏑木夫人對面。他比夫人高。他的雙臂輕輕橫架在樹籬上，臉埋在雙臂之中看著夫人，因此他眉眼之下的臉部也被遮住。風再次掃過布滿塵埃的小徑。夫人的頭髮凌亂覆蓋臉頰，悠一垂眼避開這陣風。

「就連這樣只是四目相接的短暫瞬間，也有什麼在阻礙我。」夫人想。風停了。兩人窺視彼此的雙眼。事到如今鏑木夫人已搞不清楚自己想從悠一的眼中讀出什麼感動。她覺得自己愛著完全不懂的東西，愛著黑暗。那是清澈的黑暗……悠一也是，這瞬間的些許感動，關係著自己的一切未知，別人從他的內心不斷發現他自己沒意識到的東西，這個事實又會回過頭來豐富他自身的意識，但這一切似乎不關己事，令他不安。

……鏑木夫人終於笑出來。那是為了拉開兩人距離的笑。是努力擠出的笑。

悠一覺得，夫人想必過個兩小時就會回來的這場別離，簡直像在練習決定性的別離。他想起中學時代常有的軍訓校閱及畢業典禮之類的嚴肅預演。學生代表拿著沒有放畢業證書的空托盤，恭恭敬敬從校長席前退開。

送走夫人後，他回到壁爐旁，無聊地翻閱美國的流行雜誌。

夫人走後不久，信孝打電話來。悠一告訴他夫人已外出。信孝得知電話旁邊沒有任何人，可以恣意說話，聲音立刻溫柔得驚人，他問道：「上次和你一起走在銀座的年輕男人是誰？」如果當面這麼問這種事，悠一會鬧脾氣，因此他已習慣每次都是在電話中質問對方的花心。

悠一回答他：

「只是普通朋友。叫我替他挑選西服布料，所以我就陪他一起去了。」

「普通朋友會勾著小指頭走路嗎？」

「……應該沒別的事了吧。那我掛電話了。」

「等一下，阿悠，我道歉。聽到你的聲音，我就忍不住了。待會我坐車去找你，可以吧，你哪都別去，要等我喔。」

「………」

「喂，你說話啊。」

「是，恭候大駕，會長。」

三十分鐘後信孝回來了。

信孝在車上想起過去這幾個月關於悠一的回憶，毫無不合章法之處。無論多麼奢侈或華美，悠一都不為所動，而且絕對看不出那種故作鎮定的窮酸虛榮心。他什麼都不想要，因此更讓人想把一切都給他，但他也看不出感謝的神色。就算帶他去參加公卿貴族之流的聚會，這個俊美青年的良好教養和毫不炫耀的態度，也會令人更高看他一眼。而且悠一在精神上很殘酷。因而更超乎必要地激發信孝的幻想。

信孝是如此善於掩飾，就連每天見面的夫人都抓不住他的把柄，那種成功讓他嘗到惡意的喜悅，導致他放鬆了戒心。

……鏑木信孝外套也沒脫，大步走進悠一待的夫人的起居室。主人始終沒脫外套，因此女傭為難地呆站在他身後。「妳杵在這裡看什麼熱鬧。」主人諷刺意味十足地說。「您的外套……」女傭遲疑著說。信孝粗魯地脫下外套扔到女傭手上，大聲命令：

「走開。有事我自然會叫妳。」

他戳戳青年的手肘，把人帶到帷幕後面親吻。一如往常，只要碰觸到悠一圓潤的下唇，他就幾乎瘋狂。悠一制服胸前的金鈕釦，撞到信孝的領帶夾，發出磨牙似的聲音。

「去二樓吧。」

信孝說。悠一鑽出他的懷抱，盯著他的臉笑了。

「你就愛這套。」

但是五分鐘後，兩人已在二樓信孝上了鎖的書房。

鏑木夫人比預定時間提早回來，可以說沒有任何偶然作祟。她想早點回到悠一身邊，一出門就急著找計程車，並且立刻找到了。抵達對方的辦公室後，事情迅速辦完。而且那個「有交情的」外國人，還說要順路開車送她回家。那輛車開得很快。在門前下車後，她邀請對方到家裡坐坐，但另有急事的外國人約她改天再見，又開車走了。

夫人臨時起意（不過這並不稀奇），走進院子，從外側簷廊走上起居室。她想嚇唬一下應該在那裡的悠一。

女傭出來迎接夫人，稟報她伯爵與悠一在二樓的書房談事情。夫人想看悠一專心談公事時是什麼樣子。可以的話，她想看悠一在未察覺夫人的情況下熱中某件事的樣子。

這個因為愛得太深，試圖抹消自己的參與，只想在自己缺席的場所描繪相愛幻影的女人，期盼著一窺當她現身時就會瞬間崩壞的幸福幻影，在她未現身時正確保持的永恆形貌。

夫人躡足上樓梯，站在丈夫的書房前。一看之下，本該插上的門栓，沒有完全插進鎖孔。因此房門留有一兩寸縫隙。她把身子貼在門上，偷窺室內。

於是夫人看見了理當看見的景像。

信孝與悠一下樓時，不見鏑木夫人的蹤影。桌上放著文件，為了避免被風吹走，還拿菸灰缸壓著。菸灰缸內沾有口紅的香菸，幾乎沒吸過就被摁熄了。女傭只說夫人回來後過了一會似乎又出門了。

兩人等了又等，夫人始終沒回來，他們就上街去玩了。悠一在晚間十點左右返家。

過了三天。鏑木夫人依然沒回來。

# 第十九章　夥伴

悠一因為尷尬不好意思去鏑木家，鏑木就頻頻打電話來，某晚悠一終於去了。

幾天前，悠一和鏑木信孝下樓沒看到夫人時，信孝並未太在意。可是夫人隔天還是沒回來，信孝這才開始擔心。這不是普通外出。肯定是不告而別。而且夫人的失蹤怎麼想都只有一個原因。

今晚悠一看到的信孝和以前判若兩人。信孝變得異常憔悴，臉頰滿是他從未見過的鬍渣。向來紅潤的臉頰也失去光澤顯得鬆弛。

「聽說人還沒回來？」——悠一在二樓書房長椅的扶手坐下，將香菸一端在手背敲呀敲，如此說道。

「是的……我們被看到了。」

這種滑稽的莊重，和平日的信孝太不搭調，因此悠一故意殘酷地表達同感：

「我也這麼想。」

「是吧？除了這個原因別無可能。」

事實上，那天事後發現門鎖沒有完全插進鎖孔，悠一當下就直覺會發生這種事。極度的羞愧，在之後的那幾天內，被某種解脫感稀釋了。漸漸的，他開始認定自己沒理由同情夫人，也沒理由羞愧，熱中於這種英雄式的冷靜。

也正是因此，信孝在悠一看來才顯得滑稽。信孝似乎只是為「被看到了」而苦惱、憔悴。

「不報警尋人嗎？」

「那樣不妥。而且我多少也猜到她可能去哪。」

這時悠一發現信孝的眼睛濕了，不禁嚇了一跳。而且信孝還說：

「但願她不會做傻事就好……」

這句乍聽不符合他平日為人會說的感傷話語，貫穿悠一的心。再沒有比這句話更能如此清楚顯示，這對奇妙的夫婦精神上的契合。因為，唯有對妻子深愛悠一的感情有強烈共鳴的心靈，才可能產生如此親密的想像力。同樣一顆心，對妻子精神上的不貞，想必也以同樣的強度受到傷害。正是基於那個妻子愛著丈夫所愛的意識，信孝等於戴了雙重綠帽子，而且還體會到妻子的愛情越發刺激自己愛情的苦惱。這種內心創傷，悠一此刻才初次親眼目睹。

「原來鏑木夫人對鏑木伯爵而言如此必要啊。」悠一暗想。那想必超出青年的理解力。但藉由這麼想，悠一頭一次對信孝在瞬間萌生前所未有的柔情。

伯爵是否看見愛人如此溫柔的眼神？

他低著頭。異常脆弱，喪失自信，穿著華麗家居服的肥肉深埋在椅子裡，雙手撐著低垂的臉頰。雖已上了年紀卻依然茂密的頭髮用髮油固定閃著油光，卻和滿臉鬍渣的鬆弛皮膚形成不潔的對比。他沒看青年的眼睛。但悠一看著他層層皺紋的脖子。突然間，悠一想起第一次去公園的那個晚上，在電車上看見的醜陋同類的臉孔。

瞬間的溫柔後，俊美青年恢復最適合他的殘酷冷漠的眼神。那是純真少年活活打死蜥蜴時的眼神。他想，「對這個男人，我應該會變得比以前更加殘酷吧。因為有這個必要。」

伯爵連眼前的冷漠愛人都忘了，只是一心想著失蹤的親密「夥伴」，為那個長年來共同生活的「共犯」而哭泣。他和悠一都有同樣被遺棄的孤獨感。就像一個木筏上的兩名漂流者，兩人久久未開口。

悠一吹口哨。信孝就像被呼喚的小狗抬起頭。他沒看到食物，只看到年輕人露出調侃似的微笑。

悠一將桌上的干邑白蘭地倒入杯中。拿著杯子走到窗邊。他拉開窗簾。主屋的旅館今晚有人數眾多的宴會。可以看見大廳燈光燦爛落在旅館庭院的常綠樹和辛夷花上，隱約傳來這種安靜的住宅區一角不該出現的弦歌聲。今晚很溫暖。風停了，天空晴朗。悠一感到五體難以說明的自由。在放浪的旅途中，身心都很清爽，呼吸似乎也比平時順暢，他想舉杯慶賀這種旅人似的自由。

「無秩序萬歲！」

＊　＊　＊

對夫人的失蹤之所以不在意，青年歸因於自己的冷漠，但那不能算數。說不定是某種直覺令他免於不安。

鏑木家和夫人的娘家烏丸家，都是朝廷貴族的後裔。十四世紀時，鏑木信伊在北朝，烏丸忠親在南朝。信伊就像魔術師一樣擅長耍小聰明玩策略，忠親看似熱情單純，以豪邁大方的政治家風範自居。兩家代表政治的陰陽兩面。前者是王朝時代政治的忠實繼承者，信奉的是最負面意義下的藝術性政治。換言之，在那個和歌也附帶政治性的時代，他把藝術愛好者的作品所有缺陷，包括美學上的模糊不清、效果主義、無熱情的算計、弱者的神祕主義、表面的敷衍、詐欺、道德上的冷感等等全都搬到政治領域。鏑木信孝不畏卑劣的精神，無懼自身卑鄙的勇氣，主要都是來自這位祖先所賜。

反觀烏丸忠親功利的理想主義，總是苦於自我矛盾。他已看穿，唯有不正視自己的熱情，足以具備實現自我的力量。那種理想主義的政治學，比起欺騙他人，其實是賭在欺騙自己。後來忠親舉刀自裁。

現在，信孝的親戚，同時也是夫人大伯母的某位高齡貴婦，在京都鹿谷的古老尼庵當庵主。這位老婦人的家族歷史，宛如鏑木家與烏丸家這兩種相反性格的融合點。在她那個小松家，代代都是不介入政治的高僧、文學日記的作者、研究朝廷儀式制度的權威，換言之，無論在哪個時代，這家人都堅守對新風俗的修正者或批判者的立場。但是如今那個家族傳承，想必也會在這位年邁的老庵主過世後就此絕跡。

鏑木信孝判斷夫人應該是去了那座尼庵，當然在夫人失蹤的第三天就立刻打過電報。但是直到悠一來訪的那晚，他還沒收到回音。過了兩三天，對方終於回電了，內容大意是說夫人並未去該處，但是如有線索，一旦發現就會立刻再發電報通知。字裡行間有點故弄玄虛。

但同一時刻，悠一也收到了鏑木夫人註明尼庵住址的厚厚來信。他把那封信放在掌上掂了一下重量。那個重量，就像在低聲悄悄訴說：「我還活在這裡喔。」

根據信中所言，直擊那可怕的場面，令夫人頓失生存依據。那不忍卒睹的場面，並不只是羞恥和恐懼令偷窺者心頭顫抖。她看見了自己對於人生毫無介入餘地的信號。早已習慣瀟灑行走社會，輕盈渡過生命可怕深淵的她，終於看見那個深淵。她的雙腳戰慄，舉步維艱。鏑木夫人考慮自殺。

暫時棲身在距離花季尚早的京都郊外，她獨自散步許久。她愛看早春的風吹得大片竹林簌簌晃動的風景。

「這是多麼無用、煩人的竹林啊。」她想。「而且是多麼寧靜啊。」

或許是這種不幸個性的徹底展現，她感到自己為了尋死，已經針對死亡想了太多。這樣感覺時，人就會免於死亡。因為自殺無論多麼高尚或低級，都是思考本身的自殺行為，未經深思的自殺並不存在。

既然不能死，想法就會逆轉，令她想死的原因本身，這下子似乎又成了促使她活下去的唯一原因，如今比起悠一的美，他的行為之醜陋更加強烈魅惑夫人。結果，她甚至可以心平氣和地重新思考，再沒有比當時那一刻更能夠讓人感到，被看的悠一和觀看的她，分享了同樣的感情——真誠無偽的絕對羞恥。

那種行為的醜陋就是悠一的弱點嗎？不是的。鏑木夫人這種女人不可能愛上軟弱。那只是悠一對她的權力、對她的感受性最極端的挑戰。就這樣，夫人起初視為自己情念的東西，歷經種種嚴格考驗，被意志不斷改變形貌，她卻沒發現。我的愛已經沒有絲毫柔情。她如此奇妙地反省。對她那種鋼鐵般的感受性而言，悠一越近似怪物，愛他的理由就越多。

繼續往下看信時，悠一不禁露出諷刺的微笑。他想，「她真是太天真了。把我看得異常清高時，努力讓自己看起來也特別聖潔的她，現在又想和我比賽誰更骯髒。」

在這長篇大論的賣春告白中，夫人的熱情空前近似母愛。由於羨慕悠一的罪，她也悉數披露自己的罪。為了提升至悠一的敗德高度，她細心堆積自己的敗德。就像是為了證明與這個青年的血緣關係，藉此庇護兒子，主動替兒子頂罪的母親，她主動揭發自己的罪孽，而且把這樣的告白可能對青年心理造成的影響置之度外，甚至堪稱到達母性的自私。如此說來，難道她已領悟除了這樣鼓起勇氣暴露，讓自己變得絕不可能被愛之外，沒有其他被愛之路了？我們在婆婆虐待兒媳的舉動中，經常看見母親面對已經不愛她的兒子，越發要把自己變得不可愛的那種充滿絕望的衝動。

鏑木夫人直到戰前，還只是個雖然有點不安於室，但遠比世間傳聞更潔身自好的普通貴婦人之一。即使丈夫認識傑奇後偷偷深入那個圈子，開始懈怠丈夫應盡的義務，她也只覺得夫婦本就是那樣相敬如賓。戰爭從倦怠中救了他們。他們互相誇獎彼此沒有生小孩拖累自己的先見之明。

丈夫那種與其說是默認妻子出軌，毋寧是慫恿妻子出軌的舉動，最近變得更加露骨，但偶然經歷二三情事後，夫人並未從中發現任何歡愉。也沒有嘗到任何新鮮的感動。一旦認定自己慾望淡薄，丈夫不成體統的關心讓她感到很煩，另一方面，丈夫盤根問底地追問詳情，得知自己長年來在妻子身上植入的無感絲毫沒有動搖，他不禁大喜過望。這種堅若磐石的無動於衷，才是最標準的貞節。

當時她的身邊總有輕薄的跟班圍繞。就像妓院有各種類型的女人，那些跟班分別代表了中年紳士，事業家型的男人，藝術家型的男人，青年階層（這個字眼聽來之滑稽！）他們就這樣代表了戰時明日未卜的無為生活。

某年夏天，有電報送到志賀高原的飯店，原來是夫人的跟班青年之一收到召集令。青年入伍的前一晚，夫人把從來不給其他男人的東西給了他。不是因為愛他。而是因為她知道，這種時候，那個青年需要的不是個別的女人，是無記名的女人，普遍的女人。若是這種女人的角色，她有自信能夠扮演。這就是她和一般女人的差異。

青年必須搭乘早晨第一班巴士出發。因此天剛亮兩人就起床了。青年看到夫人勤快地替他打包行李嚇了一跳。「從未見過夫人這種賢妻的姿態。」他暗想。「是與我共度的一夜改變了她吧。所謂的征服就是這種感覺吧。」

當事人在出征當天早上的心態，千萬不可當真。他們往往因感傷及悲愴趣味而自我膨脹，基於不管做什麼都看似別具用意的自信，自以為無論怎麼輕薄都會被原諒，置身在這種狀態的年輕人，比中年男人更徹底滿足。

女服務生送來咖啡。青年給的小費金額多得離譜，令夫人蹙眉。

而且男人還說：

「夫人，我差點忘了，給我照片。」

「什麼照片？」

「妳的呀。」

「要做什麼？」

「我要帶去戰地。」

鏑木夫人失笑。一笑就停不下來。她邊笑邊把對開的窗戶整個敞開。黎明的霧氣席捲而來。

青年預備兵豎起睡衣領子打噴嚏。

「冷死了。快把窗子關上。」

笑聲令青年氣惱地語帶命令，於是也惹惱了鏑木夫人。她說，這點小事就覺得冷怎麼行。她還說，軍隊可沒有那麼好混喔。她迅速讓青年穿上衣服，催他離開。別說是照片了，面對忽然生氣的夫人，心生惶恐的青年要求的臨別一吻也被拒絕。

「我可以寫信給妳嗎？」

臨別之際，青年顧忌送行眾人的眼光，悄悄在夫人耳邊這麼說時，她笑著沉默不語。

——巴士在霧中消失後，夫人沿著沾濕鞋子的小徑一路走下丸池的小船停泊場旁。一艘腐朽的小船半浸在水中。即便在這種地方，也有戰火下的避暑地失神似的沒落方式。蘆葦在霧中看似蘆葦的幽魂。丸池是小湖。唯有在大霧中敏感反射晨光的那一塊，看似飄浮空中的水面幻影。

「明明不愛對方卻委身於人，」夫人撫平起床後熱情纏繞在太陽穴的碎髮，一邊思忖。「對男人而言如此輕易，對女人為何卻這麼難？為何只有妓女被容許知道這點呢？」——諷刺的是，她發覺剛剛對那個青年突然湧現的厭惡與可笑，竟是因為他給女服務生的高額小費。「因為是免費委身於他，才會留下那種精神殘渣或虛榮心。」夫人換個角度想。「如果他是用那筆錢買我的身體，我肯定能以更自由的心情送走他。那才真是像前線基地的妓女那樣，身心都獻給男人最後的需要，充滿確信的自由心情！」

她聽見耳畔響起細微動靜。定睛一看，夜晚棲息在蘆葦葉梢的無數蚊子，此刻成群在耳邊嗡嗡飛舞。這種高原竟然也有蚊子，令她感到很奇異。但蚊子呈淺藍色，看似孱弱，不像會吸人血。最後清晨的蚊群悄悄消失在霧中。夫人察覺自己的白色涼鞋已半浸在水中。

……這時在湖畔閃過腦海的念頭，後來在戰時一直糾纏她的生活縈繞不去。彼此必須把單純的贈與視為愛情，分明是對贈與這種純粹行為不可避免的褻瀆，在重複同樣的錯誤中，每次嘗到的都是屈辱。戰爭是被褻瀆的贈與。戰爭是鮮血淋漓的巨大感傷。愛的浪費，也就是共同信條的浪費，她對這種騷動報以衷心的嘲笑。她毫不顧忌旁人眼光的華麗裝扮，以及越發不檢點的行為，甚至演變至某晚在帝國飯店走廊和軍方盯上的外國人接吻時不巧被人撞見，因此遭到憲兵隊偵訊，名字還上了報紙。鏑木家的信箱，始終塞滿匿名來信。那些多半是恐嚇信，罵伯爵夫人為賣國賊，某封信上甚至懇切勸夫人自殺。

鏑木伯爵的罪比較輕。他只是個紈絝。傑奇因間諜嫌疑遭到調查時，他比夫人被調查時更驚慌，幸好他並未受到這次事件波及。一聽說空襲的傳聞，他就與夫人逃到輕井澤。在那裡，他和曾是亡父崇拜者的長野管區防衛司令長官搭上關係，每月讓他搬運一次軍中豐富的糧食。

戰爭結束時，伯爵夢想著無限自由。那種道德上的紊亂，如清晨空氣般容易呼吸！他沉醉於這種混亂無序。然而這次，是經濟的逼迫出其不意奪走他的自由。

戰時，明明毫無關係卻被拱上水產加工業工會聯合會會長之位的信孝，利用職務之便成立小公司，將當時不列入皮革管制的海鰻皮製成皮包販售。這家公司就是東洋海產股份公司。海鰻也可以寫作鱓魚，屬於喉鰾類的魚。體型似鰻魚，渾身無鱗，黃褐色有橫紋。這種長達五尺的怪魚，棲息在近海的岩礁之間，只要有人接近就會睜開慵懶的眼睛，猛然張開滿口尖牙的嘴巴。信孝在工會成員的帶領下，某日特地去參觀海邊洞窟有大量海鰻棲息的場所。他從隨波蕩漾的小舟上盯著看了很久。蜷伏在岩間的一條海鰻，朝伯爵猛然張開大嘴像要嚇唬他。信孝很喜歡這種怪魚。

戰後政府立刻取消皮革管制，導致東洋海產的事業面臨窘境。他只好改變公司方針，引進北海道的昆布、鯡魚、三陸地區的鮑魚等海產，從這些產品中挑出中國菜會用到的食材，賣給在日華僑和對中國走私的業者，以此作為主要事業。另一方面，也被迫賣掉鏑木家的主屋支付財產稅。更糟的是東洋海產還面臨資金短缺。

這時，亡父昔日照顧過的野崎這個男人，聲稱要報恩，主動提議出資。只知對方是頭山滿[1]手下的大陸浪人[2]，除了信孝父親收留他在家中半工半讀的那段質樸的男僕時代，此人的前身和經歷都不得而知。有人說他在中國革命時，召集日本砲兵出身的浪人加入革命軍當傭兵，每擊中敵軍一彈就可領若干錢。也有人說他在革命後，將鴉片藏在雙重底層的皮包，從哈爾濱走私到上海讓手下四處出售。

1 頭山滿，明治至昭和初期的右派政治領袖、軍火商、極端國家主義組織黑龍會創辦人。
2 大陸浪人，明治初期至二次世界大戰結束的期間，前往中國大陸遊歷各地從事祕密政治工作，並與當地財政軍界勾結的日本民間人士。

野崎自己擔任社長，讓信孝當會長，信孝不負責經營，但每月可領十萬圓。從這時起，東洋海產的實體變得曖昧不明。信孝炒美金的方法也是這時野崎教的。野崎替暖氣公司和捆包公司弄到駐日美軍方面的訂單，把回扣中飽私囊，有時還虛報訂單價格占盡漁翁之利，靈活地充分利用東洋海產這家公司和信孝的名號。

有一次，駐日美軍有許多家屬要回國，野崎要替某家捆包公司拉訂單，卻因位高權重的上校反對沒談成。野崎打算利用鏑木夫妻的交際手腕。他邀請上校夫妻聚餐，鏑木夫妻和野崎一同迎客。上校夫人因身體微恙並沒有來。

隔天，野崎聲稱有私事商談，造訪鏑木家，實則是來遊說夫人。夫人回答要和丈夫商量之後再答覆。野崎目瞪口呆，根據常識判斷，他猜測是自己這失禮的提議惹惱了夫人。但夫人面帶微笑。

「夫人不必這樣答覆。如果不願意就請直說。如果您生氣了，我願意道歉，請您就當沒聽過這件事。」

「我說要和丈夫商量，是因為我家和別家不同。外子肯定會同意。」

「啊？」

「總之這件事就包在我身上吧。不過我也有個條件，」——夫人用公事公辦的輕蔑語氣說。

「……我的條件是，如果我出面，談成了契約，那你收的回扣要分我兩成。」

野崎瞠目，崇拜地看著她。他用長年在外地打工賺錢的人略缺幾分味道的東京腔說，

「行，沒問題。」

——那晚，當著信孝的面，夫人就像朗讀臺詞一樣流暢地報告今天的商談。鏑木半閉著眼聆聽。然後瞄夫人一眼，在口中嘀嘀咕咕。他這種曖昧的逃避態度激怒夫人。信孝打趣地望著妻子憤怒的臉孔說，

「妳是氣我沒有阻止妳嗎？」

「事到如今你還裝什麼傻！」

夫人早就明白，信孝絕對不會阻止這個計畫。但她心中一隅是否仍期待丈夫的阻止與憤怒？並沒有。她氣憤的，純粹只是因為丈夫的遲鈍。

丈夫阻不阻止都一樣。她自己早已有了決定。只是這時夫人抱著連自己都驚訝的謙虛心態，想要確認讓她一直沒有和這個有名無實的丈夫離婚的奇妙紐帶，這是藏在她自己內心難以理解的精神紐帶。只要面對妻子，就會讓自己習於放鬆感受性的信孝，壓根沒注意到妻子如此高貴的表情。絕不相信悲慘，這正是高貴的特性。

鏑木信孝很害怕。妻子好似快爆炸的火藥。他特地走過去，把手放在妻子肩上。

「對不起。照妳自己的意思做吧。那樣就好。」

從此，夫人就瞧不起他。

兩天後，夫人坐上校的車去了箱根。拿到了訂單。

或許是掉入信孝無意識的陷阱，輕蔑感反而讓鏑木夫人成為丈夫的共犯。兩人總是聯手行動。鎖定沒有後顧之憂的肥羊，設計仙人跳。檜俊輔就是受害者之一。

和野崎的生意有關的美軍重要人物，一一成為鏑木夫人的入幕之賓。軍方常有人事異動。

新面孔轉眼又被攏絡。野崎越發尊敬夫人。

「……但是見到你後，」夫人寫道：「我的世界徹底改變了。我以為自己的肌肉只有隨意肌，結果我似乎和常人一樣有不隨意肌。你是一堵高牆。是夷狄大軍眼中的萬里長城。是絕對不愛我的戀人。正因如此我才愛慕你，如今仍然如此愛慕。

聽我這麼說，你大概會說，對我而言應該還有另一個萬里長城。是鏑木。看到那個時，我才終於明白，過去我之所以無法與鏑木離婚，肯定就是那個原因。但鏑木與你不同。鏑木不美。

自從認識你後，我就徹底停止妓女的行為。鏑木和野崎是多麼努力連哄帶騙地想推翻我這個決心，你應該也想像得到吧。但直到不久之前，我始終堅持不聽他們的。是因為有我才有鏑木，因此野崎開始拖欠該給鏑木的月薪。鏑木懇求我。保證這是最後一次，於是我終於妥協，又做了一次妓女。如果我說我很迷信，你大概會笑。但就在拿到那份許可證的日子，我湊巧目擊了那個。

我只收拾了一些珠寶帶上，就這麼來到京都。暫時我打算靠著賣這些珠寶過生活，再找份正經工作。幸好大伯母說我想待多久都沒問題。

鏑木如果少了我，理所當然會失業。他那種人不可能靠著洋裁學校校長那點微薄收入過日子。

我連續幾晚都夢見你。真的很想見你。但暫時或許還是別見面比較好。

寫這封信給你，並不是希望你做什麼。今後，我不要求你愛鏑木，也不會要求你拋棄鏑木來愛我。我希望你是自由的，同時你也非得保持自由不可。我怎麼可能奢求你屬於我！那就像是想把藍天據為己有一樣。我能說的，僅有我愛慕你。改天你若有機會來京都，請務必順道來鹿谷。這座寺院就在冷泉院的御陵北邊。」

——悠一看完信了。嘴邊的諷刺微笑消失。意外的是，他竟然很感動。

這是下午三點回家後收到的信。看完信，他重讀重要的幾個段落。青年的臉頰充血，他的手不由自主不時顫抖。

首先（說來非常不幸），青年是被自己的率直感動。為自己的感動毫無刻意成分而感動。他的心情就像大病初癒的病人一樣雀躍。「我是率直的！」

他將美麗的火熱雙頰壓在信紙上。這麼瘋狂的發作令他欣喜若狂，比醉酒更陶醉。之後他開始覺得，自己的內心似乎有尚未發現的感情萌芽。就像只剩一頁就能寫完論文，停筆悠然抽菸的哲學家，刻意延遲那種感情的發現來取悅自己。

桌上有父親遺留的青銅獅子環抱座鐘。他豎耳傾聽自己的心跳和那秒針走動的聲音互相糾纏。不幸的習慣讓他每當受到什麼感動，就會立刻去看時鐘。他擔心那會持續到幾時，無論多大的歡喜，不到五分鐘就消失後，往往反而讓人安心。

害怕令他閉上眼。於是鏑木夫人的臉孔浮現腦海。那是異樣清晰的素描。沒有任何模糊不清的線條。這眼睛，這鼻樑，這嘴唇，任何部分似乎都可以這樣清晰地想起。當初在蜜月旅行的車上，雖然康子就在眼前，悠一不也還是畫不出清晰的素描嗎？追憶的明確程度，主要是靠慾望喚起的力量。此刻記憶中的夫人容貌極美，他甚至覺得有生以來從未見過這麼美的女人。

他瞪大眼。院子的夕陽照耀盛開的茶花。重瓣茶花閃閃發光。青年十分沉著地替刻意延遲發現的那種感情命名。光是這樣還不夠，他喃喃發出聲音。「我愛那個人。唯有這點是真的。」有些感情一旦說出口立刻變成謊言，但早已習慣這種痛苦經驗的悠一，自認為是這樣給自己的新感情辛辣的考驗。

「我愛著那個人。已經無可置疑。以我的力量，已無法否定這種感情。我愛女人！」

他已不想去分析自己的感情，坦然將想像力和慾望混在一起，把追憶和希望攪成一團，他欣喜欲狂。如今他打算把什麼分析癖、意識、既定概念、宿命、諦觀云云全都一股腦罵倒、葬送。眾所周知，這些都是我們通常稱為現代病的各種症狀。

悠一在這種不講理的感情風暴中驀然想起俊輔的名字，難道只是偶然嗎？

「對了，我要趕緊見到檜先生。除了那個老先生，沒人更適合聽我告白戀情的喜悅。因為在我這樣唐突告白，分享自己喜悅的同時，也等於是對那個老先生的陰謀做出異常殘酷的報復。」

他急忙走過走廊去打電話。途中撞見從廚房出來的康子。

「你急著要做什麼？看起來好像很高興。」——康子說。

「不關妳的事！」

悠一用前所未有的豁達冷酷，朗聲這麼說。自己愛鏑木夫人不愛康子，這是最自然又光明正大的感情。

俊輔在家。他們相約在魯東碰面。

＊　＊　＊

悠一雙手插進外套口袋，就像埋伏的無賴，一下子踢石頭一下子跺腳地等電車。他對著橫衝直撞擦過自己身旁的莽撞腳踏車，愉快地吹起響亮的口哨。

都營電車落伍的速度和晃動，對於愛幻想的乘客倒是恰恰好。一如往常，悠一倚靠窗口。他看著窗外天色漸暗的早春街景，一心沉溺幻想。

他感到自己的想像力就像陀螺在飛快旋轉。為了讓陀螺不倒，必須一直不停旋轉。但中途開始變慢的旋轉，還能挽救嗎？起初讓它旋轉的那股力量用盡時，恐怕就完了吧？自己喜悅的原因只有一個，令他深感不安。

「如今看來，我顯然從一開始就愛著鏑木夫人。」他想。「既然如此，上次在洛陽飯店，我為何要刻意避開她？」——這種反省，帶有某種令人悚然的東西。青年頓時自我譴責這種恐懼與膽怯，把上次在洛陽飯店逃避夫人的舉動全都歸咎於這種膽怯。

俊輔尚未抵達魯東。

悠一從未如此迫不及待地等候老作家。他的手一再碰觸內袋的信。只要碰到那個就有護身符的效果，彷彿可以在俊輔抵達之前，保持悠一的熱情絲毫不見衰退。

不知是否苦等讓他這樣覺得，今晚推開魯東店門走入的俊輔，似乎有點威風凜凜。俊輔穿著斗篷，是和服。連這點都和他近日喜好的西式華麗風格不同。悠一很驚訝俊輔走到他旁邊的椅子之前，沿路親密地和每一桌的少年打招呼。此刻在店裡的少年，沒有一個不曾被俊輔請過客。

「嗨，好久不見。」

俊輔青春洋溢地伸出手和他握手。悠一張口結舌。俊輔若無其事地說，

「聽說鏑木夫人離家出走了是吧。」

「您知道了？」

「鏑木慌慌張張跑來找我商量過。他好像把我當成尋找失物的算命師了。」

「鏑木先生他……」──說到一半，悠一有點狡猾地微笑。就像老是企圖惡作劇的少年會露出的，背叛心中熱切的那種乾淨狡猾的微笑。「……他有說原因嗎？」

「他什麼都瞞著我，當然不會說。不過八成是他跟你上床被夫人當場撞見了吧。」

「您猜得真準。」──悠一非常驚訝地說。

「按照我的棋譜，本就應該會這樣。」──老作家大為滿足之下，咳了很久幾乎快死掉，甚至令人感到無聊。悠一連忙替他拍背順氣照顧他。

咳嗽停止後，俊輔通紅的臉和泛著水光的眼睛正面對著悠一問，

「結果呢？……後來怎樣了？」

青年默默遞出厚厚的信封。俊輔戴上眼鏡，迅速計算信紙的頁數。「十五頁。」他生氣似地說。然後從斗篷內發出衣物互相摩擦的乾澀聲響，重新坐正後開始看信。

那雖是夫人的來信，悠一卻覺得好像自己的考卷答案被教師當面批改。他失去自信，變得多疑。但願這懲罰的時間趕緊過去。幸好，看慣稿子的俊輔一目十行，速度不比年輕人差。但

自己曾經看得那麼感動的段落，俊輔卻始終面無表情地看下去，讓悠一對自己的感動是否正確產生不安。

「很好的信。」——俊輔摘下眼鏡把玩著說。「這證明女人雖然的確沒有才能，在某些時間和場合卻具備代替才能的東西。也就是執念。」

「我想請教老師的不是評論。」

「我可沒有在評論。這麼出色的東西我哪有資格評論。你會評論出色的禿頭，出色的盲腸炎，出色的練馬白蘿蔔[3]嗎？」

「可是，我很感動。」青年哀求似地訴說。

「感動？這倒是意外。就連寫賀年卡時都多少期待對方的感動。如果真有讓你感動的東西，那就是這封信這種最低級的形式。」

「……不是的。我已經明白了。我明白我其實愛著鏑木夫人。」

聽到這裡，俊輔笑了出來。笑聲大得令店內人都好奇地回頭張望。笑聲不斷從他的咽喉湧現。他喝水嗆到又繼續笑。那種笑聲就像麻糬，越想剝離就在身上黏得越緊。

3 練馬白蘿蔔，東京練馬地區特產的細長白蘿蔔。長度達七十至一百公分。

## 第二十章　妻子的災禍也是丈夫的災禍

俊輔的誇張大笑之中，沒有嘲罵也沒有開朗豁達，更沒有任何感動的傾向。就只是大笑。說穿了就像運動競賽或器械體操那種笑。如今這堪稱老作家唯一能做的行為。因為和咳嗽發作或神經痛不同，至少唯有這種爆笑，不是被強迫的。

不管負責傾聽的悠一是否因此覺得被嘲弄，檜俊輔透過這種源源不絕的笑聲，感到與世界的連帶感。

一笑置之，大笑帶過，世界因此首度在他眼前出現。他拿手的嫉妒與憎惡，就算借助悠一的肉身，也只是催促作品創作的力量。他的存在與世界有某種關聯，他的眼睛瞥見地球背面的藍天，那種笑擁有的就是這樣的力量。

以前俊輔去沓掛[1]旅行，曾經碰上淺間山噴火。深夜，旅館的窗戶玻璃微微顫抖，工作疲憊的他從淺眠中驚醒。那是每隔三十秒一次的小型火山噴發。他起床眺望火山口。沒什麼聲音。山頂低微的轟隆聲結束後，緊接著，是紅色火焰噴出。俊輔覺得，那就像海浪拍岸。噴起的火星柔緩崩落，一半又回到火山口，另一半變成暗紅色煙霧瀰漫空中。那一帶看似夕陽殘照。

這源源不斷的火山笑聲，只有遠處轟隆，聲音幽微。但俊輔覺得，不時降臨己身的感情，就像那火山哄笑隱藏的比喻。

他從屈辱的青年時代就幾度爆發的這種情緒，偶爾，比方說在這種深夜，或者獨自旅行想走下黎明時分的山嶺時，他心中就會對世界產生憐憫之情。那時他感到自己是個藝術家，將這種情緒視為被「精神」容許的一種特權，是精神相信自己深不可測的喜劇性休息，他就像呼吸新鮮空氣般盡情品味這種情緒。猶如登山者被自己巨大的投影嚇到，他被精神容許的這種巨大情緒率直地嚇到。

這種情緒該如何命名？俊輔沒有命名，只是大笑。這種笑，的確欠缺敬意。甚至沒有對自己的敬意。

當大笑將他與世界連結時，那種憐憫造成的連帶感，讓他的心，甚至貼近了幾乎被稱為人類愛的最虛假的愛。

——俊輔終於笑完了。他從懷裡取出手帕拭淚。蒼老的下眼瞼，層層皺紋如淚濕青苔。

「你居然說感動！居然說愛！」他誇張地說。「這究竟是怎麼回事。感動這種玩意，就像貌美的妻子，很容易犯錯。所以這玩意總是能夠刺激男人的下流企圖。

別生氣，阿悠。我又沒有說你是下流男人。你現在不巧處於憧憬感動的狀態。你純真無瑕的心，湊巧渴求感動。那純粹是一種病。就像少年到了青春期會愛上戀愛，你只不過是為感動而感動。固定觀念一旦被治癒了，你的感動肯定會煙消霧散。你應該早已知道，這世上沒有肉慾以外的感動。無論哪種思想或觀念，沒有肉慾，就無法感動人。人為思想的陰部而感動，卻像死要面子的紳士，宣稱自己只是被思想的帽子感動。還不如趁早放棄感動這種曖昧的字眼。

---

1 沓掛，長野縣輕井澤町中輕井澤的舊稱。

我這樣說好像很壞心眼，但讓我來分析一下你的證言吧。你起先說你很感動。接著又說你愛鏑木夫人。你為何會把這兩者扯在一起？換言之，你心裡很清楚，沒有伴隨肉慾的感動什麼也不是。所以你慌忙加上『愛』這個附註。這樣你就能用愛代表肉慾。這點你應該沒有異議吧？其實你只是因為鏑木夫人去了京都，關於肉慾的問題可以安心了，所以才允許自己愛她吧。」

悠一未像之前那樣對俊輔這種長篇大論輕易屈服。他那深邃憂鬱的眼睛，早已學會如何仔細打量俊輔的情緒變化，逐一剝光他的言辭細細品味。

「就算是那樣，又是為什麼呢？」青年終於開口。「老師說到肉慾時，比起一般人說到理性，為何聽來更冷酷呢？比起老師說的肉慾，我看信時的感動，好像更有血有肉。在這世界上，除了肉慾以外的感動真的全是騙人的嗎？那麼肉慾或許也是謊言？難道只有針對某種東西的慾望產生的匱乏狀態才是真的，瞬間的充實狀態全是幻影？這我實在無法苟同。乞丐為了讓人繼續施捨東西，每次在容器裝滿前就會先把別人施捨的東西藏起來，那種生存方式，在我看來很卑賤。我常在想，我想挺身而出。無論是為了多麼虛假的思想都行。甚至無目的也可以。高中時，我經常跳高和跳水。縱身投向空中。那真的很棒。每一瞬間，我都覺得自己在空中靜止了。操場草皮的綠色，游泳池水的綠色，那些東西以前常在我周遭。現在，我的周遭沒有任何綠色。但是為了虛假的思想也行。比方說就算男人只是憑著自我欺騙應徵義勇兵建立功勳，那依然是功勳吧？」

「哎呀呀，你也變得奢侈了啊。你以前不相信自己會感動，為此束手無策。於是我教你無動於衷的幸福。結果你又想變得不幸嗎？和你的美一樣，你的不幸應該也已是完美的吧。過去我沒有露骨明言，但你那種可以讓無數男女悉數不幸的力量，並不只是因為你的美貌，那種力量是來自你本身不亞於任何人的不幸天分。」

「那倒是。」——青年眼中的憂鬱變得更深沉，說道。「老師終於說出來了。老師的教訓這下子變得很平庸。您等於只教了我一件事：除了盯著自己的不幸過日子，沒別的法子逃脫那種不幸。但是，您自己真的從來沒有感動過？」

「肉慾以外的感動是沒有。」

青年聽了露出半帶嘲諷的微笑問，

「那麼……去年夏天我們在海邊初次見面時也是？」

俊輔愕然。

他想起夏日的艷陽。那海水的碧藍，一道水波，掠過耳朵的海風……他想起曾經那樣感動他的希臘式幻影，想起那伯羅奔尼撒派青銅塑像的幻影。

其中真的沒有任何肉慾，或者肉慾的預兆嗎？

那時，過往人生始終和思想無緣的俊輔，頭一次懷抱思想，但那種思想果真蘊藏肉慾嗎？到今天為止老作家的疑惑始終在於這點。悠一一針見血地命中俊輔的要害。

魯東的唱片音樂這時戛然而止。店內很冷清，店主不知出門去哪了。唯有穿梭的汽車喇叭聲喧嚷在室內回響。街頭開始亮起霓虹燈，平庸的夜晚開始了。

俊輔無意義地想起自己寫過的小說某一場景。

「他佇立看著那杉樹。杉樹很高，樹齡也很悠久。陰天的一角裂開，從那裡如一線瀑布落下的光芒，照亮那棵杉樹。光芒雖然閃耀，卻無法進入杉樹的內部。徒然沿著杉樹的周邊，落在鋪滿青苔的土上而已。……他異樣地感受到杉樹雖拒絕光線卻又向天生長的意志。杉樹彷彿身負使命，要把生命的晦暗意志，用它的本然姿態向天傳達。」

他又想起剛才看過的鏑木夫人的來信一節。

「你是一堵高牆。是夷狄大軍眼中的萬里長城。是絕對不愛我的戀人。正因如此我才愛慕你，如今仍然如此愛慕。」

……俊輔從悠一輕啟的雙唇中，看到那宛如長城的成排白牙。

「我該不會是對這俊美青年產生了肉慾吧？」他悚然一驚，如此思索。「否則不可能有如此喘不過氣的感動。不知不覺我似乎抱著慾望。那是絕不該有的。我竟然愛著這個青年的肉體！」

老人微微搖頭。他的思想無疑蘊含肉慾。那種思想，終於得到力量。俊輔忘了自己身為死人，竟然陷入情網。

俊輔的心頓時變得謙虛。他的眼中不再有傲慢的光芒。他像要折起翅膀般縮起穿斗篷的肩膀。再次盯著悠一望向別處的雙眉曲線看得入神。悠一的眉宇之間散發青春氣息。「如果我是肉慾地愛著這個青年，」他想。「如果到了我這個年紀還能有絕不該有的發現，那麼悠一肉慾地愛著鏑木夫人也不是完全不可能。」於是他說，

「原來如此。或許你真的愛著鏑木夫人。聽你的語氣，我也有那種感覺。」

這番話為何是用如此痛苦的心情說出，俊輔自己也不明白。他說的時候彷彿親手剝下自己的皮。他是在嫉妒。

檜俊輔作為教育家，此刻稍微還算誠實。於是他這麼說。青年們的教師了解他們的年輕，就算講同樣的話，想必也會考慮反效果之後再說。結果悠一被他這麼誠實地一說，當下態度逆轉。反而有勇氣不借助他人力量來正視自己的內心了。

「不，沒那回事。我果然還是不可能愛上鏑木夫人。是的。或許我愛上的其實是被夫人如此深愛的第二個我，是這世上不可能存在的一個美麗青年。那封信的確有那樣的魔力，不管是誰收到那樣的信，都很難認為那封信的對象是自己。我絕非自戀狂。」他傲慢地辯解。「如果我很自戀，或許會輕易將那封信的對象視為自己，但我毫不自戀，所以我愛上『阿悠』。」

這樣反省後，悠一對俊輔萌生有點混亂的親密感。因為這瞬間，俊輔和悠一都愛著同樣的對象。「你喜歡我。我也喜歡我。讓我們做好朋友吧。」——這是自我主義者的愛情公理。同時，也是兩情相悅的唯一事例。

「對，根本沒那回事。我還是想通了。我根本就不愛鏑木夫人。」

悠一如是說。俊輔的臉上溢出喜色。

所謂的愛情，就潛伏期之長這點而言，和熱病很像，潛伏期感到的種種異樣，等到發病後才知那都是徵兆。結果，發病的男人會覺得世界上沒有熱病這個病因無法解釋的問題。戰爭爆發。他喘著氣說，那是熱病喔。哲學家們苦惱著試圖解決世界問題。他發著高燒說，那是熱病喔。

檜俊輔一旦察覺自己渴求悠一，頓時發現那屢屢刺痛心頭的嫉妒，把接到悠一電話當成每天生存意義的生活，那種不可思議的挫折的痛楚，悠一的長期失聯（甚至促使他決心去京都旅行）帶來的悲傷，還有那趟京都之旅的愉快……一切抒情式感嘆的原因都在其中。但這個發現是不祥的。如果將之視為愛情，根據俊輔的人生經驗看來，那注定失敗，毫無希望。這個毫無自信的老人告訴自己，必須等待機會，必須盡量隱藏。

擺脫緊緊束縛自身的固定觀念後，悠一又把俊輔當成可以輕鬆傾吐心事的對象了。些許良心的譴責令他說道：

「剛才，老師似乎早就知道我和鏑木先生的事，讓我很不可思議。我本來決定唯獨這件事絕不告訴您。您是什麼時候、怎麼知道的？」

「是在京都飯店，鏑木來找菸盒的時候喔。」

「那時您就已……」

「算了。算了。那種事講了也沒意思。還是來想想這封信該如何善後吧。你必須這麼想。就算她舉出上百萬個理由辯解，那女人沒有為你自殺，已是對你欠缺敬意的舉動了。這個罪過必須遭到懲罰。所以你絕對不能給她寫回信。並且要站在世間一般第三者的立場，讓夫婦言歸於好。」

「鏑木先生那邊呢？」

「你可以把這封信給他看。」俊輔盡量簡短扼要、不快地補充。「然後明確地和他斷絕關係。伯爵八成會很失望，無處可去之下只好投奔京都。這樣鏑木夫人的痛苦也可完結了。」

「我正好也在這麼想。」青年被鼓舞了作惡的勇氣，開心地說。「可是有點麻煩的是，這樣好像是我因為鏑木先生沒錢了才拋棄他……」

「你是這麼想的嗎？」——俊輔很高興再次看到恣意而為的悠一，氣勢凌人地繼續說。「如果你是為了鏑木的錢才分手那當然另當別論，否則他有沒有錢都和這個無關。反正他從這個月起八成也付不出你的薪水了。」

「其實我上個月的薪水都是這幾天才勉強領到。」

「你看吧。難不成，你真的喜歡鏑木？」

「開什麼玩笑！」悠一被傷及自尊，幾乎是大喊。「我只是委身於他而已。」

這種完全看不出心理狀態的回答，頓時令俊輔心情沉重。他將之前給青年的五十萬，和青年對此的順從態度聯想。他害怕在彼此有這種金錢關係的期間，悠一也會意外輕易地委身於自己。悠一的性格仍是謎。

不僅如此，回想剛剛擬定的計畫，以及悠一對此的共鳴，俊輔感到不安。這計畫有個多餘的部分。那就是俊輔第一次縱容自己的私情。……「我像妒火中燒的女人一樣奮不顧身。」——他喜歡這種讓自己此刻更加不快的反省。

……這時一名裝扮高雅的紳士走進魯東。

紳士年約五十，無鬚，戴著無框眼鏡，鼻翼旁有黑痣。像德國人一樣有張有稜有角貴氣傲慢的臉孔。下顎一直繃得很緊，目光甚為冰冷。人中清晰的線條，讓他給人的印象更冷漠。臉孔整體造型讓他不用向人低頭。他的臉具備遠近法，看似堅硬的額頭形成巍峨背景。唯一的缺陷，就是右半邊臉有輕微的顏面神經痛。當他站在店內環視四周時，眼睛和臉頰竄過一陣閃電般的痙攣。那瞬間過去後，整張臉若無其事恢復原狀。彷彿在那瞬間從空中掠奪了什麼。

他的視線撞上俊輔的視線。頓時蒙上一點困擾的陰影。這下子無法裝傻了。他親密地微笑說，「嗨，老師。」他露出只給自己人看的溫情一面。

俊輔示意他來自己身旁的椅子。他坐下了。一旦發現眼前的悠一，就算和俊輔交談時，他的眼睛也片刻不離悠一。每隔幾十秒就會閃現痙攣的眼睛和臉頰，令悠一非常驚訝。俊輔察覺後開口介紹：

「這位是河田先生，河田汽車的社長，是我的老朋友。這是我外甥南悠一。」

河田彌一郎生於九州薩摩，是創辦日本第一家國產汽車公司的老社長河田彌一郎的嫡子。這個不肖子原本立志成為小說家，進入當時俊輔教授法國文學的K大學預科班。他給俊輔看了他的習作。俊輔並不覺得他有才華。他自己也很失望。趁此機會，父親把他送去美國的普林斯頓大學，命他攻讀經濟學。畢業後又把他送去德國，學習汽車工業的實務。當他回來時，已經判若兩人。變得非常實際。戰後父親收到追放令[2]前他一直雌伏，在追放令發布的同時接任社長，父親死後發揮更甚於父親的才幹。由於當時禁止製造大型乘用車，立刻改為製造小型車，把主力放在出口至亞洲各國的也是他。在橫須賀成立子公司，一手承攬吉普車的維修，取得龐大利益的也是他。他就任社長後，因偶然的契機和俊輔重溫舊交。俊輔那場盛大的六十大壽慶祝會發起人就是河田。

在魯東的巧遇，正是無言的性向告白。因此兩人始終沒碰觸這個不證自明的話題。河田邀俊輔吃飯。開口邀請後，他取出記事本，把眼鏡架到額上，搜尋每日行程的空檔。就像在找夾在大字典某一頁後忘記夾在哪的壓花。

他終於找到了。

「下週五傍晚六點，只有這個時段。之前就訂在那天的會議延期了。能不能請您抽空賞光呢？」

這麼忙碌的男人，卻有時間讓汽車等在一百公尺外的街角，自己偷偷來魯東。俊輔答應了。河田又補充了一個意外的要求，

「去今井町的『黑羽』這家鷹匠料理[3]如何？令甥當然也一起。您應該有空吧？」

「有。」悠一淡然回答。

「那我就訂三個人的位子。我會再打電話給老師。免得老師忘了。」——接著他匆忙看錶。「那我先告辭了，很遺憾不能慢慢聊，下次見。」

這位大人物非常從容地走了。給兩人留下瞬間消失的印象。

俊輔不悅地陷入沉默。因為他覺得悠一彷彿眨眼之間就在眼前遭到凌辱。他不等悠一詢問就主動說出河田的經歷後，大聲抖動斗篷站起來。

「老師，您要去哪裡？」

俊輔想一個人靜靜。但一小時之後，他必須出席翰林院會員的老古董餐會。

---

2 追放令，二次世界大戰日本戰敗後，占領軍基於日本民主化政策，下令部份人士禁止擔任政府及民間企業的要職。

3 鷹匠料理，古代用老鷹狩獵時在野外烹煮的料理。迄今仍有這種傳統料理店。

「我待會有個聚會。我今天就是出來參加那個的。下週五傍晚五點之前你先來我家。河田應該會派車來我家接人。」

悠一發現俊輔從斗篷設計複雜的袖口伸出手和他握手。黑色厚重毛呢布料的沉重堆積下，伸出的那隻手有靜脈浮起，衰弱蒼老，散發羞恥的表情。假使悠一再惡意一點，就算要刻意假裝沒看見像奴隸一樣卑微的那隻手也很容易。但他還是握住那隻手。老人的手微微顫抖。

「那我走了，再見。」

「今天謝謝您。」

「謝我？……用不著向我道謝。」

——俊輔走後，青年打電話給鏑木信孝問他幾時有空。

「你說什麼？她寄信給你了？」——信孝激動得聲音拔尖說。「不，你不用來我家，我去找你。你還沒吃晚飯吧？」——他說出某家餐廳的名字。

＊　＊　＊

等待餐點之際，鏑木信孝貪婪地閱讀妻子的來信。湯送來時他還沒看完。等他看完時，冷掉的法式清湯盤底，沉澱著泡軟後難以辨認的英文字母義大利麵的碎片。

信孝沒看悠一的臉。他魂不守舍地喝那盤湯。悠一抱著旺盛的好奇心旁觀，猜想這個渴望被同情，而且陷入窘境，找不到對象來同情他的可憐男人，肯定也會失去平日的禮儀，演出將一整匙湯灑在膝上的好戲。但信孝的湯沒灑出半滴就喝完了。

「真可憐……」放下湯匙，信孝自言自語。「……可憐……沒有比她更可憐的女人了。」

信孝誇大的感情反應，在這種情況下，無論多麼細微，都有理由惹惱悠一。不管怎麼說，那都是和悠一對鏑木夫人堪稱道德層面的關心對照才會這樣。

信孝反反覆覆說，「可憐的女人……可憐的女人……」——他利用妻子，試圖迂迴地激起悠一對自己的同情。但悠一始終若無其事，最後他終於憋不住說，

「這全是我的錯。不是任何人的罪過。」

「是嗎？」

「阿悠，你這樣還算是人嗎？你對我冷漠不要緊，何必對我無辜的內人都這樣。」

「我也一樣無辜。」

伯爵把龍利魚的小刺仔細放到盤子邊緣，沉默不語。最後他用泫然欲泣的聲音說，

「……說的也是。我已經完了。」

這時，悠一終於忍無可忍。這個閱歷豐富的中年男同性戀者，驚人地欠缺率直。他此刻演出的醜態，比率直的醜態還要醜陋十倍。他努力想把醜態粉飾成崇高。

悠一偷窺周遭餐桌的熱鬧。故作高雅的年輕美國男女，面對面用餐。他們很少說話。幾乎完全不笑。女人打個小噴嚏，連忙拿餐巾捣住嘴說「Excuse me」。另一方有一群看似剛做完法事的日本人親戚圍著大圓桌。他們七嘴八舌說著死者的壞話放聲大笑。其中一個女人身材肥胖，穿著藍灰色喪服，手上帶滿戒指，年約五十看似未亡人，聲音特別高亢地竄入耳中。

「我先生買給我的鑽戒總共有七枚。其中四枚被我偷偷賣掉，換成玻璃。結果戰時發起捐

獻運動時，我騙他說我把那四枚捐出去了，只留下三枚真鑽戒。這些就是（她張開手，給大家看她的手背。）我先生還猛誇獎我沒有全部捐獻呢。他說妳這麼不老實真厲害。」

「哈哈。被蒙在鼓裡的永遠是老公。」

……只有悠一和信孝這一桌，似乎被孤立在一切事物之外。彷彿是只有兩人的孤島。花瓶、餐刀、湯匙這些金屬冰冷發光。悠一懷疑自己對信孝的憎惡，或許純粹只是因為他是同類。

「你替我去一趟京都好不好？」

信孝突然這麼問。

「去幹嘛？」

「這還用問，能夠把那傢伙帶回來的只有你。」

「要利用我嗎？」

「利用？」——波普故作正經的嘴唇浮現苦笑。「別講得這麼見外好嗎，阿悠。」

「沒用的。就算我去，夫人也絕對不可能回東京。」

「你憑什麼這麼斷定。」

「因為我了解夫人。」

「這倒是意外。我可是跟她做了二十年夫妻。」

「我和夫人認識才半年。可我自認比會長更了解夫人這個人。」

「你是當著我的面以情敵自居嗎？」

「哼，或許吧。」

「難不成你……」

「放心吧，我討厭女人。不過會長，事到如今，你還好意思以她的丈夫自居嗎？」

「阿悠！」——他發出令人毛骨悚然的甜膩聲音。「我們別吵架了嘛。算我求求你。」

之後兩人默默用餐。悠一多少有點失算。如果他是基於菩薩心腸想稍微減少對方的苦惱，就像用斥責來激勵病人的外科醫生那樣，試圖在提出分手前先讓對方討厭他，那他這種冷淡的態度肯定只收到反效果。與其這樣，就算說謊也該對信孝撒撒嬌或者好聲好氣或者妥協。因為波普迷戀的，本就是悠一精神上的殘酷，悠一越展現這種殘酷，只會越發痛快刺激波普的想像力，讓他的執念更深。

一走出餐廳，信孝就悄悄挽住悠一的手。出於輕蔑，悠一任其擺佈。這時擦身而過的年輕情侶也挽著手。可以聽見看似學生的男人附耳對女伴低語。

「那肯定是同性戀。」

「天啊，好噁心。」

悠一的臉頰因羞恥與憤怒泛紅。他甩開信孝的手，把雙手插進外套口袋。信孝並不訝異。因為他早已習慣這種對待。

「那些人！那些人！」——俊美青年咬牙切齒。「在休息一次只需三百五的小賓館光明正大裸裎相對的那些人！順利的話會就此打造老鼠窩似的愛巢的那些人！睡眼惺忪拼命製造小孩的那些人！星期天帶小孩去逛百貨公司特賣會的那些人！一生之中就那麼一兩次，努力企圖小家子氣地出軌的那些人！到死都在標榜健全家庭和健全道德、良知，還有自我滿足的那些人！」

然而勝利總是屬於平庸的一方。悠一知道，自己竭盡全力的輕蔑，敵不過他們自然的輕蔑。

鏑木信孝為了慶祝妻子還活著，想邀約悠一去夜店，可這個時間未免還太早。於是兩人去電影院打發時間。

電影是美國西部片。黃褐色禿山之間，騎馬的男人被一群騎馬的惡漢追蹤。主角走捷徑抵達山頂，從岩縫之間狙擊追蹤者。中槍的惡漢摔落斜坡。遠方，仙人掌林立的天空，有悲劇性的雲彩閃耀。……兩人沉默，微微張口，這無庸置疑的行為世界，令他們看得目瞪口呆。

出了電影院，晚間十點的街頭春寒料峭。信孝攔下計程車，命司機開往日本橋。今晚在日本橋知名文具店的地下室，某家以通宵營業到清晨四點為招牌的夜店有一場開幕慶祝酒會。

經理穿著正式禮服，在櫃檯迎接受邀的賓客。來到這裡悠一才發現，身為經理老相識的信孝，原來今晚受到無限暢飲的招待。今晚喝酒是免費。

會場來了許多所謂的社會名流。鏑木信孝四處分送東洋海產的名片令悠一捏把冷汗。場中有畫家也有文人。他懷疑俊輔之前說的聚會是否就是這裡，但當然沒看到俊輔的人影。音樂一直喧嚷演奏，有很多人跳舞。

為了開業特地找來的女人們，穿著新做的制服神情興奮。山間小屋似的室內裝潢和她們的晚禮服一點也不搭調。

「讓我們痛快喝到天亮吧。」與悠一跳舞的美女說。「聽說你是那個人的祕書？慢著，搞什麼嘛，會長有什麼好踐的。你可以來我家過夜，中午再起床。我煎荷包蛋給你吃。你年紀還小，是不是更喜歡炒蛋？」

「我愛吃歐姆蛋。」

「歐姆蛋？噢，你好可愛。」

喝醉的女人親吻悠一。

回到位子。信孝準備了兩杯琴費斯在等他。並且說，

「來，乾杯。」

「為什麼？」

「當然是慶祝鏑木夫人的健在。」

女人們好奇地打探這飽含意味的乾杯。悠一看著杯中和碎冰一起漂浮的檸檬。那橫切的一片單薄檸檬片，纏繞一根似乎是女人的頭髮。他閉上眼，一口喝光。因為他覺得那彷彿是鏑木夫人的頭髮。

鏑木信孝和悠一離開時已是深夜一點。信孝想攔計程車。悠一卻不管他，逕自大步向前走。愛他的人心想，又在使性子了。信孝知道最後還是會一起睡覺。否則悠一不可能跟他來到這裡。妻子不在，可以毫無顧忌地帶他回家過夜。

悠一沒有回頭，快步朝日本橋的十字路口走去。信孝追上來，氣喘吁吁。

「你要去哪裡？」

「回家。」

「不要任性。」

「我是有家庭的人。」

有車子開過來，信孝連忙攔下打開車門。他拽住悠一的手臂。青年的臂力更強。「你自己回去不就得了。」扯開手臂的悠一站在遠處說。兩人在一瞬間互相瞪視。最後信孝投降，當著嘀嘀咕咕抱怨的司機眼前，再次關上那扇車門。

「我們邊走邊談談吧。走一走酒就會醒了。」

「我也有話跟你說。」

愛他的人不安地心跳加快。兩人沿著深夜無人的步道，踩著響亮的鞋音走了一會。

電車道還有車流來往。一拐進巷子，市中心深夜的冷硬寂靜就占領了那裡。二人不知不覺走到N銀行後面。那一帶，有成排的圓球形路燈煌煌照耀，銀行的建築物集合黑暗巨大的稜線聳立。除了值夜人員，此區的居民皆已離去，住在這裡的只有按照秩序累積堆疊的石頭。所有的窗子在鐵柵欄中黯淡緊閉。陰霾的夜空響起遠雷，閃電微微照亮旁邊銀行成排圓柱的側面。

「你要跟我說什麼？」

「我想分手。」

信孝沒回答，因此好一陣子只有腳步聲在寬敞的路面周遭回響。

「怎麼突然這麼說？」

「時間到了。」

「是你自己這麼想的嗎？」

「如果客觀考慮的話。」

「客觀」這個字眼的孩子氣，令信孝失笑。

「我可不要分手。」

「隨便你。反正我不會再見你。」

「……阿悠。自從跟你交往，原本那麼花心的我，再也沒有和別人睡過。我的生命只有你。寒夜裡你胸口出現的蕁麻疹，你的聲音，那場同性戀派對上，黎明時分你的側臉，你的髮蠟氣味，要是沒有了這些東西……」

「那你去買同樣的髮蠟三不五時聞一聞不就行了。」

年輕人在心中這麼嘀咕，對於壓向自己肩膀的信孝肩膀感到很煩。

驀然回神，才發現兩人面前出現一條河。幾艘繫在一起的小船，不斷發出互相擠壓的悶響。遠處的橋上，可以看見汽車車頭燈交錯投下的模糊影子。

兩人原路折返又繼續走。信孝亢奮地喋喋不休。他的腳絆到東西，那東西發出輕微的脆響滾動。原來是百貨公司春季拍賣會用來裝飾的一支假櫻花從屋簷下掉落。骯髒的紙櫻花，只能發出紙屑的聲音。

「真要分手？你是認真的？阿悠，我們的友情真的已經結束了？」

「什麼友情，太好笑了。若是友情，應該沒必要一起睡吧。今後如果只是當朋友，我們還可以來往喔。」

「……」

「看吧，那樣你果然不願意。」

「……阿悠，求求你，別丟下我一個人。……」——他們走進暗巷。「……我什麼都聽你的。叫我做什麼都可以。就算叫我現在親吻你的鞋子也沒問題。」

「別演戲了。」

「不是演戲。我是真心的。絕不是演戲。」

或許只有在這樣的大戲中，信孝這種男人才會說出真心話。就在櫥窗已拉下鐵門的糕餅店門口，他跪倒在人行道上。他抱著悠一的腿，親吻鞋子。鞋油的氣味令他恍惚。他也親吻了蒙著些許塵埃的鞋尖。接著又解開外套鈕扣，想吻年輕人的長褲，悠一彎下腰，用力扯開波普像陷阱一樣緊緊卡住自己小腿的手。

年輕人陷入某種恐懼。他拔腿就跑。信孝已不再追逐。

信孝直起身子撢去灰塵。拽出白手帕。擦拭嘴唇。手帕上有一抹鞋油的污漬。信孝已恢復平日的信孝。他又用那種彷彿上緊發條才開始動的做作步伐邁開腳步。

在某個街角，可以看見悠一攔計程車的渺小身影。車子發動了。鏑木伯爵想獨自走到天明。他心中沒有呼喚悠一的名字，他呼喚的是夫人。她才是夥伴。她不僅是他作惡的夥伴，更是他災難、絕望、悲嘆的夥伴。信孝打算獨自前往京都。

# 第二十一章　年老的中太

這陣子忽然進入真正的春天。雖然多雨，但天氣放晴時非常溫暖。一度又變得異樣寒冷，但是只是飄了一小時左右的粉雪。

隨著河田邀請俊輔與悠一去吃鷹匠料理的日子接近，俊輔逐漸累積的不快令家中的女傭和男僕非常頭痛。不只是女傭和男僕。對那個因主人宴客被叫來幫忙的廚師崇拜者也是，以往每次客人走後，俊輔都不忘親密地讚揚他的廚藝，和他喝一杯慰勞他，現在俊輔卻一言不發逕自回二樓的書房，令廚師很訝異。

鏑木來了。他要去京都所以來辭行，並且委託俊輔轉交臨別贈禮給悠一。俊輔意興闌珊地敷衍後就把人趕走了。

俊輔不知多少次想打電話給河田推掉飯局。但他做不到。為何做不到，俊輔自己也不明白。

「我只是委身於他。」

悠一的這句話一直追著俊輔不放。

前一晚，俊輔徹夜工作。深夜精疲力盡後就在書房角落的小床躺下。他屈起衰老的膝蓋想睡，忽然一陣劇痛。右膝的神經痛最近頻繁發作需要服藥。鎮痛劑Pavinal其實就是粉狀嗎啡。他拿起床頭櫃的水杯服藥。疼痛解除後反而再也睡不著。

他起床又走到桌前。把熄滅的瓦斯暖爐重新點燃。桌子是奇怪的家具。小說家一旦坐在桌前，就會被那奇怪的手臂擁抱、勒緊。然後無法輕易抽身。

檜俊輔最近就像老樹開花，多少恢復了一點創作慾。他寫了兩三則帶著鬼氣和山間空靈寒氣的片段作品。那是《太平記》[1]的時代重現，是用斬首示眾、火燒寺院、般若院童子的神諭，以及僧侶志賀寺上人對京極御息所[2]的愛戀等等，構成阿拉伯式華麗繁複花紋的故事。也回歸日本古代神樂歌的世界，觸及男人把少年拱手讓人的斷腸悲傷，模仿古希臘「愛奧尼亞式憂愁」寫成《即便春日》這長篇隨筆，也受到類似恩培多克勒[3]那個《災禍牧場》在現實社會的反論式支持。

……俊輔擱筆。因為受到不快的妄想威脅。「我為何袖手旁觀？為什麼……」老作家思忖。「是因為我卑鄙地在這把年紀還以中太的角色自居嗎？我為何不打電話拒絕赴約……如今想想，是因為當時悠一自己主動答應了。不僅如此。鏑木已和他分手……結果，我害怕的是悠一不屬於任何人……既然如此為何我不能跟他？不，我不行。絕對不能是我。連鏡子都不敢正眼注視的我不行。……況且……作品絕不屬於作者所有。」

四處傳來雞鳴。那是爆裂般的聲音。是彷彿在破曉中可以看見雞群口中紅色的聲音。到處都有狗凶猛地吠叫。就像各自被綁的盜匪，對遭到繩子捆綁的汙辱咬牙切齒，一邊互相呼喚同夥。

俊輔在飄窗兼用的長椅坐下抽菸。古陶和美麗陶俑的收集品，冷然圍繞黎明前的窗口。他看著院子漆黑的樹木和紫色天空。俯瞰草皮時，發現女傭忘記收回的藤編躺椅斜放在草地中央。清晨就是從這老舊的藤編黃褐色矩形上方誕生。老作家異常疲憊。庭院那張在晨霧中逐漸清晰的躺椅，彷彿是嘲笑著他、在遠方浮現的安息，又好似強迫他長期拖延的死亡。香菸快燒完了。他冒著寒氣推開窗子，把菸扔出去。菸沒有砸到藤椅。落在低矮的神代杉，停駐在葉片上。一點火星亮起杏黃色光芒。他去樓下的臥室睡覺了。

傍晚，悠一提早去俊輔家，劈頭就聽說鏑木信孝幾天前曾經來訪。

信孝把房子賣給主屋的旅館當作別館，簽約後就匆匆啟程去京都了。悠一之所以有點錯愕，是因為關於悠一他並未多提，只說公司陷入經營危機，去京都好歹可以在營林署[4]上班。俊輔把信孝留下的臨別贈禮交給青年。那是青年委身於信孝的那個早上，信孝從傑奇手裡打賭贏來的貓眼石戒指。

「好了，」俊輔起身。那是睡眠不足造成的機械式快活。「今晚我陪你去。從上次河田的眼神就能看出，主客不是我，其實是你。不過上次還挺愉快的。我們的關係果真遭到懷疑。」

「就讓他這麼以為吧。」

「最近好像是我變成傀儡，你才是操縱傀儡的人。」

「但鏑木夫妻不是如您所言已經漂亮地解決了嗎？」

1《太平記》，古典文學，作者不詳。以華麗的文筆描寫鎌倉末期至南北朝中期長達五十年的戰亂。
2 京極御息所，平安時代中期，宇多天皇寵愛的妃子藤原褒子。
3 恩培多克勒（Empedocles），公元前五世紀的古希臘哲學家、自然科學家。
4 營林署，管理國有林的地方分支部門。

「那是靠著偶然的恩寵。」

——河田的私家車來接人了。兩人在「黑羽」的一室等候，過了一會，河田來了。河田一在坐墊坐下，就露出放鬆的樣子。並沒有上次那種不自在。當我們來到職業不同的人面前，就會想採取這種放鬆方式。河田在俊輔面前，一方面固然是因為對方是昔日恩師，但他也誇張表現出自己早已失去青年時代的文藝感性，取而代之的是實務派的不解風情。而且他故意記錯法國古典文學，把拉辛[5]的《費德爾》和《布里塔尼居斯》的故事混為一談，要求俊輔來裁決。

他提起在巴黎喜劇院看過的《費德爾》。他不禁緬懷那個年輕人的清純美貌，那種美貌比起法國古典戲劇中優雅的依包利特[6]，毋寧更像是希臘古老傳說中的厭女者希波呂托斯（Hippolytus）。之所以長篇大論發表那種自我中心的意見，大概是為了展現自己毫無文學性的羞澀吧。最後他乾脆扭頭對悠一說，趁著年輕一定要出國旅行一次。但誰會供他出國？河田頻呼悠一「令甥」，那是利用俊輔日前說過的話。

這裡的料理是在每人面前放著炭火架上鐵板，客人胸前圍著白色口布，自己動手烤肉。俊輔喝了雉雞酒滿臉通紅，脖子上還綁著口布看似奇妙的圍兜，簡直滑稽得無法形容。他來回審視悠一和河田。他不明白自己明知會有這種發展，還是乖乖應邀和悠一一起赴約究竟是何心態。是因為上次看到醍醐寺珍藏的祕本時，將自己比擬為年邁高僧太難堪，毋寧更想選擇中太這個媒介角色的心態作祟嗎？「美總是令我怯懦。」俊輔想。「不僅如此。有時甚至令我卑劣。這是為什麼？美令人高尚的說法，難道只是迷信？」

河田提起悠一找工作的事。悠一半開玩笑回答，如果靠老婆娘家照顧，一輩子都會在娘家人面前抬不起頭。

「你有妻子？」

河田悲痛地驚呼。

「放心，河田。」——心不在焉的老作家說。「放心吧，這個青年是依包利特。」河田立刻聽懂這有點荒謬的同義語是什麼意思。

「那就好。是依包利特那我就有指望了。關於你的就業問題，我雖不才還是想略盡棉薄之力。」

這頓飯從頭到尾都吃得很愉快。連俊輔都很快活。奇妙的是，看到河田注視悠一時眼中泛著慾望的水光，俊輔竟然頗感驕傲。

河田命女服務生們退下。他想傾訴從未告訴旁人的過去，一直在等待告訴俊輔這番話的時機。他想說的是這樣的。這些年來為了保持單身他費了莫大苦心。為此甚至不得不在柏林演了一場戲。

臨近歸國時，他故意包養看起來就很低俗的妓女，捏著鼻子勉強和妓女同居。還寫信給父母請求他們同意這樁婚事。老河田彌一郎趁著出國洽公，順便去德國鑑定兒子的女友。見到女

5 拉辛（Jean Racine，1639-1699），法國十七世紀最偉大的劇作家之一。

6 依包利特（Hippolytus），《費德爾》劇中人物，是雅典國王和亞馬遜女王生的兒子，這個優柔寡斷的年輕王子，立誓終生不近女色。費德爾是國王的繼后，卻愛上了依包利特。

人之後他大吃一驚。

兒子揚言如果不同意婚事就要自殺，從西裝內袋露出手槍給他看。女人的態度就更不用說了。老彌一郎是個行事機敏的人。面對這朵出淤泥而不染的純情德國「白蓮花」，他花錢勸退女人，硬是拽著兒子的手一起搭乘秩父丸輪船回日本。兒子在甲板散步時，父親都不敢離開他身旁。他時時刻刻盯著兒子的褲腰帶。他隨時做好準備，以便萬一兒子想跳海可以及時抓住。

回到日本後，兒子對任何親事都充耳不聞。他忘不了德國女人柯內莉亞。桌前總是放著柯內莉亞的照片。他在工作上變成德國式冷酷勤奮的實務派，在生活上也偽裝純正德國式的夢想家。他就靠著偽裝一直保持單身。

偽裝自己輕蔑的東西讓河田嘗盡快感。浪漫主義和那種夢想癖，是他在德國發現的最荒謬可笑的事物之一，就像旅客隨興購物，他其實是深謀遠慮地買來這種舞會用的脆弱紙帽子和口罩。諾瓦利斯[7]之流的感情貞潔，內在世界的優位性，因此反彈造成實際生活的枯燥乏味，非人的意志力……直到不再適合這些東西的年齡為止，他一直在輕鬆自如地演戲，躲在毫不擔心的思想背後生活。河田的顏面神經痛，想必就是內心這種不斷的背叛造成的。每次提起婚事，他就會擺出已經演得很熟練的悲傷表情。任誰都不懷疑他的眼睛仍在追逐柯內莉亞的幻影。

「每次我就看著這裡。正好是那個門楣上方的高度。」他拿酒杯的手一指。「怎麼樣，我的眼睛看起來像在追憶舊愛吧。」

「可惜眼鏡反光，最重要的靈魂之窗看不見。」

他乾脆摘下眼鏡拋個媚眼，逗得俊輔和悠一大笑。

然而柯內莉亞是雙重回憶。河田先扮演回憶的角色欺騙柯內莉亞，之後又自己化身為柯內莉亞的回憶騙人。為了製造關於自己的傳說，柯內莉亞必須存在。不被愛而存在的女人，這個念頭在他心裡投影某種幻像，他必須替自己和那個存在一輩子的連結找個理由。她成為他如此多樣化的人生統稱，成了讓他的現實生活不斷超越彼方的否定力量的化身。如今就連河田自己，也不相信她是醜陋惡俗的，只覺得她真的是絕世美女。因此等父親一死，他立刻把柯內莉亞那張惡俗趣味的照片燒掉了。

……這個故事感動了悠一。用感動形容如果不妥，那就是陶醉。柯內莉亞的確存在！如果加個多餘的註釋，這是因為青年想起了消失後才美得超凡脫俗的鏑木夫人。

……九點了。

河田彌一郎摘下胸前的口布，毅然看著時鐘。俊輔微微戰慄。千萬別以為這位老作家是面對俗物變得卑微。正如前面也提過的，他之所以感到無窮的無力感是因為悠一。

「對了，」河田說。「今晚我要去鎌倉過夜。我在鴻風園訂了房間。」

「是嗎。」俊輔說完，陷入沉默。

悠一感到在他面前正擲出骰子。追求女人時那種迂迴的殷勤做法，在追求男人時總是採取

7 諾瓦利斯（Novalis，1772-1801），德國浪漫主義詩人、作家、哲學家。

不同的形式。異性愛那種伴隨無限曲折的偽善的快樂，不可能出現在男同志之間。如果河田想得到悠一，今晚就謀求悠一的肉體，才是最合乎禮節的做法。這個水仙少年看著這兩個在他眼中毫無魅力的中年人和老年人，當著他的面，忘記一切社會職責只在乎他一人，絲毫不把他的精神視為問題，只把他的肉體視為最高問題。和這種場合女人會感到的感官戰慄不同，他覺得就像是自己的第二肉體在讚賞從自身獨立出去的肉體，精神蹂躪著第一肉體，同時依賴讚賞的肉體勉強試圖保持平衡，就此發現舉世罕有的快樂。

「我這人的脾氣就是有話直說，若有得罪之處還請原諒。悠一不是您真正的外甥吧？」

「真正的？他的確不是真正的外甥。但世上有真正的朋友，卻不見得有所謂真正的外甥。」——這是俊輔作家風格的誠實回答。

「那我再請教一個問題，您和悠一只是普通朋友？還是……」

「你想問是不是情人吧？你知道嗎，我已經不是談戀愛的年紀了。」

兩人幾乎同時望向一手抓起折疊的餐巾，看著別處盤腿坐著抽香菸的青年美麗的睫毛。不知不覺中，悠一的那個姿態具備了無賴之美。

「聽您這麼說我就安心了。」——河田刻意不看悠一那邊說。這句話就像用極粗極黑的鉛筆胡亂畫線強調，是照例臉頰抽搐著說出來的。「那麼，晚餐就到此結束吧。今天聊了很多非常愉快。今後我希望我們幾人至少每個月能祕密聚會一次。我先找找看有沒有其他更好的場地吧。畢竟在魯東見到的，都是些不值一提的傢伙，根本沒機會這樣盡情聊天。柏林那種同志酒吧，可是聚集了一流的貴族、企業家、詩人、小說家、演員。」——他舉出的這個陣容頗有他的作風。換言之，在這無意識的排列之中，已經相當誠實地暴露他自己堅信只是做戲的德國式市民教養。

料亭門前的暗處，有兩輛車停在不寬的坡道上。一輛是河田的凱迪拉克62。一輛是出租車。夜風還很冷，天空陰霾。這一帶有很多在戰後重建的房子，因此有時會出現用鐵皮塞住破損一角的石牆緊挨著嶄新的木板圍牆。路燈朦朧照亮原木木板，那顏色不只是鮮明，幾乎堪稱冶豔。

俊輔一個人費了半天工夫戴手套。當著這個神情嚴肅戴上皮手套的老人面前，河田沒戴手套的手悄悄把玩悠一的手指。之後三人之中必須有一人被孤獨留在另一輛車。河田打聲招呼，理所當然地搭著悠一的肩，把他帶往自己的轎車。俊輔沒有追上去。他還在期待。但悠一在河田的催促下，已經一腳踩上凱迪拉克才轉頭。他語帶快活說：

「老師，那我和河田先生走了，不好意思，麻煩你給我太太打個電話。」

「就說悠一在老師家過夜吧。」河田說。

出來送客的老闆娘說，

「先生也很辛苦呢。」

俊輔就這樣獨自坐上出租車。

那幾乎只是幾秒鐘的事。其中雖是必然有曲折過程，可是真的發生之後，卻似乎只給人突發的印象。悠一在想什麼，是抱著什麼心情跟河田走，俊輔已經全然不知。也許悠一只是基於孩子氣的心態想去鎌倉兜兜風。但唯一可以確定的是，他又被人奪走了。

車子穿過舊市區內沒落的商店街。眼角餘光可以感到成排鈴蘭路燈。老作家雖然如此熱切地想著那個美男子，同時也依舊在美之中低迷不振。甚至越陷越深。在那裡沒有行為，一切只屬於精神，一切都還原成單純的影子，單純的比喻。他正是精神本身，也就是肉體的比喻。何時能夠超脫這個比喻？抑或該甘於承受這種宿命？是否該貫徹在這世間必須做個死人的信念？

……儘管如此，年老的中太，心情幾乎已到了苦惱的地步。

# 第二十二章　誘惑者

回到家後俊輔立刻寫信給悠一。昔日用法文寫日記時的熱情重現，這封信的字裡行間有詛咒流淌，有憎惡迸發。不過這種憎恨當然不是針對俊美青年。俊輔又把眼前的憤怒轉嫁到他對女陰的無盡怨恨了。

之後他稍微冷靜，想到這種情緒化的冗長信函欠缺說服力。這封信不是情書。是指令。他重新寫信，裝進信封，把信封的山形頂端塗漿糊的部分滑過濡濕的唇上。堅硬的西洋紙劃破嘴唇。俊輔站在鏡子前，拿手帕按住嘴唇嘀咕：

「悠一肯定會照我說的做。他一定會按信上說的做。至少這點不容置疑。因為這封信上的指令並未干涉他的慾望。我仍然掌握著他『無慾』的部分。」

他在深夜的室內走來走去。因為只要有瞬間駐足，就會忍不住想像悠一在鎌倉旅館的姿態。他閉眼蹲在三面鏡前。他的眼睛看不見的鏡中，映現悠一仰臥在白色床單上，拿開枕頭，美麗沉重的腦袋落到榻榻米上的裸體幻影。悠一仰起的咽喉之所以看似朦朧發白，八成是因為落下的月光。……老作家睜開充血的眼睛看鏡子。美少年恩底彌翁的臥姿消失了。

＊　＊　＊

悠一的春假結束了。學生生活的最後一年即將開始。他現在就讀舊式學制的最後一年級。

環繞大學池塘的蒼鬱森林外側，是面對操場的草皮山丘起伏。草地的青色尚淺，天氣雖晴朗但風很冷，不過到了午餐時間，草地上到處都會看到學生聚集的身影。在戶外吃便當的季節已來臨。

他們慵懶隨意地或躺臥或盤腿，也有人拔起一根草咬著纖細的淡綠草芯，眺望在操場奔跑的勤奮運動員們。運動員跳躍。一瞬間，正午陽光下那短小的影子被孤單遺棄在沙上，影子困惑、羞恥、驚慌，似乎在對著主人半空中的肉體大聲呼喊：「啊！快點回來。快點再次君臨於我身上。我快羞死了。立刻回來！現在立刻！」……運動員跳回影子上。腳跟牢牢和影子的腳跟連結。陽光普照，萬里無雲。

只有悠一一人穿著西裝，在草地上支起上半身，聽著熱心鑽研希臘文的文學系學生回答他的問題，描述尤里比底斯[1]的《希波呂托斯》故事大綱。

「希波呂托斯悲慘地嚥下最後一口氣。他是童貞，清淨潔白，純真無辜，雖然深信自己的無辜，卻因詛咒而死。希波呂托斯的野心其實很小，他的心願誰都能夠實現。」

戴眼鏡的年輕炫學家，用希臘文背誦希波呂托斯的臺詞。悠一問他那是什麼意思，他翻譯給悠一聽。

「……我想在競技中打敗希臘的人們成為第一名。但在市井之間，我想做第二名，和善良的朋友永遠幸福地生活。因為那才是真正的幸福。而且沒有危險，能夠帶來更勝於王位的喜悅……」

他的心願在誰身上都能實現嗎？悠一認為不見得。但他未再繼續深思。若是俊輔，大概會進一步這麼想吧：至少對希波呂托斯而言，這個渺小的心願並未實現。於是他的心願，成了純潔的人性慾望的象徵，變得光彩輝煌。

悠一在思考俊輔的來信。這封信極有魅力。哪怕是虛假的行動，那指令也是行動的指令。不僅如此（這是以對俊輔的信賴為前提），那項行動具有完整、諷刺、褻瀆的安全閥。一切計畫，至少並不無趣。

「原來如此，我想起來了。」年輕人自言自語。「老師還記得我曾對他說過，就算是為了多麼虛偽的思想或無目的都無妨，我只想挺身而出，所以他才會想出這種計畫吧。檜老師有點壞呢。」——他微笑。正好三五成群經過草山下的左派學生，到頭來，其實也是和悠一被同樣的衝動驅使。

一點了。鐘樓的鐘聲響起。學生們紛紛起身。互相替對方拍去制服背後沾上的泥土和枯草。悠一的西裝背部也同樣有春天的塵土和細碎枯草。替他拍去那些的朋友，再次感嘆他能夠把做工精美的高級西服不當回事地隨便穿。

朋友們去教室了。與恭子有約的悠一，和他們道別後獨自走向校門。

……從都營電車下來的四、五名學生中，俊美青年發現穿學生服的傑奇，不由驚愕。甚至

1 尤里比底斯（Euripides, B. C. 480-406），希臘三大悲劇作家之一。《希波呂托斯》的故事，也就是前述《費德爾》中依包利特王子的故事。

因此錯過了本欲搭乘的電車。

他們握手。悠一愣了一會，望著傑奇的臉孔中央。在旁人看來這兩人想必只是悠哉的同屆學生。在這明亮的正午陽光下，傑奇看起來至少年輕了二十歲。

之後傑奇對悠一的驚愕報以大笑，一邊領著青年走過路旁行道樹的樹蔭下，貼滿五顏六色政治傳單的大學圍牆旁，簡短說明自己為何這身打扮。他的慧眼一眼就能看穿同屬此道中人的年輕人，因此反而已對半吊子的冒險倒盡胃口。即便面對同樣的誘惑，他也會徹底欺騙對方，帶著同輩友人的面具讓對方安心，好讓彼此事後回想起來只有親愛、毫無顧忌的美好回味。因此傑奇精心打扮成冒牌學生，專程從大磯來到這個年輕人們的後宮物色獵物。

悠一對他的年輕報以讚嘆，令傑奇大為滿足。他語帶責備地問悠一為何不來大磯玩。一手撐著行道樹，兩腳瀟灑地交叉，用漠不關心的眼神，伸指輕敲圍牆的傳單。這個不老的青年嘀咕，哼，從二十年前就一樣。

電車來了，悠一向傑奇道別上了車。

＊　＊　＊

恭子與悠一相約的地點，是皇城內的國際網球俱樂部的交誼廳。恭子在這裡打網球到中午。換衣服。用餐。和球友們閒聊。等他們走後，獨自留在陽臺的椅子。

摻雜汗水的香水 Black Satin 的氣味，在運動後的甜美倦怠感，沒有一絲風的正午乾燥的空氣中，如輕微的懸念瀰漫在她通紅的臉頰周圍。她想，是不是噴太多香水了？她從深藍色布製手提袋取出小鏡子檢視。鏡子無法映出香水的氣味。但她滿意地收起鏡子。

恭子沒有在春天換上粉嫩的淺色外套，走休閒風的她刻意穿著深藍色外套，此刻外套攤在塗了白瀝青的椅子上，護住這花心主人的柔軟背脊不被椅背粗大的條板搓磨。手提袋和鞋子都是深藍色，衣服和手套是她偏愛的鮭紅色。

穗高恭子現在堪稱一點也不愛悠一了。她輕浮的心擁有堅實的心望塵莫及的彈力，她感情的輕浮具有任何貞潔都比不上的優美。在那心靈深處，相當誠實的自我欺瞞的衝動，一度突然燃燒旋即消失，連她自己都沒察覺就過去了。絕不監視自己的心，這是恭子給自己的唯一義務，是不可欠缺，且容易遵守的義務。

「已經一個半月沒碰面。」她想。「感覺上卻好像是昨天的事。這段期間我一次也沒想過他。」

……這一個半月。恭子是怎麼過日子的呢？無數的舞會。無數的電影。網球。無數的逛街購物。和丈夫一起出席外務省相關的各種宴會。美容院。開車兜風。議論小小出軌和戀愛的無數廢話。在家事中發現的無數靈感和無數心血來潮。……

比方說掛在樓梯轉角處牆壁的風景油畫，在這一個半月當中，被她改掛到玄關牆上，又拿去客廳，最後又掛回原先的樓梯轉角處牆壁。她整理廚房，發現五十三支空瓶子，賣給回收業者，把那筆錢充作零花錢，購買用庫拉索橙酒的空瓶加工製成的檯燈，沒兩天就失去興趣送給朋友，得到朋友回贈一瓶君度香橙酒。對了，還有她養的德國牧羊犬，罹患犬瘟熱，傷及腦部死掉了。死時口吐白沫，四肢抽搐，叫都叫不出聲，帶著微笑似的表情就這麼死了。恭子哭了三小時，隔天早上就忘了。

她的生活充滿這無數精緻風雅的廢物。打從她少女時代病態地收集別針，泥金文具盒內裝滿大大小小的別針時就是如此。貧窮的女人或許會稱之為生活的熱情，是和那個幾乎同類的熱情在推動恭子的生活。如果那叫做「認真的生活」，那麼也有和不認真毫不矛盾的認真。不知窮困的認真生活，或許更難找到活路。

就像誤闖入室內，找不到窗口，瘋狂地四處亂飛的蝴蝶，恭子也在自己的生活中四處亂飛。就算再怎麼愚蠢的蝴蝶，也不可能把偶然闖入的房間當成自己的房間。弄得不好，精疲力盡的蝴蝶還會撞上描繪森林的風景畫暈過去。

……這種不時降臨恭子的失神狀態，睜著眼發呆的恍神狀態，沒有任何人正視。丈夫只是心想「又開始了」。朋友和表姊妹只覺得「她又在談頂多只能維持半天的戀愛」。

……俱樂部的電話響了。是正門的警衛來詢問能否把通行證給一個姓南的人。之後恭子從遠方的大石牆邊緣，發現悠一從松影中走來。

她擁有恰到好處的自尊心，光是看到青年準時來到她故意挑選的這種不方便的場所赴約，就已大為滿足，找到了饒恕悠一無情無義的充分藉口。但她刻意沒有從椅子起身，塗著鮮豔色彩的五根手指甲遮住微笑的眼部打招呼。

「才一陣子沒見，你好像就變了。」

半是為了找藉口光明正大看悠一的臉，她如此說道。

「怎麼變？」

「這個嘛，冒出一點猛獸的味道。」

悠一聽了大笑，恭子從他大笑的嘴巴發現肉食動物的白牙。以前悠一更神祕，更溫順，看似有點欠缺確信。可是現在，他從松影中筆直走來陽光下時，看到他的頭髮發光幾乎是金色時，還有他走到二十步之外稍微駐足看著這邊時，柔韌的活力像彈簧一樣收起，眼中閃現青春猜疑的光芒，彷彿一隻年輕又孤獨的獅子逐漸走近。

他身上帶有突然清醒後從颯爽風中跑來的人那種生氣蓬勃的印象。美麗的眼睛正面凝視恭子，毫不畏縮。視線溫柔得無與倫比，而且無禮、簡潔地訴說他的慾望。

「幾天不見就大有進步。」恭子暗想。「肯定是鏑木夫人調教的。不過據說他和夫人關係破裂，他辭去鏑木先生的祕書之職，夫人也去了京都，這下子調教成果全都歸我了。」

隔著石牆外的護城河，聽不見汽車喇叭聲。能聽見的，只有不斷彈起的硬式網球打到球拍的聲音，以及嬌呼、吆喝、氣喘吁吁的短暫笑聲。就連那些也都在大氣中蒸發，化為灑粉似的倦怠不透明的聲音，不時在耳邊響起而已。

「今天阿悠有空？」

「有，整天都有空。」

「……找我有事？」

「沒有……只是想妳了。」

「真會說話。」

兩人商量後，想出看電影吃飯跳舞這種極為普通的計畫，在那之前先去散個步，繞點遠路從平河門走到皇居外。路徑經過舊二之丸下的騎馬俱樂部旁，從馬廄後面過橋，走上有圖書館的舊三之丸抵達平河門。

一邁步就感到微風，恭子感覺臉孔微微發熱。霎時有點擔心自己是否生病了，但這其實是春意。

走在旁邊的悠一俊美的側臉令恭子備感驕傲。他的手肘有時會輕觸恭子的手肘。對方很美，這就是他們雙人組合都很美的最直接、客觀的根據。恭子之所以喜歡俊美青年也是為此，因為她覺得就像是替自己的美貌做了非常安全的擔保。她沒扣釦子的優雅公主風深藍色外套中央，每走一步，就會露出一絲令人聯想到硃砂礦的鮮豔鮭紅色服裝。

騎馬俱樂部的辦公室和馬廄之間的平坦廣場很乾燥。有一處微微揚起塵埃，隨即折腰般垮下消失。被這幻影似的小旋風吸引注意力，兩人正想橫越那邊，就遇上舉著旗幟從廣場斜切過來的喧嚷隊伍。隊伍裡全是鄉下老年人。是二次大戰的遺族受邀來參觀皇宮。

那是步伐緩慢的隊伍。多半穿木屐，樸實的傳統日式外褂與寬褲，還戴著舊呢帽。彎腰駝背的老太太們把脖子向前伸，揉成一團的手帕差點從敞開的胸口掉出來。也有人雖已是春天卻從領口露出絲棉一角，那土氣的絲綢光澤，勾勒出曬黑的脖子皺紋。只聽見木屐或草鞋倦怠拖行地面的聲音，以及隨著步行而震動撞擊的假牙聲。疲倦和虔敬的歡喜，令這群巡禮者幾乎沒開過口。

錯身而過時，悠一和恭子很困惑。因為老人隊伍一齊朝兩人行注目禮。原本垂下眼皮的人，也察覺動靜抬眼看向兩人，然後視線就再也沒離開。

那種眼神不帶指責，而且異常露骨。如黑色石礫的無數眼眸，從皺紋和眼屎、眼淚、眼白和汙濁的血管中狡猾地凝視這邊。

悠一不自覺加快腳步，恭子卻泰然自若。恭子更單純也更正確地判斷現實。事實上他們只是為恭子的美貌驚愕罷了。

巡禮者的隊伍朝宮內廳的方向緩慢迂迴地走遠了。

經過馬廄旁走入陰影濃密的林蔭道。兩人挽著手。眼前有架設在緩坡的土橋，坡道周邊有城牆環繞。接近頂端處，在松林中只有一棵櫻樹。花已開了七分。

宮廷用的單頭馬車下坡駛來，急奔過兩人身旁。馬鬃隨風飄揚，十六瓣金色菊花徽章耀眼地掠過兩人眼前。兩人走上坡。從舊三之丸的高處往石牆外看，頓時可將市街風景一覽無遺。

都市看來是多麼新鮮！發亮的汽車流暢穿梭，這是多麼富有生活的活力！隔著護城河，錦町河岸的商業區午後的熱鬧，氣象臺的大量風車的旋轉，是如何以異常可愛的賣力，豎耳傾聽一陣陣經過空中的風，對所有的風諂媚，毫不懈怠地轉動！

兩人出了平河門。還沒走過癮，於是又沿著護城河畔的步道走了一會。於是恭子在這無所事事的午後散步中，汽車喇叭和卡車駛過地面的震動中，品嘗到生活的真實感。

……今天的悠一，說句奇怪的形容，的確有「真實感」。今天的他身上，可以看到成功化身為自己理想模樣的人那種確信。這種真實感，或者說這種真實感的賦予，對恭子而言尤其重要。因為這個俊美青年，之前彷彿是感官性的碎片構成的。例如他那俊敏的眉毛，深邃憂鬱的眼睛，高挺的鼻樑，純真的嘴唇，總是令恭子賞心悅目，但這些碎片之中，似乎欠缺主題。

「你這人，怎麼看都不像是有婦之夫。」

恭子睜大率真訝異的眼睛，突然這麼說。

「這是為什麼呢？我也覺得自己孤零零一個人呢。」

他這無厘頭的回答，令兩人相視一笑。

恭子沒有提起鏑木夫人，悠一也刻意不談上次一起去過橫濱的並木。這種禮讓令兩人的心情和諧，恭子內心認為悠一也和自己被並木拋棄一樣遭到鏑木夫人拋棄，但這麼想反而只讓她對這個青年更感親近。

不過正如再三說過的，恭子堪稱已經一點也不愛悠一了。這樣見面，只有徹底的痛快和開心。她飄飄然。猶如隨風飄送的植物種子，此刻那顆輕盈的心，生出白色冠毛隨風飛揚。誘惑者不見得欲求自己愛的女人。這個不知精神的重量，在內心踮著腳，越現實就越夢幻的女人，正是誘惑者的最佳獵物。

鏑木夫人與恭子想必成對比的一點，就是恭子無論多麼不合理都不當回事，無論多麼矛盾都可以閉眼不看，總是不忘自己被對方所愛的確信。看著悠一溫柔關懷，彷彿對別的女人不屑一顧只盯著恭子一人百看不厭的態度，恭子感到這是理所當然。換言之，她很幸福。

兩人在數寄屋橋附近的M俱樂部晚餐。

之前才因豪賭被警方取締過的這家俱樂部，聚集了殖民地沒落後的美國人和猶太人。這些人早已習慣利用世界大戰、占領地行政制度及朝鮮事變[2]從中牟利，在他們訂做的西裝下，除了上臂和胸前的玫瑰或船錨、裸女、心臟、黑豹、英文姓名縮寫等各種刺青之外，也藏著亞洲各國許多非法港都的氣息。他們乍看之下溫柔的藍眼深處，閃爍買賣鴉片的記憶，也殘留某個港口充斥紛雜叫嚷、帆柱林立的風景。包括釜山、木浦、大連、天津、青島、上海、基隆、廈門、香港、澳門、河內、海防、馬尼拉、新加坡……。

回到祖國後，他們的經歷想必也會留下一行「東方」這黑色墨水的可疑汙點。他們一輩子都擺脫不掉，把手插進神祕汙泥中尋找沙金的男人那種小小的醜惡光榮的氣息。

這家夜店的裝潢徹底採用中國風，恭子很扼腕自己沒穿旗袍來。場內的日本客人，只有幾個被外國人帶來的新橋藝妓。其餘客人全是西洋人。雙人桌上描繪細小綠龍的磨砂玻璃圓筒內，燃燒著三寸紅燭。燭火在周遭的喧囂中不可思議地靜謐。

兩人吃吃喝喝跳跳舞。兩人都很年輕，恭子沉醉在這年輕的共鳴中忘了丈夫。就算沒有特別理由，她也可以輕易忘記丈夫。只要閉上眼想忘記，就連當著丈夫的面都做得到。就像可以隨意自如卸下手臂關節的特技雜耍藝人。

但她第一次看到悠一如此積極、喜悅地示愛。第一次看到他如此有男子氣概地想逼近她。通常這種態度反而會讓恭子的熱情冷卻，但現在的恭子認為，對方只是湊巧忠實回應了自己飄飄然的狀態。「當我不再愛對方時，對方必然會迷戀我」——她絲毫不帶厭惡地這麼想。

2 朝鮮事變，即壬午兵變，一八八二年朝鮮王朝發生的武力政變，不久就被清朝平定。

恭子喝的胭脂色黑刺李琴酒，令她的舞步帶著微醺的流暢，她倚靠青年，簡直無法相信自己比羽毛還輕的身體是踩著地板在跳舞。

樓下的舞場三面有餐桌環繞，面對昏暗中垂掛紅色布幕的樂隊舞臺。樂手演奏流行的舞曲〈Slowpoke〉。也演奏了〈Blue Tango〉、〈Tabu〉。曾在比賽贏得第三名的悠一，舞技非常精湛，他的胸膛十分誠實地支撐著恭子小巧柔軟的人造胸脯。……至於恭子，隔著年輕人的肩頭，她看到餐桌邊那些人昏暗的臉孔和幾個金髮鑲著幽微光圈的外國人。每張桌上的燭火搖曳，磨砂玻璃上有或綠或黃或紅或藍的小龍。

「上次妳的旗袍，就有大片龍紋呢。」——悠一邊跳邊說。

這種偶然的巧合，只能出自彼此感情幾乎合而為一的親近狀態。恭子想保有這個小祕密，沒有坦承自己正好也想到龍，只是回答：

「是白色緞面上有龍形暗紋的那件吧。你記得真清楚。那次我們連跳了五支曲子，你還記得嗎？」

「嗯……我很喜歡妳含蓄的笑容。後來看到女人笑，我都會拿來和妳相比，結果大失所望。」

這句恭維深深觸動恭子的心弦。她想起少女時代，不客氣的表姊妹們總是大肆批評她露出牙齦的笑容。之後經過十幾年來對著鏡子的鑽研，她的牙齦已消失無蹤。不管笑得多麼無意識，牙齦都很識時務，從來不曾忘記隱身。如今恭子對於自己笑容如漣漪般的輕盈，已抱有相當大的自信。

被讚美的女人，會在精神上感到幾乎是賣淫的義務。作風紳士的悠一，不忘模仿外國人的方式，驀然露出微笑輕吻女人的芳唇。

恭子是輕佻的，但絕不隨便。舞蹈和洋酒，以及這種殖民地風格的俱樂部，還不足以讓恭子變得浪漫。她只不過變得有點過於溫柔，過於充滿同情，甚至潸然落淚。

她打從心底認為這世上所有男人都很可憐。這是她的宗教性偏見。她從悠一內心唯一發現的，是他「平庸的年輕」。美這種東西本來就距離獨創性最遙遠，所以這個美男子怎麼可能有獨創性！……恭子滿心幾乎窒息的憐憫，不由戰慄，對於男人內在的孤獨，男人內在的動物性飢渴，讓一切男人看起來多少有點悲劇性的慾望造成的束縛感，她有點想秉持紅十字會風格的博愛一掬同情之淚。

但這種誇大的情感，也在回到座位後大致平靜下來。兩人很少交談，一臉無聊的悠一，似乎找到碰觸恭子手臂的藉口，瞥向她造型奇特的手錶，請求恭子讓他看看。小小的錶面在這昏暗中即使把眼睛湊近也不易看清。恭子遂摘下手錶遞給他。悠一接著談起瑞士製錶的各家公司，他的博學多聞令人驚訝。恭子問他現在幾點。悠一比對兩支手錶說，差十分十點，妳的錶是差一刻鐘十點，然後把錶還給她。還得等兩個多小時才能看秀。

「要換個地方嗎？」

「也好。」──她再次看錶。丈夫今晚去打麻將，不到十二點不回家。她只要趕在那之前到家就好。

恭子站起來。頓時有點輕微的踉蹌提醒她喝醉了。悠一察覺，扶住她的手。恭子感覺彷彿走在深厚的沙上。

在車上，恭子變得異樣寬容大度，主動親吻悠一的嘴角。青年回吻時，嘴唇有種爽快無禮的力量。

被他抱在懷中的那張臉孔上，窗外高處廣告燈那紅色黃色綠色的燈光，沿著她的眼角流過，在那迅速掠過的光流中有不動的河流，年輕人發現那是眼淚，幾乎是同時，她自己也因太陽穴發冷而察覺淚水。於是悠一將嘴唇貼著淚水，吻去她的眼淚。恭子在沒有開車內燈的昏暗車中露出隱約白得發亮的牙齒，用含糊不清的聲音頻頻呼喚悠一的名字。這時她閉上眼。微微蠕動的嘴唇焦慮等待再次被那無禮的力量堵住，接著果真被忠實地堵住了。但第二次接吻，帶有理解的溫柔。這有點違反恭子的期待，給了她假裝「回過神」的餘裕。她直起身子，溫柔推開悠一的手臂。

恭子淺坐在椅子邊，略為扭身，一手舉起小鏡子攬鏡自照。眼睛有點發紅，泛著水光。頭髮有點亂。

她一邊補妝，一邊說，

「這樣做，難保會有什麼後果。下次別再這樣了。」

她偷窺脖子僵硬著始終沒回頭的中年司機。這顆貞淑一如常人的心，透過駕駛座深藍色舊西裝的背影，看到世間背對她的身影。

在築地某家外國人經營的夜店，恭子像口頭禪般一再說「我得趕快回去」。這裡和之前那家中國風夜店不同，一切都是美國式的摩登造型。恭子嘴上雖這麼說，卻喝了不少酒。

念頭源源不斷出現，才剛出現轉眼已忘了是在想什麼。快活跳舞時，就好像鞋底裝了溜冰鞋。她在悠一的懷中痛苦呼吸。那微醺的急促心跳，也感染悠一的心頭。

她看著跳舞的美國夫妻和士兵。又突然移開臉，正視悠一的臉孔。她纏著悠一猛問自己喝醉了沒有。悠一說她沒醉，她就大為安心。她覺得這樣應該可以走路回到赤坂的家。

回到座位。她自以為非常冷靜。這時忽然萌生不明所以的恐懼，她不服地看著沒有猝然抱緊她的悠一。看著看著，她感到內心升起某種擺脫束縛的陰暗喜悅。

固執地堅稱自己根本不愛這個俊美青年的心，依然很清醒。但她覺得從未對其他男人感到這麼深刻的接納。西部音樂勇猛的鼓聲，容許她幾近失神的痛快虛脫。

這種幾乎堪稱自然本色的接納，讓她的心近似一種普遍的狀態。那種接納猶如原野接納夕陽，無數樹叢拖著長長的影子，凹地和山丘沉浸在各自的影子，幾乎被恍惚和薄暮籠罩，此刻恭子就是化身為那種感情。她明確感到，可以讓悠一背著光朦朧晃動的年輕、充滿男子氣概的頭部，沉浸在自己身上蔓延如潮水的陰影中。她的內在向外溢出，內心直觸外界。在醉意中被襲擊，為之戰慄。

但她仍然相信自己今晚應該會回到丈夫身邊。

「這就是生活！」這顆輕巧的心吶喊。

「這才是生活！這是多麼刺激和安心，這是多麼驚險的模擬冒險，這是何等想像的滿足！今晚從丈夫的親吻中回想這個青年的嘴唇時，將會是多麼安全且極端不貞的快樂！我可以及時打住。唯有這點我很確定。不管其他的事情怎樣，至少我處理這種事向來乾淨利落……」

恭子叫住身穿紅制服綴滿成排金扣的服務生，問他表演幾點開始。服務生回答午夜十二點開始。

「在這家也看不到表演啊。我十一點半就得走了。還有四十分鐘。」

然後她又催促悠一去跳舞。

音樂停了，兩人回座位。美國司儀巨大的手指上有金毛和綠柱石戒指閃爍，一把抓起麥克風的架子，用英語講起開場白。外國客人有的大笑有的鼓掌。

樂手們迅速演奏倫巴。燈熄了。燈光照亮後臺休息室的門。頓時跳倫巴的男女舞者，用貓咪般的動作從微微開啟的門扉一溜煙出現。

他們的絲綢衣裳周圍有大片皺褶翻飛，縫在衣服上的無數金屬小圓片，閃耀綠色金色橘色的光芒。男女舞者以絲綢裹住的閃亮腰部，就像跑過草叢的蜥蜴般掠過眼前。倏然接近。旋即分離。

恭子在桌布上支肘，塗指甲油的指甲像要戳刺般撐著急促顫動的太陽穴看舞蹈。指甲帶來的疼痛如薄荷般暢快。

不意間她看錶。

「時間差不多了吧。」——她察覺不對，把手錶貼到耳邊。「怎麼會這樣，表演提早了一小時開始。」

她陷入不安，低頭看悠一放在桌上的那隻左手戴的手錶。

「奇怪了，時間一樣。」

恭子又看舞蹈。她盯著男舞者嘲笑似的嘴巴。她察覺自己正拼命試圖思考某件事。但音樂和腳打的拍子干擾了思考。她什麼也不想，猛然起身。踉蹌地扶著桌子走路，悠一見狀也起身跟來。恭子叫住一個服務生，問道：

「現在幾點？」

「十二點十分。」

恭子把臉湊到悠一的臉跟前。

「是你把手錶撥慢的吧？」

悠一的嘴角露出惡作劇的微笑。

「嗯。」

恭子沒生氣。

「現在回去還不遲。我要走了。」

青年聞聲露出有點嚴肅的神色。

「非走不可？」

「對，我要走了。」

走到寄放外套的地方，

「唉，我今天真的累死了。又打網球，又走路，還跳了舞。」

恭子撩起腦後的頭髮，穿上悠一替她拎著的外套。穿好之後，她再次隨意輕甩頭髮。和衣服同色的瑪瑙耳環晃來晃去。

恭子很清醒。和悠一一起上車後，逕自命司機開往她住的赤坂。行車過程中，她想起在夜店的入口前，那些流鶯撒網釣外國客人的模樣，然後漫無邊際地思考：

「那種品味惡俗的綠色套裝該怎麼說才好。還有那染色的黑髮。塌鼻子。不過良家婦女不可能那樣真的津津有味地抽菸。那香菸看起來抽得可真香！」

車子接近赤坂。她說，麻煩前面左轉，對，直走。

這時，一直保持沉默的悠一，突然從她背後伸出雙手環抱她，把臉埋到她脖子親吻，恭子因此聞到之前幾度在夢中聞過的髮蠟味。

「這種時候，要是能抽菸就好了。」她想。「那種姿勢想必會有一點瀟灑吧。」

恭子睜大雙眼。看著窗外的燈光，陰霾的夜空。突然間，她在自己內心看到讓一切變得無趣的異樣空白的力量。今天也將平安無事地結束。只剩下玩世不恭、斷續的、或許除了貧瘠的想像力之外別無其他的無力又隨興的記憶。只剩下日常生活以某種令人毛骨悚然的奇妙姿態殘留。……她的指尖，輕觸年輕人剛理過髮的脖子。那粗糙的觸感和溫熱的肌膚，帶有深夜馬路上燃燒的篝火那般醒目的色彩。

恭子閉上眼。車子的晃動，令她幻想坑坑洞洞、慘不忍睹的道路無限綿延。

她睜開眼，在悠一耳邊囁嚅無比溫柔的言詞。

「已經無所謂了。我家早就過了。」

青年的雙眼煥發喜悅的光芒。他迅速命司機開往柳橋。恭子聽見車子掉頭發出的摩擦聲。那也可以說是悔恨的痛快傾軋聲。

恭子一旦這樣決定不守婦道後，頓感異常疲憊。伴隨疲憊也湧現醉意，必須很努力才不會睡著。她枕著年輕人的肩膀，基於就算勉強也得裝可愛的必要，她想像自己如紅雀之類的小鳥閉眼般閉上眼睛。

在吉祥賓館的入口，她說，

「你怎麼會知道這種地方？」

說完，她踟躕了。她把臉藏在悠一背後，走過女服務生帶路的走廊。走過無限迂迴的漫長走廊，走過突然聳立在意外一角的樓梯。夜晚走廊的寒氣透過襪子凍得腦袋嗡嗡響。幾乎無法站穩。唯一指望的就是趕快進房間一屁股坐下。

抵達房間，悠一說，

「可以看見隅田川喔。對面那座建築就是啤酒公司的倉庫吧。」

恭子刻意不看河上風景。她期待一切盡快結束。

＊　＊　＊

……穗高恭子在黑暗中醒來。

什麼都看不見。窗口有遮雨板擋住，透不進任何光線。之所以感到寒氣逼人，是因為裸露的胸部受涼。她摸索著合攏漿得筆挺的浴衣領口。她伸出手。浴衣底下一絲不掛。她不記得是什麼時候這樣脫光的。也不記得是什麼時候穿上這硬梆梆的浴衣。對了。這個房間在可以看見河上風景的房間隔壁。她肯定是比悠一先進來這裡，自己脫下衣服的。悠一當時在隔間門的那頭。之後隔壁房間的燈光全部熄滅。悠一從昏暗的房間走入更暗的房間。恭子始終堅持閉著眼。就這樣，一切完美地開始，在夢中結束。一切以無懈可擊的完美結束了。

雖然房間的燈關了，悠一的身影，甚至出現在閉著眼的恭子思緒中。現在她也沒有勇氣碰觸現實中的悠一。他的影像是快樂的化身。那裡有青春和才智，年輕和熟練，愛情與侮蔑，虔敬和瀆神難以形容的融合。如今恭子沒有絲毫後悔或心虛，即便醉意已醒也不足以妨礙這澄明的歡喜。……她終於伸出手，摸索著尋找悠一的手。

她碰到那隻手了。手很冷，筋骨暴露，乾燥如樹皮。靜脈微微隆起，似乎在隱約顫動。恭子悚然離開那隻手。

這時他在黑暗中低咳。是漫長又慘澹的咳嗽。是拖著混濁的尾巴糾結痛苦的咳嗽。是如死亡的咳嗽。

恭子碰觸那冰冷乾燥的手臂，幾乎放聲大叫。因為她感到自己是與骸骨共寢。

她坐起來，尋找枕畔該有的夜燈。手指空虛地滑過冰冷的榻榻米上。落地燈籠型的夜燈在離枕頭很遠的一隅。她開燈，發現躺在自己的空枕頭旁那個枕上的老人臉孔。

俊輔的咳嗽拖著尾巴早已停止。他似乎感覺很刺眼地睜開眼說，

「把燈關掉。太刺眼了。」

——說完，他再次閉眼，把臉轉向陰影那邊。

恭子對事態毫無概念地站起來。她越過老人的枕頭，尋找凌亂的箱中衣物。直到她穿好衣服為止，老人始終裝睡，狡猾地保持沉默。

聽到女人要走的動靜，他才說：
「要走了嗎？」
女人悶不吭聲就要走。
「等一下。」
俊輔爬起來，把棉袍披在肩上，制止女人。恭子依舊不肯說話就要走。
「等一下。妳現在回去也沒用。」
「我要走了。你再攔我，我就要大聲叫了。」
「沒事，妳根本沒有大叫的勇氣。」
恭子語帶戰慄問，
「阿悠在哪裡？」
「他早就回家了，現在應該在老婆身邊呼呼大睡吧。」
「為什麼要做這種事？我到底做錯了什麼？你跟我有什麼仇？你這是什麼意思？我到底做了什麼對不起你的事？」
俊輔沒回答，打開可以看見河面的那個房間的燈。恭子彷彿被那燈光射穿般坐下。
「妳一點也不怪悠一啊。」
「因為我已經什麼都不明白了。」
恭子伏身哭了出來。俊輔任由她哭。一切無法解釋，俊輔也清楚這點。恭子事實上不該受到如此侮辱。

等女人冷靜下來，老作家說，

「我打從以前就喜歡妳。但妳以前拒絕我還嘲笑我。妳應該也同意如果用尋常做法不可能有現在這個局面吧？」

「阿悠呢？」

「他也用他的方式想著妳。」

「你們是一夥的吧？」

「不敢當。寫劇本的是我。悠一只是助我一臂之力。」

「天啊，真醜陋……」

「這哪裡醜陋了。妳渴望美的事物也得到了，我也渴望美的事物並且得到了，如此而已。不是嗎？現在，我們的資格完全一樣。如果妳說醜，只會陷入自相矛盾。」

「我要不就去死，要不就去告你。」

「了不起。妳能說出這種話，是這一夜的長足進步。不過妳可以更坦率一點。妳認為的恥辱和醜陋都是幻影。總之我們看到了美。彼此的確都看到彩虹般的美景。」

「阿悠為什麼不在這裡呢？」

「悠一不在這裡。剛才還在，現在已經不在了。這沒什麼好奇怪的。我們只是被遺留在這裡而已。」

恭子戰慄。這種存在方式已經超出她的理解。俊輔不管她的反應，逕自又說，

「事情結束了，我們都被遺留在這裡。就算和妳一起睡的是悠一，結果也只是五十步與百

步的差別。」

「我這輩子頭一次見到像你們這麼卑鄙的人。」

「什麼叫做『你們』。悠一是無辜的。今天一整天，我們三人都只是按照自己的慾望行動。悠一用他的方式愛妳，妳用妳的方式愛他，我用我的方式愛妳，如此而已。任何人都只能用自己的方式去愛吧。」

「我不明白阿悠的想法。他是怪物。」

「妳也是怪物。因為妳愛怪物。不過悠一真的毫無惡意。」

「毫無惡意的人怎麼做得出這麼可怕的事。」

「換句話說，他很清楚妳是無辜遭到這種待遇。沒有惡意的男人，和無辜的女人之間——沒有任何東西可以分享的兩人之間——如果有什麼連結，那肯定也只是來自他處的惡意，從別處帶來的罪惡。從古至今任何故事都是這樣開始的。如妳所知，我是小說家。」——他陷入異常的滑稽感，差點獨自笑出來又連忙打住。「悠一和我並不是一夥的。那是妳的幻覺。我們毫無關係。悠一和我是……對了。」——他終於微笑。「……純粹只是朋友。如果要恨，妳就儘管恨我吧。」

「可是……」恭子哭著，拘謹地扭身。「我現在還沒有多餘的心思去恨。我只有害怕。」

……駛過附近鐵橋上的貨運火車在夜裡響起汽笛。單調的聲音無止境地重複。最後在鐵橋的另一端，遙遠的汽笛瞬間響起，旋即消失。

其實，如實看到「醜陋」的，不是恭子，反而是俊輔。因為即便在女人發出快樂呻吟的瞬間，他也沒有忘記自己的醜陋。

檜俊輔屢次經歷不被愛者侵犯被愛者這種可怕的瞬間。所謂的女人被征服，那只是小說捏造的迷信。女人絕不可能被征服。絕不！正如有時男人會基於對女人的崇敬而刻意凌辱，女人有時也會委身於男人，以作為最高侮蔑的證據。鏑木夫人固然不用說，就連他的三任妻子也從未被他征服過。被悠一的幻覺麻醉，委身於他的恭子當然更是如此。說到理由，只有一個。因為俊輔確信自己絕不可能被愛。

這些親密交流很奇怪。俊輔折磨恭子。如今以異常的力量支配她。但這畢竟只不過是不被愛者的舉動。他打從開始就已絕望的行為中，沒有絲毫的溫柔，也沒有世間所謂的「人性」。

恭子沉默。她端坐著沉默不語。這個輕佻的女人，從未這麼長久沉默過。一旦學會這沉默，今後那大概會成為她自然的表情。俊輔也不說話。完全有理由相信兩人可以就這樣沉默到天亮。天亮之後，她應該會用手提包裡的小工具化妝，回到丈夫等著的家吧。……但是河面遲遲不見泛白，兩人懷疑這長夜究竟將持續到何時。

# 第二十三章　逐漸成熟的日子

年輕的丈夫持續過著原因不明的忙亂生活，有時以為他去上學卻深夜才回家，有時好不容易待在家又突然出門，即便他過著母親說的「無賴漢」生活，康子的生活卻很安穩，幾乎堪稱幸福。這種安泰是有原因的。她現在只對自己的體內感興趣。

春去春來都激不起她的關心。外界對她毫無影響。小生命在她體內踢打的感覺中，正在孕育這可愛暴力的感覺中，一切都帶有從自己開始、在己身結束的持續陶醉。「外界」在她體內已逐漸齊備，她在體內擁有世界。外側的世界純屬多餘！

每當她想像發亮的小腳踝，布滿清潔細小的皺紋、光潔嬌小的腳底，在深夜伸出來踢打黑暗的模樣，她就覺得自己的存在分明是溫暖、充滿養分、血淋淋的黑暗本身。這種逐漸被侵蝕的感覺，這種內在被深深侵犯的感覺，最強烈的強姦感、生病感、死亡感……無論是怎樣不倫的慾望或感覺的放肆，在那裡都被公然允許。康子不時發出透明的笑聲，有時則是無聲地浮現彷彿來自遠方的孤單微笑。那有點像是盲人的微笑，是人們豎耳傾聽只有自己聽得見的遙遠聲響時會浮現的笑容。

只要有哪一天肚子裡的寶寶沒動，她就會很擔心。怕寶寶是否死掉了。當她吐露這種孩子氣的擔心，或是動輒拿瑣碎的問題徵詢婆婆，善良的婆婆就會非常高興。

「別看悠一那樣，他其實是個很不會表達感情的孩子。」婆婆一臉安慰地對兒媳說。「他肯定是對即將誕生的孩子又開心又不安，所以才四處喝酒。」

「不。」兒媳用充滿確信的語氣回答。對這個自給自足的靈魂而言，安慰是多餘的。「……不提那個，將出生的孩子還不知是男是女，才是最讓人焦慮的。雖然我幾乎已確定是男孩，但我雖然想生個和阿悠一模一樣的兒子，又怕萬一生個和我一樣的女兒該怎麼辦。」

「哎喲，我倒是想要個女娃娃。男孩我已經受夠了。男孩太不好帶了。」

婆媳倆就這樣異常融洽，康子恥於自己的臃腫身材，碰上有事自己不便出門時，婆婆就欣然代她出門。但是這位有腎臟病的老人帶著女傭阿清一出場，往往令對方目瞪口呆。

就在那樣的某一天，獨自看家的康子，去院子做運動，走過主要是靠阿清細心照顧的後院多達百坪的花圃。手裡還拿著花剪。她想剪幾支花插在客廳。

花圃四周有盛開的杜鵑，當令的各種花卉，包括三色堇、甜豌豆、金蓮花、矢車菊、金魚草這些極為抒情的花朵怒放。她思考該剪哪一朵。其實她對這些花並無太大興趣。這種可以任君挑選，而且無論選哪個都能立刻到手的東西，就算再美又怎樣。……她鏘鏘鏘地把玩著剪刀站了一會。空虛地互相摩擦的剪刀刀刃有點生鏽，因此在她指間作響時帶來輕微黏滯的阻力。

驀然回神，她發現自己正在想的是悠一，不禁對自己的母愛產生疑問。如今被封閉在她體內，就算再怎麼任性、粗魯，時間未到之前都不可能掙脫出來的可愛生命體，難道是悠一？因為擔心到時候自己看見寶寶會失望，她甚至覺得如果就這樣挺著不方便的大肚子好幾年該多好。

康子無意識地剪斷手邊淺紫色矢車菊的花莖。留在手中的，是花莖長度約有手指長的一朵花。她想，為什麼剪得這麼短呢？

純潔之心！純潔之心！這句話看似如此空虛，如此醜陋，康子痛切描繪出長大成人的自己。近似復仇心的清純究竟是什麼？帶著清純這唯一的招牌仰望丈夫的眼睛時，總是在等待丈夫那羞赧忸怩的表情，不就是我的快樂嗎？她從不對丈夫期待任何種類的快樂，為此甚至隱藏自己心靈的純潔，她渴望將之視為自己的「愛」。

但她沉靜的髮際，美麗的眼睛，線條精巧的鼻子至嘴巴的纖細，和她因為輕微貧血的膚色幾乎顯得高雅，刻意做得寬大來掩飾下半身身形的衣服那古典的皺褶異常搭調。嘴唇被風吹得乾燥，她頻頻以舌頭舔舐。為此嘴唇更顯紅艷。

放學回家的悠一從後院那條路回來，湊巧要從花圃的小門進來。門被打開時，會響起刺耳的鈴聲。於是他在鈴響之前伸手按住門，迅速鑽入院子。望著隱身在成排椎樹樹蔭的妻子。是天真無邪的惡作劇心態令他這麼做。

「如果是從這裡，」年輕人嘆息著在心中低語。「如果是從這裡，我就可以真的愛妻子。距離讓我自由。當距離遙不可及時，當我只是看著康子時，康子是多麼美啊。那衣裳的皺褶，那秀髮，那眼神，一切都是多麼純潔啊。要是能夠保持這個距離就好了！」

但這時，康子在椎樹的樹蔭下，看到樹幹背後露出的褐色皮製公事包。她呼喊悠一的名字。就像快要溺水的人在呼救。他現身了，於是她步伐有點急促地走過去。衣擺被花圃用竹子彎曲做成的低矮圍籬勾住。康子在容易滑倒的泥土上摔倒。

悠一這時萌生難以言喻的恐懼，不禁閉上眼，但他立刻跑過去扶起妻子。幸好只是衣擺被紅土弄髒，連一點擦傷都沒有。

康子急促深呼吸。

「應該沒事吧。」悠一憂心地說，說完才感到，康子倒下的瞬間，自己的恐懼其實也帶有某種期待，他不禁悚然。

被他這麼一說，康子這才面色發白。被扶起之前，她整顆心都在悠一身上，壓根沒想到孩子。

悠一讓康子在床上躺下，打電話給醫生。不久，和阿清返家的母親看到醫生，意外地竟未驚訝，一邊聽悠一敘述，一邊表示自己也曾在懷孕期間失足跌落兩三階樓梯照樣安然無事。悠一不由問母親，是真的不擔心嗎？母親瞇起眼說，也難怪你擔心。悠一感到自己可怕的期待被識破，有點狼狽。

「女人的身體啊，」母親用給他上課的口吻說。「看似脆弱，其實意外強韌喔。稍微摔一下，對肚子裡的寶寶而言，想必就像溜滑梯一樣只覺得好玩。脆弱的反而是男人。當初誰也沒想到你爸爸會那樣輕易過世。」

醫生說大致上應該沒問題，不過還是要再多觀察就走了，之後悠一守著妻子寸步不離。河田打電話來。他假裝不在家。康子的眼中洋溢感謝，令青年不禁感到自己參與正經事的滿足。

隔天，胎兒又用強壯的小腿驕傲地踢母親肚子。一家人大為安心，康子堅信那充滿驕傲的踢打力量絕對是來自男孩。

掩不住如此正經的喜悅，他把這個小插曲告訴河田。年過半百的企業家聽了，高傲的臉頰明顯浮現嫉妒。

# 第二十四章　對話

過了兩個月。梅雨季到了。俊輔要去鎌倉參加聚會，走上東京車站的橫須賀線月臺時，發現悠一雙手插在外套口袋，神情困惑地站著。

悠一面前有兩個衣著花俏的少年。穿藍襯衫的那個拽住悠一的手臂，穿胭脂色襯衫的那個捲起袖子環抱雙臂，與悠一對峙。俊輔繞到悠一背後，躲在柱子後面偷聽三人對話。

「阿悠，你如果不跟這傢伙分手，就現在立刻殺了我。」

「別說這種假惺惺的臺詞了。」藍襯衫少年從旁說。「我和阿悠的關係是切也切不斷的。哪像你，在阿悠看來，你只不過是他偷吃的點心。他臉上分明嫌棄你是砂糖放太多的廉價點心。」

「好，我就殺了你。」

悠一甩開藍襯衫少年的手，用年長者鎮定的聲音說：

「別鬧了好嗎。改天我再慢慢聽你們說。這種大庭廣眾之下多難看。」——他又對藍襯衫少年說，「你未免太把自己當成我老婆了。」

藍襯衫少年驀然露出孤獨凶狠的眼神。

「喂，有種來單挑，我們去外面說。」

胭脂色襯衫的少年，露出潔白美麗的牙齒嘲笑：

「笨蛋，這裡不就是外面嗎。大家都戴著帽子穿鞋子走路呢。」

現場氣氛變得劍拔弩張，於是老作家刻意兜個圈子，從正面走近悠一。二人的視線極為自然地對上，悠一浮現得救的微笑鞠躬行禮。很久沒看到他如此充滿友愛的美麗微笑了。

俊輔穿著做工精良的粗花呢西裝，胸前暗袋插著華麗的深褐色格子手帕。這位老紳士與悠一彬彬有禮地開始戲劇化的寒暄，兩個少年只能愣然旁觀。其中一人眼含媚態說，「阿悠，那我們下次見。」另一人默默轉身就走。兩人消失了。橫須賀線的蛋黃色電車沿著月臺轟然駛入。

「你的交往關係很危險喔。」

俊輔走向電車，一邊如此說道。

「老師不也和我有交往嗎？」

悠一隨口應酬。

「可我剛才好像聽到什麼殺不殺的……」

「您聽到了啊？那只是他們的口頭禪。其實是根本不敢打架的膽小鬼。而且那兩人雖然吵得凶，但他們之間也有關係。」

「什麼關係？」

「我不在時，他們兩個會一起睡。」

……電車出發後，相向坐在兩等車廂的兩人，彼此都沒問對方要去哪，默默眺望車窗片刻。細雨中的沿線風景觸動悠一的心。

電車駛過被雨淋濕看似悶悶不樂的灰色高樓街區，接著出現的是工廠街陰霾黯沉的風景。

濕地和荒廢的狹小草地遠處，有外牆是大片玻璃的工廠。玻璃很多都破了，昏暗燻黑的屋內，不時可見大白天就亮起的許多電燈泡。……有時也經過地勢略高的木造老舊小學。ㄇ字型的校舍空虛的窗子對著這邊，空無一人的濕淋淋校園，佇立著瀝青剝落的攀爬架。……接著是沒完沒了的廣告招牌，包括寶燒酒、獅子牙膏、合成樹脂、森永牛奶糖……。

有點熱了，青年脫下大衣。他剛做好的西服，襯衫，領帶，領帶夾，手帕，乃至手錶，全都極盡奢華，展現低調的和諧色彩。不僅如此，從暗袋取出的登喜路新款打火機及菸盒，也都足以令人瞠目。俊輔想，這全是河田偏愛的品味。

「你和河田約在哪裡？」老作家嘲諷地問。青年本來正要點菸，聞言驀然將打火機的火移開，正視老作家。藍色的小火焰，與其說燃燒，更像是從空中顫巍巍落下。

「您怎麼知道？」

「我可是小說家。」

「真讓人驚訝。他在鎌倉的鴻風園等我。」

「這樣啊。我也是去鎌倉參加聚會。」

兩人沉默片刻。悠一感到窗外昏暗的視野中，有一抹鮮明的朱紅色橫越，不禁朝那邊望去。原來是經過重新漆成紅色的鐵橋骨架旁。

俊輔猝然說，

「你是怎麼著，愛上河田了嗎？」

俊美青年聳聳肩。

「別開玩笑了。」

「那你為何要去見一個不愛的人？」

「當初勸我結婚的不就是您嗎？是您叫我娶一個不愛的女人。」

「但是男女有別。」

「哼，都一樣。一樣好色，也一樣無趣。」

「鴻風園……那是豪華高級旅館。不過……」

「不過什麼？」

「你知道嗎，那裡打從以前就是企業家帶新橋或赤坂的藝妓去過夜的旅館。」

俊美青年看似受傷地沉默了。

俊輔根本不懂。他不懂青年平日生活有多麼可怕地無聊。他不懂這世上只有鏡子能夠讓這個自戀狂不感到無聊。也不懂若有鏡子監牢，想必可以將這個美貌的囚犯終生監禁。更不懂年長的河田至少深諳如何化身為鏡子。……

悠一開口：

「後來一直沒機會見您。恭子怎麼樣？電話裡只聽您說計畫很成功。……呵呵。」——他微笑，但他沒發現這種微笑是在模仿俊輔。「大家都被巧妙地解決了呢。康子，鏑木夫人，恭子……怎麼樣，我一直對您很忠實吧？」

「忠實的你為何謊稱不在？」——俊輔不禁咬牙切齒說。這種若無其事的託辭他已經受夠了。「這兩個月來，你不是只肯接聽我的電話兩三次嗎？而且，每次我一提議見面你就顧左右而言他。」

「我以為您有事的話自然會寫信來。」

「我很少寫信。」

……列車掠過兩三個車站，屋簷外被淋濕的月臺上，孤單豎立著車站站牌，屋簷下的月臺陰暗擁擠，無數空虛的臉孔和無數雨傘……工人穿著濕漉漉的藍色制服從鐵軌上仰望車窗……這平凡的風景，加重了兩人的沉默。

之後悠一像要拉開距離，又說一次，

「恭子怎麼樣？」

「恭子嗎？該怎麼說呢，我完全沒有終於得到獵物的感覺。……黑暗中，當我和你換手走進那個女人的臥室，醉醺醺的女人閉著眼喊我『阿悠』時，我的確枯木回春地動情了。時間雖短暫，我的確借用了你的青春外型。……就這樣而已。恭子醒來後，直到天亮都沒開過口。之後也毫無消息。在我看來，這次事件後，她想必會嚴重墮落。說可憐的確很可憐。她並沒有做錯什麼事必須受到那種對待。」

悠一完全沒感到良心的譴責。因為那個行動並沒有足以產生悔恨的動機或目的。他回憶中的行為是光明正大的。那個行為不是復仇也不是慾望，沒有絲毫惡意，它支配不再重來的一定時間，從純粹的一點到另一點。

想必那一刻正是悠一完美扮演俊輔作品的角色，擺脫一切道德倫理的時刻。恭子絕非被算計。當她醒來時躺在她身旁的老男人，和白天就一直在她身旁的年輕俊美的分身，其實是同一人。

關於自己創造的作品激發的幻覺與蠱惑，作者當然不用負法律責任。悠一代表作品的外在、型態、夢想、帶來陶醉的美酒麻木無感的冰冷，俊輔則代表作品的內在、陰鬱的計算、無形的慾望、創作這個行為的感官滿足，參與同一項作業的其實是同一人，只不過在女人眼中看似兩個不同的人物罷了。

「很少有什麼東西能像那段回憶那麼完整且靈妙。」青年將目光移向細雨濛濛的窗外，一邊思忖。「我距離行為的意義幾乎無限遙遠，而且接近行為最純粹的形式。我沒動，卻將獵物逼到絕路。我不渴求對象，對象卻變成我渴求的形貌。我沒開槍，可憐的獵物卻因我的子彈受傷倒斃。……那時，那個白天到黑夜，我光明正大毫無陰影，擺脫了過去困擾我的虛假的倫理義務，只要熱衷於在今晚之內把女人弄到床上這個純粹的慾望即可。」

「……但那段回憶在我看來很醜陋。」俊輔想。「……即便在那瞬間，我也無法相信自己的內在美足以匹配悠一的外在美！蘇格拉底在某個夏日清晨，躺在伊利索斯河畔的懸鈴木下，與美少年斐德羅[1]對談直到暑氣消散，他向當地眾神祈禱的話語，我認為是世間最好的訓詞。

『我的潘神乃至此地所有的眾神啊，請讓我的內在美麗，讓我外在擁有的一切與我的內在親睦……』

希臘人擁有稀有的才能，能夠把內在美像大理石雕刻一樣看出造型。精神是如何被後世毒害，被沒有慾望的愛崇尚，被沒有慾望的侮蔑褻瀆！年輕貌美的阿爾西比亞德斯[2]，對蘇格拉底的內涵產生愛智（哲學）上的慾望，受這股慾望驅使，想激起這個西勒努斯[3]似的醜男情慾，得到他的愛，於是鑽進他的斗篷下同眠。當我在《饗宴篇》[4]中讀到那個阿爾西比亞德斯美麗的說詞時，幾乎為之驚嘆。

『……我如果不委身於你這樣的人物會羞於面對聰明人。比起因為委身於你而羞於面對無知大眾，那遠遠更令我羞愧。』……」

他睜開眼。悠一沒看他這邊。年輕人正熱切看著渺小不足為取的東西。那是鐵軌沿線一戶小房子被梅雨淋濕的後院，主婦正蹲著專心搧炭爐。可以看見白扇子急促的動作，以及小小的紅色火口。……生活是什麼？悠一想，八成就像是沒必要解開的謎團。

「鏑木夫人有來信嗎？」

俊輔又唐突問道。

「每週一次，寄來的信都很長。」——悠一輕笑。「而且夫妻倆的來信總是裝在同一個信封。不過鏑木先生的來信只有一張，最多也是兩張。兩人都令人傻眼地很放得開，公然宣言愛我。上次夫人的信上，還有一行『關於你的回憶讓我們夫妻相處和諧』這樣的傑作呢。」

「天底下還有這麼奇妙的夫妻。」

「世間夫妻其實都很奇妙。」

1 斐德羅（Phaedrus, B. C. 140-70），信奉蘇格拉底的古希臘哲學家。
2 阿爾西比雅德斯（Alcibiades, B. C. 450-404），雅典的政治家、演說家、將軍。
3 西勒努斯（Silenus），希臘神話的森林神祇之一，酒神的伴侶和導師。常以禿頂厚唇的老人形象出現。
4《饗宴篇》，是柏拉圖討論愛的本質的對話式作品。

悠一如此加上孩子氣的註解。

「也真虧鏑木能忍受營林署的工作。」

「據說夫人開始做仲介汽車的買賣。所以生活應該還過得去吧。」

「是嗎。以那女人的本領應該會做得很好吧。……對了，康子已經快要生了吧？」

「對。」

「你要當父親了。這也很奇妙。」

悠一沒有笑。他看著運河邊運輸船行關閉的倉庫。他看著被雨淋濕的棧橋，以及停泊的兩三艘船嶄新的木色。倉庫寫有白色店名的生鏽大門，在這靜水的岸邊，浮現茫然期待的表情。有什麼會打破倉庫在這沉澱靜水中的憂鬱倒影，從遙遠的海域遠道而來？

「你在害怕嗎？」

這貌似揶揄的口吻，正面打擊青年的自尊心。

「我才不怕。」

「你在害怕。」

「我有什麼好怕的？」

「多得很。如果不怕，你大可陪康子生產。親自去確認一下你到底在害怕什麼。……但你做不到吧。因為眾所周知你是疼老婆的好丈夫。」

「老師究竟想對我說什麼？」

「一年前你聽我的建議結婚了，當時你一度已克服的恐懼，如今你必須摘下那果實。……

你可曾遵守自己在結婚時立下的誓言，那種自我欺騙的誓言？你折磨康子，自己真的能夠不痛苦嗎？你是否產生錯覺，把康子的痛苦，和你感覺如影隨形、始終在你身邊旁觀的痛苦混淆，自以為那就是夫婦的愛情？」

「您明明什麼都知道。您忘了我曾找您商量人工流產嗎？」

「怎麼可能忘記。我當時堅決反對。」

「是的。……而我也照您說的做了。」

電車抵達大船。兩人看到車站對面的山間那尊垂首聳立的觀音像，脖子從朦朧的樹林伸出，和灰色的天空相接。車站很冷清。

發車不久，俊輔像要趁著抵達鎌倉之間這短短一站的距離，把想說的話全都說完，迅速說道：

「你就沒想過親眼確認自己的無辜嗎？你的不安和恐懼和幾分痛苦，你就不想親眼確認一下是否真的毫無由來嗎？……但你應該做不到吧。如果做得到，你想必早已開始新生活了，但你做不到吧。」

青年不服氣地嗤鼻一笑。「新生活嗎！」然後他一手仔細拎起熨燙筆挺的長褲中線，換腳蹺起二郎腿。

「要怎麼親眼確認？」

「只要康子生產時你陪在她身邊即可。」

「這算什麼，真可笑。」

「你做不到的啦。」

俊輔一語道破俊美青年的厭惡。就像看著中箭受傷的獵物般定定看著他。青年的嘴角，浮現看似嘲諷、實則帶著困惑的不快苦笑。

俊輔總在看悠一時，窺見這種對他人而言「快樂是羞恥」，對他們夫婦卻是「厭惡是羞恥」的關係，並且因為看穿康子絲毫不被愛而竊喜。但悠一遲早必須面對那種厭惡。他的生活，一直在逃避正視厭惡，卻又沉溺於厭惡。過去他是如何裝作津津有味地主動專挑那些厭惡吞下！包括康子，鏑木伯爵，鏑木夫人，恭子，河田。

俊輔也同樣一直在推薦悠一「順口的」厭惡，在他這種諄諄教誨式的好意中，暗藏著永遠無望實現的愛意。某些東西必須結束。同時，也有些東西必須開始。

……說不定，悠一會從那種厭惡痊癒。俊輔亦然……。

「總之我想怎麼做就怎麼做。用不著您指揮。」

「很好……那很好。」

電車駛近鎌倉車站。下了電車，悠一就會去見河田。強烈的感情忽然襲向俊輔。但說出口的話語，卻和心情相反，他冷淡地咕噥：

「可是……你做不到啊。」

# 第二十五章　轉換身分

俊輔當時說的話始終縈繞悠一心頭。他很想忘記。可是越想忘，那句話就越明確地杵在眼前。

梅雨毫無停止的跡象，康子的生產也晚了。已經過了預產期四天。不僅如此。孕期一直那麼健康的康子，到了懷孕末期卻出現一些令人擔心的徵兆。

她的血壓超過一百五，雙腿也有輕微浮腫。高血壓和水腫往往是妊娠中毒的前兆。六月三十日午後，康子出現初次陣痛。七月一日深夜，疼痛每隔十五分鐘出現，血壓飆到一百九，最後她開始抱怨頭痛劇烈，醫生擔心是子癇症的徵兆。

固定替康子看診的那位婦產科主任，幾天前就讓康子住進自己的大學醫院，但陣痛已持續兩天，卻始終沒有分娩的跡象。探究原因之下，發現康子的恥骨角度比一般人小，於是在婦產科主任的會同下，採用產鉗生產。

七月二日這天，是梅雨時節偶爾會出現的宛如盛夏先鋒的一天。康子的母親一早就驅車來接悠一，因為悠一之前就說過分娩當天想守在醫院。兩個親家母彬彬有禮打招呼，悠一的母親解釋，她雖然也想跟著去，但是顧慮自己有病在身反而會添麻煩，因此還是不去了。康子的母親是個肥胖健康的中年夫人。上車後，也照平日的習慣狠狠奚落悠一。

「據康子說，你好像是理想丈夫，但別看我這樣，我眼睛可是很毒的。我如果再年輕一點，管你有沒有老婆，肯定也不會放過你。你被那麼多人追求想必也很傷腦筋吧。我對你只有一個請求，就是請你徹底欺騙康子。騙都騙不好，表示沒有真正的愛情喔。不過我的口風很緊，所以你至少在我面前可以說真話。最近是不是有什麼好玩的？」

「沒用的。我可不會上當。」

如果把「真話」告訴這個女人（她就像睡在陽光下的牛），不知會造成什麼反應——這個危險的幻想，驀然浮現悠一的心頭。但岳母伸到眼前的手指，突然碰觸他垂落額頭的頭髮，把青年嚇了一跳。

「哎喲，我還以為是白頭髮。原來是頭髮發亮。」

「怎麼可能有白頭髮。」

「所以我剛剛也很驚訝啊。」

悠一看著灼熱耀眼的戶外。在這上午的城市一隅，康子迄今還在飽受陣痛折磨。那種明確的痛苦在悠一看來歷歷分明，那種痛苦的重量彷彿可以用手掌掂量。

做女婿的說，「應該沒問題吧？」康子的母親似要蔑視這種不安，回答「沒問題」。因為她知道，關於純屬女人的事情，這樣樂觀的自負最能夠讓年輕沒經驗的丈夫安心。

車子在某個路口停下時，傳來警笛聲。定睛一看，明亮的、幾乎煥發童話色彩和光澤的火紅消防車，沿著晦暗的灰色馬路筆直駛來。車身幾乎是在跳躍，車輪輕輕觸地後，似乎發出響徹四周的轟隆聲飛起。

消防車掠過悠一和康子母親坐的車，兩人看著遠去的車子後窗猜測火災地點。卻看不見何處失火。

「真蠢，這時候起火。」

康子的母親說。這樣明亮的白晝之下，就算身邊有火燃燒，肯定也看不見火焰。不過，某處的確正發生火災。

……悠一來到病房，替痛苦的康子擦拭額頭汗水，他感到在妻子即將分娩時提早來到醫院的自己很不可思議。一定是有什麼類似冒險的快樂引誘他這麼做。不管在哪，他都不可能不去想康子的痛苦，所以一定是對她痛苦的那種親近感，讓這個年輕人奔赴妻子身旁。平時那麼不想回家的悠一，「就像回到家似地」來到妻子的枕畔。

病房很熱。通往陽臺的拉門敞開，有白色窗簾遮陽，但偶爾才有若有似無的風吹動窗簾。直到昨天還陰雨綿綿一直很冷，因此甚至沒準備電風扇，做母親的一進病房就察覺這點，立刻出去打電話讓家裡送電風扇過來。護士有事不在病房。只剩悠一和康子。年輕的丈夫替她擦拭額頭汗水。康子深深吐氣睜開眼，汗濕的手稍微鬆開原本緊握悠一的那隻手。

「又稍微好一點了。現在不痛了。這樣會持續十分多鐘。」

她彷彿現在才發現似地四下張望。——「怎麼這麼熱！」

悠一害怕看到康子放輕鬆。因為在她輕鬆時的表情中，有悠一最害怕的日常生活的一鱗半爪重現。年輕的妻子拜託丈夫把小鏡子拿來，梳理之前因痛苦掙扎而亂掉的頭髮。沒化妝且蒼白略顯浮腫的臉上有種醜陋，她自己卻無法從中讀取到痛苦的崇高性質。

「這麼邋遢真不好意思。」她用只有病人才能這麼自然的楚楚可憐說。「我很快又會乾淨漂亮了。」

悠一從正上方看著那張彷彿被痛苦摧殘的孩童似的臉孔。他思考該怎麼說明，正因為有這種醜陋與痛苦，他才能如此親近妻子，沉浸在人性化的感情中。愛上美麗安詳時的妻子照理說應該更自然，但那樣的妻子反而把他扯離人性化的感情，只會讓他想起自己無法愛人的靈魂。那怎麼可能說明！但悠一的謬誤，就在於頑固地不肯相信，自己現在的溫柔中，也摻雜世間一般丈夫的溫柔。

康子的母親和護士一起進來了。悠一把妻子交給兩個女人，自己去陽臺。位於三樓的陽臺可以俯瞰中庭，隔著中庭，許多病房的窗戶和樓梯間整片玻璃的斷面映入眼簾。可以看見白衣護士走下樓梯。樓梯隔著玻璃畫出大膽的斜平行線。上午的陽光從反方向斜著截斷那平行線。

悠一在強烈的光線中聞到消毒水的氣味，想起俊輔說的話。你不想親眼確認自己的無辜嗎？「……那個老人的話語之間，總是藏著多麼魅惑人心的毒素啊。……他叫我去看自己確實厭惡的對象生下自己的孩子。他看穿我應該做得到那個。那種殘酷甜美的誘惑中，有種得意洋洋的自信。」

他的手撐著陽臺的鐵欄杆。生鏽的精鐵被陽光曬得溫熱，那種觸感驀然令他想起蜜月旅行時，他用脫下的領帶抽打的飯店陽臺欄杆。

悠一的心中萌生難以名狀的衝動。俊輔那樣在他心中激發，那樣和鮮明痛苦一起甦醒的回憶帶來的厭惡，吸引了青年。試圖反抗，甚至試圖復仇之舉，和沉浸其中幾乎同義。這股想找出厭惡根源何在的熱情中有某種東西，那和想要探究快樂泉源的肉體慾望，感官命令去探究的慾望，甚至難以區分。想到這點，悠一的內心戰慄。

康子的病房房門開了。

穿白袍的婦產科主任領頭，兩名護士推著推床走進病房。這時康子又開始陣痛。像呼喚遠方的人一樣，高聲呼喚跑過去握住她的手的年輕丈夫。

婦產科主任莞爾一笑。他說：

「再忍一下，再忍一下。」

醫生的美麗白髮，一眼就足以令人信賴。悠一對這頭白髮，這樣的年資，這種名醫光明正大的善意都抱有敵意。對懷孕，對多少有點不尋常的難產，乃至對將要出生的孩子，一切關懷和關心都從他內心消失了。他唯一的念頭，就是想看那個。

痛苦的康子，被移到推床時也閉著眼。她的額頭滲出大量汗珠。她柔軟的手，又伸向空中尋找悠一的手。青年握住那隻手後，她失去血色的嘴唇湊近低頭的悠一耳邊。

「你也來。如果你不陪在我身邊，我沒勇氣生下寶寶。」

天底下還有比這更赤裸、更動人的告白嗎？悠一萌生一種奇怪的想像：妻子或許就是看穿他心底的衝動，所以想幫他一把？但那瞬間的感動難以比擬，身為對妻子這種無私的信賴感到疼惜的丈夫，他臉上流露連旁人都看得出太強烈的感動。他仰望婦產科主任的眼睛。

「她說什麼？」

醫生問。

「內人叫我一直陪著她。」

醫生戳戳這位純情又沒經驗的丈夫手肘。在耳邊有力地低聲說，

「偶爾有年輕的太太會說這種話。但你不能當真。如果那樣做，你和太太事後必然會後悔。」

「可是內人如果沒有我陪……」

「我知道你疼惜太太，但是光是要成為母親，就已足夠鼓舞產婦了。你怎能去陪產，讓你這個做丈夫的去陪產，簡直是開玩笑。就算你現在願意，將來肯定也會後悔。」

「我絕對不後悔。」

「可是任何丈夫都會逃走的。我沒見過像你這樣的人。」

「醫生，拜託你。」

那種演員的本能，令這時的悠一扮演過度關心妻子導致方寸大亂的年輕丈夫，展現無從說服的自大妄念。醫生微微點頭。聽到兩人對話的康子母親非常訝異。她說這也太胡鬧了，她可不奉陪。

「還是算了吧。你一定會後悔。況且把我一個人留在候診室也太過分了。」

康子抓著悠一的手不放。那隻手突然被用力拉扯，原來是兩名護士開始移動推床，病房專屬的一名護士推開門，正要引導推床去走廊。

圍繞康子推床的隊伍搭乘電梯上四樓。在走廊冰冷的反光上徐徐移動。推床的輪子微微卡到走廊的地磚縫，閉著眼的康子，潔白柔軟的下巴毫不抵抗地跟著抖動。

分娩室的門向左右打開。把康子母親一人留在室外，門就此關閉。母親要被關在外面時，

又說：

「真的，悠一，你會後悔的。如果中途害怕就趕快出來。記住了嗎。我就在走廊的椅子等著。」

可笑的是，這時悠一回應她的笑臉，就像是主動迎難而上的人那種笑臉。這個溫柔的年輕人已確信自己的恐懼。

推床被推到固定的產檯前。康子的身體被移過去。有柱子豎立在固定的產檯兩側，柱子之間的布簾這時已被護士拉上，這拉到產婦胸部上方的布簾，保護她的眼睛不被器械和手術刀殘酷的光芒刺激。

悠一握著康子的手站在枕頭後方。因此他可以同時看見康子的上半身，和隔著低矮布簾康子自己看不見的下半身。

窗子向南，因此有清風吹入。脫掉西裝外套只穿白襯衫的年輕丈夫，領帶被風掀起貼在肩頭。他把領帶尾端塞進襯衫胸前的口袋。那個動作，有種彷彿正熱衷繁忙工作時的敏捷。不過悠一能做的其實不多，只是握著妻子汗濕的手掌而已。這痛苦的肉體，和毫不痛苦地冷眼旁觀的肉體之間，有著任何行為都無法連結的距離。

「再忍一下，馬上就好了。」

護理長又在康子的耳邊這麼說。康子一直緊閉雙眼。妻子沒有看他，讓悠一感到自由。

洗完手的婦產科主任，任由白袍袖子捲起，領著兩名助手出現了。醫生已經不再理會悠一。他伸指指示護理長。兩名護士把康子躺的產檯下半部拆下。在上半部的末端添上像獸角一樣左右兩端向空中翹起的奇怪器具，康子的雙腿被撐開固定在那器具上。

胸部以上的低矮布簾，是用來讓產婦看不見自己的下半身如此變成一個物質、一個客體的慘狀。但是另一方面，康子上半身的痛苦，是連如何變成客體都不知道的痛苦，成了幾乎和下半身事件無關的純粹精神性的痛苦。握著悠一手的那股手勁，也不是女人的力量，而是旺盛得幾乎脫離康子本身存在的痛苦那倨傲的力量。

康子呻吟。在這風停時積鬱熱氣的室內，呻吟如無數蒼蠅拍翅般瀰漫。康子頻頻試圖挺身，卻做不到，身體落在硬梆梆的產檯上，緊閉雙眼的臉孔頻頻左右晃動。悠一想起來了。去年秋天，和偶遇的學生在大白天去高樹町的賓館時，曾在半夢半醒中聽見消防車的警笛。當時悠一是這樣想的：

「……但我的罪惡，或許必須先讓我的無辜鑽過火海，才能純粹得絕對不會被火燒毀？我對康子的完全無辜。……昔日我不是曾經期望為了康子脫胎換骨重新做人？現在呢？」

他的目光停駐在窗外風景。夏日陽光在國鐵電車鐵軌遠處遼闊的公園森林，燦爛燃燒。只見那裡的橢圓形運動場如發光的泳池。而且那裡空寂不見人影。

康子的手再次用力拽俊美青年的手，那隻手的力道，就像是為了喚起他的注意，他不得不看見護士交給醫生的手術刀閃爍銳利冷光。這時，康子的下半身已開始出現像嘴巴嘔吐時的動作，蓋在那處的布，是類似帆布的粗布，被尿管導出的尿液和塗滿整片的消毒液，都順著那塊布滴落。

被消毒液塗得通紅的裂縫處遮蓋的那塊帆布，洶湧流出的液體甚至發出聲音。開始局部麻醉了，手術刀和剪刀把裂縫擴大，鮮血噴落到帆布時，康子錯綜複雜的血紅內部，清晰映現在個性毫不殘忍的年輕丈夫眼中。悠一曾以為妻子的肉體像陶器一樣和自己無緣，但是如今看到被這樣剝開皮膚暴露內部，自己已無法再把那肉體視為物質，這讓他暗吃一驚。

「我不能不看。無論如何都必須看。」他一邊作嘔，一邊在心中低語。「那發亮看似無數濡濕寶石的鮮紅組織、皮膚底下被鮮血浸潤，柔軟且彎曲起伏的東西……外科醫生想必立刻就習慣這種東西，我也沒道理做不成外科醫生。妻子的肉體對我的慾望而言無異於陶器，同一具肉體的內部，當然也不可能有更多的東西。」

但他誠實的感覺，立刻背叛了這種逞強。妻子肉體被翻開的可怕部分，事實上，遠甚於陶器。他的人性層面的關心，遠比對妻子的痛苦感到的共鳴更深，被迫面對無言的鮮紅血肉，看著那濕淋淋的剖面，就像被迫不斷看到自身。痛苦不出肉體的範圍。青年認為，那是孤獨。但這暴露的鮮紅血肉不是孤獨。因為那和悠一體內也確實存在的鮮紅血肉相連，立刻也必然會傳達到旁觀者的意識深層。

悠一繼而看著清潔、閃爍銀光的殘忍器具被交到醫生的手中。那是宛如拆下支點的大型剪刀形器具。剪刀刀刃的部分，形狀就像一對彎曲的大湯匙，一方先被深深插入康子體內，另一方也交叉插入後，支點這才被固定。那是產鉗。

年輕的丈夫如實感到，在自己握住的妻子肉體的遙遠另一端，這種器具正粗暴地闖入，四處摸索著要用那金屬手抓住什麼。他看著妻子咬住下唇的潔白門牙。雖然看清即便在這種痛苦中，妻子臉上也沒有失去世間最惹人愛憐的信賴表情，他卻刻意不吻妻子。因為就連那樣溫柔的吻，青年都沒自信能夠在衝動之下自然做到。

產鉗從血肉泥濘中摸索到柔軟的嬰兒頭部。鉗子夾住那個。兩名護士從左右兩側按壓康子蒼白的腹部。

悠一始終相信自己的無辜。毋寧該說是如此祈求更適當。

但這時，悠一審視妻子痛苦至極的臉孔，以及曾是悠一厭惡源頭的那部分變得火紅，兩者對比後，他的心情已經變了。悠一那種贏得所有男女的讚賞，彷彿只是為了被看而存在的美貌，終於找回功能，如今只是為觀看而存在。這個納西瑟斯忘了自己的臉。他的眼睛對著鏡子以外的對象。凝視如此慘烈的醜陋，等於觀看他自己。

過去悠一的存在意識，是徹底「被觀看」。他感到自己存在，說穿了，也就是感到他被觀看。「不用被看也確實存在」這個嶄新的存在意識令年輕人陶醉。換言之，是他自身在看。

這是多麼透明、輕盈的存在本體！對於忘記自己臉孔的納西瑟斯而言，甚至可以當成那張臉孔不存在。妻子已痛得忘我的臉孔，若有那麼一瞬間睜開眼仰望丈夫，肯定會輕易發現和自己在同一個世界的人類表情。

悠一鬆開妻子的手。彷彿要碰觸嶄新的自己，他的雙手碰觸自己冒汗的額頭。他取出手帕擦汗。然後，察覺妻子的手依然緊握悠一的手留在空中的痕跡，他就像要把手再嵌回鑄模，回握住那隻手。

……羊水淅瀝滴落。閉著眼的嬰兒腦袋已經出來了。康子下半身周遭正在進行的作業，就像船員抵抗暴風雨的作業，是集結力量的肉體勞動。那只是單純的力量，是人力正試圖拽出生命。悠一從婦產科主任白袍上的皺褶，也能看到正在用力的肌肉動作。

嬰兒掙脫桎梏滑出來了。那是白中帶紫半已死掉的肉塊。某種低喃的聲音湧現。之後那團肉塊哭叫，隨著哭叫，漸漸泛起紅潮。

剪掉臍帶後，護士把抱在手裡的嬰兒被遞給康子看。

「是千金喔。」

康子似乎聽不懂。

「是女兒喔。」

聽到這麼說，康子微微點頭。

在此之前，她一直默默睜著眼。那雙眼睛沒有看丈夫，也沒看護士遞來的嬰兒。就算看了也沒露出微笑。這種麻木的表情，正是動物的表情，是人類已經很少能夠浮現的表情。相較之下，人類任何喜怒哀樂的表情，都只不過像面具一樣——悠一內在的「男人」如此想。

# 第二十六章　酒醒的夏天到來

生下的孩子取名為溪子，一家人歡喜無限。不過，和康子的心願不同，生出來的是個女兒。產後住院的那一週，康子的心情很滿足，但她不時會熱衷於破解生下的為何是女兒不是兒子這個無謂的謎團。「是我不該渴望生兒子嗎？」她忍不住這麼想。「我以為捕獲了和丈夫肖似的美麗嬰兒，但那種喜悅打從一開始就是空虛的錯覺嗎？」雖然還不確定，但嬰兒的五官，似乎更像父親而非母親。溪子每天都要量體重。磅秤就放在產褥旁，產後恢復順利的康子每天自己記錄體重做圖表。起初康子認為自己生下的嬰兒尚不具人形，看起來令人有點毛骨悚然，但是經歷第一次餵奶時的刺痛，以及緊接著幾乎是不道德的快感後，她不禁打從心底愛上這個神情帶有奇妙不悅的小小分身。而且雖然還不算是人類，周遭的人和來探視的客人，還是硬把嬰兒當個人，用嬰兒不可能聽懂的話語哄嬰兒。

康子把自己兩三天前嘗到的那種可怕的肉體痛苦，和悠一帶給她的長期精神痛苦相較。體會過前者痛過之後的和平，後者的漫長、難以治癒，反而令她發現希望。

比任何人都更早發現悠一變化的，不是康子，是悠一的母親。這個率真無偽的靈魂，秉持與生俱來的單純，最早看穿兒子的改變。聽說兒媳平安生產後，她就讓阿清看家，自己叫了車獨自趕往醫院。當她打開病房的門，待在康子枕畔的悠一，立刻跑過去緊抱住母親。

「小心點。我都要摔倒了。」——她一邊掙扎，一邊用纖細拳頭敲打悠一的胸膛。

「別忘了我可是病人。咦，你的眼睛好紅。是哭過了嗎？」

「是太緊張太累了。因為生產時我全程陪同。」

「全程陪同！」

「是啊。」康子的母親說。「我怎麼勸悠一他都不肯聽。康子也抓著悠一的手不肯放。」

悠一的母親看著產褥的康子。康子虛弱地笑了，但是並未臉紅。母親視線一轉，再次看著兒子。那雙眼睛在說：

「真是奇怪的孩子。看到那麼可怕的景象後，你和康子居然這才像真正的夫妻，第一次露出分享某種愉快祕密的表情。」

悠一最怕的，就是母親這種直覺。康子倒是一點也不怕。她在痛苦結束後，也很驚愕自己對於悠一的陪產竟然毫不害臊。或許康子隱約感到，只有那樣做才能讓悠一相信她自身的痛苦。

悠一的暑假，除了七月開始有幾科要補課，可以說已經開始放假了，但白天幾乎都在醫院度過，晚上不知上哪去玩成了他的例行日課。沒和河田見面的晚上，他就改不了壞習慣，又興沖沖地繼續俊輔口中「危險的交往」。

在魯東之外的幾家圈內酒館，悠一成了常客。某酒館九成都是外國客人。客人之中甚至有男扮女裝的現役憲兵。他的肩頭披著圍巾，走過時對每個客人搔首弄姿。

在愛麗舍酒館，幾個男妓向悠一打招呼。他回禮之後自己笑了。「這就是危險的交往嗎！和這些柔弱的傢伙交往算是危險嗎！」

梅雨自溪子誕生的翌日又開始下個不停，某酒館位於巷子空地泥濘的深處。客人多半早已喝醉，穿著濺了泥點的長褲就這麼進進出出。有時泥地一隅還會淹水。靠在粗糙牆邊的幾把雨傘滴落的水滴，讓積水更深。

俊美青年面對簡陋的小菜、酒水不太高級的酒瓶和酒杯，逕自沉默。酒顫巍巍滿到單薄的酒杯邊緣，透明的淺黃色微微顫動。悠一看著那酒杯。那是沒有任何幻影介入餘地的一只酒杯。單純只是酒杯。除此之外什麼也不是。

他萌生奇異的念頭。彷彿以往從未見過這種東西。同樣一個杯子，以前離得近，足以投射他勾勒的幻影、心中產生的種種變化，他總是把那些投射視為基本屬性，可是現在杯子離得更遠，只是作為一個物象，沒有附帶任何意義。

狹小的店內有四、五名客人。現在不管去圈內哪家酒館，悠一還是一樣不嘗到冒險滋味不回家。年長者會賣弄甜言蜜語接近。年少者向他獻媚。今晚悠一的身旁，也有個青年頻頻替他倒酒，此人和他年紀相仿，態度爽朗大方。從他不時望向悠一側臉的眼神就能看出他愛著悠一。

青年的眼神很美，微笑很乾淨。但那又怎樣。青年期望被愛，那並非真的毫無自知之明的期望。為了表現自己的價值，他長篇大論地說起曾被多少男人追求過。雖然有點囉嗦，但這種自我介紹是gay的癖性，若只是這種程度還不值得批評。他的穿著體面。身材也不錯。指甲剪得很整齊，胸前露出的一抹白色內衣也很清潔。……但那又怎樣。

悠一晦暗的眼神望向上方酒館牆壁張貼的拳擊選手照片。失去光輝的惡德，遠比失去光輝的美德無聊幾百倍。想必惡德被稱為罪惡的理由，就在於這種不容片刻自我滿足的偷安，處於這反覆循環的無聊中。惡魔覺得無聊，正是因為已經厭倦了惡行要求的永久獨創性。悠一早已猜到一切的發展。如果他對青年露出暗示的微笑，兩人想必會喝酒到深夜。等到酒館打烊，兩人就會離開那裡。想必會假裝喝醉，來到賓館門前。在日本，按照慣例，即使兩個男人一起投宿也不大會引人懷疑。兩人想必會在可以近距離聽見深夜貨運列車汽笛聲的二樓一室鎖上門。用漫長的接吻取代寒暄，脫衣，廣告霓虹燈背叛熄滅的室內燈光照亮窗戶毛玻璃，老朽的雙人床彈簧發出刺耳的尖叫，擁抱與性急的接吻，汗水乾涸後，赤裸的肌膚最初的冰冷相觸，髮蠟和肉體的氣息，同樣充滿無限焦躁的肉體滿足的摸索，背叛男人虛榮心的小聲尖叫，被髮油弄濕的手……還有可悲偽裝的滿足，大量汗水的蒸發，枕邊摸索到的香菸和火柴，彼此微微發亮的水潤眼白，潰堤似的開始沒完沒了打開話匣子，之後暫時失去慾望只是變成兩個普通男人孩子氣的嬉鬧，深夜的比腕力，摔角遊戲，以及其他各種荒唐事……。

「就算真的和這個青年一起出去，」悠一看著酒杯想。「想也知道不會有任何新鮮事，獨創性的要求依然得不到滿足。男同志之愛為何這麼虛無？這或許也是因為，事後歸於單純清淨的友愛那種狀態，就是男同性戀的本質？情慾到頭來或許是彼此回歸純屬同性這個個體的孤獨狀態，為了製造那種狀態才被賦予的情慾。雖然很想認為『這個族群只是身為男人卻彼此相愛』，但殘酷的是，或許其實是因為相愛才發現身為男人。在相愛之前，這些人的意識中，本就有異常模糊的東西。這種慾望，與其稱為肉慾，毋寧更接近形而上的慾求。那是什麼呢？」

不管怎樣，總之他到處發現的都是厭世之心。西鶴的男色小說中的戀人們，只能從出家或殉情找到歸宿。

「要走了嗎？」

青年對叫服務生結帳的悠一說。

「對。」

「從神田車站搭車？」

「是神田車站沒錯。」

「那我跟你一起走到車站吧。」

兩人穿過泥濘的空地，沿著高架橋下錯雜的酒館橫巷緩步走向車站。時值晚間十點。那條巷子正是最熱鬧的時候。

已停的雨又開始下了。非常悶熱。悠一穿白色馬球衫，青年穿深藍色馬球衫拎著公事包。路很窄，因此兩人共撐一把傘。青年提議去喝點冷飲。悠一贊成，兩人走進站前的小咖啡店。

青年用快活的語氣滔滔不絕。關於自己的父母，可愛的妹妹，家中在東中野經營的大型鞋店，父親對他是如何望子成龍，他自己是怎麼存下微薄的存款。……悠一看著青年相當俊美的庶民臉孔專心傾聽。這種青年才是生來就為平庸幸福而活的男人。為了支撐那種幸福，他擁有的條件幾乎完美。除了唯一一點，誰也不知道，極為無辜的祕密缺點！這個小瑕疵瓦解了他的一切，諷刺的是，這麼平庸的青春臉龐，雖然他自己沒有意識到，卻彷彿已疲於高級思想上的煩惱，有種形而上的陰翳。另一方面，假設沒有這個瑕疵，當他在二十歲有了第一個女人後，肯定會像四十歲的男人一樣自我滿足，變成一個到死都不斷反芻同樣滿足的男人。

電風扇在兩人頭頂上懶洋洋地轉動。冰咖啡的冰塊很快就融化了。悠一的香菸已抽完，因此向青年要了一根，他想像如果兩人相愛同居不知會有什麼結果，當下感到好笑。兩個男人，不打掃也懶得做家事，除了做愛之外只是整天抽菸的那種生活……煙灰缸想必一下子就滿了吧……。

青年打個呵欠。巨大陰暗又光潔的口腔內部，有整齊的成排牙齒鑲邊。

「抱歉。……我並不是覺得無聊。……不過，我經常盼著趕緊脫離這個圈子（悠一認為，他這句話的意思，並不是要放棄做gay，而是想趕緊找到固定對象一起過穩定的生活）。……我有這種許願符喔。你要不要看？」

青年以為自己穿著外套，伸手去摸胸前口袋的位置。然後才想起，解釋自己不穿外套時就會放在包裡隨身攜帶。公事包放在青年的膝旁，露出略顯磨損起毛的皮革鬆垮的側面。性急的主人太急著解開扣子，導致公事包翻倒，裡面的東西紛紛掉到地板一陣乒哩乓啷。青年慌忙彎腰去撿拾。悠一沒有幫忙，只是在日光燈的燈光下，將青年撿起的物品一一看個分明。有乳液。有化妝水。有髮蠟。有梳子。有古龍水。還有別種乳液的瓶子。……這是顧及外宿時，為了早上梳洗才隨身攜帶的物品。

一個非演員的男人放在包裡隨身攜帶的化妝品，悲慘且醜陋得難以形容，但青年沒發現悠一對他產生的這種印象，只顧著檢查瓶子摔破了沒，對著燈光高舉古龍水，骯髒的瓶子裡只剩三分之一的液體，令這種印象變得加倍難以忍受。

青年把掉出來的東西都放回包裡了。他狐疑地看著完全無意幫忙的悠一。然後才想起自己為何要打開公事包，因為低頭太久連耳朵都染紅的臉蛋，再次垂下。從包裡放零碎物品的口袋取出一個很小的黃色東西，拎著那個用紅絲線垂掛的東西在悠一眼前搖晃給他看。

悠一接過來。那是用黃線編織，加上紅色鞋帶的一隻小草鞋。

「這就是許願符？」

「對，別人給我的。」

悠一毫不客氣地看錶。他說該回去了。兩人離店。在神田車站的售票處，青年買了去東中野的票，悠一買了坐到S車站的票。兩人搭乘的是同一條路線的電車。電車駛近S站，悠一準備下車時，青年原先一直以為他買S站的票只是為了掩飾兩人去同一目的地的害羞，因此當下慌了手腳。他緊抓住悠一的手。悠一想起妻子痛苦掙扎時的手，當下無情地甩開。青年的自尊心受傷，執意要把悠一這種無禮的舉動當成開玩笑，強笑著說，

「你非得在這一站下車嗎？」

「嗯。」

「那我也跟你一起下車。」

他在深夜的冷清S站和悠一一起下車。青年誇大了醉意，糾纏不清地反覆強調要跟著悠一。悠一生氣了。突然靈機一動，想起有個該去的地方。

「和我分開後你要去哪裡？」

「你不知道吧。」悠一冷漠地說。「其實我有老婆。」

「啥？」——青年臉色蒼白地愣住了。「那你之前都是在耍我嗎？」

他就這麼站著哭了出來。走到有長椅的地方，坐下來把公事包抱在胸前痛哭。看到這麼喜劇化的結局，悠一快步離開現場走上樓梯，對方並沒有追來的跡象。出了車站，他冒著雨幾乎

是用跑的。眼前夜深人靜的醫院建築逐漸近了。

「我就是想來這裡。」他強烈感到。「打從看到從那男的包裡掉在地上的東西時，我就突然想來這裡了。」

這個時間他本該回到獨自等候他歸來的母親身邊。醫院不能過夜。但是如果不去一下醫院，他恐怕會睡不著。

門口的值夜警衛還在下棋沒睡著。老遠就能看見那朦朧的昏黃燈光。櫃檯的窗口露出昏暗的臉孔。幸好他還記得悠一。這個堅持陪產的丈夫在醫院贏得美譽。悠一找了個漏洞百出的藉口，說他有重要東西忘在妻子的病房。警衛說，病人恐怕已經就寢了。但這個年輕的好丈夫那種神情打動了他。悠一沿著燈光昏暗的樓梯走上三樓。他的腳步聲在深夜的樓梯異常響亮。

康子還沒睡，但是聽到裹著紗布的門把轉動，她還以為是夢中的聲音。她忽然感到恐懼，坐起來打開床頭燈。站在光線不及之處的人影，原來是丈夫，她還來不及安心地鬆口氣，心頭就先湧現難以言喻的狂喜悸動。悠一穿著馬球衫潔白壯碩的胸膛，逐漸來到康子的面前。

夫妻倆若無其事地交談三言兩語。康子秉持天生的聰慧，刻意不去追問丈夫為何在這樣的深夜來訪。年輕的丈夫把床頭燈的燈光轉向溪子的嬰兒床。半透明且清潔、小巧的鼻孔，帶著認真的表情發出鼾聲。悠一沉醉在自己平庸的感情。這種感情，過去一直沉睡在他內心深處，如今終於找到如此安全確實的對象可以投射這種感情，甚至能夠令他沉醉。悠一溫柔地對妻子道別。今晚，他有充分的理由足以安眠。

＊＊＊

康子出院回家的隔天早上，悠一起床後，阿清來道歉。他平日打領帶時用的那面掛在牆上的鏡子，在打掃時被阿清不慎摔破了。這件小小的罕事令他微笑。想必這是俊美青年擺脫鏡子那種故事性魔力的象徵。他想起去年夏天，在K町的旅館，俊輔的讚美初次令他耳朵中毒時，促使他與鏡子私下親密交流的那個漆黑鏡臺。在那之前，悠一按照一般男性的慣例，一直禁止自己覺得自己貌美。今天早上鏡子打破後，他是否又將重回這個禁忌？

某晚，傑奇家替一名即將返國的外國人舉辦餞行宴。悠一也輾轉收到邀請。悠一的出席，是當晚盛宴的重頭戲。如果他肯來，傑奇在眾多賓客面前也會很有面子。明白這點的悠一，幾番猶豫後還是應邀出席了。

一切都和去年聖誕節那場gay party一樣。受邀的年輕人們聚集在魯東等待。他們全都穿著夏威夷衫，事實上也的確很適合他們。和去年一樣是阿英和綠洲阿君這群人，不過出席的外國人倒是換了一批人，因此這些面孔還挺新鮮的。其中也有新人。據說叫做阿健。還有阿勝也是。前者是淺草大型鰻魚料理店的少東。後者是某位出了名的古板銀行分行長的兒子。

眾人互相抱怨梅雨季的悶熱，面前放著冷飲，一邊言不及義地聊天，一邊等待外國人的轎車來接人。阿君講了一個有趣的故事。新宿某大型水果行的老闆，拆除戰後臨時搭建的組合屋，建造雙層建築時，以社長的身分出席地鎮祭[1]。他一本正經地獻上榊木[2]，接著年輕俊美的常董也獻上榊木。外人不知道，這場平凡無奇的儀式，其實是在眾人環視下進行的「祕密婚禮」，之前已經戀愛很久的兩人，在一個月前社長正式離婚徹底恢復單身後，打從地鎮祭當晚就開始同居生活。

穿著五顏六色的花俏夏威夷衫露出手臂的年輕人，在常來的店內各以不同的姿態坐在椅子上。每個人的後頸都剃得很乾淨，每個人的頭髮都散發強烈的髮油香氣，每雙鞋子都擦得亮晶晶像是新買的。其中一人把手肘整個靠在吧檯上，哼著流行的爵士樂，將已經脫線的老舊皮革杯子倒扣，一邊裝出老於世故的慵懶模樣，一邊扔擲兩三顆黑底刻有紅色或綠色圓點的小骰子玩。

他們的未來才值得刮目相看！被孤獨的衝動驅使，或者被無辜的誘惑刺激，走入這個圈子的少年中，只有少數幾人能夠踏上康莊大道，幸運地得以出國留學，剩下的大多數人，想必會受到浪費青春的報應，將來意外地提早衰老變醜。他們年輕的臉上，已有好奇心的沉溺和不斷追求刺激的慾求橫掃而過，留下無形的荒蕪痕跡。十七歲就已學會喝琴酒，嘗到別人給的外國香菸的滋味，卻仍保有天不怕地不怕的天真假面具的那種放蕩，那種放蕩甚至絕對不留悔恨的結果，大人硬塞來過多的零用錢，就把那些錢花在祕密用途上，還沒工作已養成消費的慾望，想打扮自己的本能逐漸覺醒……而且這般開朗的墮落沒有陰影，不管是什麼形式，青春完全自足，他們無法逃離肉體的純潔。因為失去純潔通常會讓人感到一種完成，但他們的青春沒有完

1 地鎮祭，建築工事開始前，祭祀當地守護神，取得神的許可與庇佑的破土儀式。
2 榊木，日本神道教用來獻在神壇或祭壇的常綠小喬木。

成感，所以也不可能感到失去任何東西。

「瘋狂的阿君。」阿勝說。

「瘋癲的阿勝。」阿君說。

「小氣的阿英。」阿健說。

「白癡。」阿英說。

這種庶民式的鬥嘴，就像一群小奶狗在狗屋的玻璃籠子裡打鬧。

天氣酷熱。電風扇吹來的是溫開水般的熱風。大家今晚已經有點懶得出這趟遠門了，但這時外國人的轎車來接人了，兩輛都是收起車篷的敞篷轎車，炒熱了大家的氣氛。這下子在抵達大磯前的兩小時車程中，可以吹著帶有雨氣的夜風，暢快地聊天。

* * *

「阿悠，你真的來了啊。」

傑奇用他與生俱來彷彿真心充滿友情的動作與悠一相擁。身穿綴有帆船、鯊魚、椰子和大海圖案的夏威夷衫，直覺比女人更敏銳的他，把悠一領進海風吹拂的大廳後，立刻湊到他耳邊問，

「阿悠，最近有什麼好事嗎？」

「我老婆生小孩了。」

「是你的？」

「是我的。」

「幹得好。」

傑奇大笑，兩人舉杯互碰，為悠一的女兒乾杯。但玻璃杯微妙的摩擦，有種東西讓人一舉感到兩人此刻身處不同世界的距離。傑奇依然住在鏡屋，那些被觀看者的地盤。他想必到死都會是那裡的居民。在那裡就算有孩子誕生，想必也等於在鏡子的另一面，隔著鏡子和父親生活。所有人性化的事件，對他而言完全欠缺那種重要性……。

樂團演奏流行曲，男人們滿身大汗地跳舞。悠一從窗口俯瞰庭院當下一驚。鋪滿草地的庭院處處都有樹叢和灌木。每一處樹影中，都有一對擁抱的影子。影子中還可看見菸頭的點點火光。不時擦亮的火柴，即便遠眺也能清晰看見外國人高挺鼻梁的部分輪廓。

悠一看到庭院外圍的杜鵑花叢後，穿著橫條紋水手風T恤的人抽身站起。他的對象穿著素面黃襯衫。站起來的兩人輕吻一下，便以貓科動物那種柔軟的身段，各自朝不同的方向奔去。

過了一會，悠一發現穿橫條紋T恤的年輕人裝作剛才一直待在那裡，倚靠某扇窗口。他有張精悍的小臉，漠無表情的眼睛，孩子氣的嘴巴，以及山梔色的黃臉……。

傑奇站起來，走到年輕人旁邊，不動聲色問，

「傑克，你剛剛去哪了？」

「里奇蒙說他頭痛，叫我去下面的藥房給他買藥。」

這個年輕人的嘴唇和冷酷的白牙，看起來就很適合說出只為折磨對方，故意讓人一聽就很假的謊話，悠一老早就聽說，他是傑奇的意中人，因此一聽那個綽號就立刻猜到了。傑奇只問

了這麼一句，雙手捧著放了許多碎冰的威士忌杯子，又來到悠一身旁，對他耳語：

「你看到那個騙子在庭院做什麼了嗎？」

「……」

「你看到了吧。那傢伙也不看看地點，居然在我家院子就大大方方做出那種舉動。」

悠一在傑奇的額頭看出苦惱。

「傑奇真是心胸寬大。」悠一說。

「愛人者總是寬大，被愛者總是殘酷。阿悠，其實我也一樣，對於愛上我的男人，我比那傢伙更殘酷呢。」——說到這裡，傑奇得意地講了幾段自己這把年紀還被年長外國人如何奉承追求的光榮戰績。

「最讓人變得殘酷的，就是被愛的意識。不被愛的人的殘酷根本是小意思。比方說，阿悠，人道主義者一概都是醜男。」

悠一本想對他的苦惱表達敬意。不料被傑奇先發制人，親手用虛榮心的白粉給那種苦惱化了妝，塑造成某種不上不下、曖昧不明的詭異產物。兩人在那裡站了一會，談論鏑木伯爵在京都的近況。伯爵迄今仍舊不時會去京都七條內濱一帶的同性戀酒吧。

傑奇的肖像畫，依然在一對彩繪蠟燭的護衛下，在壁爐架上露出模糊的橄欖色裸體。這個裸頸上隨意掛著綠色領帶的年輕酒神巴卡斯，嘴邊有某種表情令人聯想到逸樂的不朽，快樂的不滅。他右手高舉的香檳酒杯，始終不曾乾涸。

當晚，悠一對傑奇的計畫置之不理，對於朝他伸手邀請的無數外國客人不屑一顧，逕自選了一個合乎他喜好的少年共寢。少年的眼睛渾圓，還沒長鬍子的豐潤臉頰像果肉一樣潔白。完事後，年輕的丈夫想回家了。這時已是深夜一點。同樣必須在當晚趕回東京的某個外國人，主動提議用自己的車子送悠一。悠一欣然同意這個提議。

基於當然的禮儀，他在自己開車的外國人身旁坐下。這個紅臉膛的中年外國人，是德裔美國人。他殷勤又溫柔地對待悠一，娓娓描述自己的故鄉費城。他解釋費城（Philadelphia）這個名稱的由來。是沿襲古希臘小亞細亞某城市的名稱，phil是希臘語的philos，意思是「愛」。adelphia是源自希臘語的adelphos，意思是「兄弟」。換言之，自己的故鄉就是「兄弟愛」的國度。他在深夜無人的車道上奔馳，一手鬆開方向盤，握住悠一的手。

當那隻手回到方向盤後，頓時將方向盤往左大幅迴轉。車子彎進黑暗無人的小路。接著右轉，在夜風吹得沙沙響的林蔭道停車。外國人抓住悠一的手臂。他們凝視彼此的眼睛，長滿金毛的粗壯手臂，和年輕人緊緻光滑的手臂，就這麼拉扯片刻。巨漢的臂力大得驚人，悠一終究不是對手。

熄燈的車內，兩人糾纏著倒下。之後先起身的是悠一。就在他伸長手臂，準備穿上剛才被用力脫下的白色內衣和淡藍色夏威夷衫之際。俊美青年的裸肩，被再次湧現熱情的男人嘴唇用力覆蓋。極致歡愉下，習慣肉食的巨大尖銳犬齒，狠狠咬住帶著年輕光澤的肩肉。悠一發出慘叫。一條血絲沿著年輕人潔白的胸膛滑落。

他翻身挺立。但車頂低矮，他只能歪向背後的後車窗，完全無法直起身子。他一手按住傷口，自己的無力與屈辱令他臉色蒼白，只能彎腰駝背地站著瞪視對方。

被瞪視的外國人，眼睛終於從慾望中清醒。頓時變得卑微，看到自己行為留下的記號，頓感恐懼，渾身顫抖甚至哭了出來，更荒謬的是，他還親吻胸前垂掛的銀色小十字架，光著身子倚靠方向盤禱告。之後他囉嗦地對悠一感嘆，發著牢騷解釋自己平日的健全常識和教養，在面對這種中邪時是多麼無力抵抗。這種解釋帶著獨善其身的滑稽。因為他彷彿想說，換言之，他用那可怕的臂力征服悠一時，是悠一肉體的軟弱，正當化了對方在那瞬間精神上的無力。

悠一勸他，與其扯這些廢話不如趕緊穿上衣服。外國人終於察覺自己的赤裸，連忙穿衣。連察覺自己光著身子都要花這麼多時間，想必也得費不少時間才能察覺自己的無力。拜這場瘋狂事件所賜，悠一天亮才回到家。肩頭小小的咬傷很快就好了。但是河田看到這傷痕後深感嫉妒，左思右想盤算著如何在不惹惱悠一的情況下，讓自己也能在悠一的身子留下這種傷痕。

＊　＊　＊

悠一對河田的難相處有點退縮了。河田嚴格劃分社會尊嚴與愛的屈辱帶來的歡愉，那種做法讓這個尚未親身理解社會的年輕人很困惑。河田甚至不憚親吻愛人的腳底，但他的愛人連一根手指也不允許碰觸他的社會尊嚴。就這點而言，他和俊輔堪稱對比。

俊輔並非青年的良師益友。他打從骨子裡的自我厭惡，以及蔑視自己一切所得的做法，還有他主張悔恨越深，就越得將當下視為最佳時刻的那套論調，總是逼迫悠一的青春接受眼前的滿足，奪走青春變化時的力量，致力於讓人生中這段動盪如激流的時期像死掉一樣靜止，如雕像成了不動的存在。否定是青年的本能。但認同絕非本能。自己擁有的東西，不知為何俊輔要否定，悠一卻不得不肯定？俊輔命名為「美」的這種青春的空虛、人造的特權真的存在嗎？

俊輔奪走青春的理想主義據為己有，卻對悠一以肉體形式存在的青春課以苦役。那是通常對青年而言絕非苦差事的理想主義的反面，因此這個俊美青年不得不借助鏡子，自動成為鏡子的囚徒，面對那種只有感性能夠擷取的現實，擺出犧牲其他一切忠於現實的態度。比方說感覺的放肆啦，把自己當成落葉吹向四方的感官力量啦，相對性之中瀰漫的現實種種詭譎易變的面向，根據俊輔的說法，唯有人類的完全型態和樣式之美，能夠取代倫理去拯救、規制它，但對於自身型態已臻完美的悠一而言，那必須借助鏡子才看得見，青春的否定本能有時會採取自殺的形式，試圖最直接地否定，如果沒有俊輔所謂的「生活中的藝術行為」不自然的介入，甚至難以相信它的存在。那就是悠一的肉體對他自身的意義。這大概類似作詩的才華對於一個詩人的意義吧。

如今在悠一看來，河田那種滑稽的社會尊嚴，雖然滑稽，卻頗有一種不可或缺的裝飾之風。俊美青年一旦學會修飾外表後，已經知道對男人而言，那足以匹敵珠寶或毛皮大衣對女人的重要。就這點而言，河田單純的虛榮心比俊輔的更加直接觸動人心。把這種虛榮心的愚昧和無意義灌輸給還是學生的悠一的，就是俊輔，可惜老作家糊塗地忽略了，這種將虛榮心視為愚昧因而更凸顯出青春潔癖的力量，正是精神性的支柱。蔑視精神的本能與特權只存在於一個人的精神上，但是教導悠一蔑視精神的俊輔，有點故意忽視那個的傾向。

悠一年輕誠實的心，輕易完成了這種明知愚昧偏愛愚昧的複雜手續。這種輕易，是精神的複雜運作比不上肉體單純本能之處。就像女人渴望珠寶，青年內心也萌生社會野心。但他和女人不同之處，就在於他光是基於認知，便已知道這世上一切珠寶毫無意義。

為了忍受認知之苦，以及襲向青春的認知那種可怕，悠一擁有幸福的天賦。在俊輔的引導下，他體認到名聲、財富、地位的虛無，人類無藥可救的蒙昧與無知，女人存在的毫無價值，生命的倦怠造就的一切熱情本質，這種種的認知讓他覺醒，但他早在少年期就已發現人生的醜陋，同時感官慾望也有所傾向，即便多麼醜陋、無價值，都已習慣當成不證自明的真理來忍受，多虧有這平靜的純潔，認知才能免於受苦。他看到生存的可怕，生活的腳下那晦暗深淵令人暈眩之感，就像是為了在康子生產時做個旁觀者，這才做出的某種健康的準備運動，等同運動員在藍天下光明正大的肉體鍛鍊。

說到這裡，悠一的社會野心，就像一般青年，多少有點自大，幼稚。正如前面提過的，他頗有理財的天分。悠一受到河田的刺激，打算做個企業人士。

就悠一想來，經濟學是非常人性化的學問。它和人類的慾望是否有直接深入的關聯，會讓那個體系的活力也產生強弱。因為昔日自由主義經濟的發生期，那和新興的市民階級慾望（也就是利己心）緊密關聯，所以才能發揮自律功能，如今處於衰退期，機構脫離慾望變得機械化，慾望也逐漸衰弱。新的經濟學體系，不得不發現新的慾望。民眾慾望的再發現，雖是分別以全體主義和共產主義的形式刻意而為，但前者對於市民階級衰弱的慾望，也用類似人工興奮劑的哲學點火，企圖將之重現、集結。納粹主義深深理解衰弱。悠一從納粹主義的人為神話、暗藏的男同性戀原理、集合俊美青年的親衛隊、集合美少年的希特勒組織中，不得不發現與這種衰弱有關的淵博知識和深切的知性共感。另一方面，共產主義盯上遺留在衰弱的慾望底層渴望一元化的被動慾望，以及令資本主義經濟結構的矛盾越發尖銳的貧困新一波強烈慾望。經濟學追遂種種原始慾望走向某種傾向的恐懼心理，在美國，出於本能地帶來無價值的精神分析學大行其道。這種流行風潮聊以自慰之處，就在於探尋慾望的源頭，相信透過分析便可令其慾望消除。

但身為經濟學系學生的悠一這種模糊的思考中，拜其感官的宿命傾向所賜，多少帶有宿命論的味道。他對於舊社會結構的種種矛盾和由此產生的醜陋，只當作生命本身的矛盾與醜陋的投影，看不出是結構的醜陋投影塑造出生命的醜陋。比起社會的威力，他更感到生命的威力。因此他喜歡把相信人性之惡的那些部分，和本能的慾望視為同一種東西。那就是這個青年對倫理的反論式關心。

善良與美德衰微，現代發明的許多市民德行歸為瓦礫，民主社會的無力偽善一味跋扈的今天，諸惡再次供給能量的機會來臨。他相信自己看到的醜陋的力量。他將這種醜陋放在許多民眾的慾望旁。共產主義的新道德規範，在民主社會死掉的市民道德旁看似格外明顯，但革命的無數手段性罪惡，除了貧困的憤怒產生的報復念頭之外，只倚重相信自己是正確的這個目的意識，就這點而言並非最大的惡。最大的惡，肯定只在無目的的慾望、無理由的慾望中。因為以繁衍子孫為目的的愛，以利潤分配為目的的利己心，以共產主義為目的的勞動階級革命熱情，在每個社會都是善。

悠一不愛女人。但女人會替悠一生孩子。當時他看到的不是康子的意志，是生命無目的的慾望有多麼醜陋。民眾或許也是毫無自知地被這種慾望生出來。悠一的經濟學，就這樣發現新的慾望，他甚至抱著野心，想自己化身為那種慾望。

悠一的人生觀中，並沒有年紀輕輕就急著尋求解決的焦躁。看到社會矛盾與醜陋，他有種想化身為矛盾和醜陋的奇特野心。生命無目的的慾望，和自我本能混淆，他夢想著擁有企業家的種種天賦，成了俊輔如果聽見肯定會翻白眼的平庸野心的俘虜。昔日那個習慣被人愛慕的「美麗的阿爾西比亞德斯」，也是這樣變成虛榮的英雄。悠一甚至考慮利用河田。

＊　＊　＊

夏天到了。不到一個月大的小嬰兒，整天睡醒就哭，哭了就吃奶，別的都不會。但做父親的對她單調的日常生活百看不厭，充滿幼稚的好奇心。為了看嬰兒珍惜地緊握的一小團線球，他硬要掰開握得死緊的小拳頭，經常被做母親的責怪。

悠一的母親也因為終於見到期盼已久的孫女，當下精神大振，康子分娩前的種種危險症狀，產後也完全消失，因此圍繞悠一的家庭幸福堪稱美滿得可怕。

康子出院的前一天，被取名為溪子的第七夜[3]當天，娘家送來賀禮。紅色皺綢上用金線繡著南家酢漿草家徽的禮服，搭配粉紅色腰帶，以及繡有花紋的赤錦小手袋。這是第一份賀禮。接著各家親朋好友相繼送來紅白綢緞。還有嬰兒用品禮盒。尤其是雕刻徽章的銀製小湯匙。這下子溪子大概會名符其實「含著銀湯匙」長大。還有裝在玻璃盒內的京都人偶、御所人偶[4]、嬰兒服、幼兒用的毯子。

某日，百貨公司送來大型胭脂色嬰兒車，奢華的造型令悠一的母親驚愕不已。「是誰送來這麼貴重的東西?天啊,是不認識的人呢。」她說。悠一一看寄件人的姓名,上面寫著河田彌一郎。

被母親叫去內玄關看那輛嬰兒車時,不快的回憶驀然重現悠一心頭。因為去年妻子驗出有孕後不久,夫妻倆去康子父親的百貨公司,在四樓賣場前康子駐足看了很久的嬰兒車就跟這輛一模一樣。

因為這個禮物,他不得不對母親和妻子交代他與河田彌一郎的來往,在安全範圍內好生解釋一番。但母親光是聽到河田是俊輔的學生就欣然理解,對於悠一的人品獲得知名學長的疼愛頗為滿足。於是夏天的第一個週末,河田邀請他去葉山一色海岸的別墅時,反而是母親勸說他去。還叫他代為問候河田的妻子及家人,並且基於天生的注重禮貌,讓兒子帶了一盒點心當作回禮。

別墅擁有兩百坪的草皮庭院,房子本身並不大。悠一三點左右抵達時,看到玻璃門敞開的簷廊椅子上,和河田面對面坐著的老人正是俊輔時,不禁吃了一驚。悠一一邊擦汗,滿臉笑容地沿著海風吹過的迴廊朝兩人走去。

河田在人前總是可笑地壓抑感情。他說話時故意不看悠一。但悠一遞上點心盒順帶提及母親的問候時,被俊輔消遣了一番,因此三人的氣氛轉為輕鬆,又變得一如往常。

---

3 第七夜,嬰兒出生第七天晚上的慶祝會,祈求嬰兒平安成長,同時也多半在這天替嬰兒取名。

4 御所人偶,京都製作的可愛幼童人偶。

悠一看著桌上冷飲杯子旁攤開的格子棋盤。是西洋棋。棋盤上有國王，有女王，有主教，騎士，城堡，士兵。

河田問他下不下棋。俊輔就是向河田學會西洋棋的。悠一拒絕。河田提議不如趁著風和日麗早點準備出門。他早已和俊輔說好，等悠一來了，三人就開車去逗子鐙摺的帆船碼頭，搭乘河田的帆船。

河田裝嫩，穿了亮麗的嫩黃色素面襯衫。就連年邁的俊輔都穿著白襯衫打領結。悠一脫下汗濕的襯衫，換上蛋黃色夏威夷衫。

他們前往帆船碼頭。河田的海馬五號帆船，命名為「依包利特號」。這個名字，河田之前一直刻意不說，當然是作為招待客人的節目一環，果然大大勾起俊輔和悠一的興趣。碼頭也有美國人擁有的GOMENNASAI[5]號這艘帆船。還有叫做NOMO（喝吧）號的帆船。

上午雲層很厚，但下午艷陽高照，沿著海邊可見逗子海岸，在週末湧現大量人潮。

悠一的前後左右，早已是無可置疑的夏日風情。帆船碼頭耀眼的水泥斜坡，保持那個角度沒入水中，始終浸在海水中的部分，被已經半石化的無數貝類和含有細微氣泡的濕滑青苔覆蓋，只見幾乎算不上波浪的微波，微微晃動停泊的無數帆船船桅，在船腹反射波紋的光影，除此之外從外海至低矮的防波堤之間，並沒有什麼波浪足以攪亂這小港內的水面。悠一把身上的衣物悉數扔上帆船，只穿著一件泳褲，大腿以下浸在水中，把帆船推離岸邊。在陸地感覺不到的低處海風，此刻越過海面，直接親密地撲面而來。帆船出港了。河田靠著悠一的幫忙，把插在船中央沉重的鍍鋅鐵錨沉入水中。河田很擅長駕駛帆船。但是操帆時，比平時更嚴重扭曲的顏面神經痛，令人擔心他緊咬在嘴裡的菸斗是否會掉入海中。結果菸斗沒掉，帆船一路向西朝江之島駛去。這時西邊的天空高處有莊嚴雲海。數條光束貫穿雲層，朝這邊射來古老戰爭畫中那種光芒的末端。於是，很少親近大自然，想像力過度旺盛的俊輔，看到外海充滿深藍色漩渦的海面上浮屍累累的幻影。

「悠一變了呢。」俊輔說。

河田回答，

「不，他要是真肯改變就好了。可惜他還是老樣子。只有這樣在海上的期間，似乎才能讓人安心。……上次也是（還在梅雨期間時），我們一起去帝國飯店吃飯，飯後在那裡的酒吧喝酒，一個美少年被外國人帶進來，穿著打扮和悠一竟然一樣。從領帶到西服都是，再仔細一看，連襪子都一樣。悠一和那個美少年，微微以眼神打招呼，但是看得出來兩人明顯都很尷尬。……啊，阿悠，風向變了。你幫我把繩子往那邊拉。對。……話說回來，當時更尷尬的是我和那個陌生的外國人。自從彼此互瞄了一眼，就不由自主意識到對方。當時阿悠的衣著，不是照我的喜好挑的，是他自己堅持非要，我只好同意替他訂做美式西服和領帶，從那時起，阿悠和那個美少年似乎就已私下計畫好，兩人出門時穿同樣的衣服。沒想到就這麼巧，偏偏在彼此攜伴出現時遇個正著，因此阿悠和美少年等於主動告白了兩人之間的關係。那個美少年是膚色白皙的俊俏孩子，清純的眼睛和討喜的微笑，替他的美貌增添青春活力。您也知道我是個很愛吃醋的

5 GOMENNASAI，日語「對不起」之意。

人，後來那一整晚我都很不高興。您想想看，我和那個外國人，等於就在眼前遭到背叛。……至於阿悠，他知道解釋只會越描越黑，所以也沉默如石。我起初當然是大為激怒抱怨連連，但最後還是敗給他，反倒是我要低聲下氣討好他。每次都是同樣的發展，同樣的結果。有時甚至影響到我的工作，如果我在應該機敏時卻做出錯誤判斷，我很害怕別人會用什麼眼光看我。老師，您懂嗎？像我這種企業家，旗下有大公司，三個工廠，六千名股東，五千名員工，光是卡車就有一年將近八千輛的生產力，能夠影響這一切的我，如果說私生活是受到一個女人的影響，世人或許還能諒解。可是，如果他們知道我是受到一個二十二、三歲的學生支配，這種祕密之滑稽，想必會讓世人哈哈大笑。我們並非以惡德為恥。而是以滑稽為恥。汽車公司的社長是男同性戀，若是以前我不清楚，但在現在那就像百萬富翁卻有偷竊的癖好，或者絕世美女愛放屁一樣滑稽。人類對某種程度的滑稽，可以反過來加以利用，作為受人喜愛的工具；但如果是超過限度的滑稽，就無法容忍別人嘲笑這個。德國的克魯伯鋼鐵廠第三代社長，在大戰前為何自殺，您知道原因嗎？就是因為這種顛倒一切價值的愛，將他的社會尊嚴連根鏟除，徹底摧毀了支撐他在社會半空中的平衡。……」

這種冗長的牢騷，出自河田的嘴巴，變得就像一本正經的訓示或演講，俊輔甚至找不到機會插嘴附和。而且在敘述這悲劇故事之際，帆船還在河田的不斷操作下，看似輕盈地取回平衡繼續前進。

另一方面，悠一裸身躺在船頭，定睛望著帆船前進的方向，明知那些話是要說給他聽的，他卻背對中年的敘述者和初老的聽眾。有光澤的背部肌肉似乎映現日光，尚未被曬黑的大理石年輕肉體散發夏草的芬芳。

隨著逐漸接近江之島，背對北邊鎌倉市區燈火閃爍的遠景，河田將帆船往南轉。兩人的對話始終和悠一有關，卻又將悠一排除在外。

「總之悠一變了。」俊輔說。

「我不覺得他有變。您為何一直說他變了？」

「說不上來為什麼。總之他就是變了。在我看來甚至是可怕地改變。」

「他現在當爸爸了。但他仍是個孩子。在本質上毫無改變。」

「這點毋庸爭論。關於悠一我比你更了解。」——俊輔深謀遠慮地帶來駝毛小毯子，蓋在神經痛的膝上免得被海風侵襲，一邊狡猾地轉移話題。「剛才你說到人類的惡德與滑稽的關係，我也很感興趣。在現代，曾經那樣極盡精細的惡德教養，已經從我們的教養中連根拔除。惡德的形而上哲學死了，只剩下那種滑稽，成了笑柄。事情就是這樣。滑稽的疾病把生活的平衡搞得亂七八糟，但只要惡德還是崇高的，就不會破壞生活的平衡。這個道理難道不可笑嗎？崇高的東西在現代無力，只有滑稽擁有野蠻力量，這不正是膚淺的近代主義的反映嗎？」

「我並沒有要求惡德被視為崇高。」

「你認為有平庸的、最大公約數的惡德嗎？」俊輔拿出幾十年前教書的口吻。「古代的斯巴達少年，為了訓練在戰場上的敏捷，只要能成功偷竊就不會受罰。一名少年偷了狐狸。但他失風被捕了。他把狐狸藏在衣服底下，矢口否認偷竊。狐狸咬破少年的腸子。但他還是堅持否認，始終沒發出痛苦的叫聲就這麼死了。這種故事被視為美談，或許有人認為是因為克己比偷竊更有道德，已經補償了一切。但並不是。他是羞於失風被捕導致非凡的惡德倫為平庸的犯罪才死的。斯巴達人的道德，一如古希臘的例子是有審美的。精妙的惡行，比粗俗的善行更美，所以是道德的。古代的道德單純且力量強大，因此崇高永遠站在精妙的這方，滑稽永遠屬於粗俗。但在現代，道德與美學分家。道德因卑賤的市民原理成了平庸和最大公約數的同黨。美變成誇張的樣式，變得古老，不是崇高，就是滑稽。這兩者，在現代只意味著同一種東西。但正如剛才所言，毫無道德的偽劣近代主義和偽劣人性主義，散播一味崇拜人性缺陷的邪教。近代藝術自唐吉軻德以來，傾向滑稽崇拜。貴為汽車公司社長的你卻喜好男色的這種滑稽，不妨就視為受到崇拜吧。換言之，既然滑稽，那就是美。連你的教養也無法抗拒，這樣越發能夠取悅世人。你的崩壞，那才是真正值得尊敬的近代化現象。」

「人性！人性！——」河田自言自語。「我們唯一的逃避場所，唯一的辨明根據就是那個吧。但如果不扯出人性，就連自己身為常人的頭緒都抓不住，這才是真正的倒錯吧？其實，人既然是人，就像社會一般做法，人類以外的東西，不管是神或物質、科學的真理等等都想援用，那樣才是更人性吧？想必一切的滑稽，就在於我們主張自己是人，或者為自己的本能辯護說那是人性使然云云。但本該是聽眾的世人，其實對人根本沒興趣。」

俊輔帶著淺笑說：

「我可是很有興趣喔。」

「老師另當別論。」

「是的。畢竟我是藝術家這種猴子。」

船頭響起響亮的水聲。一看之下，悠一大概是受不了這種把他排除在外的無聊對話，乾脆跳進海裡游泳。平滑的波浪之間，光滑的背部肌肉和形狀姣好的手臂輪番閃耀光芒。泳者並非漫無目的地下水。帆船右邊百米之外，就是剛才從鐙摺也能遠眺，在外海浮現奇特形狀的「那島」。那島零星的岩石起伏勉強沒沉入海中，是個低矮橫長的小島。說到島上樹木，只有一株發育不良的扭曲松樹。而且讓無人島的景觀更奇怪的，是中央的岩石上，鑽出水平線兀然聳立的巨大鳥居，尚未完工的鳥居周遭有幾根粗大繩索支撐。

鳥居在剛才從雲間射下的光芒下，將繩索的影子串成別具意味的剪影聳立。沒看到工人，鳥居後方該有的神社，似乎也還在建造中，無法看到。因此，也無法確定鳥居究竟是對著哪個方向。鳥居本身似乎對此也毫不關心。就像模仿沒有對象的膜拜形式，安靜佇立海上。只見那影子漆黑，四周是夕陽璀璨的海面。

悠一終於找到一處岩石上了島。大概是孩子氣的好奇心使然，他有股衝動想去鳥居看看。他時而隱身岩間，時而爬上岩石。終於來到鳥居時，那美麗的雕像線條，背對西方天空的火紅，勾勒出裸身青年完美的剪影。他一手撐著鳥居，一手高舉，對著帆船上的兩人比手勢。

為了等候悠一游回來，河田駕駛帆船接近那島，來到不會觸礁的近距離。

俊輔指著鳥居旁的年輕人身影，問道：

「那個算滑稽嗎？」

「不。」

「那你覺得那個怎樣呢？」

「他很美。雖然可怕，但這是事實，沒辦法。」

「那麼，河田，滑稽在哪裡呢？」

河田從不低下的額頭，此刻微微低垂，說道：

「我不得不拯救自己的滑稽。」

聽到這裡，俊輔笑了出來。那停不下來的笑聲似乎越過海面傳入悠一的耳中。只見俊美青年沿著岩石朝靠近帆船的海灘跑來。

一行人抵達森戶海岸前，又沿著海岸折返鐙摺，停妥帆船後，驅車去逗子海岸的海濱飯店吃晚餐。那家飯店是避暑用的小型飯店，最近解除了美軍接管，接管期間帆船俱樂部的許多私人帆船也一律被沒收，充當來住宿的美國人遊覽使用。飯店解除接管後，前方海岸也從今年夏天起，拆除了長期以來引發民怨的柵欄，供一般大眾使用。

抵達飯店時已是傍晚。草地庭院有五、六張圓桌和椅子，貫穿桌面豎立的五顏六色的海灘陽傘，已像絲柏一樣合起。海岸的人還不少。R口香糖的廣告塔擴音器，喧囂地播放流行歌曲唱片時，也不斷重複這種通知走失兒童的消息順便打打廣告的廣播：

「走失兒童。走失兒童。三歲左右的男童。水手帽上有健二這個名字。如有人認識，請到R口香糖廣告塔處。」

吃完飯三人坐在早已被暮色籠罩的草坪桌前。海岸的人潮倏然消失，擴音器沉默，只有濤聲漸高。河田起身離席。留下老人和青年，又陷入這兩人之間經常出現且早已習慣的沉默。

過了一會，俊輔先開口。
「你變了。」
「是嗎？」
「的確變了。我很害怕。我有某種預感。我有預感，遲早總有一天，你將不再是你。至於原因，那是因為你是鐳。是放射性物質。仔細想想，我已害怕那個很久了。……不過，總之你還有幾分是以前的你。或許該趁現在分手比較好。」
「分手」這個字眼令青年失笑。
「分手？說得好像老師與我之間曾經有過什麼似的。」
「的確有過『什麼』。你懷疑這點？」
「我只懂低級的字眼。」
「看吧，這種說話態度，已經不是昔日的你。」
「那我……就不說了吧。」
這樣若無其事的對話，悠一並不知道老作家是基於多麼長久的迷惘和深刻的決斷才說出來的。俊輔在暮色中嘆息。
檜俊輔有一種自己造就出來的深刻迷惘。這種迷惘懷抱深淵，擁抱曠野。若是青年，想必會盡早從這種迷惘醒來。但以俊輔的年齡，覺醒是否還有價值已是疑問。覺醒，難道不是更深一層的迷惘嗎？我們期盼向何處、為何而覺醒？人生既是一種迷惘，在這錯綜複雜難以應付的迷惘中，好好建立有秩序有邏輯的人為迷惘，或許才是最明智的覺醒？如今俊輔的健康，就是靠著不肯醒來的意志，和不願康復的意志支撐。

他對悠一的愛，就是這樣的。他煩惱，也痛苦。眾所周知的反諷（關於作品的美感形成）——為了畫出平靜的線條費神傷魂的苦惱與困惑，最後只有在那描繪出的平靜線條上，發現自己苦惱與困惑的真實告白的這種反諷，在這個情況也發揮了作用。他藉由堅持最初意圖的平靜線條，保有了告白的權利與機會。如果愛就是剝奪這告白的權利，那麼無法告白的愛，對藝術家而言並不存在。

悠一的改變，在俊輔敏感的眼中，勾勒出這種危險的預感。

「總之，雖然痛苦……」——俊輔枯澀的聲音在黑暗中說。「……於我而言，雖然痛苦得難以形容……但是阿悠，我決定暫時不見你了。之前你也一直顧左右而言他，不肯見我。那時是你不想見面。現在是我決定不見你。……但你如有必要，無論如何都必須見我時，屆時我還是很樂意見面。不過現在的你，大概相信絕對不會有那種必要吧。……」

「對。」

俊輔的手，碰觸悠一放在椅子扶手上的手。雖是盛夏，那隻手卻很冷。

「你或許這麼相信……」

「總之在那之前我不會見你。」

「就這麼辦吧。既然老師都這麼說了。」

海上有點點漁火閃爍，兩人又陷入熟悉的尷尬沉默，不過近期之內恐怕連這種滋味也沒機會品嘗了。

服務生端著放啤酒和杯子的銀盤從黑暗中走來，跟在服務生的白制服後面的，是河田的黃襯衫。俊輔一派若無其事。對於河田重提剛才的話題，保持愛嘲諷的快活態度應對。不知真假的議論似乎沒完沒了，但逐漸降溫的冷空氣，呼喚三人回到室內大廳。當晚，河田與悠一留在飯店過夜，河田勸俊輔也在他另外開的房間住下，但俊輔堅決推辭這親切的提議，河田只好命司機送俊輔一人回東京。在車上，老作家的膝蓋雖包裹駱駝毛毯還是劇痛發作。司機被他的呻吟嚇到，連忙停車。俊輔命他繼續開車不用管。並且從外套內袋取出嗎啡止痛劑吞服。鎮痛劑令人心神恍惚的藥效，緩解了老作家精神上的痛苦，讓他什麼都不再思考，他在心中無意義地一一細數沿路的路燈。這顆毫不英雄的心，想起了昔日拿破崙在率隊行進時，忍不住從馬上細數沿路窗戶的奇妙逸聞。

# 第二十七章　間奏曲

渡邊稔十七歲。有張白皙俊俏的圓臉，眉目清秀，帶著酒窩的笑容很美。他是某新制高中二年級的學生。戰爭末期的三月十日那場大空襲，令他位於老街賣雜貨的家化為烏有。父母和妹妹都和房子一同葬身火海，只剩他一人倖存，被住在世田谷的親戚收養。親戚家的主人是厚生省的小官員，生活並不富裕。雖說只是多養稔一人也絕不容易。

稔十六歲那年秋天，為了打工，看報紙廣告找到神田某家咖啡店當服務生。放學後去店內，到十點打烊為止，只要工作五、六小時即可。碰到學期考前，過了七點，老闆就會默許他回家。薪水也不錯，不得不說他找到了一份好工作。

而且，稔頗受老闆寵愛。老闆年約四十，是個犀利瘦削且沉默篤實的男人。據說五、六年前老婆跑了，之後就一直單身到現在，住在店裡的二樓。老闆名叫本多福次郎。某天，此人去世田谷拜訪稔的伯父，提出要收養稔當養子。這個提議簡直是天降及時雨。他們立刻辦妥領養手續，從此稔改姓本多。

稔現在仍然不時去店裡幫忙。但那只是基於興趣而為。每天除了自由自在過著學生生活，也經常被養父帶著上館子或去劇場、電影院。福次郎喜歡傳統戲劇，和稔出門時，卻會遷就稔的喜好看吵吵鬧鬧的喜劇或西部電影。他給稔買了少年人的夏裝和冬裝。也買了溜冰鞋。這種生活，對稔而言是頭一遭，偶爾伯父家的孩子來玩都很羨慕他。

稔的性格逐漸產生變化。

笑容雖然還是一樣美，卻變得喜歡孤獨。比方說，去打小鋼珠時也是一個人去。該念書的時間，他卻在小鋼珠機檯前連待三小時。也不大和學校同學來往。

還很柔軟的感受性，刻畫上了難耐的厭惡與恐懼，但他沒有像世間一般少年那樣學壞，反而替自己的將來描繪墮落的幻影，為之悚然。他熱衷於自己遲早會完蛋的既定思維。夜晚看到亮起幽微的燈籠坐在銀行角落陰影中的算命師，他就會萌生恐懼，懷疑自己的額頭是否浮現霉運和犯罪、墮落的未來，連忙加快腳步匆匆從算命攤前走過。

然而，稔深愛自己開朗的笑容，笑時露出的清潔白牙帶給他希望。背叛一切汙濁的眼睛也清純美麗。不經意映現街角鏡面的背影，剃得乾淨清爽的後頸，都很清純且有少年氣質。那時他認為只要外表沒垮掉就可以安心，但這種安心並未持續太久。

他學會喝酒，沉迷偵探小說，也學會抽菸。馥郁的青煙汩汩流進胸腔，彷彿尚未成形的未知思緒誘出心底的某種東西。陷入自我厭惡心情糟糕的日子，他就巴不得戰爭再次爆發，甚至夢想大都市陷入火海。在那大火中，似乎便可見到死去的父母和妹妹。

他愛剎那的亢奮，同時也愛絕望的星空。他每晚都徘徊街頭四處流連，三個月就穿壞一雙鞋。

放學回來，吃過晚餐，他換上花俏的少年裝扮。之後不到深夜不會在店裡出現。養父很痛心，但是悄悄跟蹤之下，發現他不管去哪都是獨來獨往。擺脫嫉妒的安心，以及年齡差了一大截的自己並非好玩伴的內疚，令養父不敢罵他，任他繼續遊蕩。

暑假的某一天，天空陰霾，溫度寒涼，並不適合去海邊。稔穿著大紅色綴有白色椰子圖案的夏威夷衫，謊稱要去世田谷的伯父家就出門了。這件夏威夷衫的大紅色，和少年的雪白肌膚很相稱。

他想去動物園。搭乘地下鐵在上野車站下車，來到西鄉隆盛的銅像下。這時陰翳的日光從雲間出現，高聳的花崗岩石階為之燦爛發光。

走上石階的途中，他用陽光下幾乎看不見火焰的火柴點燃香菸後，渾身洋溢孤獨的快活，一口氣衝上剩下的石階。

這天，上野公園的遊人不多。買了印有獅子彩色照片睡姿的門票，他走進遊客稀少的動物園大門。他沒有按照路標的箭頭方向前進，隨意向左方走去。暑熱中瀰漫野獸的氣味，就像自己窩裡鋪的稻草氣味一樣感覺很親切。長頸鹿的籠子就在眼前。從長頸鹿冥想似的臉孔，沿著脖子到背部，雲層的陰影落下，遮蔽了陽光。長頸鹿邊甩尾巴趕蒼蠅邊走，每走一步，那碩大的骨架似乎都會跟著晃動不穩。稔接著也看到受不了炎熱，瘋狂在水中和水泥地之間上上下下的白熊。

沿著某條小徑走去，就來到可以放眼眺望不忍池的地方。

池端路有汽車閃爍光芒駛去，西邊的東京大學鐘樓至南邊的銀座街區之間，凹凸起伏的地平線上，處處映現夏日陽光，火柴盒大小的白色樓房如石英閃爍。那和不忍池陰暗的水面，上野某百貨公司的廣告氣球逐漸洩氣變形在空中慵懶飄動的球體，以及百貨公司沉鬱的建築物本身，形成鮮明的對比。

這裡有東京，有都市感傷的展望。少年感到自己仔細走遍的許多街道，悉數藏身在這展望中。而無數夜晚的放蕩，在這明亮的展望中被徹底抹去，自己夢想擺脫那種莫名恐懼獲得的自由，似乎也無跡可尋。

從池端七軒町那邊沿著池邊轉彎駛來的電車，震動他的腳下經過。稔又回去看動物。大老遠就聞到動物的氣味。氣味最強烈的是河馬區。河馬「大雄」和「三娘子」沉在混濁的水中只露出鼻子。左右兩側是地板潮濕的籠子，兩隻老鼠趁著籠子的主人不在，進進出出偷吃飼料。

大象將稻草一束束用鼻子捲起放入口中，還沒吃完就已捲起下一束。有時捲得太多，就會舉起杵臼似的前腿把多餘的稻草拍落。

企鵝像是參加雞尾酒會的人們，各朝不同方向站立，有的舉起一邊翅膀，有的抖動屁股。麝香貓不在散落紅色雞脖子飼料的地上，爬到一尺高的床鋪上，兩隻交疊著慵懶看著這邊。看到獅子夫妻後，心滿意足的稔覺得該走了。吸吮的冰棒也早已融化。這時他發現附近還有沒參觀過的小展館，走近一看，原來是小鳥館。窗子的變色龍圖案彩繪玻璃有點破損。

小鳥館內，只有一個背對這邊穿純白馬球衫的男人。

稔嚼著口香糖，仔細打量白嘴比臉還大的犀鳥。不到十坪的室內，充滿刺耳怪異的叫聲，稔感覺和泰山電影中出現的叢林鳥叫聲一模一樣，定睛一看聲音的主人，原來是鸚鵡。小鳥館內最多的就是鸚鵡和鸚哥。紅金剛鸚鵡的彩色翅膀尤其美麗。白鸚鵡們一起向後轉，其中一隻就像敲槌子般正用堅硬的鳥喙專心敲飼料箱背面。

稔來到九官鳥的籠子前。骯髒的黃腳抓著棲木，渾身黑羽只有臉頰是黃色的小鳥張開紅嘴，正猜牠要說什麼，結果牠說的是「早安」。

稔不禁微笑。身旁純白馬球衫的青年也微笑，把臉轉向稔。稔的身高約在青年的眉間，因此青年轉過來的臉略為低垂。兩人的目光交會。眼睛再也離不開。彼此都為對方的美貌驚豔。稔本來在嚼口香糖的嘴巴也靜止了。

「早安。」九官鳥又說。「早安。」青年模仿。稔笑了。

俊美青年的目光離開籠子，點燃香菸，稔也不甘示弱，從口袋取出一盒皺巴巴的外國香菸，接著慌忙吐出口香糖，叼著一根菸。點燃火柴的青年，作勢替他點菸。

「你也抽菸嗎？」

青年愕然問。

「對，不過在學校當然不行。」

「你念哪個學校？」

「N學院。」

「我是——」俊美青年說出某知名私立大學的名稱。

「可以知道你的大名嗎？」

「我叫做稔。」

「那我也只說名字吧。我叫做悠一。」

兩人離開小鳥館，邁步前行。

「你穿大紅色夏威夷衫很好看。」

青年說，稔不由臉紅。

他們聊了很多，稔為悠一的年輕及隨和的對話還有美貌深深折服。他帶悠一去參觀他已看過但悠一還沒看的動物。才過了十分鐘，兩人已親如兄弟。

「這個人也是那個吧。」稔暗想。「不過這麼俊美的人，竟然也是那個，真是太令人開心了。這個人的聲音，笑容，身體的動作，全身，乃至氣味，我全都好喜歡。好想趕快上床。如果是跟這個人，我什麼都願意讓他做，也什麼都肯做。他肯定也會覺得我的肚臍很可愛吧。」——他把手插進長褲口袋，把脹得發疼的那話兒換個方向，讓自己舒坦一點。他發現口袋底部還剩一片口香糖，於是取出扔進口中。

「看過貂了嗎？還是還沒看？」

稔拉著悠一的手，去散發小動物氣味的籠子。他們牽著的手一直沒鬆開。

對馬貂的籠子前，掛著牌子說明這種動物的習性，上面註明「清晨或夜晚，會在山茶樹林中活動，吸食花蜜」。黃色的小貂有三隻，其中一隻叼著鮮紅的雞冠，狐疑地望著這邊。兩人的目光和這隻小動物的目光對上，他們的眼中只有貂，但對方的眼睛不見得是在看人。不過悠一和稔都覺得，比起人類的眼睛，更愛貂的眼睛。

他們的脖子很熱。因為陽光直射而來。雖已逐漸西斜，但陽光還是很烈。稔看著背後。四下無人。才認識三十分鐘的他們很自然地輕輕接吻。稔想，「我現在非常幸福。」這個少年只學過感官慾望的幸福。此刻世界美好，誰也不在，安靜無聲。

獅子的吼聲響徹四周。悠一睜開眼說，

「咦，好像要下午後雷陣雨了。」

他們察覺烏雲已占據半邊天。陽光急速籠罩陰翳。抵達地下鐵車站時，柏油路面落下第一滴黑色水滴。他們搭乘地下鐵。稔擔心被扔下，詢問要去何處。他們在神宮前的車站下車。來到毫無下雨跡象的另一條馬路，搭乘都營電車去悠一以前透過同一所大學的學生得知的高樹町賓館。

稔為那天的感官回憶著迷，開始找藉口疏遠養父。福次郎身上，沒有任何東西足以讓這個少年產生幻想。福次郎很注重與本地居民的來往，如果哪家遭逢不幸，慈悲心腸的福次郎就會包了奠儀立刻飛奔而去，沉默地在靈前靜坐良久，也不在意被其他弔唁賓客敬而遠之。而且他不討喜的瘦削身子，也讓人產生某種不吉利的預感。他實在不放心把帳交給別人管，於是這個臭臉老闆整天坐鎮咖啡店的收銀台，但在這種學生街，這並非明智的生意策略，而且每晚打烊後的一小時，看到他仔細檢查當天營業額的模樣，就連常客想必也會裹足不前。

一板一眼和吝嗇的個性，與福次郎的慈悲心腸形成明顯的對照。紙門如果沒有嚴絲合縫地關緊，或者左右兩側的握把被推到中央，他就忍不住立刻起身去調整。福次郎的鄉下叔叔某次來訪，晚餐叫了炸蝦飯。稔看到養父竟對著正要離去的叔叔索取炸蝦飯費用，不由詫異。

悠一的年輕肉體，和年近四十的福次郎有天壤之別。不僅如此。悠一對稔而言，和無數武打劇男主角、冒險小說中勇敢青年的幻影合而為一。稔曾經夢想過的所有人物，都在悠一的身上找到了。俊輔用悠一當素材夢想一個作品，稔則是用許多故事當素材夢想悠一。

悠一以犀利的動作轉身。在少年看來，就像是年輕的冒險家面對來襲的危難嚴陣以待。稔幻想自己是許多故事主角身邊必然跟隨的少年侍從，是對主人的膽量衷心欽佩，一心想和主人同生共死的純真侍從。所以這與其說是愛情，毋寧是感官慾望的忠實，是幻想的獻身和自我犧牲的快樂，對少年來說是極為自然的夢幻慾望的流露。某晚稔夢見悠一和自己在戰場上。悠一是年輕俊美的士官，稔是美少年勤務兵。兩人同時胸口中彈，擁吻著就此死去。還有一次他夢見悠一是年輕船員，自己是少年水手。兩人登陸某熱帶島嶼時，惡毒的船長下令出航，被遺棄在島上的兩人遭到蠻族攻擊，他們用巨大扇貝做成盾牌，抵擋從葉叢後面射來的無數毒箭。

就這樣，兩人共度的一夜成了神話的夜晚。在他們周遭，帶有龐大惡意的都市夜晚盤旋，惡漢與仇敵與蠻族與刺客，不管哪一種，都巴不得他們倒楣，對他們的死亡大呼快哉，這些人的眼睛正從黑暗的玻璃窗外窺視。稔很遺憾無法在枕下藏著手槍睡覺。萬一旁邊的衣櫃中躲著惡棍，等到夜闌人靜後就把衣櫃門打開一條縫，拿手槍瞄準兩人的睡姿，那該如何是好？對這種幻想毫不在乎已呼呼大睡的悠一，顯然膽識過人。

稔曾經渴望逃離那種莫名的恐懼，現在卻幡然一改，只要置身那種恐懼就感到喜悅，變成甜美故事情節似的恐懼。他每次看到報紙上有走私鴉片或祕密組織的報導，就會當成和自己及悠一有關的案件熱心閱讀。

少年的這種傾向，也漸漸感染悠一。悠一昔日害怕，現在也一樣害怕的那種頑強的社會偏見，對這個愛幻想的少年而言，反而鼓舞他的夢想，只是傳奇的敵意，浪漫的危險，庸俗大眾對正義與高貴的妨礙，蠻族無理由的執拗偏見。悠一見他如此，深感安慰。而且少年這種靈感的泉源正是悠一自己，想到這點，悠一很驚訝自己無形的力量。

「那些傢伙（這是少年對「社會」的唯一稱呼）已經盯上我們了。一定要小心。」這種話被稔當成口頭禪。「那些傢伙巴不得我們死掉。」

「不見得吧。那些傢伙只是漠不關心。只是稍微捏著鼻子從我們身旁走過而已。」——身為年長五歲的老大哥，悠一說出很實際的意見。但這種意見不足以說服稔。

「啐！女人算個屁！」——稔朝一群經過的女學生吐口水。並且刻意朝她們大罵一知半解的性知識。「……女人算個屁，有啥了不起。只不過是兩腿之間藏個骯髒的臭口袋罷了。口袋裡堆的都是垃圾。」

理所當然隱瞞了已婚身分的悠一，微笑聆聽他的謾罵。

之前獨自在夜晚散步的稔，如今和悠一同行。昏暗的街角，到處都潛伏著無形的暗殺者。暗殺者悄無聲息地躡足跟蹤兩人而來。甩掉對方，或者戲弄對方，做出不犯法的回擊，就是稔愉快的遊戲。

「阿悠，你看。」

稔策畫小小的犯罪，以便讓兩人被跟蹤一事更顯得理所當然。他取出嘴裡的口香糖，黏在停在路旁外國人亮晶晶的汽車門把上。然後又若無其事地催促悠一往前走。

某晚，悠一和稔去銀座溫泉的樓頂喝啤酒。少年泰然自若叫了第二杯啤酒。樓頂的夜風極為清涼，他們被汗水黏在背上的襯衫，頓時像斗篷隨風鼓脹。紅色、黃色和水藍色燈籠圍繞昏暗的舞場搖晃，隨著吉他的彈奏，兩三對男女輪流起身跳舞。悠一和稔也忍不住想跳，但兩個男人不方便在此共舞。定睛看著人們的歡愉，逐漸感覺被逼入絕境，於是兩人離席，倚靠樓頂陰暗角落的欄杆。夏夜街頭的燈光即便遠眺也能一覽無遺。南邊有暗影聚落。本以為是什麼，原來是濱離宮公園的森林。悠一伸手摟住稔的肩膀，漠然眺望那片森林。這時森林中央忽然有光芒竄起。起初散開成巨大的綠色圓形煙火，伴隨巨響，接著是黃色，然後是傘狀淡紅色，最後變形消散，恢復安靜。

「那樣真好。」

稔想起偵探小說的一節，如此說道。「如果能把人類都當成煙火射上天殺掉就好了。把世界上礙事的傢伙，一個個都做成煙火殺掉，全世界只剩你我兩人該多好啊。」

「那樣生不出小孩喔。」

「根本不需要小孩吧。我是說如果喔，如果我們結婚生了小孩，等小孩長大了，一定會看不起我們，再不然就是變得跟我們一樣，就這兩種下場。」

最後這句話令悠一毛骨悚然。他感到康子生的是個女孩簡直是眾神庇佑。青年用手掌溫柔抓住稔的肩頭。

稔那少年人特有的柔嫩臉頰及純真微笑的背後，隱藏著如此叛逆的靈魂，往往反而讓悠一原本不安的心找到慰藉，因此這種共鳴首先加強了兩人的肉體關係，其次也培養了友情最樸實的部分、最能讓世人接受的部分。少年豐富的想像力，牽動青年的懷疑自行發展。最後連悠一都開始熱中孩子氣的夢想，某晚甚至認真幻想自己去南美亞馬遜河上游的祕境探險，就此睡意全消。

他們在深夜去東京劇場對岸的船屋搭小船。結果小船早已停靠碼頭，船屋已熄燈，掛著大鎖。兩人只好在碼頭的木板坐下，雙腳在水上晃來晃去抽菸。對岸的東京劇場已經打烊。右方橋樑更遠處的新橋演舞場也已打烊。映在水中的燈光零落，殘餘的暑氣還籠罩那陰暗混濁的水面不肯離去。

稔湊近額頭說，「看，都長痱子了呢。」給悠一看自己額頭上零星發紅的痱子。這個少年，無論是記事本、襯衫、書、襪子，只要身上有新行頭都不忘給戀人看。

稔突然笑出來，悠一望向東京劇場前的河邊陰暗道路，看看是什麼引他發笑。原來是一名穿浴衣的老人，沒抓穩自行車龍頭，連人帶車倒在路上，大概是撞到腰還是哪裡，遲遲爬不起來。

「誰叫他這麼大年紀了還騎自行車。真笨。要是掉到河裡那才更精采呢。」

那快活的笑聲，伴隨黑夜裡格外潔白的殘酷牙齒顯得很美，這時悠一不由感到，稔比想像中更像自己。

「你有固定的朋友吧。老是這樣不在家，虧對方忍得住不吭氣。」

「這大概就是先愛上的人較吃虧吧。而且那人在法律上還是我的養父呢。」

「法律上」這個字眼，從這個少年的口中說出，聽來格外滑稽。

稔接著又說，

「阿悠肯定也有固定的朋友吧？」
「有，不過是老頭子。」
「我要去殺了那個老頭子。」
「沒用的。那傢伙殺也殺不死。」
「為什麼年輕貌美的gay，必然總是某人的俘虜呢？」
「因為那樣比較方便呀。」
「況且對方會替我買衣服，零花錢也是要多少有多少。而且，明明討厭對方，還是會日久生情。」
說到這裡，少年對著河上，用力吐出一大坨潔白可見的口水。
悠一摟著稔的腰，把嘴唇湊近臉頰接吻。
「真討厭。」稔毫不抗拒地一邊接吻一邊說。「每次和阿悠親嘴，那話兒就會立刻翹起來。這麼一來就更不想回家了。」
過了一會，稔說，啊，有蟬。都營電車的轟隆聲經過高架橋後的靜謐中，摻雜夜蟬黏糊著微微顫動不停鳴叫的聲音。這一帶沒有明顯的樹叢。肯定是從哪個公園迷路飛出來的。蟬在河面上低飛，朝著右邊橋旁許多燈蛾飛舞的路燈飛去。
因此那邊的夜空不容分說映入兩人的眼簾，這晚的星空很美，即使面對路燈煌煌反照也不甘示弱。但悠一聞到河水的惡臭，兩人晃來晃去的鞋子，離水面很近。悠一真的很喜歡這個少年，卻不得不感到，兩人像臭水溝的老鼠一樣談戀愛。

某次悠一漫不經心看著東京都地圖，為奇妙的發現失聲驚呼。那晚他和稔並肩凝視的河水，竟與他從前和恭子並肩從平河門內高處俯瞰的護城河水相通。平河門前錦町河岸的河水，在吳服橋左轉，繼而在江戶橋附近匯入支流，沿著木挽町穿過東京劇場前面。

本多福次郎開始懷疑稔。天氣炎熱，某晚輾轉難眠，這個不幸的養父在蚊帳裡一邊翻閱講談雜誌，一邊等待遲歸的稔，腦中充斥瘋狂的念頭。凌晨一點，後門開啟的聲音傳來，接著是脫鞋的聲音。福次郎關掉枕邊的燈。隔壁房間的燈亮了，稔似乎在脫衣服。之後磨蹭了半天，似乎是稔光著身子坐在窗口抽菸。因為可以看見被幽微燈光照亮的淡淡青煙冉冉升上門楣上方的氣窗。

赤裸的稔進入臥室的蚊帳，正想鑽進被窩時。跳起來的福次郎用身體壓住稔的身體。他手裡拿著繩子，綁住稔的雙手。福次郎接著又用剩餘的繩子將他的胸部也綁了幾圈。期間，稔被枕頭堵住嘴，叫都沒法叫。福次郎是一邊綑綁，一邊用額頭抵著那個枕頭堵住少年的嘴。

終於綁妥後，稔含糊不清地在枕下哀求。

「好難受，我快悶死了。我保證不大叫，你先把枕頭拿開。」

福次郎騎在養子身上以免他脫逃，拿開枕頭，右手放在少年的臉頰，以便少年萬一大叫可以立刻堵住他的嘴。他用左手拽住少年的頭髮，邊搖晃邊說，

「老實給我說。你和哪裡的野漢子搞上了，快，給我從實招來。」

稔的頭髮被拉扯，裸露的胸部和雙手被繩子摩擦，痛得不得了。但是聽著這種老掉牙的審

問臺詞，這個愛幻想的少年，沒有幻想悠一趕來拯救他的英姿，而是在思考世故教他懂得的現實手段。稔說，只要福次郎放開他的頭髮他就說。福次郎一鬆手，他就渾身一軟裝死。福次郎驚慌失措地搖晃少年的臉。稔又說，繩子勒住心臟很難受，只要解開繩子他就說。福次郎打開枕邊的燈。解開繩子。稔用嘴唇貼著手腕痛處，垂頭不語。

膽小的福次郎騎虎難下，氣勢已消退一半。見稔口風這麼緊，於是他又想出眼淚攻勢，當著盤腿而坐的裸體少年面前，邊哭邊鞠躬為自己的暴行道歉。少年雪白的胸脯上，留下淡紅色斜條繩印。想當然耳，如此戲劇化的拷問最後也含糊地不了了之。

福次郎害怕自己的底細被發現，始終下不了決心找徵信社調查。從隔天晚上起，他丟下店裡的生意，又開始跟蹤愛人。但他並未打探到稔的行蹤。於是他拿錢給店裡的服務生，委託這個心腹去跟蹤。這個機靈的忠心手下，把稔的同伴的相貌、年齡、裝扮，乃至被稱為「阿悠」的細節全都調查出來，得意地向他報告。

福次郎去了很久沒去的各家圈內酒館。以前認識的人，如今也不改這種惡習照樣出入，因此他把那樣的熟人帶出去，在別的安靜咖啡店和酒館打聽「阿悠」的身分。

悠一一直深信自己的底細只有小範圍的人知道，其實在這個沒有其他話題、熱愛打聽八卦的小圈子，關於他的詳情早已人盡皆知。

中年的男同志嫉妒悠一的美貌。他們當然也不吝於愛悠一，但這個青年無情的拒絕，令他們由愛生嫉。不如悠一俊美的年輕人們也是如此。福次郎輕易蒐集到大量資料。

他們很饒舌，充滿女性化的惡意。對於自己不知道的資料，他們發揮偏執的善心，主動替福次郎介紹知道其他資料的夥伴。福次郎見了那個男人。結果那個男人又介紹另一個雞婆饒舌的男人。福次郎就這樣在短期間見了十個陌生男人。

悠一如果知道了想必會很驚訝，別說是他與鏑木伯爵的關係了，就連他和那麼注重社會名聲的河田的關係，都被徹底洩漏。福次郎將悠一的姻親關係乃至住址、電話號碼都調查得清清楚楚，回到店裡後，就開始動腦筋思考膽小鬼會採取的卑鄙手段。

# 第二十八章　晴天霹靂

打從悠一的父親還在世時，南家就沒有別墅。無論是避暑還是避寒，父親都討厭被綁在一個地方，因此忙碌的父親總是留在東京，母子倆自己去輕井澤、箱根等地的飯店度過夏天，週末時父親再來看他們，這樣已成慣例。輕井澤也有很多熟人，在那裡度過的夏天很熱鬧。但母親從這時已察覺悠一愛孤獨的癖好。俊美的兒子雖然年輕力壯，但是比起整天忙於交際的輕井澤，似乎更想去不會碰到熟人的上高地避暑。

戰事漸趨激烈後，南家也沒有急著去外地疏散避難。一家之主對這種事並不在乎。空襲開始的數月前，昭和十九年夏天，悠一的父親在東京的家中驟逝。死因是腦溢血。堅強的未亡人，對周遭的勸告充耳不聞，護著亡夫的牌位，堅守東京的家。或許燒夷彈也對她這種意志力敬畏有加，房子沒被燒毀就迎來了終戰。

如果有別墅，或許就能高價出售，用來熬過戰後的通貨膨脹。悠一父親的財產，除了現在的房子，包括動產、有價證券、存款等，在昭和十九年有兩百萬。失偶的母親，為了應急只顧著把比較值錢的珠寶賤價賣給掮客已經六神無主，幸好父親有個老部下深諳那一行，在此人幫忙下，以盡可能對他們有利的方式解決財產稅的問題，存款也透過有價證券等巧妙的操作，成功度過通貨緊急措施下的難關，因此經濟大致穩定後，還能留下七十萬的銀行存款，悠一也在這段非常時期培養出了理財才能。後來那位好心的建言者也和父親同樣的病症過世。悠一的母親安心地把家計交給老女傭。這個好脾氣的女傭在會計方面的無能簡直脫離時代，正如前面也提過的，悠一察覺她的溫吞造成的危機時大吃一驚。

因此戰後的南家始終沒有避暑的機會。在輕井澤有別墅的康子娘家招待他們去避暑，令悠一的母親很開心，但哪怕只是一天，她也不敢離開主治醫生待的東京，這種恐懼輕易戰勝了開心。最後她對小夫妻說，還是你們兩個帶著孩子去吧。因為母親是用異常落寞的神情說出這種自我犧牲的提議，因此孝順的康子說，留下生病的婆婆他們也不放心去，這個正中婆婆下懷的答覆令婆婆很高興。有客人來時，康子會準備電風扇和冰毛巾以及冷飲招待。婆婆嘴上總是滿口稱讚兒媳的孝心，讓康子臉紅，之後又怕客人以為這種場面只是婆婆自私的表現，於是想出還是讓新生兒適應東京炎熱的夏天比較好這種不合理的藉口，如此聲明。溪子流汗會長痱子，因此經常給她抹痱子粉，弄得嬰兒就像白色麥芽糖。

至於悠一，照例基於不想靠妻子娘家照顧的獨立心態，反對接受避暑的招待。一家人之中還算是稍有政治手腕的康子，將她對丈夫的這種順從，偽裝成對婆婆的孝心。

一家人安穩過著夏天。溪子的存在令人忘記酷暑。但是還不會微笑的嬰兒，始終像小動物一樣保持嚴肅的表情。打從滿月時，就開始對五顏六色的風車轉動或搖鈴玩具單調的聲音表現出極大的興趣。親友送來的賀禮中有個漂亮的音樂盒，這下子派上了用場。

音樂盒是荷蘭做的玩具，造型模擬前院開滿鬱金香的古雅農家。打開音樂盒中央的門，就有穿著荷蘭服裝和白色圍裙，手上拿著澆花水壺的人偶緩緩出現，在門框處靜止。而且在門扉開啟的期間會響起音樂，那大概是荷蘭民謠，是陌生的鄉村曲調。

康子喜歡在通風良好的二樓給溪子聽音樂盒。夏日午後看不下書的丈夫，也會加入這對母女的娛樂。這種時候，就連吹過院子樹木而來，從南到北貫穿房間的風，似乎都感覺格外涼爽。

「她聽得懂吧。喏，你瞧，小耳朵都豎起來聽。」

康子說。悠一目不轉睛看著嬰兒的表情。「這個嬰兒只有內在世界……」他想。「幾乎還沒有意識到外界。說到外界，只有肚子餓時被塞到嘴邊的母親乳頭，或者白天與黑夜模糊的光線變化，風車優美的轉動，搖鈴玩具或音樂盒單調柔和的音樂而已。但她的內在就不同了，看到沒有！人類開天闢地以來的女性本能和歷史、遺傳基因被壓縮，之後就如水中花，只剩下在環境的水中擴大、開花的任務。……我要把這小傢伙培養成女人中的女人，美女中的美女。」

在固定時間餵奶的科學育兒法近來已退燒，因此溪子一哭鬧，康子就立刻餵奶，敞開單薄的夏季洋裝前襟，露出的乳房碩大美麗，白皙敏感的皮膚上，一條青色的靜脈顯得格外清冷。但是掏出的乳房總是像溫室熟透的果實帶著汗水，康子用沾了稀釋硼酸水的紗布消毒乳頭前，不得不先拿毛巾擦汗。不等乳頭送到幼兒的唇邊已滲出乳汁，康子總是為奶水過剩而煩惱。

悠一看著那乳房，看著窗口浮現夏雲的天空。蟬聲不絕，甚至往往令聽者忘記那種嘈雜。溪子吃完奶，在蚊帳中睡著了。悠一和康子相視而笑。

悠一突然感到自己被狠狠撞開。這不就是所謂的幸福嗎？抑或，這只不過是看到之前害怕的東西悉數到來，達成，在眼前存在，帶來無力的安心感？他大受衝擊，當下呆住了。一切結果呈現的外表之明確與若無其事令他愕然。

幾天後，母親突然身體不適，而且往常在這種時候都會請醫生來家裡的她，這次竟然頑固地拒絕治療。這個饒舌的老寡婦，幾乎整天不開口，可見是真的出大事了。當晚，悠一在家用餐。看到母親糟糕的臉色，強顏歡笑時的僵硬表情，以及毫無食慾的樣子，他特地取消外出。

「今晚怎麼不出門了？」母親對一直在家磨蹭的兒子故作快活說。「不用擔心我的身體。我沒生病。最好的證據，就是我自己的身體我最清楚，況且如果真的覺得不對勁我早就請醫生來了，不用跟誰客氣。」

但孝順的兒子還是不肯出門，因此隔天早上聰明的母親改變戰略。一大早她就看似愉快。

「昨天也不知是怎麼了。」她不顧禮節刻意大聲對阿清說。「昨天那樣，或許只是證明我還沒脫離更年期吧。」

昨晚她幾乎徹夜未眠，失眠造成的亢奮狀態，以及經過一晚好歹找回的一絲理性，讓她成功演出這場戲。晚餐後悠一安心出門了。果敢的母親立刻命令心腹阿清替她叫輛出租車。又附帶一句，「等上車之後我再告訴司機去哪裡。」她制止準備同行的阿清，說道：

「妳不用陪我。我一個人去。」

「可是，老夫人……」

阿清大吃一驚。悠一的母親自從生病以來，很少獨自外出。

「我一個人出門有那麼稀奇嗎？別把我當成皇太后陛下。康子生產時我自己去醫院，還不是好端端的什麼事都沒有。」

「可是那時是因為沒人在家，而且我記得當時您自己也向我保證過，再也不會獨自出門。」

聽到女主人和傭人的這番爭執，康子憂心忡忡現身婆婆的房間。

「媽，我陪您去吧。如果您覺得阿清陪您去不方便的話。」

「不用了，康子，妳別擔心。」——她說話的聲音充滿感情異常慈愛，簡直就像對親生女兒說話。「為了妳死去公公的財產，我得去見一個人。這種事我不想告訴悠一，如果在我回來之前悠一就回來了，妳就告訴他是老朋友開車來接我。如果是我回來之後悠一才回來，那我什麼都不會說，妳和阿清也要小心，千萬別說溜嘴提到我曾經外出。唯獨這點妳要答應我。我自有我的計畫。」

這樣做出不容分說的宣言後，她就匆忙坐上出租車出門，過了兩小時又原車返回。一臉倦容地去睡了。悠一深夜才回家。

「媽怎麼樣？」悠一問。

「看起來很好。比平時提早就寢，九點半就睡了。」——對婆婆忠心耿耿的妻子回答。

隔天晚上悠一出門後，母親立刻又叫出租車準備外出。第二晚，一切都在讓人難以親近的沉默中進行，阿清遞上銀製水渦圖案腰帶扣，不安地仰望女主人用粗暴的動作一把搶過。但這個不幸的母親，眼中閃爍不祥的熱情，打從一開始就沒把好脾氣又無能為力的女傭放在眼裡。

她連續兩晚都去有樂町的魯東，等待悠一現身以作為唯一證據。前天收到的那封可怕的匿名信中，勸告收信人自己去信中地圖指示的可疑店家，親眼確認悠一本人在店內現身，以證明密告並非騙人。她決心一切都自己搞定。襲擊一家人的不幸根源無論有多麼深刻，那也是母子之間該解決的問題，不能累及康子。

另一方面，魯東也為連續兩晚出現的奇怪客人而驚訝。江戶時代的男妓不僅接同性戀客人，通常也接待寡婦，但在現代，早已遺忘那種習慣。那封信中也教了很多該店奇特的風俗和暗語。付出無限努力後，南家寡婦這才成功偽裝成打從一開始就熟知內情的客人。她絲毫未流露驚訝，舉止頗為爽朗。前來打招呼的老闆，被老婦人高雅的風範和灑脫的應對吸引，不禁放下戒心。最主要的是，這個中年女客人出手闊綽。

「還真有這種好奇的客人呢。」魯迪對少年們說。「反正她都那麼大年紀了，對一切都很內行，而且個性似乎也平易近人，若是她那樣的人，其他客人也可以安心去玩不用顧忌了。」

魯東的二樓，起初也有女人陪酒，後來魯迪改變方針把女人趕走了。如今一入夜，二樓就有男同志相擁起舞，或是男扮女裝的少年半裸表演舞蹈。

第一晚，悠一並未現身。第二天晚上，滴酒不沾的寡婦下定決心要等到悠一出現為止，大方地請坐檯的兩三名少年喝酒吃東西。等了三、四十分鐘，悠一還是沒出現。忽然有一個少年說的話，令她豎起耳朵。少年是這麼對朋友說的，

「不知是怎麼搞得，這兩三天阿悠都沒來。」

「你好像很擔心啊。」少年的朋友揶揄。

「我才不擔心呢。阿悠和我已經毫無關係了。」

「你嘴上倒是說得好聽。」

南家寡婦不動聲色地問，

「這個阿悠好像很有名啊？聽說他長得非常俊美。」

「我有照片喔。您要看嗎？」起初說話的少年說。

少年費了一番功夫才取出照片。因為他從白色服務生制服內袋取出的，是一疊沾了灰塵的骯髒紙片。其中包括名片、摺痕已經磨得破破爛爛的紙片、幾張一圓鈔票、電影院的節目單等等亂七八糟疊成一束。少年屈身對著桌燈一張張仔細查看。不幸的母親終究沒那個勇氣陪著一張張檢閱，索性閉上眼。

「請保佑照片中的青年只是一個長得和悠一不像的男人。」她在心底默禱。「那樣的話還能留下幾分懷疑的餘地。還能享受片刻偷安。那封不祥來信的任何一行（只要沒有證據），我就可以相信那只是誣陷他人的連篇謊話。請保佑照片上的人只是陌生人。」

「找到了，找到了。」少年大喊。

南家寡婦的老花眼移向桌燈下，朝她接過來的名片型照片望去。照片的紙面反光有點看不清。某種角度下，可以看清俊美青年穿著白色馬球衫微笑的臉孔。那是悠一。

那是幾乎窒息的痛苦瞬間，因此母親徹底失去在這裡見兒子的勇氣。堅持到此刻為止的堅忍意志力也同時受挫。她失魂落魄地將照片還給少年。她已經沒有力氣微笑或說話。

樓梯響起腳步聲。又有客人來了。察覺那是年輕的女人，在卡座擁吻的男人們急忙分開。女人看到悠一的母親後，神色嚴肅地走近。「媽。」女人說。南家寡婦大驚失色，仰望女人。是康子。

婆媳倆迅速展開的對話很可悲。婆婆問她怎麼會來這裡。媳婦沒有正面回答。只是催促婆婆回家。

「可是……我沒想到會在這種地方見到妳……」
「媽，先回去吧。我是來接您的。」
「妳怎麼知道我在這裡？」
「我待會再告訴您。總之先回去吧。」
兩人匆匆結帳離店，坐上母親事先讓司機在街角等候的出租車。康子是搭計程車來的。南家寡婦癱在車座上，緊閉雙眼。車子發動了。淺坐在座椅邊上的康子，護著婆婆的身子。
「天啊，您滿頭大汗。」
康子說著，拿手帕替婆婆擦拭額頭。寡婦終於微微睜眼，說道：
「我懂了。妳看了那封寄給我的信吧。」
「我怎麼可能做那種事。今早我也收到一封很厚的信。這才猜到您昨晚的去處。今晚我想您肯定也不肯讓我同行，因此我才隨後追來。」
「妳也收到了同樣的信嗎？」
寡婦發出飽受苦惱折磨的人短促的吶喊。她哭著說，「康子，對不起。」這無來由的道歉與嗚咽，深深打動康子，她也跟著哭了。兩個女人在車子抵達家門前，就這麼哭著互相安慰，沒有進行任何觸及重點的對話。
回到家，悠一還沒回來。寡婦本想獨自解決此事的真正動機，與其說是堅強地不願累及兒媳，其實是無顏面對兒媳這個外人，因此這種羞愧一旦與眼淚共同粉碎，康子這個唯一的祕密共享者，同時也成了她無可取代的助手。兩人立刻把阿清打發，躲在偏屋的一室比對這兩封來信，但是對那卑鄙的匿名來信者的憎惡，還需要一點時間才會在兩人內心萌生。

兩封信是同樣的筆跡。內容也完全一樣。錯別字很多，文章極為拙劣。不時似乎還可看出寫信人故意扭曲自己字體的跡象。

信中指稱自認有義務報告悠一在外的行為。並且指控悠一是「道地的冒牌貨」丈夫，他「絕對不愛女人」。悠一不僅「欺瞞家庭，矇騙世人」，而且破壞他人幸福也不以為意。他雖是男人卻自甘成為男人的玩物，曾是鏑木伯爵的favourite，現在是河田汽車公司社長的男寵。不僅如此。這個美麗的天之驕子，不斷背叛這些年長愛人的眷顧，愛上數不清的年少愛人又隨即拋棄。受害人數只會多於百人，不會比這數目少。信中並且「為謹慎起見順帶聲明」，那些年少愛人都是同性。

信中也指稱悠一還開始搶奪別人的東西取樂。一個男寵被他搶走的老人為此自殺。這封信的寄信人也是同樣的受害者。寄出這種信的心情，也是迫不得已，希望收信者諒解。

如果對這封信有懷疑，對正確的證詞有疑問，可於晚餐後親自前往下列餐廳，親眼確認信中所言是真是假。悠一想必也經常現身該店，所以只要在那裡見到悠一，就能證明以上報告絕無虛言。

信中內容大意如上，緊接著畫出標明魯東位置的詳細地圖，兩封信也都同樣詳細列舉出造訪魯東的客人應有的基本常識。

「您在那間店見到阿悠了嗎？」康子問。

老寡婦起初還打算瞞著照片的事，此刻卻不由自主和盤托出。

「雖然沒見到人，卻看到照片。那裡看起來就很沒教養的服務生珍藏著悠一的照片。」

說完，她才極為後悔，像要辯解似地補充，

「……不過，總之我並未見到他本人。還不能全盤推翻這封信的疑點。」

雖說如此，她焦躁的眼神卻出賣了話語，道出她一點也不認為那封信有疑點。

南家寡婦突然察覺，與自己促膝商談的康子，臉上毫無驚慌不安的神色。

「妳倒是意外地鎮定呢。真不可思議。妳可是悠一的妻子。」

康子做出抱歉的樣子。她怕自己的冷靜態度會讓婆婆難過。婆婆又說，

「我認為這封信不見得都是謊話。如果是真的，妳能無動於衷？」

對這充滿矛盾的質問，康子做出荒謬的回答，

「是。不知為何，我就是那樣覺得。」

寡婦沉默許久。最後垂落眼皮說，

「那是因為妳不愛悠一吧。不過，可悲的是，現在誰也沒資格指責妳這點，反倒必須慶幸那是不幸中的大幸。」

「不。」康子用聽來幾乎充滿喜悅的果決口吻說。「不是那樣，媽。正好相反。所以反而……」

寡婦在年輕的兒媳面前畏畏縮縮。

隔著竹簾拉門傳來溪子在臥室的哭聲，康子連忙起身去餵奶。悠一的母親獨自待在偏屋的四坪房間。蚊香的氣味累積不安，如果悠一現在回來了，母親恐怕會進退失據。去魯東時那樣

急著見到兒子的母親，現在卻比什麼都害怕見到兒子。她盼望著，兒子今晚要是在哪個不正經的地方過夜，不會回來該多好。

南家寡婦的苦惱是否基於道德的苛責還是個疑問。無視於教導人們態度果決的道德判斷，以及看似儼然的道德煩惱，在這只不過是因為一般概念及社會常識被顛覆而產生的迷惘中，連她天生的溫柔善良都消失了，只有厭惡與恐懼先出現。

她閉上眼，回想這兩晚見到的地獄情景。除了一封拙劣的匿名信，過去她對那裡發生的現象毫無任何概念。難以形容的詭異、恐怖、噁心、醜陋、令人悚然的不快、作嘔的違和感，激發一切感官厭惡的現象就在那裡。而且店內的員工和客人，始終保持人類平常的表情、過日常生活時的坦然表情，形成極為不快的對比。

「那些人做出那種醜事還自以為理所當然。」她氣憤地想。「顛倒陰陽的世界是何等醜陋！不管那些變態怎麼想，正確的都是我，我是不會看走眼的。」

這麼想時，她連骨子裡都是貞節烈女，純潔的心從來沒有表現得這麼貞節。當人人堅持相信，並且作為生活支柱的各種觀念可能被汙辱時，不用想也知道肯定會斷然起身尖叫，世間安分的男人十之八九都屬於這種貞節烈女型。

她從未像此刻這麼心慌意亂，也從未像此刻這樣被自己過往數十年的人生鼓舞自信。判斷反而簡單。和可怕同時冒出的那個異樣滑稽的字眼「變態性慾」，就能解釋一切。但這種良家婦女不該提及、像毛毛蟲一樣噁心的字眼，和自己的兒子有直接關聯，這個可悲的母親假裝忘記。

看到兩個男人接吻，老寡婦很想吐，不願正視。

「如果有教養，怎麼可能做得出那種舉動！」

「變態性慾」這個字眼的滑稽，和滑稽得無從選擇的「教養」這個字眼浮現心頭後，南家寡婦長年沉睡的驕傲覺醒了。

她接受的教養，堪稱良家婦女的最高範本。她的父親屬於明治時代的新興階級，像愛勳章一樣愛「高尚」。在她的娘家，一切都很高尚，連狗都看起來高尚。就連自家人在自家餐廳吃飯時，讓家人幫忙拿遠處的醬汁都要先說聲「不好意思」。南家寡婦成長的年代並非安穩的時代，卻是偉大的時代。她出生未久就目睹日本在甲午戰爭的勝利，十一歲時又碰上日俄戰爭的勝利。在她十九歲嫁入南家之前，父母一直很保護這個感受性敏銳的少女，在自己生長的時代與社會，除了安定度極高的「高尚」道德力以外，沒必要依靠任何東西。

婚後長達十五年都沒生出孩子，面對當時還活著的婆婆，她始終感到抬不起頭。直到悠一出生，她才鬆了一口氣。至此，她信奉的「高尚」內容也產生變化。因為悠一的父親打從大學時代就拈花惹草，婚後這十五年來，也過得相當自由奔放。悠一出生時，她最安心的就是不用將丈夫在野女人身上播的種帶回家記在名下了。

她首先遇上的就是這種人生，但是對丈夫無止境的敬愛，和天生的驕傲輕易取得妥協，她學會了新的愛情態度，用寬恕取代容忍，用包容取代屈辱。這才是「高尚」的愛。她感覺這世上沒有自己不能寬恕的東西。至少除了「低俗」之外！

偽善一旦涉及品味上的問題，大事雖然能夠瀟灑閃避，但另一方面，在小事情上卻會顯示道德上的挑剔，南家寡婦對魯東店內氛圍的厭惡，和單純視為低俗品味抱以輕蔑的態度，一點也不矛盾。換言之，因為那是「低俗的」，所以她無法寬恕。

就這樣的過程看來，也難怪平時溫柔的她，完全無法同情兒子。而且南家寡婦不由驚訝，這種純粹只值得厭惡、沒教養又低俗的事情，居然和震撼自身最深層部分的苦惱與眼淚有直接關聯。

餵完奶，哄溪子睡著後，康子回到婆婆這邊，

「我今晚還是不見悠一了。」婆婆說。「該說的話，我明天跟他說。妳也去睡吧。這種事情就算想來想去也沒用。」

她喚來阿清。南家寡婦異常性急地催阿清替她鋪床準備就寢。就像是被什麼東西追趕。只要進了被窩，她有自信今晚基於極度疲勞，一定會像爛醉的人因酒精而貪睡那樣，忘卻苦惱陷入沉睡。

＊　＊　＊

夏天時，南家會把用餐地點改至涼爽的房間。隔天也是一大早就很熱，因此母親和悠一夫婦，在簷廊一角伸出的露天陽臺桌椅享用冰果汁和雞蛋、麵包。早餐期間，悠一總是只顧著看膝上攤開的報紙，今早也在那報紙上如冰霰簌簌掉落吐司的碎屑。

早餐結束。阿清端茶來，收拾桌上的東西後就退下。

人如果想太多，往往反而會採取笨拙的行動，但是看到南家寡婦幾乎堪稱粗魯地把兩封信遞到悠一面前，康子心潮澎湃地低下頭。信被報紙擋住，悠一看不見。母親只好用手裡的兩封信去戳報紙背面。

「別看什麼報紙了。我們收到這樣的信。」

悠一不以為意地把報紙摺起放到一旁的椅子上，看著母親遞出信函的手在發抖，以及似乎緊張過度泛起淺笑的臉孔。他看到收件人那一欄寫著母親和妻子的名字，又把信封翻到背面，看著未寫寄信人姓名的空白。他取出厚厚一疊信紙打開，又把另一封信的信紙也取出。母親用煩躁的口吻說，

「內容完全一樣，寄給我的和寄給康子的都一樣。」

開始看信後，悠一的手也發抖了。他邊看，邊拿手帕頻頻擦拭失去血色的額頭汗水。他幾乎沒仔細看信。密告的內容想也知道。他更費神苦思的是該如何粉飾這個局面。這個不幸的年輕人，嘴邊浮現假裝苦笑的笑意，鼓起勇氣正視母親。

「搞什麼，莫名其妙，這種無憑無據的卑鄙來信……我是遭人嫉妒，才會遇到這種事。」

「不，我親自去過信上寫的低俗咖啡店了。而且親眼在那裡見到你的照片。」

悠一啞然。慌亂的心，沒有看穿母親雖表現出如此強烈的語氣和狂亂的表情，其實距離兒子的悲劇很遙遠，那股怒氣，更近似責怪兒子打的領帶品味低俗時的怒氣。性急的他，在母親的眼中看到「社會」。

……康子開始沉靜落淚。

這個平日不想讓人看到眼淚，習慣為愛容忍的女人，如今明明一點也不難過卻哭了，連她自己也很訝異。而且以往從不在人前掉眼淚，是怕被丈夫嫌棄；此刻的眼淚，卻是知道必須拯救這種窘境下的丈夫，不知不覺就流下了。她的生理為愛受過訓練，甚至可以為愛功利地運作。

「媽，您別再說了。」

康子在婆婆耳邊，用陰鬱的聲音如此迅速說完後就起身離席。她幾乎是用跑的離開迴廊，去了溪子睡覺的房間。

悠一依然啞口無言，動也不動。不管怎樣，現在必須立刻採取行動。他將桌上胡亂重疊的十幾張信紙大聲撕碎。把撕碎的信紙揉成一團塞進白底碎紋浴衣的袖子。他在等待母親的反應。但母親支肘撐著桌面，手指撐著低垂的額頭文風不動。

過了一會，先開口的是兒子。

「媽妳是不會懂的。如果妳覺得這信上寫的全是真的，那也無所謂。不過……」

南家寡婦大喊，

「你這樣叫康子怎麼辦？」

「康子？我愛康子。」

「可你不是討厭女人嗎？因為你只愛沒教養的小男孩，有錢的老先生和中年男人。」

兒子被一點也不溫柔的母親嚇到了。其實母親的震怒，是針對與兒子的血脈相連，換言之，

一半是針對她自己，因此似乎禁止自己流下溫柔的淚水。悠一暗想，
「當初逼我和康子結婚的不就是母親嗎？現在把一切都怪到我一人頭上未免太過分了。」
對病弱母親的同情，讓他說不出這樣的抗辯。他用斬釘截鐵的語氣說，
「總之我愛康子。只要能證明我也喜歡女人就行了吧。」
沒有仔細聽這番辯解的母親，用近似脅迫的譫語回應：
「……不管怎樣，我得盡快去見河田先生。」
「不能做那麼低俗的舉動。河田先生八成會以為是敲詐。」
兒子的這句話效果強烈。悲哀的母親咕噥著莫名其妙的話語，丟下悠一逕自離去。

早餐的餐桌前只剩悠一一人。他面前有掉落一些麵包屑的清潔桌布，樹梢篩落的碎陽和蟬聲洋溢的院子。除了讓右邊袖子沉重的紙團，這是個安詳晴朗的早晨。悠一點燃香菸。捲起漿得筆挺的浴衣兩邊袖子，當胸環抱雙臂。每次看到自己青春洋溢的手臂，他總會對自己的健康感到誇大的自豪。胸口有種被沉重木板壓著的窒息感，心跳比平時急促。但這種窒息感，和期待歡愉的窒息感幾乎難以分辨，這種不安，甚至是開朗的。他捨不得抽完一支菸。如此暗想，
「至少，我現在一點也不無聊了！」
悠一尋找妻子。康子在二樓。因為音樂盒的音樂從二樓隱隱傳來。
通風良好的二樓一室，溪子躺在蚊帳中，愉快睜大的眼睛，望著音樂盒。康子微笑迎接悠

一，但這種不自然的微笑，丈夫並不喜歡。悠一上二樓時打開的心扉，看到這種微笑又關上了。

漫長的沉默後，康子說，

「……那封信，我其實壓根不在意。」——她笨拙地解釋。「我，我只是很同情你。」

這句同情是用最溫柔不過的語氣說出，因此光是這樣就已深深傷害年輕人。他向妻子期待的，是爽快的蔑視而非認真的同情，所以受傷的自尊心，一反剛才信誓旦旦對母親說出的證詞，此刻甚至有可能對妻子無緣無故展開報復。

悠一需要援手。腦海立刻浮現的是俊輔。但是想到會演變成這種局面，俊輔也得負一部分責任，恨意就抹消了這個名字。他看著放在桌上，兩三天前才剛看過的京都來信。悠一想，還是叫鏑木夫人來吧，現在能夠幫我的只有夫人。於是他立刻脫下浴衣，準備出門去發電報。

來到戶外，人跡寥落的路面反光很強烈。悠一是從後門出來的。大門那邊，可以看見有個人影遲疑著要不要進去。人影一度進入門內。隨即又出來。似乎在等待這家人外出。

當那個矮小的男人把臉轉向這邊時，悠一認出那是稔，不禁嚇了一跳。兩人跑向對方握住彼此的手。

「你家收到信了吧？我是說奇怪的信。我發現那是我家老頭寄的。我覺得很對不起你，所以衝出家門就來找你了。老頭似乎雇用間諜跟蹤我。我們的事，他全都調查得一清二楚。」

悠一並不驚愕。

「我也猜是這樣。」

「我有話跟阿悠你說。」

「這裡不方便。附近有個小公園。去那邊說吧。」

悠一強裝出年長者應有的冷靜，抓著少年手肘催促。兩人一邊迅速吐露彼此即將面臨的危難一邊加快腳步。

附近的N公園本來是N公爵宅邸的部分庭園。二十幾年前，公爵家將廣闊占地分割出售時，環繞池塘的斜坡庭園一角，被當作公園保留下來捐贈給本區。

池面覆滿盛開睡蓮的風景很美麗，但是除了兩三個捉蟬的小孩，夏日近午時分的公園不見人影。兩人在面對池塘的斜坡松蔭坐下。久未整理的斜坡草地上，到處散落紙屑和橘子皮。破報紙卡在池畔灌木叢中。日落後，小公園擠滿來乘涼的人們。

「你要跟我說什麼？」——悠一問。

「欸，事情既然已經這樣，我一天都不想再待在那老頭身邊了。我打算離家出走。阿悠，你要不要跟我一起逃？」

「一起……」悠一遲疑了。

「你擔心沒錢？如果是錢的問題，不用擔心。你瞧，我有這麼多錢。」

少年微張著嘴，神情認真，摸索著解開長褲屁股口袋的扣子。他取出的，是一疊仔細包裝的鈔票。

「你拿拿看。」少年把鈔票放進悠一的手，說道。「拿起來沉甸甸的吧？足足有十萬圓呢。」

「這筆錢是哪來的？」

「我撬開老頭的保險櫃，把現金全都拿出來了。」

悠一看到這一個月以來和少年共同夢想的冒險，出現悲慘又小家子氣的結局。他們與社會為敵，夢想著大膽的行為及探險，英雄式的惡行，與戰友並肩面對明日之死的悲壯友情，明知將以失敗告終的感傷政變，以及種種悲劇的青春。他們知道自己的美，所以也知道兩人只適合悲劇。祕密組織令人毛骨悚然的殘虐私刑，被野豬殺死的阿多尼斯[1]之死，惡人的詭計，把他們關在其中眼看著水位逐漸上升的地下水牢，在洞窟王國生死未卜的考驗儀式，地球的滅亡，犧牲自身拯救數百位戰友的戲劇化機會等等，總之他們相信充滿危險的光榮正等著他們。這樣的悲劇結局，才是最適合青春的唯一結局，如果錯過那種悲劇結局的機會，青春本身就得死。若和青春之死的難耐相比，肉體之死又算什麼。正如無數青春（因為活在青春當下，就是不斷的壯烈死去），他們的青春也總是夢想著新的破滅。面臨死亡的美麗年輕人想必會莞爾一笑。

……這種夢想的結局，如今已出現在悠一面前，但那既不光榮，也沒有死亡的氣息，只不過是市井之間的一樁小事。這樁像陰溝臭老鼠般骯髒的小事件，或許會上報紙。刊出像方糖那麼小塊的報導……。

「這個少年夢想的，果然也是女人那種安穩的生活。」悠一很失望，他暗想。「他想用偷來的錢私奔，兩人找個地方相依為命過日子。唉，要是這傢伙有膽量殺了他家老頭就好了！那樣的話，我一定會在這少年面前屈膝跪倒。」

1 阿多尼斯，希臘神話中掌管春季植物之神，相貌俊美。

悠一詢問另一個自己——有家室的年輕丈夫。當下決定了自己該採取的態度。和那種悲慘的結局相比，偽善似乎好太多了。

「這玩意可以先交給我保管嗎？」悠一把鈔票塞進外套內袋說。少年兔子似的眼睛浮現純真的信賴，回答道：「可以啊。」

「我要去郵局辦點事。你要一起去嗎？」

「我哪都跟你去。我的身體都已經給阿悠了。」

「真的嗎？」他像要確認似地說。

在郵局，他發了「有急事，盼速來」這樣一封像小孩撒嬌的電報給鏑木夫人後，悠一叫了計程車，讓稔上車。稔半帶期待地問他要去哪裡，悠一攔下計程車時就已低聲交代司機去處，沒聽見的稔還以為兩人接下來要去豪華大飯店投宿。

看到車子駛近神田，少年就像逃出柵欄的羊又被帶回柵欄前似地慌了手腳。悠一說，一切交給我，我不會害你的。悠一毅然的語氣，似乎令少年突然想到什麼，報以一笑。少年以為，這個英雄現在肯定是要動用武力去復仇。

少年想像老男人醜陋的死狀，開心得渾身發抖。悠一在稔身上夢想的，稔也在悠一身上夢想著。他幻想悠一揮刀。面無表情地割斷老頭的頸動脈。想到殺人者在那瞬間的美麗，稔眼中的悠一側臉，簡直完美如神祇。

車子抵達咖啡店前。悠一下車。稔跟著下車。盛夏正午的學生街，行人寥落，一片冷清。

橫越馬路的兩人，在日正當中的陽光下幾乎沒有影子。稔得意洋洋地抬眼環視周遭二樓和三樓的窗戶。從窗口不經意看著路上的人，肯定沒想到這兩人是正要去殺人的年輕人。所謂的大事，總在這種光明正大的時刻進行。

店內生意閒散。習慣戶外光線的眼睛頓時發黑。看到兩人走入，坐在收銀台椅子上的福次郎倉促起身。

「你跑去哪裡了？」他像要揪住稔似地質問。

稔坦然自若地把悠一介紹給福次郎。福次郎的臉色變得蒼白。

「我想跟你談一下。」

「去裡面說吧。這邊請。」

福次郎把收銀台委託給其他服務生。

「你在這裡等著。」悠一叫稔在門口等候。

悠一老老實實從內袋取出那包鈔票交給福次郎，令福次郎目瞪口呆。

「稔說是從府上的保險櫃取出的。我收下了，現在原封不動歸還。我想稔也是走投無路才那樣做，請不要責怪他。」

福次郎始終沉默，疑惑地望著俊美青年的臉。這時福次郎的盤算很怪異。對於自己用那麼卑鄙的手段傷害的對象，福次郎竟然一見鍾情。於是他情急之下想出愚蠢的手段，他想把最近的一切和盤托出任由對方責問，他認為讓對方理解自己舉世罕有的「善良無害」才是最快的辦法。首先得道歉。至於臺詞，打從昔日的說書及民謠小曲就已有很多這種最佳題材。大哥，您厲害，是我輸了，見識到大哥的開闊心胸，我真恨自己的小家子氣，隨您要打要罵都行，您儘管教訓我吧……諸如此類。

福次郎在演這場大戲之前，有件事必須先解決。既然收了錢，就得點一下。保險櫃有多少錢他向來瞭如指掌，他得算算金額對不對。但是十萬圓的巨款不是一下子數得完的。他把椅子拉到桌邊，對悠一稍微點個頭，然後解開包裹，開始專心數鈔票。

悠一看著小商人用熟練的指法數鈔票。這種小家子氣的指法，有種超越他們的戀情和告密、偷竊的悲慘真摯。數完鈔票，福次郎雙手放在桌面，對悠一又是鄭重一鞠躬。

「金額沒錯吧？」

「對，沒錯。」

福次郎失去機會了。因　這時悠一已經站起來。他對福次郎正眼也不瞧就朝門口走去。稔全程目睹英雄不可原諒的背叛行為。他背靠著牆，臉色蒼白地目送悠一。悠一臨走時對他點頭致意，但他撇開眼不領情。

悠一獨自大步走在盛夏街頭。沒有任何人尾隨而來。嘴角湧現微笑的衝動。青年皺起眉頭走路，刻意讓自己不笑。心頭充斥難以言喻的傲慢喜悅，他終於理解做好事的快樂為何令人傲慢。而且就討好內心這點而言，得知偽善遠勝於任何惡德，實在很愉快。拜這齣戲所賜，年輕人如今卸下肩頭包袱，今早就有的沉重疙瘩似乎也暫時消去。為了讓那種喜悅更徹底，他臨時起意想要花錢買點荒唐又無意義的東西，於是順道走進小文具店，買了最便宜的賽璐璐削鉛筆器和鋼筆筆尖。

# 第二十九章　臨時救星

悠一的毫不作為很徹底，面對這場危機，他平靜得無與倫比。家人被他這種基於深刻孤獨產生的平靜態度欺騙，甚至開始懷疑那封密告信或許是假的，可見悠一有多麼鎮定。

他並未多說，坦然自若地度過那天。腳下踩著自身的毀滅，他用走鋼索藝人那種從容不迫的態度，慢慢瀏覽早報，中午還睡了午覺。不到一天，全家人就已失去解決問題的勇氣，只是想盡辦法逃避那個話題。因為那並非「高尚的」話題。

鏑木夫人回電了。她拍電報說將會搭乘晚間八點半抵達的特快車「鳩」來東京。悠一去東京車站接她。

拎著一個小型旅行袋走下火車的夫人，看到捲起水藍色襯衫袖子戴著學生帽的悠一時，立刻在他隨意露出微笑的臉上，比青年的母親更迅速直覺到這個青年的苦惱。說不定，悠一這種掩飾苦惱的神情，正是夫人昔日一直在等待的。她踩著高跟鞋犀利地走近。悠一也跑過去，垂著眼，一把搶過夫人的旅行袋。

夫人呼吸急促。青年感到和以前一樣直視自己充滿熱情的視線逼近眼前。

「好久不見。出了什麼事？」

「待會再慢慢說。」

「沒事。既然我來了，你就可以安心了。」

事實上，夫人這麼說時，眼中的確有種大無畏的無敵力量。悠一把這個昔日輕易跪倒在他腳下的女人當成救命稻草。這時俊美青年脆弱無力的微笑，讓夫人看出他經歷的辛酸。並且感到那種辛酸並非她賦予的，在落寞的同時，也萌生莫大的勇氣。

「妳要住哪裡？」悠一問。

「我已經事先打電報給我以前住過的那間主屋改建的旅館了。」

兩人到了那家旅館後大吃一驚。自以為貼心的旅館老闆，特地為夫人準備了別館二樓的西式房間，也就是昔日悠一和鏑木偷情被夫人窺見的那個房間。

旅館老闆前來致意。這個行事老派又精明周到的男人，至今仍不忘以伯爵夫人的規格禮遇客人。他很在意主客之間的奇妙立場，就像趁著夫人不在家鳩占鵲巢一樣惶恐，還大肆讚美自家旅館的房間，彷彿是去別人家作客。他甚至像壁虎一樣貼著牆壁走。

「家具太漂亮了，所以我就保留下來使用。客人都說很少看到這麼正統、高貴的家具，所以風評很好呢。至於壁紙，很抱歉我重新換過了，不過這桃花心木柱的光澤，真是沉穩得難以形容。」

「這裡本來是我們管家的房子。」

「是。沒錯。我也這麼聽說。」

鏑木夫人對於被安置在這個房間並無異議。等老闆走後她又從椅子起身，仔細環視由於床鋪籠罩白蚊帳，看來更顯窄小的古典風格房間。從偷窺這個房間時就離家的自己，半年後重回竟然又是這個房間。但以夫人的個性並不會把這種巧合解讀為不祥預兆。況且，房間的壁紙已經「重新換過」。

「很熱吧。不如先去沖個涼？」

被這麼一說，悠一打開通往一坪半細長書庫的那扇門。他開燈一看。書庫的書全部消失，整面都是純白磁磚。書庫已經變成大小適中的浴室。

就像旅人來到久違的土地時，起初只會發現過去的回憶，鏑木夫人只顧著注意悠一平靜的苦惱（那彷彿是自己昔日那段苦惱回憶的摹寫），並未察覺他的改變。他陷在自己的苦惱中，看似束手無策的小孩子。夫人不知道，他正看著他自己的苦惱。

悠一去浴室了。水聲響起。鏑木夫人難耐酷暑，伸手到背後解開成排小扣子，鬆開胸部的束縛。依然光滑的肩膀半露。她討厭電風扇所以沒開。從手提包取出貼銀箔的京扇子搧風。

「那個人的不幸，和我這種久別重逢的幸福，是多麼殘酷的對比啊。」——她想。「他的感情，和我的感情，就像櫻花與櫻葉，天生就無法碰面。」

一隻飛蛾撞到紗窗上。她懂得夜間的大飛蛾散落鱗粉那種窒悶的焦躁。

「頂多只能這麼想。至少現在，是我的幸福感鼓舞了他。」

鏑木夫人看著以前和丈夫坐過幾次的洛可可風格長椅仍舊一如往昔。的確，和丈夫是坐過。但夫妻倆坐著時總是隔著一定距離，連衣角都不會碰到。突然間，她在那長椅上，看到丈夫和悠一以怪異姿勢相擁的幻影。她裸露的肩膀一寒。

當時的偷窺之舉，純屬偶然，而且原本毫無懷疑，非常天真。夫人本來期盼窺見唯有她自己不在場時才能確實永遠存在的幸福形式，可是每次這種慎重其事的心願，好像總是會引發不祥的結果。……而現在，鏑木夫人與悠一在這個房間。她正處於幸福可能存在過的場所。她取代幸福，出現在這裡。……這個異常聰明的靈魂立刻清醒，意識到自己的幸福感毫無合理的根據，以及「悠一絕不會愛上女人」這個不證自明的現實。就像忽然感到一陣寒意，她把手繞到背後，又將解開的扣子全部扣上。因為她察覺，無論怎麼使盡媚態都是徒勞。如果是以前的她，只要背上有一顆扣子鬆開，肯定會當場意識到有哪個男人想幫她扣上那扣子，如果當年和她有老交情的男人有任何一人發現她此刻的拘謹，肯定會懷疑自己的眼睛。

悠一邊拿梳子梳頭髮邊走出浴室。濕淋淋發亮的青春臉龐，讓夫人想起有一次湊巧和恭子在咖啡店遇上時，他那被驟雨淋濕的臉孔。

她想掙脫回憶，刻意怪腔怪調說，

「好了，快說吧。你特地把我叫回東京，難道還打算賣關子？」

悠一交代來龍去脈，求她幫忙，但按照她的理解，不管是以什麼形式，當務之急都是得推翻那封信的可信度，因此夫人立刻下定決心，約好明天去悠一家拜訪，就讓悠一先回去了。她多少也感到有點好玩。本來鏑木夫人個性的獨到之處，就是可以異樣自然地結合天生的貴族心性和妓女心性。

翌日早上十點，南家突然迎來意外的訪客。客人被帶去二樓的客廳。悠一的母親出來見客。鏑木夫人說也想見見康子。彷彿事先已和客人聲稱「悠一最好暫時迴避」的說詞套好招，年輕的丈夫一直待在書房並未現身。

鏑木夫人略為發福的身形穿著淺紫色洋裝，一派凜然不可侵犯的氣勢。她始終面帶微笑，落落大方，態度懇切，還沒表明來意，就已經先讓擔心又聽到新醜聞的可憐老母親意志消沉。

「不好意思，我不太喜歡吹電風扇。」

客人說，因此又叫人拿來團扇。客人懶洋洋地把玩扇柄，不時覷向康子。去年那場舞會以來，今天是兩個女人第一次當面對坐。夫人暗想，若是一般場合，我當然會嫉妒這個女人。可是夫人變得越發剛強的心，對這個看似有點憔悴的年輕美女只感到輕蔑。她是如此開口的：

「我是被阿悠發電報叫來的。昨晚我已聽說那封匿名信的事。因此今天立刻來訪。據說信中內容也和我家鏑木有關……」

南家寡婦默默垂頭。康子一直望向別處的眼睛，終於正面轉向鏑木夫人。接著，她用細微卻毅然決然的聲音對婆婆說，

「我想，我還是不要在場比較好。」

害怕獨自留下的婆婆連忙打斷她，

「可是鏑木太太特別說想和我們兩人談談。」

「是，不過，若是那封信的事，我已經不想再聽了。」

「這點我也一樣。但是該知道的如果沒有先知道，我怕將來會後悔。」

幾個女人用彬彬有禮的言詞，繞著一個醜惡字眼，異常委婉迂迴地打轉的樣子，簡直比諷刺更諷刺。

鏑木夫人終於開口問，

「為什麼呢？康子小姐。」

康子感到，此刻，夫人是在和自己較量誰更有勇氣。

「因為，我現在對那封信上的事壓根不在乎。」

……這個強悍的答覆，令鏑木夫人咬唇。「這個女人，把我當成敵人，居然向我挑戰。」這麼一想，她的溫柔善意也乾涸了。原本想讓這個年輕偏狹的貞節烈女理解，夫人是她丈夫的幫手，如今夫人直接省略了這道手續。夫人也忘記自己扮演的角色應有的分寸，不再忌憚說出傲慢的言詞。

「我希望妳務必留下來聽。因為我今天要說的可是好消息。不過，或許在某些人聽來可能是更糟的壞消息。」

「那您快說吧。光是這樣等著時我都覺得痛苦。」

悠一的母親如此催促。康子終究沒有起身離席。

「阿悠就是覺得只有我能替他證明那封信毫無事實根據，才會打電報給我。要吐露這種事實很難堪。但是比起那種偽造的不名譽來信，我寧願把一切清楚說出來，我想兩位也會比較安心。」——鏑木夫人有點吞吞吐吐。並且用熱情得嚇人的口吻坦然撂話。「其實我一直和阿悠有肉體關係。」

可憐的母親，和兒媳婦面面相覷。這個新的衝擊，幾乎令她昏倒。好不容易回過神，她問：

「……可是，最近也一直是嗎？您不是春天就去了京都？」

「鏑木的事業失敗，況且他開始懷疑我與阿悠的關係，所以才硬把我帶去京都。不過，我還是經常來東京。」

「和悠一……」母親說到一半，實在不知該怎麼形容，終於找到「處得好」這種含糊不清的說法，勉強使用。「和悠一處得好的，只有您一人嗎？」

「不知道。」——夫人看著康子回答。「應該也有別的女人吧，不過他畢竟還年輕嘛，這也沒辦法。」

悠一的母親滿臉通紅，戰戰兢兢問，

「您說的其他人，是男人嗎？」

「哎喲！」鏑木夫人笑了。她的貴族靈魂抬頭，對於公然說出低俗字眼感到很愉快。

「……光是曾替阿悠拿過孩子的女人，我就知道兩個人喔。」

鏑木夫人沒有多餘動作的赤裸告白，憑著那種率真模樣果然效果驚人。當面向自己情人的妻子與母親做出這種厚臉皮的告白，比起賺取聽眾熱淚的可憐告白，顯然更有這個場合需要的真實性。

另一方面，南家寡婦的迷惑有點複雜，無從釐清。她的貞淑觀念在那個「低俗的」咖啡店，就已遭受有生以來第一次打擊，因此痛得麻痺的心，對於鏑木夫人惹出的異常事態，這次只覺得理所當然。

寡婦先暗自盤算。她極力想保持冷靜，也因此，她頑固的既定思維才會流露在臉上。

「她這番懺悔至少沒騙人。若是男人會怎樣我不清楚，但只要是女人，絕不可能平白捏造自己的情事告訴別人，這就是最好的證據。可是女人若要救男人，誰也不知道會做出什麼事，即使是前伯爵夫人這樣的大人物，也大有可能主動找上男人的母親與妻子，做出這種丟人的告白」

這個判斷顯然充滿邏輯上的矛盾。換言之，南家寡婦說到「男人」、「女人」時，用詞早已以彼此的情事為前提。

如果是昔日的她，對於有夫之婦和有婦之夫的這種情事，她大概會蒙住眼睛摀住耳朵，但是現在，看到自己竟然快要認同鏑木夫人的告白，她發現自己的道德觀似乎出了問題，因此很驚慌。不僅如此，她還發現自己一心一意只想全盤相信夫人的告白，把匿名信當成一張廢紙來解決。她對自己這種心態感到畏懼，反而爆發執著的熱情非要證明那封信所言不假。

「可是，我都看到照片了。就在那家我連回想都嫌噁心的店裡，看起來就很沒教養的服務生珍藏著悠一的照片！」

「這件事我也聽阿悠說過了。事實上，他有個同學有那種嗜好，纏著他要照片，所以他就給了兩三張，他說照片大概是因此外流。阿悠被那種朋友帶著，抱著好玩的心態去過那種店，並且拒絕了過來糾纏搭訕的男人，所以就被人用那種匿名信報復，如此而已。」

「哎喲。悠一為什麼不對我這個做母親的這樣條理分明地好好解釋呢？」

「肯定是害怕您吧。」

「我真是失職的母親。先不說那個了，抱歉問個失禮的問題，鏑木先生和悠一的事，也是毫無事實根據嗎？」

這個問題早在預料之中。但鏑木夫人還是需要一番努力才能保持平靜。因為她看過。她看到的可不是照片。

夫人不自覺受傷了。做偽證絕不可恥，但要背叛打從看到那一幕後就在生活上構築的虛構熱情，背叛促使她努力做這種偽證的熱情，還是很痛苦。現在的她看似英雄，但她不容許把自己當成英雄。

「對，那種說法離譜得難以想像。」

康子始終低頭沉默。她的不發一語，令鏑木夫人感到詭異。其實，對事態最誠實反應的就是康子。現在不是質問夫人證詞真假的時候。但這個外面的女人和自家丈夫的親密聯繫又是怎麼回事？

看婆婆與夫人的話題告一段落。康子開始尋思有什麼問題可以難倒夫人。

「我一直覺得很不可思議。阿悠的西服越來越多。……」

「若是那個問題，」鏑木夫人反擊。「那根本沒什麼。是我替他訂做的。不信的話我可以帶裁縫來。……我自己有工作賺錢，我就喜歡給我中意的人做這種事。」

「哎喲，您在工作嗎？」

南家寡婦瞪圓雙眼。這個女人宛如浪費的化身，實在不像有工作。鏑木夫人大剌剌地坦承。

「去京都後，我開始做進口轎車仲介商，最近總算可以自立門戶做生意了。」
這是她的告白中唯一一句實話。最近的夫人，已經摸熟如何把一百三十萬買入的進口車以一百五十萬賣出的生意手法。
康子擔心嬰兒，因此先離席，之前一直在兒媳面前虛張聲勢的悠一母親當下頹然放鬆。眼前的女人已分不清是敵是友，她自言自語似地發問：
「我到底該怎麼辦？比起我，康子更可憐……」
鏑木夫人冷酷地撂話。
「我今天是抱著很大的決心來府上的。與其被那種來信威脅，還是知道真相，對您和康子會更好。阿悠要跟我去旅行兩三天。我和阿悠都不是在認真談戀愛，所以我想康子應該用不著擔心。」
這種旁若無人的明快分寸，南家寡婦甘拜下風。鏑木夫人就是有種難以侵犯的高貴。寡婦放棄了母親的特權。而她在夫人內心發現比自己更強烈的母性，這種直覺是正確的。她沒察覺自己正在做最滑稽的拜託。
「悠一還請您多多照顧。」
康子把臉湊近溪子的睡姿。這幾天她的和平生活轟然崩塌，但她就像地震時本能地用身體保護孩子的母親，心心念念著至少不讓這種破滅、瓦解波及溪子。康子失去了位置。彷彿被周遭的波濤侵蝕，無法再讓人居住的孤島。

比屈辱更複雜巨大的東西來襲，她幾乎毫無屈辱感。但這種差點喘不過氣的窒息感，把她在匿名信事件後，靠著堅決不信信中內容的決心保住的平衡破壞了。聆聽鏑木夫人這番露骨證詞的期間，康子的內心深處的確起了變化，但她自己尚未發覺那種變化。

康子聽見婆婆與客人邊說話邊下樓的聲音。以為夫人要走的康子，本欲起身送客。但夫人並不是要走。婆婆的聲音響起，她透過竹簾看見夫人經過走廊被帶往悠一書房的背影。康子想，

「那個女人把我家當成自己家似地到處走。」

婆婆很快就獨自從悠一的書房出來。她在康子身旁坐下。那張臉並不蒼白，反而亢奮得滿臉通紅。

戶外艷陽高照，室內很暗。

過了一會，婆婆說，

「她究竟是為什麼來說那種話呢？單憑一時好玩可做不出那種事。」

「可見她真的很喜歡阿悠。」

「也只能這麼解釋吧。」

這時，母親的心中，除了對兒媳的體諒，也萌生一種安心與驕傲。到此階段，若問該相信那封信還是該相信夫人的證詞，現在的她想必會毫不猶豫地選擇後者。俊美的兒子桃花旺盛，就她的道德觀看來是好事。換言之，那帶給她快感。

康子感到就連親切的婆婆都和自己是不同世界的人。她只能靠自己保護自己。但她憑多年

經驗早已認清，除了聽天由命，別無他法擺脫苦惱，因此雖然陷入如此悲慘的局面，她還是像聽敏的小動物般動也不動。

「一切都完了。」

婆婆自暴自棄說。

「媽，還沒完呢。」

康子這句話，其實有點強硬，但婆婆理解這是在安慰自己，含淚脫口說出老套的臺詞：

「謝謝妳，康子。有妳這麼好的媳婦，我真是太有福氣了。」

……鏑木夫人在悠一的書房和他獨處後，她就像進入森林的人常做的，深吸一口室內的空氣。這種空氣，似乎比任何森林的空氣都新鮮清爽。

「這書房不錯。」

「本來是我父親生前的書房。在家時，只有窩在這裡，我才能輕鬆自在地呼吸。」

「我也是。」

夫人附和得很自然，悠一能夠理解她這種反應。如一陣狂風暴雨闖入別人家，拋開一切禮節、體面和顧忌，對己對人都極盡殘酷，只是一心為悠一做出過人壯舉的夫人，現在終於能喘口氣。

窗戶是敞開的。桌上古老風格的檯燈和墨水瓶、堆疊的辭典、插有夏季花卉的慕尼黑啤酒杯……在這如同晦暗銅版畫的精緻前景後方，是立秋後仍異常酷熱的大片街景，火場重建的許多嶄新木造建築反而帶來荒涼感。電車行經的坡道，正有都營電車駛下。流雲飄過後，那一帶的軌道，乃至尚未重新蓋房子的火場柱石，垃圾場的玻璃碎片，全都一齊放出熾烈光芒。

「已經沒事囉。你媽和康子應該不會再特地去那家店查證了。」

「已經沒事了。」青年帶著確信說。「應該不會再有人寄信來，況且我媽也沒勇氣再去那間店，至於康子，她就算有勇氣，也絕對不會去那間店。」

「你也累了吧。還是找個地方休息一下比較好。我沒跟你商量，就已對你媽宣布，要帶你出去旅行兩三天。」

悠一愣然微笑。

「今晚就出發也行喔。火車票我會託人去買。……我晚點再打電話給你。在車站會合沒問題吧？我想趁著回京都時順路去志摩。飯店房間我也會先訂好。」

夫人一直在窺探悠一的表情。

「……你用不著擔心。早已對一切知情的我，就算為難你也沒用。我們之間已經不可能發生任何事了不是嗎？你就安心吧。」

夫人再次徵詢悠一的意思，悠一遂回答會去。事實上，他也想暫時脫離這悲慘結局的窒息感兩三天。再沒有比夫人更貼心更安全的旅伴。青年的眼中幾乎流露感激，夫人害怕看到那個，連忙搖手說，

「這點小事，如果對我感恩戴德，那就不像你了。省省吧。旅行期間，你就把我當空氣好了。」

夫人走了。去送客的母親，又跟著獨自回到書房的悠一。看著康子，她已逐漸覺醒自己該扮演的角色。

母親慎重其事將書房的門在身後關上。

「我問你，聽說你要和那個太太去旅行？」

「對。」

「這絕對不可以。否則康子太可憐了。」

「既然如此，康子為什麼不自己來阻止我？」

「你真是長不大的孩子。你都這樣了還對康子宣稱要去旅行的話，康子豈不是太沒面子了。」

「我只是想暫時離開東京。」

「那你可以和康子一起去。」

「和康子在一起無法安心休息。」

可憐的母親，激動得聲音拔尖。

「拜託你也稍微替寶寶想一想！」

悠一垂落眼皮，沉默不語。最後母親說，

「也拜託你替我想想。」

這種自私，讓悠一想起匿名信事件時，母親的反應也是毫無慈愛。孝順的兒子沉默片刻後，如此說道：

「我還是要去。這麼莫名其妙的事件麻煩了人家，不答應她的邀約好像說不過去吧？」

「你這是做人家小白臉的想法。」

「是啊。正如她所說，我是她養的小白臉。」

悠一對距離自己遙不可及的母親如此意氣昂揚說。

# 第三十章　英勇的戀情

夫人和悠一是搭乘當晚十一點發車的夜行列車出發。到了這個時間，暑氣也已散去。啟程去旅行是奇妙的感情。會讓人陷入一種感覺，彷彿不僅擺脫被留在身後的土地，也擺脫了後方拖曳而來的時間。

悠一並不後悔。說來奇怪，但這是因為他愛康子。如果站在這種愛（雖然因為不知如何表達愛意而扭曲外形）的觀點看來，青年為了去旅行做出的種種荒唐舉動，皆可視為對康子的臨別贈禮。這期間，他認真的內心活動，甚至不怕偽善。他想起自己對母親的宣言。「總之我愛康子。只要證明我也愛女人就行了吧？」——如此看來，有充分的理由認定，他並非為了救自己，而是為了救康子才去麻煩鏑木夫人。

鏑木夫人不懂悠一這種新的心理動向。他只是個非常俊美，洋溢青春與魅力，而且絕對不愛女人的青年。而這個青年是被她拯救的。

東京車站的深夜月臺逐漸遠去後，夫人輕輕嘆氣。只要稍微露出愛的舉止，肯定就會令悠一失去難得的安寧。列車的震動，使得兩人裸露的手臂不時相觸，每次她都不動聲色地主動退開。哪怕只是微微的戰慄，她也怕悠一會因此察覺她的愛，造成只會讓悠一感到無聊的結果。

「鏑木先生最近怎樣？雖然他還滿常寫信給我。」

「他到現在仍是我的丈夫喔。雖說從以前就是這樣。」

「那方面也是老樣子嗎？」

「最近，因為我已經知道一切了，他看起來格外輕鬆。就算一起走在街上，他也常常戳我叫我看某個孩子漂不漂亮。而他指的通常都是男孩子。」

悠一沉默，因此過了一會，夫人忍不住問：

「你討厭這種話題？」

「嗯。」青年沒看女人的臉，逕自回答。「我不喜歡從妳口中聽到這種話題。」

敏感的夫人，看穿這個任性的年輕人不為人知的孩子氣夢想。這是相當重要的發現，意味著悠一依然在夫人身上尋求某種「幻影」。我必須假裝更不知情。在他的眼中我必須是個毫無危險的戀人——夫人抱著些許滿足如此下定決心。

精疲力盡的兩人之後睡著了。早上在龜山轉乘開往鳥羽的班車，從鳥羽搭乘志摩線不到一小時，與本土以短小橋樑相連的終點站就是賢島。空氣極為清新，兩個在陌生車站下車的旅行者，聞到越過英虞灣無數小島而來的海風氣息。

抵達位於賢島山丘頂的飯店，才知夫人只訂了一個房間。她完全沒有期待什麼。夫人拿不定主意該如何替這困難的愛情定位。如果將之稱為愛情，那的確是前所未聞的愛，任何戲劇或小說都沒有描寫過那個範本。一切都得自己決定，自己去嘗試。若和如此深愛的男人睡一個房間，不奢求任何事發生地共度一晚，在這麼嚴苛的考驗下，還很柔軟的熾熱愛意想必也會被賦予形體，百鍊成鋼。被帶到同一個房間的悠一，看到兩張並排的床鋪也遲疑了，但他立刻對自己竟然懷疑夫人感到羞愧。

這天是個不算太炎熱的爽朗晴天，平日飯店以長住的客人為主。午餐後，兩人去志摩半島御座岬附近的白濱游泳。有大型馬達快艇從飯店後方沿著英虞灣的內灣前往那片海灘。

夫人和悠一在泳裝外套上襯衫就走出飯店。大自然的寧靜圍繞兩人。這四周的風景，與其說是群島浮在水上，不如說是有太多小島接近，海岸線極盡曲折，因此看起來更像陸地到處都有海水入侵侵蝕。而且風景異樣靜謐，彷彿身在處處露出廣大丘陵的洪水中。無論東邊或西邊，放眼所及處，甚至可以意外看見山峽之間，都有波光粼粼的海水。

上午游泳回來的客人很多，因此下午搭乘同一艘快艇去白濱的，除了悠一二人之外不過四、五人。其中三人是帶小孩同行的年輕夫妻。另外兩人是美國中年夫婦。快艇沿著深入海灣的平穩海面，穿梭在擠滿海面的珍珠筏之間行駛。那是將養殖用的母貝籠子放入海中的竹筏。時值晚夏，因此這一帶早已不見採珠的海女蹤影。

他們命人將折疊椅搬到船尾的甲板，在那裡坐下，初次看到夫人裸露的身體令悠一讚嘆不已。她的肉體兼具優雅與豐滿。渾身上下都被強韌的曲線包覆，雙腿之美是從小就習慣坐椅子而非跪坐的人才有的。尤其美麗的是從肩膀至手臂的線條。絲毫不見衰老的皮膚，彷彿會反射陽光，夫人並未替有點曬黑的肌膚做什麼防曬措施。迎著海風飄揚的秀髮落下影子，肩膀至手臂的圓潤，就像古羅馬貴族女子的寬袍露出的手臂。擺脫那種必須對女體產生慾望的既定思維、作繭自縛的義務感後，悠一終於懂得欣賞這種肉體之美。只用白色泳衣遮身的鏑木夫人，把披著的外衣脫下，遠眺在陽光下閃耀著令人應接不暇的無數島嶼。群島漂到她面前，旋即遠去。悠一想像，從無數珍珠筏垂入墨綠海水中的籠子裡，在這晚夏的太陽下，肯定有一些珍珠開始成熟。

英虞灣的一個內灣，又擴展出幾個內灣分支。從分支之一啟航的遊艇，滑行於這片一再迂迴卻似乎仍被封鎖在陸地的海面。養珠業者家家戶戶的屋頂可以望見周遭小島的綠意，因此扮演了迷宮樹籬的作用。

「那就是文殊蘭吧。」一名船客高喊。

只見某座島上有點點白花叢集。鏑木夫人越過青年的肩膀看到已過花期的文殊蘭。她過去從不曾愛過大自然。只有體溫與脈搏、肉與血、人的氣味能夠吸引夫人。然而，眼前的明媚風光抓住了這顆剛強的心。因為大自然拒絕了她。

傍晚，兩人做完海水浴回來後，在晚餐之前先去飯店面西的酒吧喝餐前酒。悠一點了馬丁尼。夫人教酒保如何調配，把艾碧斯和法國苦艾酒、義大利苦艾酒混在一起搖晃，做成公爵夫人雞尾酒。

遍照海灣的夕陽血腥的色調令兩人驚奇。送來桌上的兩杯橙色和淺褐色雞尾酒，被這光線穿透後變得火紅。

窗子雖整個敞開，卻連一絲清風都沒有。這是伊勢志摩地區知名的「夕凪」[1]。如毛織品

---

1 夕凪，傍晚海上風平浪靜。

一樣沉重垂落、熊熊燃燒的大氣，也沒有妨礙年輕人身心舒展的健康休息。游泳和入浴後的全身暢快，重新復活之感，身旁這個知道一切且寬容一切的美女，適度的醉意……這種恩寵完美無瑕，甚至可能讓身旁的人不幸。

「這個人究竟有沒有所謂的經驗？」——看著這個青年絲毫沒有留下記憶中的醜陋，至今依然澄澈的雙眸，夫人不得不這麼想。「這個人，總是純真無垢地站在那瞬間、那空間吧。」

鏑木夫人如今很清楚始終圍繞悠一的恩寵。他陷入恩寵的那種方式，就像陷入陷阱的人。夫人暗想，自己必須保持輕鬆心情。否則只會像以前一樣，重複那種宛如不幸的重石壓身的幽會。

這次來東京，以及緊接著來志摩旅行，夫人放棄自我的堅定決心頗為英勇。不是單純的壓抑。也不是自制。而是告誡自己，只能待在悠一定居的觀念中，只能相信悠一眼中的世界，不讓自己的希望有一絲一毫去扭曲它。這樣汙辱自己的希望，和汙辱自己的絕望，必須經過漫長又艱困的磨練，才能夠幾乎具備同樣意義。

不過闊別許久的兩人，有聊不完的話題。夫人談起前不久的祇園祭，悠一提到與檜俊輔老師提心吊膽地同乘河田駕駛的帆船出遊。

「這次的匿名信事件，檜先生知道嗎？」

「不知道。為何這樣問？」

「你不是事事都會找檜先生商量嗎？」

「我怎麼可能連這種事都說。」——悠一很遺憾還有祕密保留，同時又說。「關於那個，檜老師毫不知情。」

「我想也是。那位老爺子打從以前就迷戀女色。不可思議的是，偏偏每次都讓女人跑了。」

太陽已完全下山。開始微微起風。即便日落後，水面依然閃爍粼粼波光，直到群山最遠處都殘留水光，讓人得以發現海在何處。與群島接岸的海面有深邃陰影。籠罩橄欖色陰影的海面，和反映夕陽殘照的閃爍海面形成對比。兩人起身去用餐了。

在遠離人煙的飯店，吃完晚餐就無事可做。兩人放唱片，翻閱電影畫報。仔細閱讀航空公司及別家飯店的簡介。鏑木夫人就這樣化身為奶媽，陪伴無事可做卻始終不肯睡覺的小孩。

察覺以前想像中勝利者的倨傲其實只是小孩子心血來潮的消遣，夫人對這個發現既不反感，也不失望。因為夫人很理解，如今悠一這樣一個人自得其樂的熬夜，還有他那鎮定的態度，什麼都不做時的某種獨特的快活，悉數都是因為他意識到身旁有夫人陪伴。

……悠一終於打呵欠。不甘願地說，

「差不多該睡了。」

「我早就困得眼皮睜不開了。」

——可是本該困倦的夫人，去了寢室後又變得饒舌。饒舌得幾乎無法自制。兩人在各自的床鋪枕頭躺下，關掉中間床頭櫃上的檯燈後，夫人愉快又亢奮地喋喋不休。話題天真無邪，不痛不癢很安全。悠一在黑暗中的附和逐漸變得有一搭沒一搭。最後終於沉默。取而代之響起的是安詳的鼾聲。夫人也突然沉默了。她聽了三十幾分鐘青年規律純潔的鼾聲。她越發清醒，毫無睡意。她打開檯燈。拿起放在床頭櫃上的書。翻身時被子的窸窣聲令她悚然一驚，她望向旁邊那張床。

其實直到此刻為止，鏑木夫人一直在等待。她等得疲累，等得絕望，而且自從那次奇怪的偷窺以來，她雖已正視等待的無望，卻依然如指南針總是向北那樣癡癡等待。但悠一終於在這世上找到唯一能夠安心對話的女人，在無比信賴下，愉快又疲憊的身子躺下就很快睡著了。他翻了個身。他是裸睡，這時因為太熱，毯子從胸口扯開，枕邊的圓形燈光，照亮睫毛陰影深深刻畫的美麗睡顏，以及美麗呼吸的寬闊胸膛，就像古代金幣上的浮雕胸像。

鏑木夫人化身為自己的夢想。說得更正確一點，是從夢想的主體轉為夢想的對象。這個夢想的微妙換位，就像在夢中從一張椅子換到另一張椅子，這種無意識的態度細微變化，讓夫人放棄等待。穿睡衣的身子如蛇在小溪流上搭橋，懸空伸向隔壁的床。手掌和手肘顫抖著支撐將要彎曲的身體。她的嘴唇就在年輕人沉睡的臉孔面前。鏑木夫人閉上眼。嘴唇比眼睛看得更清楚。

恩底彌翁深深熟睡。年輕人擋住照在自己睡臉的光線，完全不知有多麼悶熱難眠的夜晚正在逼近。也沒發現女人凌亂的髮絲撩動他的臉頰。他那難以形容的美麗嘴唇微張，只能窺見整齊白牙的水潤閃光。

鏑木夫人睜開眼。嘴唇尚未碰觸。她那自我放棄的英勇決心，就是在這一刻覺醒。「如果碰到嘴唇就完了，某種東西想必會拍翅飛去，再也不回來。若想與這個俊美青年之間保持音樂般永不停歇的關係，那就連一根手指都不能碰。不分日夜都得悄聲屏息，留心讓彼此之間連一粒塵埃都不動。」……女人從荒唐的姿勢回過神後，又回到自己的床鋪，臉頰壓在溫熱的枕頭上，定定看著金色的圓形浮雕。她關燈。浮雕的幻影依然浮現眼前。夫人把臉轉向牆壁，近破曉時，她終於睡著了。

這英勇的考驗奏效。翌日夫人神清氣爽地醒來。她看著悠一早晨的睡顏，眼中有種嶄新、明確的力量。那是精煉過的感情。夫人戲謔地把皺巴巴的潔白枕頭砸到悠一的臉上。

「起床了。天氣很好喔。不能浪費今天一天。」

——比前一天更清爽的晚夏一日，帶來極為愉快的旅途回憶。用完早餐，兩人攜帶飲料和便當，包了一輛車，計畫去志摩半島頂端四處觀光，下午再從昨天游泳的白濱搭船回飯店。從飯店附近的鵜方村，穿過灼熱紅土上點點散布矮松、棕梠、虎皮百合的原野，抵達波切港。巨松聳立的大王崎風景絕佳，兩人吹著海風，看著海上到處看似白色浪頭的白衣海女們工作，還有北方海岬猶如一根白粉筆豎立的安乘燈塔，以及老崎的海女在海邊生火冒出的煙霧。

帶路的老太婆，用光亮的山茶葉片包裹碎菸草抽。因年老和菸油而染黃的手指微微顫抖，指著遠處朦朧的國崎尖端。據說昔日持統天皇帶著大批女官乘船來玩，在七日之內趕建行宮。

——兩人聽倦了這些有新有舊的旅途無用知識，下午回到飯店後，距離悠一該出發的時刻只剩一個多小時。今晚就回京都的話，夫人並未事先聯絡好，只好獨自留下，明早再出發。「夕凪」開始時，青年離開飯店。夫人送他到就在飯店下方的電車站。電車來了。兩人握手。握手後，夫人忽然抽身後退，走到車站外的柵欄處目送。她很快活，簡直是毫無感情地揮手許久。

期間，火紅的夕陽照亮夫人的一側臉頰。

電車開動了。在行商客和漁夫這些乘客中，唯他孑然一身。這時悠一心中對如此高貴、恬淡友情的主人充滿感謝，那種感謝不知幾時變得激昂，甚至不禁嫉妒起鏑木這個男人，能夠有這麼完美的女人為妻。

## 第三十一章　精神及金錢方面的各種問題

回到東京的悠一，遇上麻煩的事態。

在他短暫外出期間，母親的腎臟病惡化了。已不知是針對什麼、憑什麼、如何抗議才好的南家寡婦，一半是為了自我譴責，只能大病一場。於是她很剛好地發生暈眩，有片刻昏厥。之後漏出稀薄的尿液，腎萎縮的症狀就此固定。

悠一早上七點回到家時，一看阿清開門的臉色，立刻知道母親病得很重。門一開，就有淤積的疾病氣息撲鼻而來。旅途的愉快回憶頓時在心中凍結。

康子還沒起來。昨晚照顧婆婆到深夜把她累壞了。阿清去燒洗澡水。無所事事的悠一，去了二樓夫妻的臥室。

為了貪涼快，夜裡一直敞開的高窗，此刻射入朝陽，照亮蚊帳的帳腳。悠一的床已鋪好。亞麻被子端正擺著。一旁的被窩裡，康子緊挨著溪子正在睡覺。

年輕的丈夫鑽進蚊帳，悄悄趴在自己的被子上。嬰兒醒了。在母親裸露的臂彎中，乖巧地睜眼盯著父親。隱約有股奶味淤積不散。

嬰兒驀然微笑。嘴邊彷彿滴落滴滴微笑。悠一伸指輕戳嬰兒的臉頰。溪子沒有撇開眼，依然微笑。

康子掙扎著正欲翻身，忽然醒了。丈夫的臉孔意外地近在眼前。康子絲毫沒有笑。

康子將醒的那幾秒之間，悠一的記憶迅速運作。他看過妻子的睡顏很多次，他想起曾多次夢想著要用不傷害對方的理想方式擁有那張睡顏，也想起某次深夜去妻子病房時，那張洋溢錯愕與歡喜與信賴的臉龐。把妻子留在苦惱中逕自去旅行，如今歸來，悠一對妻子的醒來當然不可能有任何期待。但他已習慣被原諒的心仍在期盼，慣於相信的無辜仍在夢想。這瞬間他的感情，就像是幾乎毫無所求，卻除了乞求便想不出其他方法的乞丐的感情。……康子醒了。困得睜不開眼皮的睫毛掀動。悠一發現從未見過的康子。那是另一個女人。

康子用睡意惺忪、單調、卻條理分明的口吻說話。你什麼時候回來的？還沒吃早餐？媽的病情很嚴重，你聽阿清說了嗎？她條列式地一一道來，並且說她馬上去準備早餐，叫悠一去樓下的陽臺等著。

康子梳好頭髮，迅速換衣服。抱著溪子下樓。準備早餐時也沒把嬰兒交給丈夫，她讓嬰兒躺在丈夫看報紙的陽臺前那個房間。

早上還沒那麼熱。悠一把自己的不安，歸咎於熱得幾乎整晚沒睡的夜行列車。

「於我而言，不幸的步伐確實的速度、正確的節奏，現在就像時鐘一樣看得清清楚楚。」年輕人這麼想著，憤然啐舌。「嘖！睡眠不足的早上，總是這樣。這一切都是拜鏑木夫人所賜。」

……從極度疲勞中醒來後，發現丈夫的臉孔近在眼前時，康子起了變化，而對這種變化感到驚訝的反倒是康子自己。

她閉著眼也能鉅細靡遺地描繪出自己的苦惱。只要睜開眼就能在眼前看見那幅苦惱的肖像，已成為康子的生活習慣。這幅肖像畫很美，幾乎是壯麗的。但今早，當她醒來時看到的卻非那個。眼前是一個青年的臉孔，蚊帳一隅照入的朝陽反光賦予他輪廓。只留下雕像似的物質性印象。

康子打開咖啡罐，把開水倒進白瓷咖啡濾杯。手勢有種麻木的敏捷，手指絲毫沒有「因悲傷而顫抖」。

之後康子用鍍銀大托盤把早餐送到悠一面前。

悠一覺得這頓早餐很美味。院子還浸淫晨光，陽臺塗了白瀝青的欄杆發亮，是因為沾了晚夏開始出現的露水。年輕夫婦默默享用親密的早餐。溪子乖巧躺著。生病的老母親還在睡。

「醫生說最好今天之內就讓媽住院。我本來打算等你回來就開始準備住院。」

「做得好。」

年輕的丈夫環顧庭院，朝著照亮椎樹樹梢的朝陽眨眼。第三者的不幸（在這個場合顯然是母親的病情惡化），拉近夫婦倆的心，悠一在這剎那陷入幻想，覺得康子的心確實歸他所有，於是使出一般丈夫的討好伎倆，

「就我倆單獨吃早餐也不錯。」

「是啊。」

康子微笑。微笑中帶有嚴苛的漠不關心。悠一很狼狽。羞愧得臉都紅了。這個不幸的青年，接著說出了想必是最容易看穿、最做作的輕浮告白，同時或許也是他有生以來對女人說過的話

語中最真摯誠實的告白。

「旅行期間，我想的只有妳。經歷了一連串麻煩，我這才終於明白，我最喜歡的還是妳。」

康子泰然自若。她輕輕地、無所謂地笑了。悠一說的話就像異國語言，康子在悠一的唇上，只看到宛如在玻璃厚牆那頭說話的唇形。簡而言之，他們已經語言不通。

……但康子雖已安之若素，在生活中安定下來，專心養育溪子，同時卻也有了堅定的覺悟，到老都絕不離開悠一的家。這種從絕望生出的貞淑，擁有任何不倫都無法匹敵的力量。

康子拋棄絕望的世界，走下了那裡。以前住在那個世界時，任何明確證據都無法讓她的愛屈服。悠一冷漠的對待，無情的拒絕，他每晚的遲歸，他的外宿，他的祕密，他絕對不愛女人……在那些明證的面前，密告信根本算不上什麼。那時康子不為所動。因為她住在另一頭的世界。

從那個世界走下來，並非康子主動起意。說她是被人從那個世界拽下來的可能更恰當。身為丈夫或許過度親切的悠一，特地借助鏑木夫人的力量，把妻子從過去定居的灼熱、靜謐的愛的領域（那是想必不可能、不存在、透明自在的領域），拽到混亂的、相對存在的愛的世界。康子被這相對存在的世界的明證環繞。那對她而言是早就知道的事實，也很熟悉。她被可怕的無望高牆環繞。對策只有一個。就是什麼都不去感覺。不看，也不聽。

康子在悠一外出旅行期間，已經學會了不得不在這新世界定居的處世之道。她成了甚至連自己都不愛的女人。這個已變成精神性聾啞人士的妻子，乍看之下極為健康，胸前圍著亮麗的黃格子圍裙伺候丈夫吃早餐。她問丈夫要不要再來一杯咖啡。態度極為平和。

鈴聲響起。是放在病房的母親枕邊的銀色鈴鐺。

「媽好像醒了。」康子說。兩人去病房，康子打開遮雨板。寡婦在枕上頭也不抬地說，「咦，你已經回來了啊。」悠一在母親臉上看到死氣。那張臉明顯浮腫。

＊＊＊

這年的第二百一十日及二百二十日[1]，都沒有什麼大颱風。當然有過一些颱風，但幸好都驚險地避開東京，不至於造成嚴重的風災或水災。

河田彌一郎極為忙碌。上午去銀行。下午開會。和高級主管們商討如何打進對手公司的銷售網。期間，還要和電裝公司等汽車零件供應商交涉。要和訪日的法國汽車公司高階主管洽商，討論以專利使用費和佣金作為交換條件的技術合作。晚上通常會招待銀行相關人士去喝花酒。不僅如此。根據勞動課長不時帶來的消息，公司方面分裂工會的策略並不成功，工會趁著抗爭的時機成熟已趁勢坐大。

河田右臉的痙攣變得更嚴重了。這個外表頑強死板的男人，唯一感情外露的弱點，正在威

1 立春數來的第二百一十日及二百二十日，約為陽曆的九月初，這時是稻子開花的重要時節，卻常有颱風來襲，因此被視為農民的厄日。

脅他。絕不低頭的德國式高傲臉孔，高挺的鼻子，鼻下人中的清楚線條，無框眼鏡，河田藏在這些小道具背後的那顆感情洋溢的心正在流血呻吟。晚上就寢前，他就像偷窺黃色書刊那樣，悄悄躲在被窩中翻開賀德林[2]年輕時所寫詩集的某一頁吟詠。「Ewig muss die liebste liebe darben……（人永遠渴求摯愛）」那是〈致大自然〉這首詩的最後一節。「Was wir lieben, ist ein Schatten nur（我們所愛的不過是個幻影）」。「那傢伙是自由的。」富裕的單身漢在被窩中呻吟。「光憑年輕貌美這個理由，那傢伙就認為有權利朝我吐口水。」

令年老的男同性戀者之愛變得難以忍受的雙重嫉妒，不斷干擾河田的獨眠。男人對出軌女人的嫉妒，以及徐娘半老的女人對妙齡美女的嫉妒，這雙重的錯綜複雜，再加上心愛的人是同性這種奇妙意識，使得對象若是女人時，就算大臣宰相也甘願忍受的愛的屈辱，擴大成難以原諒。想必沒有任何東西比對象是男人時的愛的屈辱，更能正面刺傷河田這種人的男性自尊心。

河田想起年輕時，在紐約華爾道夫飯店的酒吧，被某位紳士商人誘惑的那一天。他想起在柏林的某個夜晚結識一名紳士，搭乘那人的Hispano-Suiza轎車去郊外別墅的那晚。兩個穿燕尾服的男人，無懼其他車輛的車頭燈照入車內的光線緊緊相擁。他們散發香水味的禮服前襟相觸。那是面對全球恐慌的歐洲最後的繁華。那是貴婦人與黑人，大使與無賴漢，國王與美國武打演員同床共枕的時代。河田想起馬賽那些胸膛隆起如水鳥般光潔白皙的少年水手。他想起在羅馬威尼托街的咖啡館邂逅的美少年，阿爾及利亞的阿拉伯少年阿爾弗雷德・捷米爾・穆薩・扎魯扎爾。

然而，悠一凌駕於這所有的回憶之上！有一次，河田好不容易抽出時間和悠一見面。河田提議去看電影。悠一說不想看電影。平時不玩撞球的悠一，忽然心血來潮，走進路旁的撞球店。河田不玩撞球。於是悠一獨自繞著撞球檯玩了三小時之際，忙碌的企業家就坐在褪色的粉紅窗簾下的椅子，苦等愛人惡意的心血來潮什麼時候才結束。河田的額頭爆出青筋，臉頰痙攣，內心高喊：「居然讓我在撞球店露出稻草的破椅子上苦等。讓這個從來不曾等過人的我！就算讓客人等上一星期也不以為意的我！」

這世間的破滅有很多種。河田預測的，是在旁人看來相當奢侈的破滅。但那既然對河田來說是當下最嚴重的破滅，也難怪他苦心積慮想避免那種破滅。

五十歲的河田期盼的幸福，是蔑視生活。那乍看之下是極為廉價的幸福，是世間五十歲男人都在無意識中做的事情，但是不願成為工作奴隸的男同志頑強地反抗生活，只要一有機會，這個感性的世界就會氾濫，試圖淹沒男人的工作世界。他知道王爾德的那句名言，只不過是死鴨子嘴硬。

「我把自己的所有天才注入生活，對於作品只用了我的才能。」

王爾德只是被迫這麼做。只要是有前途的男同志，任誰都會認同自己內在的某種男性氣概，為之迷戀、執著，但河田認為自己身上的男性美德，是家傳的十九世紀那種勤勉。這真是奇妙的作繭自縛！就像在以前那個尚武的時代，愛女人會被視為娘娘腔的行為，對河田而言，與自身男性美德背道而馳的熱情，似乎也是軟弱的娘娘腔。武士和男同志最醜陋的惡德就是這

2 賀德林（Johann Christian Friedrich Holderlin，1770-1843），德國浪漫派詩人。

種娘娘腔。儘管意涵各有不同，但對武士和男同志而言，「男性」並非本能的存在，毋寧只是基於倫理道德的努力成果，河田害怕的破滅，就是他在道德上的破滅。難怪河田會支持保守政黨，雖然該政黨的立場，是擁護根基於既成秩序及異性戀的家庭制度（那本該是河田的敵人）。

河田年輕時輕蔑的德國式一元論、德國式絕對主義，意外地深深侵犯年長後的他，那種彷彿鄉下青年初來城市的想法，似乎有種思考傾向，動輒立刻面臨二選一的抉擇，不是蔑視生活，就是自我毀滅。如果不停止愛悠一，他怕會無法恢復自己的「男性」。

悠一的影子在他社會生活的每個部分搖曳。就像不小心直視太陽的人，在視線移開後仍會看見太陽的殘影，河田也在悠一不可能出現的社長辦公室響起的敲門聲、電話聲，以及從汽車車窗瞥見路上行人的年輕側臉，看見悠一的影子。那種殘影只不過是幻象，打從第一次浮現和悠一分手的念頭，這種空虛就越發嚴重。

其實河田有點把他宿命論的空虛和這種心靈空虛混淆了。想分手的決心，與其說是害怕哪天在自己內心發現熱情的衰退，毋寧是選擇用苛刻的手段當下撲殺熱情。在紳士名流及名妓出席的夜宴上，連年輕的悠一都感到的那種多數決原則的壓力，也壓垮了照理說應該早有抵抗力的河田那顆高傲的心。他灑脫的各種葷笑話，向來是宴席的重頭戲，但這長年來的違心表演，如今令河田充滿自我厭惡，最近他沉默的態度，甚至讓公司負責承辦宴會的員工膽顫心寒。與其這樣，社長還不如不要出席更能促成宴會的效果，但一板一眼的河田該出席時還是必然出席。

就在河田陷入這種心理狀態時。某晚，久違的悠一突然現身河田自宅，湊巧河田在家，想分手的決心頓時被這意外的驚喜推翻，河田對著悠一的臉百看不厭。通常他會因瘋狂的想像力而清醒，可現在卻為同樣的東西沉醉。神祕的俊美青年。河田沉醉於眼前的神祕。在悠一看來今晚來訪只是心血來潮，不過，他當然也不是真的不知道自己有多少神祕感。

夜色尚淺，河田帶俊美青年出去喝酒。在這種時候，他選擇的安靜高尚的酒吧當然不是圈內那種，他們去了有女人的酒吧。

正巧有四、五個河田熟悉的友人來那家酒吧喝酒。是知名藥廠的社長和高階主管們。社長松村微微擠眼，笑著朝吧檯前的兩人舉起手。

這位年輕的第二代社長松村，才三十歲出頭，是出了名的風流，自信十足，而且是同類。他向來喜歡誇耀自己的素行不良。看他能夠支配的人們會不會改信這個異端，就算做不到，至少也要讓他們承認這個異端，這就是松村的嗜好。松村規矩守禮的老祕書，基於工作關係，努力試著相信同性戀最高尚，不知不覺竟然真的相信了，如今只嘆自己出身卑賤，所以才不具備這種高尚素質。

這下子立場尷尬的是河田。素來對這種問題格外慎重的他帶了一個俊美青年出現，讓對方和公司同事邊喝酒邊公然看熱鬧。

過了一會，河田去洗手間，松村若無其事地起身坐到河田的椅子上。當著悠一左側的女服務生面前，他假裝有公事，坦蕩蕩說，

「小南，我有點事想跟你談，明晚能否一起吃飯？」

只不過是這麼一句話，他卻直勾勾看著對方，一字字像下棋似地說得很鄭重。悠一不假思索允諾。

「你會去吧？那我明天傍晚五點在帝國飯店的酒吧等你。」

他在喧鬧聲中異常自然地瞬間敲定約會，等河田回到位子時，早已回位的松村正在談笑。

但河田敏銳的嗅覺，嗅到了猶如匆匆輾熄的香菸殘餘的氣味。要假裝沒發現讓他很痛苦，那種痛苦如果持續下去必然會變成不悅，也會讓對方發現，河田害怕屆時自己恐怕會憋不住說出不悅的原因，於是催促悠一，對松村格外有禮貌地道別，匆匆走出酒吧。河田先去車子那邊，說要再去一家酒吧，叫司機在這裡等著，然後兩人徒步去下一家酒館。

悠一就是在這時攤牌。路面凹凸起伏很難走，俊美青年雙手插在灰白色法蘭絨長褲口袋，低頭走路時若無其事說，

「剛才松村先生叫我明天五點去帝國飯店的酒吧，他想和我一起吃飯。我沒辦法，就答應了。真麻煩。」——他輕聲啐舌。「本來想立刻告訴你，可是剛才在酒吧不好開口。」

河田聽了，無比欣慰。高傲的企業家沉浸在舉世最謙卑的欣慰，感慨萬千地道謝。河田說，「從松村這麼開口後，到你對我坦白為止，這段時間的長短對我而言是最大的問題。而且剛才在酒吧時你開不了口，換言之，你等於在最短的時間內就向我坦白了。」這是非常理論性的情話，也是率真的告白。

到了下一家酒吧，河田與悠一就像討論公事一樣，詳細演練明天的計畫。松村與悠一之間沒有任何工作上的關係。而且松村老早就覬覦悠一。這次的邀請有何企圖簡直一目了然。

「我們現在在合謀。」河田對自己的心解說這難以置信的喜悅。「悠一和我在合謀。我們的心靈是多麼急速接近啊。」

當著女服務生的面前不好意思，因此河田用一如在社長辦公室的冷淡口吻，如此指示：

「這樣我就明白你的心意了。也理解你懶得打電話拒絕松村。……你看這樣好不好（河田在公司，只會說「就這麼辦」，絕對不會說什麼「這樣好不好」。）……松村好歹是公司大老闆，也不好怠慢他。更何況，就算只是情勢所逼，你畢竟也答應他了。……你還是去約定的地點吧。並且接受他的晚餐招待。之後，你就說，為了答謝他的晚餐你想請他喝酒。松村聽了應該會安心跟你走。然後我就假裝湊巧也在那個酒吧出現。這樣可以吧。我大約七點左右去那邊等著。……該選哪家酒吧好呢？我常去的地方，松村會有戒心，他應該不敢去。可是我一次也沒去過的酒吧，如果我竟湊巧也在，那樣也太不自然了。一切都得進行得非常自然。……有了。我們一起去過四、五次的絕戀（Je l'aime）酒吧不就在那附近嗎。就選那裡好了。如果松村犯疑心裹足不足，你就騙他說那是你和河田沒有一起去過的酒吧。……你看這樣安排如何？這應該是三方都不會受傷的好主意吧。」

悠一說，就這麼決定。河田開始盤算明早立刻推掉明晚工作上的應酬。兩人當晚沒喝多少酒就趁早打住，之後一夜歡愉無限，河田不禁懷疑自己曾有瞬間想和這個年輕人分手的心態。

翌日五點，松村在帝國飯店後方的酒吧等悠一。一切感官慾望的期待令心情膨脹，滿懷自戀與確信，這個貴為社長卻只夢想當情夫的男人，輕輕搖晃雙掌溫熱的干邑白蘭地酒杯。約定的時間過了五分鐘時，他深深體會到等待的快樂。酒吧的客人幾乎都是外國人。不停說著宛如狗用喉嚨低吠的英語。松村察覺過了五分鐘悠一仍未現身後，試著像前五分鐘那樣品味接下來這五分鐘，但這五分鐘已經變質。說穿了，就像掌中的金魚，是活跳跳、不容大意的五分鐘。想到悠一或許的確已來到門口，卻猶豫著不敢進入，他的存在感就充斥四周。當那五分鐘過完後，這種感覺崩壞，取而代之的是另一種新鮮的不存在感，決定姑且等到五點十五分再說的努力，感覺格外深切，松村的心一再產生心理上的換氣作用。但這種心理過程過了二十分鐘後突然停滯，被不安與絕望感打擊，這次他只忙著修正造成痛苦原因的那種巨大期待。「再等一分鐘吧。」松村想。他把希望寄託於金色秒針走過六十格的那種緩慢。松村就這樣破例空等了四十五分鐘。

松村死心離開後，過了大約一小時，河田匆匆結束工作，前往絕戀酒吧。湊巧河田也體會到和松村一樣乾等的苦惱（雖然更為緩慢）。但這種刑罰之漫長更甚於松村數倍，殘酷的程度更是遠非松村遭受的所能比較。河田一直在酒吧待到打烊，被想像力加倍鼓舞的苦惱，隨著時間過去越久就越深越廣，不死心地繼續累積。

起初那一小時，河田幻想上的寬容無限。「一定是吃飯拖太久了。八成被招待去哪家日本料理。」河田想。大概是有藝妓陪酒的包廂，在藝妓面前就算是松村想必也得謹言慎行，所以這種想像對河田而言正中下懷。又過了一段時間。極力避免去懷疑「未免也遲到太久了」的心，突然爆發，不斷給別的懷疑煽風點火。「悠一該不會是騙我吧？不，不可能。是那傢伙的年輕抵抗不了松村的狡猾。他太純情了。太純真。他迷戀我已是無庸置疑。但光靠他的力量，或許無法把松村引來這裡。八成是松村識破我的計畫，不肯上當。悠一和松村現在肯定在別的酒吧。悠一一定會伺機逃來我這裡。我再忍一下就好。」——這麼一想，河田就飽受後悔折磨。

「我幹嘛要基於無聊的虛榮心，故意讓悠一陷入松村的陷阱呢？為何不讓他明確拒絕邀請？悠一如果不想打電話拒絕，就算這樣有點不成熟，我也該自己打電話回絕松村。」

突然間，某種幻想撕裂河田的心。

「現在，松村說不定正在哪裡的床上抱著悠一！」

每種臆測的邏輯漸漸越想越精緻，塑造出「純情的」悠一的邏輯，和塑造出「極端下流的」悠一的邏輯，各自形成完整體系。河田只好向酒吧吧檯上的電話求救。他打給松村。都已過了十一點松村還沒回來。河田又打破禁忌打電話到悠一家。他不在。河田問了悠一母親的醫院電話號碼，不顧常識和禮貌，請求醫院總機替他查病房號碼，但悠一也不在病房。

河田快瘋了。回家後怎麼也睡不著。深夜兩點多又打電話去悠一家。悠一還是沒回來。

河田徹夜難眠。翌晨是個初秋爽朗的晴天，早上九點他又打電話，悠一來接聽後，他沒有任何指責，只是叫悠一十點半來公司的社長辦公室。這是河田第一次把悠一叫到公司。在前往公司的車上，河田絲毫沒把車窗外的景色看入眼中，心裡反覆嘀咕著經過一夜做出的男性化決定。「一旦決定了就不能妥協。無論發生任何事都不能妥協。」

河田準時在十點走進社長辦公室。祕書來道早安。為了聽取昨晚代他出席宴會的高階主管報告，他傳喚那個主管，但人還沒來。倒是另一位高階主管隨意來他辦公室小坐。河田彌一郎煩躁地閉眼。雖然徹夜未眠，但他並未頭痛，反而更清醒。

主管憑窗把玩百葉窗的拉繩流蘇。用一如往常的大嗓門說，

「宿醉搞得頭好痛。昨晚被難纏的傢伙拉去喝酒，一直喝到今天早上三點。兩點離開新橋，

之後鬧得整個神樂坂都醒了。你猜是誰？是松村製藥的松村喔。」——河田聽了愕然。

「我的身體已經沒辦法陪那種年輕人玩了。」

河田極力裝出很感興趣地問，

「松村帶的是什麼樣的伴？」

「就松村一個人。他老爹和我很熟，所以偶爾大概是抱著約老爹的心態來約我。昨天難得我早早回家，正想好好泡個澡，結果他就打電話來了。」

河田差點脫口冒出喜悅的呻吟，但另一種心思頑強地阻止他。這樣的好消息無法補償昨晚的苦惱。不僅如此。說不定是松村拜託熟識的主管，做出這種虛假報告以製造不在場證明。總之一旦做出的決定就絕不能妥協。

主管後來聊了一些工作上的事，河田連自己都很意外地對答如流。祕書進來報告有客人來訪。河田皺眉說，是親戚的學生來求他安排工作，但在校成績實在太差了。主管自覺不便多聽主動離開後，緊跟著悠一就進來了。

初秋早晨爽朗的晨光中，俊美青年的臉上有青春閃耀。毫無烏雲，毫無陰影，每個早上重生的那張臉孔令河田怦然心動。前一晚的疲勞和背叛，讓他人背負的苦惱都了無痕跡，這張不知報應的青春臉龐，就算昨晚殺了人，肯定也不會改變。他穿著深藍色西裝外套，灰色法蘭絨長褲，褲子中線筆直向前伸展，坦蕩蕩地走過容易滑倒的地板來到河田的辦公桌前。

河田選擇了最拙劣的開口方式：

「昨晚是怎麼回事？」

俊美青年露出男子氣概的白牙微笑。應他之請在椅子坐下，說道：

「我嫌麻煩，沒去見松村先生。所以我想也沒必要再去找你。」

河田早已習慣這種開朗又充滿矛盾的辯解。

「怎麼會沒必要來找我？」

悠一再次微笑。然後像個大膽的學生，搖晃屁股底下的椅子吱呀響。

「前天不是才見過嗎？」

「我打了好幾通電話去你家。」

「我聽家裡人說了。」

河田發揮戰敗者被逼得走投無路的蠻勇。突然話題一轉，跳到悠一母親的病，問他入院費夠不夠。青年回答沒問題。

「我不問你昨晚是在哪過夜的。給令堂的探病慰問金就交給你吧。聽著。我可以給你一筆讓你滿意的錢。如果你滿意了，就點點頭。……然後，」——河田用異常公事化的口吻說。「今後，我希望你徹底離開我。我也絕對不會對你留戀。我不想再落到更滑稽的下場，影響我的工作。可以吧？」

他一邊確認一邊取出支票簿，他不知是否該給青年幾分鐘時間考慮，偷偷望向青年的臉孔。之前一直垂著眼的其實是河田。青年始終正視著他。河田在這瞬間，等待悠一的辯解、道歉、哀求的同時也在害怕，但年輕人始終驕傲地昂首沉默不語。

河田撕下支票的聲音在沉默中響起。悠一一看，上面寫著二十萬。他沉默，用指尖把支票推回來。

河田撕碎支票。又重新寫了一張金額撕下。遞到悠一的面前。悠一再次推回。這異常滑稽且認真的遊戲重複數次，金額到了四十萬，悠一想起俊輔借給他的五十萬。河田的舉動只激起悠一的輕蔑，把價碼抬高到極限後，就當場撕碎支票宣告分手——這樣的炫耀心態在年輕人心中萌生，但是五十萬的數字閃現後，回過神的悠一決定等待下一次開價。

河田彌一郎沒有低下高傲的額頭，右頰一陣閃電似的痙攣。他撕碎前一張，又開了一張支票滑過桌面。上面寫著五十萬。

青年伸指，慢吞吞折起支票，塞進胸前口袋。他起身，露出別無他意的微笑同時鞠躬。

「謝謝……這段時間承蒙照顧。那我走了……再見。」

河田已失去從椅子站起的力氣，好不容易才伸出手要求握手，說聲再見。與他握手的悠一，對河田抖得很厲害的手視為理所當然。走出辦公室，對於自己毫無憐憫之情湧現，他認為這對死都不願被人憐憫的河田是一種幸運，而這種自然的感情毋寧是友情的流露。他喜歡電梯，因此沒有走樓梯，按下大理石柱上的按鍵。

＊＊＊

悠一在河田汽車的工作泡湯，他的社會野心化為泡影。另一方面，河田用五十萬買回了那種「蔑視生活」的權利。

悠一的野心本就屬於幻想，同時這種幻想的受挫，也阻礙他回歸現實。比起無傷的幻想，受傷的幻想似乎更想與現實為敵。在他面前，要填補「夢想的自我能力」與「正確測量的自我能力」之間的落差，基本上似乎已徹底斷絕可能性。但是學會觀看的悠一，知道那打從一開始就毫無可能。因為在這可嘆的現代社會，已經習慣把那種測量視為首先必備的能力。

悠一的確學會了觀看。但是如果不透過鏡子，身在青春之中要看青春非常困難。青年的否定歸於抽象性，青年的肯定傾向感官性，似乎都是根植於這種困難。

昨晚他忽然想賭一賭，遂將松村和河田兩邊的約會都爽約，去學校朋友家喝酒到天亮，度過清淨的一夜。但這種所謂的「清淨」也不出肉體的範疇。

悠一渴望有自己的位置。他一度衝破鏡子的牢籠，忘記自己的臉，當作那個不存在，然後開始尋找觀看者的位置。他曾幻想社會應該會給予他某種位置，來取代肉體彷彿被鏡子證明般明確占有的位置，但他如今從這種孩子氣的野心解脫了。雖然為時已晚，但他還是想在青春中尋求這個，想在自己看不見的東西上找到存在的位置，這項困難作業令他焦躁不已。不久以前，他的肉體本來輕鬆就能完成這項作業。

悠一感到俊輔的咒縛。必須先把五十萬還給俊輔。一切都得等那之後再說。

數日後，秋夜涼宵，俊美青年無預告地突然來到俊輔家。老作家湊巧在寫幾週前開始動筆的稿子，這篇自傳式評論，檜俊輔自己命名為「檜俊輔論」。他不知悠一即將到訪，正在桌前燈光下重讀這篇未完成的稿子。他用紅色鉛筆四處修改。

# 第三十二章　檜俊輔寫的「檜俊輔論」

有些作家置身在無聊的天賦，或者說天賦的無聊中，炫耀無聊成了唯一打發無聊的方法。但檜俊輔不是。是虛榮心拯救他逃離這個陷阱。如果說炫耀無聊也是一種虛榮心的反論，那麼拯救我們的，永遠是頂多不陷入反論的某種正統的淺薄。他的平衡，多虧對這種淺薄的信仰。

從小，藝術就像是他的胎毒。除了那個，他的傳記沒有什麼特別值得一提。生於兵庫縣的豪門，在日本銀行工作三十年做到參事的父親，在他十五歲那年過世的母親，與父母的家庭記憶，按部就班的學歷，法語的優秀成績，失敗的三段婚姻。最後這一項頗有幾分引起傳記作者的好奇。但是他的作品始終沒有觸及這個祕密。

在他隨想的某一頁，我們看到幼年的他漫步某個想不起名字的森林，偶遇目眩神迷的光影、歌聲和拍翅。那是大批蜻蜓。但這麼美妙的文章，無論之前或之後都沒有再在他作品中出現。

檜俊輔創出如同從死人口中拔出金牙的藝術。在這個人工樂園（想必嚴密排除了對實用性目的不含嘲笑的價值），除了死人般的女人、化石似的花、金屬庭院、大理石臥榻之外什麼也沒有。檜俊輔執拗描繪被貶低的一切人類價值。他在明治以來的日本近代文學中占據的位置帶有某種不祥。

少年時代影響他的作家是泉鏡花[1]，泉鏡花寫於明治三十三年的《高野聖》，是他在那幾年心目中最理想的藝術作品。這個描寫大批人類的變形，唯一保留人形的肉慾型美女，以及僧侶藉著逃離這唯一的人類勉強保住人形的故事，想必對他暗示了他自身創作根源的主題。但是不久後，他就拋棄鏡花的情緒世界，和唯一的摯友菅野二十一一起沉浸在當時徐徐傳入的歐洲世紀末文學的影響。

當時他的許多習作，都效法死後全集的編纂方式，收錄在晚近的《檜俊輔全集》中。筆法雖稚拙樸素，但他在十六歲時寫的《仙人修行》這篇極短的寓言，幾乎已在無意識的創作中，悉數包含他日後的主題，令我們為之愕然。

文中的「我」是在仙人洞窟伺候的侍童。侍童生於這個山岳地帶，從小就沒吃過雲霞以外的東西。因此，看在可以免費使喚的份上，仙人們雇用了「我」。仙人們雖對世人宣稱只吃雲霞，其實和普通人一樣必須吃菜吃肉才活得下去。「我」謊稱是「我們這些侍童」要吃的食物——其實侍童只有「我」一人——總是奉命去山下的村子採買數人份的羊肉和蔬菜。某個狡詐的村民，賣給他染上瘟疫的羊肉。仙人吃了之後紛紛中毒，陸續暴斃。善良的村民得知侍童買了有毒的肉，不放心地爬上山頂，看到只吃雲霞長生不老的仙人悉數死亡，吃了有毒羊肉的侍童卻活蹦亂跳，於是反而把侍童當成仙人尊崇。侍童既已成為仙人，遂宣言今後只吃雲霞，獨自在山頂過著安詳的生活。

這裡描述的，無庸贅言，是關於藝術與生活的諷刺。侍童知道藝術家的生活騙術。在懂得

1 泉鏡花（1873-1939），明治後期至昭和初期的小說家。師事尾崎紅葉。建立充滿幻想與浪漫的獨特文學世界。

藝術之前先學會了那種生活騙術。但侍童打從出生就已掌握這種騙術的奧義、生活的祕鑰。換言之，他是出於本能地只吃雲霞，因此體現了「無意識的部分就是藝術家生活的最高騙術」這個命題，同時也因為是無意識的，因此才會任由冒牌仙人使喚。仙人們的死，讓他的藝術家意識幡然覺醒。「我今後只吃雲霞。過去吃的羊肉和蔬菜我不再吃了。我已經成為仙人了。」侍童如是說。把這種意識化、天賦才能當成最高騙術利用，令他得以超然脫離生活，成為藝術家。

對檜俊輔而言，藝術是最容易的路。從這種容易的自覺，他發現身為藝術家那種痛苦的快樂。那種雕蟲小技，世間稱為刻苦勤勉。

他的第一本長篇小說《魔宴》（明治四十四年），是在文學史占據孤獨位置的傑作。當時正值白樺派[2]文學的全盛期，同一年志賀直哉寫了《混濁的頭》。檜俊輔和該派異類菅野二十一的來往算是例外，除此之外他始終與白樺派無緣。

他靠《魔宴》確立了他的小說手法與名聲。

檜俊輔的容貌之醜，成了他青春的神奇天賦。他敵視的自然主義文學作家富本青村，曾在作品中描繪以他為藍本的青年，從這段描寫大致可看出俊輔青年時代的風采。

「三重子試著思考，光是坐在這個男人的面前，就不由感到的這種寂寥究竟是怎麼回事。『你就算說再多也沒用。』對於她這一再重申的冷漠答覆，男人每次只是死性不改地回以寂寞的表情。看似窮酸的嘴巴，缺乏趣味的鼻子，緊貼兩側的單薄耳朵，油紙似的暗黃色皮膚，只有眼白發出精光，像痲瘋病人那樣若有似無的稀疏眉毛。既沒精神，也沒青春氣息。三重子暗忖，這種寂寥感肯定是因為這個男人沒發現自己的醜陋。」（青村《鼠窩》）

現實中的俊輔很清楚「自己的醜陋」。但仙人們敗給生活，童子卻沒失敗。關於容貌的深刻屈辱感，成了他青春時代精神活力的祕密來源，他或許就是從這種體驗，習得從最表面的問題展開深遠主題的方法。《魔宴》是冷若冰霜的女主角由於眼睛下方有一顆小痣，因此被離奇的命運捉弄的故事，痣在這個場合看似是命運的象徵，其實正好相反。檜俊輔和象徵主義風馬牛不相干。他在作品中的思想，就像這顆痣，本身無意義的外在性被執拗地保障，引出了他出名的箴言：「思想如果沒有藏身於化身為形式的形式，就算不上藝術作品的思想」（譫語聚）。

對他而言，思想就像痣一樣偶然產生，藉由與外界的反應而必然化，本身並不具備力量。思想等於是過失，或者說是與生俱來的過失，不可能先有抽象的思想誕生然後才被肉體化，思想從一開始就是肉體某種誇張的樣式。大鼻子的男人，是大鼻子這種思想的主人；耳朵會抽動的男人，不管怎麼變，到頭來，還是耳朵會抽動這種獨創思想的主人。他說到形式時，幾乎可以把那個字眼替換成肉體，檜俊輔有志創作類似肉體存在的藝術作品，但諷刺的是，他的作品一律散發屍臭，構造就像精巧的黃金棺材，給人極度人工化的印象。

《魔宴》中，女主角委身於最愛的男人時，本該熱情如火的兩具肉體卻「發出瓷器碰撞般的聲音」。

「華子思忖這是為什麼。然後她發現，由於高安太用力壓過來，他的牙齒摩擦她的牙齒造成晃動，原來他滿嘴都是陶瓷做的假牙。」

2 白樺派，以雜誌《白樺》為中心興起的文學流派。標榜人道主義、理想主義，與自然主義對抗。

這是《魔宴》中唯一寫來企圖博取滑稽效果的部分。其中有下流的誇張，鄙俗的詭異，突如其來地出現在前後的優美文章之間。這一節埋下中年男人高安的死亡伏筆，帶給讀者死亡這種突然的鄙俗恐怖。

經過多樣化的時代變遷，檜俊輔始終頑固。這個不想活卻活下來的男人，本身有種燃燒不盡的活力產生的冷漠天賦。而且他身上，絲毫看不出那種或許該說是作家個人發展的基礎——從反抗到侮蔑，從侮蔑到寬容，從寬容到肯定的足跡。侮蔑和華麗辭藻是一輩子糾纏他的痼疾。

在長篇小說《恍如夢中》，檜俊輔達成最初的藝術完美境界。雖然書名甜美，卻是殘酷的愛情小說。書中主角友雄在鄉下老家度過《更級日記》[3]女主角那種夢想中的少年時代，來到東京後偶然遭遇強烈的肉慾之愛，而且由於過度敏感的感性和三分鐘熱度的性格弱點，使他無法擺脫年長女人的肉體羈絆，十幾年都在厭惡和倦怠中痛苦掙扎，最後帶著驟逝的女人遺骨，歡喜回歸田園故里。全書五百頁中，有四百幾十頁都充斥著生活中無止境的倦怠與厭惡的忠實描寫。對於主角這種溫吞生活態度的緩慢描寫，用不斷出現的緊張牽引著讀者，這種不可思議，暗藏在作者看似蔑視熱情的態度中，似乎是一種方法論的祕密。

寫小說時，幾乎難以想像作者絲毫沒有對自己蔑視的東西移情。那樣做毋寧是有利的捷徑，所以福樓拜才會寫出不朽的郝麥[4]，利爾阿達姆[5]才會寫出《波諾美》(*Tribulat Bonhomet*)。只能說檜俊輔欠缺小說家必備的能力，那是某種神祕的能力——對己對人都沒有偏見的客觀態度一旦以現實為對象時，那種客觀性本身反而會化身為自由改變現實的熱情。在他身上看不到想把小說家再次投入生活漩渦中的那種可怕的「客觀性熱情」，那是類似實驗科學家的熱情。

檜俊輔精心篩選自己的感情，把自己認為美的視為藝術，自己認為壞的視為生活，有這樣篩選分類的形跡。就此成立了他的奇妙藝術——就最好的意義而言是唯美的，最壞的意義而言是倫理的——但他顯然打從一開始就放棄了美與倫理的困難交配。支持他那無數作品的熱情，或者不如說單純只是物理性力量的泉源究竟是什麼呢？那純粹是想忍受身為藝術家的容易和無聊的禁慾式意志力嗎？

《恍如夢中》是自然主義文學的戲仿作品（parody），但自然主義和反自然主義的象徵主義，在日本是以相反的順序引進國內，反自然主義在日本初起的時代，檜俊輔和谷崎潤一郎、佐藤春夫、日夏耿之介、芥川龍之介等人一同成為大正初期藝術至上主義的旗手。他完全不受象徵派影響，專門根據個人喜好翻譯馬拉美[6]的長詩《希羅迪亞德》（*Herodiade*）以及於斯曼、羅登巴克等人的作品，說到他從象徵派得到的收穫，並沒有那種反自然主義的成分，似乎只有反浪漫主義的傾向本身。

但近代日本文學的浪漫主義，不是檜俊輔的正當敵人。那早在明治末期就失敗了。檜俊輔正當的敵人在自己的心裡。沒有人比他更切身感受到浪漫主義的危險，他自身就是被討伐的對

3《更級日記》，平安時代中期菅原孝標女的回憶錄。是平安時代女流日記文學的代表作之一。
4 郝麥，福樓拜的作品《包法利夫人》中的人物，是個喜歡賣弄的藥劑師。
5 利爾阿達姆（Auguste Villiers de l'Isle-Adam，1838-1889），法國象徵主義作家、詩人、劇作家。
6 馬拉美（Stephane Mallarme，1842-1898），法國象徵主義詩人、文學評論家。

象，也是討伐者。

這世間的脆弱之物、感傷之物、易變之物、怠惰、放浪、永恆這種觀念、青澀的自我意識、夢想、自戀、極端自恃和極端自卑的混合、以殉教者自居的心態、牢騷、有時甚至是「生命」本身……他在這些東西都看到浪漫主義的陰影。浪漫主義對他而言就是「惡」的同義詞。檜俊輔將青春危機的病因，全部歸咎於浪漫主義的病菌。這裡產生一個奇妙的錯誤。隨著俊輔脫離青春的「浪漫派」危機，在作品的世界，以反浪漫主義者的身分倖存，浪漫主義也因此在他的生活裡執拗地倖存。

藉由蔑視生活來執著生活，這個奇妙的信條，把藝術行為無限地變成非實踐性。藝術可以解決的事情根本不存在——這就是檜俊輔永不厭倦的信條。他的毫無道德，最後讓藝術上的美和生活上的醜具備同等重量，陷入可以選擇的、單純的相對性存在。那麼藝術家在哪個位置呢？藝術家就像魔術師，早已面對公眾站在冷漠騙術的頂點。

青年時代苦於相貌醜陋的自覺，令俊輔喜歡把藝術家這種存在，想像成如同梅毒病人的病菌侵蝕顏面那樣，被精神毒素侵蝕外表的奇妙殘疾者。他有個遠親罹患小兒痲痺，長大後也在家中像狗一樣爬來爬去，不僅如此，此人的下顎異樣發達，像鳥喙一樣突出，是個不幸的怪物，但每次看到此人為了謀生做出許多博得好評的手工藝品，總會對那異樣的精緻和美麗悚然一驚。

某天，在市區華美的店鋪，俊輔看見那人的手工藝品陳設在店頭。那是用木雕圓形木片串成項鍊，以及附帶音樂盒功能的精巧粉餅盒。製品清潔、華麗，擺在美麗客人進出的店內，堪稱適得其所。女客們就算買下那個，真正付錢的買家，想必還是她們的富裕監護人。許多小說家朝那個方向透視人生。但俊輔把透視的眼光轉向反方向。女人們喜愛的華美事物、異樣精緻的美麗物品、天然未經修飾的裝飾品、極盡人工化美感的東西……這種東西必然帶有陰影。殘留著那個不幸的工匠無形的醜惡指紋。那些東西的製作者，必然是小兒麻痺的怪物，或者看了就噁心的性別倒錯者，再不然就是類似的怪胎。

「西洋封建時代的諸侯，個性率直，身心健全。他們知道生活的奢侈與華美必然伴隨極度的醜惡，為了將那個明證公諸於世，而且只是聊以慰藉，達成人生的享樂，他們雇用了奇怪的小丑侏儒。在我看來，就連鼎鼎大名的貝多芬，都是一種受到宮廷寵愛的侏儒。」（關於美）

俊輔如此寫道。接著又說，

「……而且說到醜惡的人如何創作出纖細美麗的藝術品，簡而言之，要歸因於那人內在心靈之美。問題永遠在於『精神』，永遠是所謂純真無垢的靈魂。而且沒有任何人親眼看過。」（關於美）

在俊輔看來，精神扮演的角色，就像是只能傳播「崇拜自身無力」的宗教。蘇格拉底率先為古希臘帶入精神。過去支配希臘的是肉體與睿智的平衡本身，不是「精神」這個打破平衡的自我表現。正如阿里斯托芬[7]透過喜劇揶揄的，蘇格拉底把青年們從體育館引誘至集會所，從準備上戰場的肉體磨練，引誘至關於愛智的論爭及自我無力的崇拜。青年們變得「肩膀窄小」。蘇格拉底被判處死刑是理所當然。

7 阿里斯托芬（Ἀριστοφάνης，B.C.448-380），古希臘喜劇作家，被視為古希臘喜劇尤其是舊喜劇最重要的代表者。

大正末期至昭和時代這段社會變遷、思想混亂的時期，檜俊輔在帶著輕蔑的漠不關心中度過。他確信精神毫無力量。昭和十年寫的短篇小說《手指》被譽為名作。故事描寫潮來[8]的老船夫，載著各種客人巡遊水鄉，一邊自述活到這把年紀的詳細經歷，後來他載了一個貌如菩薩的美女船客，為她介紹秋霧氤氳的水鄉，並在某個水灣意外共赴巫山雲雨。雖然故事非常陳腐老套，但作者附上奇特的結局：難以相信這個現實的老船夫，把女人戲謔咬傷的食指傷痕視為一夜情的唯一證據，堅持不肯治療那個傷口，終於拖到傷口化膿不得不截斷手指，故事就在他給聽眾看那從根部切斷的食指時結束。

簡潔冷酷的文章，以及令人聯想到上田秋成[9]的幻想式自然描寫，堪稱已臻日本藝道的大師境界，但俊輔在這篇作品設計的笑料，是當代人失去信奉文學性現實的能力，終於失去一指的滑稽。

戰時的俊輔，一度企圖重現中世文學的世界，那是在藤原定家的十體論及《愚祕抄》、《三五記》的美學影響下的中世世界，之後戰時政治審閱的不當浪潮襲來，俊輔靠著父母的遺產生活，陷入沉默，繼續創作不打算發表的獸姦小說。這篇作品在戰後還是發表了，就是被人拿來與十八世紀薩德侯爵作品相較的《輪迴》。

不過戰時他發表過唯一一次大聲疾呼的時事評論。當時，他對右派青年文學者推動的日本浪漫派運動已忍無可忍。

戰後，檜俊輔的創作力開始衰退。偶爾發表零碎的創作，那些也都不負名作之名，但戰後第二年，五十歲的妻子和小情人殉情後，他變得只是不時嘗試給自己的作品做出美學上的注釋。

人們以為檜俊輔已經封筆了。和被稱為文豪的幾個高齡作家一樣，深深自閉在自己築起的作品城堡中，就連死去，恐怕都無法動搖城堡的一顆石子，就此結束堅固的生涯。但在世人看不到之處，促使這個作家做出愚行的天分，以及長期壓抑在生活內的浪漫衝動，正在悄悄企圖復仇。

襲擊這位高齡作家的是何等悖論的青春！這世間有不可思議的邂逅。俊輔不相信靈感的存在，卻不得不被這種邂逅之玄妙打動。當他發現一名年輕人帶著俊輔在青春時代未能擁有的一切從海中現身，當他發現那個絕對不愛女人的俊美青年時，檜俊輔看到他自身青春的不幸鑄模，塑造出可怕的塑像。俊輔寄託在這個用大理石構成肉體的青年身上的春青，消除了一切生活的畏懼。他決心發揮老年的智慧，這次一定要活出銅牆鐵壁似的青春！

悠一的毫無精神性，治癒了俊輔在精神上飽受侵蝕的藝術宿疾。悠一對女人的毫無慾望，治癒了俊輔因為忌憚那種慾望而對生活產生的怯懦。檜俊輔企圖創作畢生未能實現的理想藝術作品。那是用肉體當素材來挑戰精神，用生活當素材來挑戰藝術，最悖論式的藝術作品……。這個企圖，成了俊輔有生以來初次擁有的**無法化身為形式的思想**母胎。

起初，他的創作看似進展順利。然而即便是大理石也免不了風化，活生生的素材時時刻刻在變化。

8 潮來，位於茨城縣南部，是內陸湖泊包圍的水鄉城鎮。
9 上田秋成（1734-1809），江戶時代後期的作家。因其創作的怪誕小說《雨月物語》而知名。

「我想改變。我想成為現實的存在。」

當悠一這麼高喊時，俊輔第一次有了失敗的預感。

諷刺的是，這挫折在俊輔的內心也出現徵兆，而且危險數倍。因為他開始愛上悠一。

更諷刺的是，這是最自然的愛。再沒有什麼能像藝術家對素材的愛這樣，讓肉慾和精神之愛的完美結合，達到兩者混淆不清的境界。素材的抵抗令魅力倍增。俊輔對不斷試圖逃脫的素材著了魔。

這是俊輔第一次感到創作行為的感官刺激有如此偉大的力量。許多作家都是基於那種自覺開始青年時代的創作，但俊輔反其道而行。或者，就是因為受到對悠一的愛與肉慾折磨，這位「文豪」才終於成為小說家？那可怕的「客觀性熱情」或許這才終於進入俊輔的體驗？

不久，俊輔和化為現實存在的悠一分開，好幾個月都沒和心愛的青年見面，重回孤獨的書房生活。和過去一再嘗試的逃避不同，這次是毅然決然的行為，因為他再也耐不住默視素材委身於「生」的變化，只好和現實暫時斷絕，而且無處發洩的肉慾越深刻，就越深深依賴曾經那樣輕蔑的「精神」。

檜俊輔其實以前從未如此深刻地與現實斷絕。現實從不曾用這種感官力量不斷加深那有意識的斷絕。他愛過的淫蕩女子們擁有的感官力量，在拒絕他的同時也輕易出賣她們的現實，藉由這種買賣，俊輔寫出許多冷若冰霜的作品。

俊輔的孤獨，直接轉化為深刻的創作行為。他打造出夢想中的悠一。那是不被生命干擾，不受生命侵蝕的鐵壁似的青春。是耐得住一切時光侵蝕的青春。俊輔的桌上，總是攤開著孟德斯鳩史論的一頁。那一頁寫的是羅馬人的青春。

「……觀諸羅馬人的聖經，塔克文[10]欲建造神殿時，適合的土地皆已祭祀眾多神像。於是對照鳥卦得來的知識，卜卦請問眾神是否願意將地方讓給朱比特的神像，結果卦象顯示除了戰神瑪爾斯和青春之神、特耳米努斯之外，所有的神都同意。因此產生三種宗教性的想法。第一，瑪爾斯的信徒絕對不會讓出已經占領的土地，第二，羅馬人的青春絕對不會被任何東西征服，第三，羅馬人的特耳米努斯神絕對不會撤退。」

藝術第一次成為檜俊輔的實踐倫理。長存於生活中的不祥的浪漫主義，被浪漫主義自身的武器擊退。到此，等同俊輔的青春同義詞的浪漫主義，被封印在大理石中。成為永恆這個浪漫概念的犧牲品。……

俊輔毫不懷疑自己對悠一的必要。青春不該一人獨活。正如一個具有紀念意義的事件需要當下做歷史記述，珍貴美麗的肉體蘊藏的青春，也必須有記述者在旁。同一人絕對無法兼顧行為與記述。肉體之後萌生的精神，行為之後萌生的記憶，只依賴這個的青春回憶錄，無論多麼美好都是徒勞中的徒勞。

青春的一滴甘露，必須立刻結晶，化為不死的水晶。就像沙漏上半部落下的沙子，在落盡的那一刻，已在下半部堆起上半部曾經堆積的同樣形狀，青春過完的那一刻，沙漏的每一滴也必須悉數結晶，同時迅速刻畫出不死的雕像。

10 塔克文（Lucius Tarquinius Superbus），羅馬王政時代第七任君主。

造物主的惡意，就是在同一個年齡無法同時邂逅完全的精神與完全的青春肉體，雖然總在青春的芬芳肉體藏著不成熟的精神，不過倒也無需慨嘆。青春是精神的對立概念。不管精神多麼想活下去，也只不過是在拙劣描摹青春肉體的精妙輪廓。

無意識地虛度青春是莫大浪費。那是不指望收穫的一段期間。生的破壞力與生的創造力在無意識中達成最佳均衡。這種均衡必須被塑造成型。……

# 第三十三章　大結局

決定晚間去拜訪俊輔的那天，悠一從早上就無所事事。康子娘家的百貨公司將在一週後招募新人。悠一的就職早已在岳父的安排下確定。但形式上還是得去參加考試。為了事先商討細節，必須去拜訪岳父順便致謝。本該早點去的，但母親的病情惡化，給了他拖延的好藉口。

今天悠一還是提不起勁去見岳父。五十萬的支票就在口袋的皮夾中。悠一獨自前往銀座。都營電車停在數寄屋橋的車站，已經沒有繼續行駛的跡象。只見人們朝尾張町的方向奔跑，連車道上都擠滿了人。澄澈的秋日晴空，有黑煙冉冉升起。

悠一下了電車，也混在人群中朝那邊趕去。尾張町的十字路口早已擠滿人。三輛紅色消防車停在人堆中，幾條細長的水柱對著黑煙升起處噴去。

失火的是大型酒店。從這邊看去，被前方的雙層建築擋住，只能看見竄得老高的火舌不時在黑煙中閃現。若是夜晚，應該會看見帶著無數火星的濃煙，此刻是漠無表情的黑色。火勢已蔓延至周遭商店。前方的雙層建築，二樓陷入火海，似乎只剩下外牆。但是外牆雞蛋色的塗漆依然鮮豔平靜，並未失去日常的色彩。一名消防隊員爬上已半陷入火海的屋頂，努力用消防鉤破壞建築物防止火勢蔓延，群眾紛紛讚揚他的勇敢。看著和大自然賭上生死而戰的人類渺小的黑影，看著那人絲毫沒有意識到自己正被圍觀的真摯模樣，似乎給群眾內心帶來偷窺的快樂，類似那種猥瑣的快樂。

靠近火場的大樓，四周圍著改建用的鷹架。幾人站在那鷹架上防備火勢延燒。

大火意外地安靜。一直沒聽見爆裂聲、樑木燃燒掉落等等聲音。懶洋洋的引擎聲落下，原來是報社的紅色單引擎飛機在頭上盤旋。

悠一感到霧氣灑落臉頰，連忙後退。原來是路旁消防栓接上消防車老朽的水管後，從水管破洞噴出水花，如細雨噴灑在路面。水花不留情地弄濕和服店的櫥窗，為了預防火勢延燒，店內員工把手提保險箱及隨身物品都搬出來，蹲在那堆東西旁，從外圍很難看清他們。

消防隊的噴水不時斷絕。沖天的水柱眼看著退卻，逐漸萎靡不振。期間，風向導致黑煙傾斜，卻始終不見減弱。

「預備隊來了！預備隊來了！」

群眾大叫。

卡車趕開群眾停下，頭戴白色鐵盔的隊員成群結隊從車尾跳下來。只是來指揮交通的一隊警察，竟給群眾帶來那麼大的恐懼未免可笑。群眾或許是在自己內心感到，足以讓預備隊趕來的騷動本能。預備隊員還沒揮起警棍，擠滿車道的人群已如知道敗北的革命群眾，土崩瓦解地後退。

那種盲目的力量非常驚人。人們一個個失去意志，任由外力推送。往人行道推擠的壓力，把站在店鋪前的人們擠向櫥窗。

店前，年輕人站在昂貴的整片櫥窗玻璃前，張開雙手大叫：

「小心玻璃！小心玻璃！」

群眾如飛蛾撲火，沒把玻璃看在眼中，因此年輕人只能這樣提醒大家。

悠一被推擠之際，聽見放煙火似的聲音。是兩三個氣球從小孩手中飛走被人踩破了。悠一也隨著凌亂的腳步，看到一隻藍色的木製涼鞋如漂流物被四處推來推去。

悠一終於脫離群眾的支配時，發現自己站在意外的方位。他重新調整歪掉的領帶，邁步離開。他已不再朝火災那邊注視。但這場騷動的異樣能量，轉移至他體內，醞釀出難以說明的快活。

他無處可去，因此閒逛了一會，雖然不太想看正在上映的電影，他還是走進電影院。

＊　＊　＊

……俊輔把紅鉛筆擱到一旁。

肩膀異常僵硬。他站起來，一邊敲打肩膀，一邊走向書房隔壁的七坪書庫。一個月之前，俊輔清理了半數以上的藏書。因為他和一般老人相反，年紀越大就越覺得書籍無用。只留下特別喜愛的書籍，拆除空出來的書架，在長年遮住光線的牆上開了窗戶。過去只有一扇北窗鄰接洋玉蘭的葉叢，如今又多了兩扇明亮的窗子。原先放在書房小憩用的床搬到書庫。俊輔可以舒服地躺在那裡，隨意翻閱放在小桌上的許多書籍。

走進書庫後，俊輔在上層的法國文學原文書那個架子搜尋。

他立刻找到想找的書。那本書是用和紙製成的特製版《少年繆思》（*Musa Puerilis*）的法譯本。《少年繆思》是哈德良大帝時代的羅馬詩人史特拉頓（Straton）的詩集，他效法那個寵愛安提諾烏斯[1]的哈德良大帝的復古趣味，只詠嘆美少年。

膚白勝雪固然好
蜜色肌膚也不錯
亞麻髮色誠然美
黑髮亦令人心動
雙袖難掩褐眼媚
然我
更愛璀璨的黑眸

蜜色肌膚，黑髮，黑眸的主人，這想必是知名的東方奴隸安提諾烏斯的故鄉，小亞細亞的特產。西元二世紀的羅馬人，理想中的青春之美就是亞洲式的。

俊輔又從書架抽出濟慈的《恩底彌翁》，目光逐字掃過幾乎可以倒背如流的詩句。

「……就快了。」老作家在心中呢喃。

「幻影的素材已經一應具全，就快要完成了。即將完成金剛不壞的青春塑像。我已經很久沒有嘗到這種作品完成前的興奮，以及不明所以的恐懼。在完成的瞬間，在那最棒的瞬間，不知會有什麼出現？」

俊輔斜倚臥榻，漫不經心地翻頁。他豎耳傾聽。滿園秋蟲唧唧。

書架一角陳列著上個月終於全部出版的《檜俊輔全集》二十卷。整排燙金文字單調地發出暗光。二十卷，那是無聊嘲笑的重複。老作家就像人們純屬客氣地撫摸醜小孩的下巴，用指腹麻木地摩挲書背的那行文字。

臥榻周遭的兩三張小桌上，許多書籍仍保持看到一半的姿態，攤開的潔白書頁如死去的雙翼。

那些書包括二條派歌人頓阿的歌集，翻到志賀寺上人那一頁的《太平記》，花山院退位那段的《大鏡》，夭折的足利義尚將軍的歌集，裝幀古老肅穆的《古事記》和《日本書紀》。《古事記》與《日本書紀》中，許多年輕俊美的王子，隨著畸戀或謀反的受挫，在青春正盛時就被殺死或自尋短見，這樣的主題執拗地一再重複出現。輕皇子[2]是如此。大津王子[3]也是如此。俊輔深愛這些受挫的古代青春。

……他聽到書房的房門聲。現在是晚間十點。這麼晚了不可能有客人。肯定是女傭送茶來。俊輔沒有回頭看書房，只是應了一聲。結果進來的並非女傭。

「您在工作？我突然進來，您府上的人嚇了一跳，都忘了阻止我。」

悠一說。俊輔從書庫起身走過去，看著站在書房中央的悠一。俊美青年出現的方式過於唐突，俊輔一時之間還以為他是從攤開的無數書本中冒出來的。

1 安提諾烏斯（Antinous，111-130），哈德良大帝鍾愛的美少年，溺斃尼羅河，死後受人崇拜。
2 輕皇子，允恭天皇的大皇子，與胞妹發生不倫之戀，遭到放逐，後與胞妹殉情自殺。
3 大津王子，天武天皇的皇子，天皇駕崩後被好友密告有謀反之意，遭到逮捕，自殺身亡。

兩人敘舊寒暄一番。俊輔讓悠一在安樂椅坐下，自己去書庫的櫃子取出洋酒招待客人。

悠一在書房一角豎耳傾聽蟋蟀叫。書房和以前見過的一樣。圍繞三面窗戶的裝飾架上，是位置一個都沒變的無數古陶。古拙優美的陶俑也一如從前。看不見任何當令花卉。只有黑色大理石座鐘沉鬱地運轉。就連那個，如果女傭沒有按時上發條，從不關心日常生活的老主人也不會碰它，恐怕幾天之內就會停擺。

悠一再次環視，這個書房對他而言是有奇妙因緣的房間。他初次嘗到快樂後來這個房子，俊輔就是在這個房間朗讀《兒灌頂》那一節給他聽。還有，當他被生命的恐懼擊垮，來商量康子墮胎的事情時也是在這個房間。此刻，悠一沒有過度的歡愉也沒有陷入苦惱，抱著漠然的開朗心情待在這裡。之後他應該會將五十萬還給俊輔。他想必會卸下重荷，擺脫他人的支配，完全自由，再也沒必要來這裡，就此走出這個房間。

俊輔用銀盤把白葡萄酒瓶和玻璃杯端到年輕客人的面前。自己坐在放了一排琉球染抱枕的飄窗兼用的長椅上，替悠一斟酒。他的手抖得很厲害，酒都灑出來了，年輕人不由想起幾天前剛見過的河田的手。

「這個老人因為我的突然來訪樂昏頭了。」悠一暗想。「我用不著劈頭就提起還錢的事。」

老作家與青年乾杯。俊輔過去一直沒機會正視年輕人俊美的臉龐，這時第一次看著他說，

「怎麼樣，現實如何？你還滿意嗎？」

悠一露出曖昧的微笑。年輕的嘴唇，因為剛學會的嘲諷而扭曲。

俊輔不等他回答又說，

「看樣子，是發生了什麼事吧？或許是不能對我說的事，不愉快的事，值得驚訝的事，美好的事。但，到頭來終究一文不值。那已經寫在你臉上了。你的內在或許變了。但你的外表，和我頭一次見到你時毫無改變。你的外表沒受到任何影響。現實無法在你臉上留下任何鑿痕。你擁有青春的天賦。這玩意絕非區區現實能夠征服。……」

「我和河田先生分手了。」

年輕人說。

「那太好了。那是個被自己打造的觀念論吞噬的人。他害怕受你的影響。」

「我的影響？」

「對呀。你絕對不會受到現實影響，只會不斷給現實造成影響。你對那傢伙的現實生活造成的影響，變成他害怕的觀念了。」

拜這番說教所賜，雖然悠一特地提到河田的名字，卻錯失提及五十萬的機會。

「這個老人到底在對誰說話？對我嗎？」青年訝異。「如果是一無所知時的我，或許會絞盡腦汁試圖理解檜先生奇特的理論。但是現在我已沒有任何熱情足以被這個老人人為的熱情觸發，他還對我這麼說？」

悠一不禁轉頭回顧房間的陰暗一隅。老作家似乎是在對站在悠一背後的別人說話。

夜闌人靜。除了蟲鳴什麼也聽不見。白葡萄酒從瓶中倒出的聲音，帶著珠玉般流暢圓滑的重量，聽來格外明瞭。雕花玻璃杯璀璨發光。

「來，喝酒。」俊輔說。「秋夜良宵，你在那兒，葡萄酒在這兒，這世間什麼都不缺了。……

蘇格拉底昔日聽著蟬聲，在清晨的小河畔與美少年裴德羅對話。蘇格拉底自問自答。藉由發問到達真理，就是他發明的迂迴方法。但是從自然賦予的肉體絕對之美，無法得到答案。問答只能在同一個範疇中進行。精神與肉體絕對無法進行問答。

精神只能發問。絕對得不到解答。除了回音。

我沒有選擇能發問也能回答的對象。發問是我的命運。……那裡有你，有美麗的自然。這裡有我，有醜陋的精神。這就是永恆的模式。任何數學都無法替換彼此的項式。不過現在，我無意故意貶低自己的精神。精神其實也有它的好處。

不過，悠一啊，所謂的愛，至少我的愛，不具備蘇格拉底的愛那種希望。愛只能從絕望中萌生。精神對自然，這種對不可能了解的東西的精神運動就是愛。

那麼為何要發問？因為對精神而言，除了發問已無其他方法能夠證明自己。不發問的精神會危及存立……」

俊輔說完，扭身打開飄窗。透過防蟲的紗窗俯瞰庭院。風聲微微傳來。

「好像起風了。這是暴風吧……會不會熱？如果嫌熱，我就把窗子開著……」

悠一搖頭。老作家再次關上窗子，重新對著青年繼續說。

「……所以，精神不得不不斷製造疑問，累積疑問。精神的創造力就是創造疑問的力量。而這種精神創造的最終目標，就是疑問本身，也就是創造自然。那是不可能的。然而針對不可能持續前進正是精神的方法。

精神……說穿了，或許堪稱是無限地累積零，企圖達成一的衝動。

『你為什麼這麼美？』

我如果這麼問你。你答得出來嗎？精神本來就不預期答案。……」

他目不轉睛。悠一試圖回視。悠一身為觀看者，卻彷彿遇上咒縛，失去力量。

俊美青年沒有反抗，任由對方看。那是無禮至極的眼神。那種眼神把對方變成石頭，剝奪對方的意志，讓對方還原為自然。

「對了，這個視線並非針對我。」悠一悚然暗想。「檜先生的視線分明是對著我，但檜先生正在看的不是我。這個房間裡，還有另一個不是我的悠一。」

悠一清楚看見，作為自然本身，在完美這點絲毫不遜於古典期雕像的悠一——那個看不見的俊美青年雕像。另一個俊美青年確實在這個書房。正如俊輔在「檜俊輔論」中所寫的，沙漏下半部堆積的沙子雕像佇立。還原成不具備精神的大理石，名符其實成了金剛不壞之身，無論怎麼被觀看都不為所動的青春塑像。

……白葡萄酒倒入杯中的聲音驚醒悠一。他剛才睜著眼就這麼沉浸在夢中。

「喝吧。」俊輔舉杯就口，一邊繼續說道。

「……而所謂的美，你知道嗎，美就是到達不了的此岸。不是嗎？宗教總是把彼岸、來世放在距離的彼方。但所謂的距離，就人類的概念而言，畢竟還有到達的可能性。科學與宗教只不過是距離上的差別。位於六十八萬光年彼方的大星雲，同樣有到達的可能性。宗教是到達的幻影，科學是到達的技術。

美與這些不同，永遠在此岸。在這現世，在眼前，能夠明確伸手觸及。我們的感官慾望，能夠體會到它，這就是美的先決條件。感官極為重要。它確認了美。但絕對到達不了美。因為透過感官的感受率先阻止了它的到達。希臘人用雕刻表現美，這是個明智的方法。我是小說家。在近代發明的種種無用廢物之中，以最無用的東西為職業。你不認為這是表現『美』最拙劣、最低級的職業嗎？

在此岸卻到達不了。我這麼說，你應該也能充分理解吧。美就是人類的自然，是放在人性化條件下的自然。在人類之中最深刻地規範人類、反抗人類的就是美。而精神，拜這種美所賜，片刻也無法安睡。……」

悠一傾聽。他感到俊美的青年雕像也在自己耳邊同樣專心傾聽。室內早已發生奇蹟。但奇蹟發生後，只有日常性的靜謐占據周遭。

「悠一，這世間有最棒的瞬間。」——俊輔說。「那就是這世上精神與自然的和解，精神與自然交合的瞬間。

那個表現，對活著的人絕對不可能。活著的人，或許會體會到那瞬間。但絕對無法表現。那已超越人類的能力。你想說『人無法表現超越人性的東西』？那你就錯了。人其實是無法表現人類的終極狀態。人無法表現成為人的極致瞬間。

藝術家不是萬能，表現也不是萬能。表現總是被迫二選一。表現，或者行為。就算是愛的行為，人也只能藉由行為去愛人。事後再去表現它。

但真正重要的問題，是表現與行為是否可能同時進行。對此，人類只知道一個，那就是死。

死是行為，但再也找不出這樣僅此一回的終極行為。……對了，我說錯了。」俊輔莞爾。

「死只不過是事實。行為的死，或許該稱為自殺。人無法憑自己的意志而生，卻可以憑自己的意志而死。這是古往今來一切自殺哲學的根本命題。不過，在死這件事上，自殺這種行為和生的全面表現同時存在是可能的，這點不容置疑。極致瞬間的表現不得不等待死亡。

對此應可反證。

生者的表現極致，充其量是次於極致的瞬間，是從生的全面姿態扣除$\alpha$。這種表現加上生命的$\alpha$後，生命才算被完成。因為人在不斷表現的同時也活著，無法否定的生命被排除於表現之外，表現者只是偽裝假死。

這個$\alpha$，人們不知如何夢想過！藝術家的夢想總是涉及它。人人都已發覺，生命會稀釋表現，剝奪表現的確實性。生者想到的確實只不過是確實之一。我們認為是藍色的天空，對死者而言或許閃耀綠色。

真不可思議。趕來拯救這種對表現絕望的生者的，就是美。教我們毅然抗拒生的不明確的，也是美。

說到這裡，你應該能理解，美被感官性、被生命束縛，它教導人類只信奉感官性的正確，就這點而言，美對人類正是倫理性的。」

俊輔說完，沉穩地笑著又補充，

「好了，到此結束。否則你睡著就糟了。今晚你不急著走吧？你好久沒來了……如果喝夠了酒……」

俊輔看著悠一的杯子依然是滿的。

「……對了，不如來下西洋棋。你應該跟河田學過吧？」

「對，學了一點點。」

「我的西洋棋老師也是河田。……他該不會就是為了讓你我二人在這種秋夜一決勝負才教我們下棋。……你看這棋盤。」

他說著指向造型古典的棋盤和黑白棋子。

「這是我在古董店發現的。西洋棋大概是我現在唯一的消遣了。你討厭西洋棋嗎？」

「不會。」

悠一沒有拒絕。他早已忘了今晚是為了來歸還那五十萬。

「白棋給你吧。」

悠一的面前，放著城堡、主教、國王和騎士等十六枚棋子。西洋棋盤的左右兩側，沒喝完的白葡萄酒杯晶瑩發光。之後兩人陷入沉默。只有象牙棋子撞擊的細微聲響在沉默中響起。

沉默中，書房內另一人的存在感變得更明顯。悠一幾次想回頭看那旁觀棋盤上棋子動向的無形雕像。

就這樣不知過了多久時間。分不清是長是短。俊輔命名為極致瞬間的時刻，如果來臨了，肯定會在不被察覺中來到，又在不被察覺中離去。一局結束。悠一贏了。

「唉，我輸了嗎。」老作家說。但他臉上洋溢喜悅。悠一第一次看到俊輔如此和顏悅色的表情。

「……八成是我喝太多才會輸。再來一局雪恥之戰吧。但我得先稍微醒酒……」

說著，他將水壺中漂浮檸檬片的水倒入杯中，拿著杯子站起來。

「抱歉失陪一下。」

他去了書庫。過了一會，可以看見躺在臥榻上的腿。他朗聲從書庫呼喚悠一。

「我稍微打個盹就會酒醒。過二、三十分鐘你再叫我起來。可以吧？等我起來，立刻展開雪恥之戰。你要等我喔。」

「好。」

悠一回答。然後自己也移到飄窗的長椅，悠哉伸長雙腿，把玩黑白棋子。

悠一去叫俊輔起來時，俊輔沒回答。他已經死了。枕畔的桌上，用摘下的手錶壓著一張草草寫就的紙條。

上面寫著「永別了。給你的禮物在桌子右邊抽屜」。

悠一立刻叫起俊輔的家人，打電話請主治醫師粂村博士來。可惜已回天乏術。博士聽取當時的狀況後表示，雖不確定死因，但應該是服下大量的平日右膝神經痛發作時當作鎮痛劑使用的巴比納爾自殺。被問起有無留下遺書時，悠一交出剛才那張紙條。兩人打開書房桌子的右邊抽屜。找到概括遺贈的公證書。上面寫著把將近一千萬的不動產、動產及其他財產全數無條件遺贈給南悠一。兩名證人都與俊輔熟識，是替他出版作品全集的那家出版社社長及出版部經理，俊輔在一個月前偕同兩人，特地去了位於霞關的公證人辦事處。

悠一本想歸還五十萬欠款的計畫泡湯了。不僅如此，想到將被俊輔用一千萬表現的愛束縛一輩子，他就很憂鬱，但這種感情此刻不合時宜。博士打電話報警，搜查主任帶著刑警和法醫前來勘驗。

在製作筆錄的訊問過程中，悠一對答如流，博士也好意出言相助，因此絲毫沒有蒙上幫助自殺的嫌疑。但是警部補看到遺贈的公證書，一再追問悠一和死者究竟是何關係。

「他是先父的友人，我和內人結婚時，是他代替先父多方幫忙。他非常疼我。」

做出這唯一的偽證時，淚水滑落悠一的臉頰，但搜查主任職業化地冷靜判斷那純真無瑕的美麗淚水，就各種角度判定他的無辜。

消息靈通的報社記者趕來，追問悠一同樣的問題。

「把財產都全部遺贈給您，可見老師真的很愛您呢。」

這句別無他意的話語中，愛這個字眼刺痛悠一的心。

年輕人神色肅穆沒有回答。然後他想起還沒通知家人，於是去打電話給康子。

天亮了。悠一不覺得疲憊，也毫無睡意，但是實在受不了一大早就蜂擁而來的弔唁賓客及記者，因此和条村博士說了一聲後就出門散步。

這是個極為晴朗的早晨。走下坡後，都營電車發出柔光的兩條鐵軌，在路上行人還不多的街頭，朝著迂迴的街道彼方伸展而去。店鋪多半還沒開門。

一千萬圓。年輕人一邊穿越電車道一邊思忖。別想了，萬一現在被汽車撞死就毀了。……剛剛取下櫥窗遮罩的花店內，無數花朵濕淋淋地鬱悶依偎。一千萬，能夠買多少支花呢？年輕人在心中嘀咕。

難以名狀的自由，比整晚的憂鬱更沉重地壓在心頭，那種不安令腳步笨拙地加快。這樣的不安，或許該歸咎為徹夜未眠比較好吧。國鐵車站已近，只見清晨上班的人朝著剪票口聚集。車站前已有兩三個擦鞋工一字排開。悠一思忖，「先擦鞋子吧……」

——一九五三年六月二十七日——寫於強羅

# 禁色

作　者　三島由紀夫
譯　者　劉子倩
主　編　郭峰吾

總 編 輯　李映慧
執 行 長　陳旭華（steve@bookrep.com.tw）

出　版　大牌出版 / 遠足文化事業股份有限公司
發　行　遠足文化事業股份有限公司（讀書共和國出版集團）
地　址　23141 新北市新店區民權路 108-2 號 9 樓
電　話　+886-2-2218-1417
郵撥帳號　19504465 遠足文化事業股份有限公司

封面設計　BIANCO TSAI
印　製　成陽印刷股份有限公司
法律顧問　華洋法律事務所　蘇文生律師

定　價　520 元
初　版　2022 年 2 月
二　版　2024 年 5 月



電子書 E-ISBN
978-626-7491-01-0（EPUB）
978-626-7491-02-7（PDF）

國家圖書館出版品預行編目資料

禁色 / 三島由紀夫 著 ; 劉子倩 譯 . -- 二版 . -- 新北市 : 大牌出版 ,
遠足文化事業股份有限公司 , 2024.05
462 面 ; 14.8×21 公分
譯自 : 禁色
ISBN 978-626-7491-03-4（平裝）

861.57　　113006238